El amante de Lady Chatterley

D. H. Lawrence

El amante de Lady Chatterley

Nueva traducción al español
traducido del inglés por Guillermo Tirelli

ROSETTA EDU

Título original: *Lady Chatterley's Lover*

Primera publicación: 1928

Ilustraciones de tapa: Amedeo Modigliani,
«Nu couché (sur le côté gauche)», 1917.

Primera edición: Agosto 2024

Publicado por Rosetta Edu
Londres, Agosto 2024
www.rosettaedu.com

ISBN: 978-1-83647-037-3

CLÁSICOS EN ESPAÑOL

Rosetta Edu presenta en esta colección libros clásicos de la literatura universal en nuevas traducciones al español, con un lenguaje actual, comprensible y fiel al original.

Las ediciones consisten en textos íntegros y las traducciones prestan especial atención al vocabulario, dado que es el mismo contenido que ofrecemos en nuestras célebres ediciones bilingües utilizadas por estudiantes avanzados de lengua extranjera o de literatura moderna.

Acompañando la calidad del texto, los libros están impresos sobre papel de calidad, en formato de bolsillo o tapa dura, y con letra legible y de buen tamaño para dar un acceso más amplio a estas obras.

Rosetta Edu
Londres
www.rosettaedu.com

INDICE

Capítulo 1

La nuestra es esencialmente una época trágica, por lo tanto nos negamos a tomarla trágicamente. El cataclismo ha ocurrido, estamos entre las ruinas, empezamos a construir nuevos pequeños hábitats, a tener nuevas pequeñas esperanzas. Es un trabajo bastante duro: ahora no hay un camino llano hacia el futuro pero damos vueltas o sorteamos los obstáculos. Tenemos que vivir, por más cielos que hayan caído.

Ésta era más o menos la postura de Constance Chatterley. La guerra había derrumbado el techo sobre su cabeza. Y ella se había dado cuenta de que había que vivir y aprender.

Se casó con Clifford Chatterley en 1917, cuando él estaba en casa durante un mes de permiso. Pasaron un mes de luna de miel. Luego él volvió a Flandes; para ser enviado de nuevo a Inglaterra seis meses más tarde, más o menos en pedazos. Constance, su esposa, tenía entonces veintitrés años, y él veintinueve.

El agarre a la vida que tenía él era maravilloso. No moría y los trozos parecían volver a crecer juntos. Durante dos años permaneció en manos del médico. Luego le declararon curado y pudo volver a la vida, con la mitad inferior de su cuerpo, de las caderas para abajo, paralizada para siempre.

Esto ocurrió en 1920. Regresaron, Clifford y Constance, a la casa de él, Wragby Hall, la «sede» familiar. Su padre había muerto, Clifford era ahora un baronet, Sir Clifford, y Constance era Lady Chatterley. Llegaron para iniciar la vida doméstica y matrimonial en el hogar más bien desamparado de los Chatterley con unos ingresos más bien insuficientes. Clifford tenía una hermana pero ella había partido. Por lo demás, no había parientes cercanos. El hermano mayor había muerto en la guerra. Lisiado para siempre, sabiendo que nunca podría tener hijos, Clifford volvió a casa, a las humeantes Midlands, para mantener vivo el apellido Chatterley mientras pudiera.

En realidad no estaba postrado. Podía desplazarse por sí mismo en una silla de ruedas y tenía una silla para inválidos con un pequeño accesorio motorizado, por lo que podía conducirse lentamente por el jardín y por el bello y melancólico parque, del que estaba realmente tan orgulloso, aunque fingía ser frívolo al respecto.

Después de haber sufrido tanto, la capacidad de sufrimiento le había abandonado en cierta medida. Seguía siendo extraño y brillante y alegre, casi, podría decirse, risueño, con su rostro rubicundo y de aspecto saludable, y sus ojos azul pálido, desafiantes y brillantes. Sus hombros eran anchos y fuertes, sus manos eran muy fuertes. Vestía costosamente y llevaba unas atractivas corbatas de Bond Street. Sin embargo, aún se veía en su rostro la mirada vigilante, la ligera vacuidad de un tullido.

Había estado tan cerca de perder la vida que lo que le quedaba era maravillosamente precioso para él. Era obvio, en el brillo ansioso de sus ojos, lo orgulloso que estaba, tras la gran conmoción, de estar vivo. Pero había sido herido de tal manera que algo en su interior había perecido, algunos de sus sentimientos habían desaparecido. Había un vacío de insensibilidad.

Constance, su esposa, era una muchacha rubicunda, de aspecto pueblerino, pelo castaño suave y cuerpo robusto, y movimientos lentos, llenos de una energía inusual. Tenía unos ojos grandes y maravillados, y una voz suave y apacible, y parecía recién llegada de su pueblo natal. No era así en absoluto. Su padre era el antaño conocido miembro de la Real Academia de Artes, el viejo Sir Malcolm Reid. Su madre había sido una de las cultivadas fabianas de los tiempos dorados, más bien prerrafaelita. Entre artistas y socialistas cultos, Constance y su hermana Hilda habían tenido lo que podría llamarse una educación estéticamente poco convencional. Las habían llevado a París y a Florencia y a Roma a respirar arte, y las habían llevado también en la otra dirección, a La Haya y Berlín, a grandes convenciones socialistas, donde los oradores hablaban en todas las lenguas civilizadas, y nadie se avergonzaba.

Las dos muchachas, por tanto, desde muy pequeñas no se amedrentaban lo más mínimo ni por el arte ni por la política ideal. Era su atmósfera natural. Eran a la vez cosmopolitas y provincianas, con el provincianismo cosmopolita del arte que acompaña a los ideales sociales puros.

Las habían enviado a Dresde a los quince años, para estudiar música entre otras cosas. Y allí lo habían pasado bien. Vivían libremente entre los estudiantes, discutían con los hombres sobre cuestiones filosóficas, sociológicas y artísticas, eran tan buenas como los propios hombres; sólo que mejores, puesto que eran mujeres. Y salían a los bosques con robustos jóvenes que llevaban guitarras, ¡chan-chan! Cantaban las canciones del Wandervogel y eran libres. ¡Libres! Esa era la gran palabra. En el mundo abierto, en los bosques de la mañana, con jóvenes lujuriosos y de garganta espléndida, libres para hacer lo que quisieran y, sobre todo, para decir lo que quisieran. Era la charla lo que importaba supremamente, el apasionado intercambio de palabras. El amor era sólo un acompañamiento menor.

Tanto Hilda como Constance habían tenido sus tanteos amorosos a los dieciocho años. Los jóvenes con los que hablaban tan apasionadamente y cantaban tan lujuriosamente y acampaban bajo los árboles con tanta libertad querían, por supuesto, la relación amorosa. Las muchachas dudaban... pero entonces se hablaba tanto del asunto... se suponía que era tan importante. Y los hombres eran tan humildes y ansiosos. ¿Por qué no podía una muchacha comportarse como una reina y hacer el regalo de sí misma?

Así que se habían regalado a sí mismas, cada una al joven con el que mantenía las discusiones más sutiles e íntimas. Los argumentos, las discusiones eran lo grandioso; el enamoramiento y la conexión no eran más que una especie de reversión primitiva y un poco anticlimática. Una se sentía después menos enamorada del muchacho y un poco inclinada a odiarlo, como si hubiera invadido su intimidad y su libertad interior. Porque, por supuesto, siendo muchacha, toda la dignidad y el sentido de la vida de una consistían en la consecución de una libertad absoluta, perfecta, pura y noble. ¿Qué otra cosa significaba la vida de una muchacha? Sacudirse las viejas y sórdidas conexiones y sujeciones.

Y por mucho que se sentimentalice, este asunto del sexo era una de las más antiguas y sórdidas conexiones y sujeciones. Los poetas que lo glorificaban eran en su mayoría hombres. Las mujeres siempre habían sabido que había algo mejor, algo más elevado. Y ahora lo sabían más definitivamente que nunca. La hermosa libertad pura de una mujer era infinitamente más maravillosa que cualquier amor sexual. Lo único lamentable era que los hombres estuvieran tan rezagados con respecto a las mujeres en este asunto. Insistían en lo del sexo como perros.

Y una mujer tenía que ceder. Un hombre era como un niño con sus apetitos. Una mujer tenía que cederle lo que él quería o, como un niño, probablemente se volvería desagradable y se marcharía y estropearía lo que era una relación muy agradable. Pero una mujer podía ceder ante un hombre sin ceder su yo interior y libre. Eso los poetas y los que hablan de sexo no parecen haberlo tenido suficientemente en cuenta. Una mujer podía tomar a un hombre sin entregarse realmente. Ciertamente podía tomarlo sin entregarse a su poder. Más bien podía utilizar el sexo para tener poder sobre él. Porque ella sólo tenía que contenerse en el acto sexual y dejar que él acabara y se consumiera sin que ella misma llegara a la crisis... y entonces podía prolongar la conexión y alcanzar su orgasmo y su crisis mientras él no era más que su herramienta.

Ambas hermanas habían tenido su experiencia amorosa cuando llegó la guerra y se apresuraron a volver a casa. Ninguna de las dos estuvo nunca enamorada de un joven a menos que él y ella estuvieran verbalmente muy cerca; es decir, a menos que estuvieran profundamente interesados, hablando el uno con el otro. La asombrosa, la profunda, la increíble emoción que había en hablar apasionadamente con algún joven realmente inteligente por horas, continuando día tras día durante meses... ¡de esto nunca se habían dado cuenta hasta que ocurrió! La promesa paradisíaca: ¡Tendrás hombres con los que hablar!... nunca había sido pronunciada. Se cumplió antes de que supieran qué promesa era.

Y si tras la intimidad enardecida de estas discusiones vívidas e iluminadas por el alma el asunto del sexo se hacía más o menos inevitable, pues que así sea. Marcaba el final de un capítulo. También tenía su propia emoción: un extraño estremecimiento vibratorio dentro del cuerpo, un espasmo final de autoafirmación, como la última palabra, excitante y muy parecido a la hilera de asteriscos que se pueden poner para mostrar el final de un párrafo y una ruptura en el tema.

Cuando las muchachas volvieron a casa para las vacaciones de verano de 1913, cuando Hilda tenía veinte años y Connie dieciocho, su padre pudo ver claramente que habían tenido la experiencia del amor.

L'amour avait passé par là, como alguien dice. Pero él mismo era un hombre de experiencia y dejó que la vida siguiera su curso. En cuanto a la madre, una inválida nerviosa en los últimos meses de su vida, quería que sus muchachas fueran «libres», y que «se realizaran». Ella misma nunca había podido ser del todo ella misma; se lo habían negado. Dios sabe por qué, pues era una mujer que tenía sus propios ingresos y su propia manera de ser. Culpaba a su marido. Pero en realidad se trataba de alguna vieja impresión de autoridad en su propia mente o alma de la que no podía deshacerse. No tenía nada que ver con Sir Malcolm, que dejaba a su esposa, nerviosa y hostil, gobernar su propio nido, mientras él seguía su propio camino.

Así que las muchachas eran «libres» y volvieron a Dresde y a su música y a la universidad y a los hombres jóvenes. Amaban a sus respectivos jóvenes y sus respectivos jóvenes las amaban con toda la pasión de la atracción mental. Todas las cosas maravillosas que los jóvenes pensaban y expresaban y escribían, las pensaban y expresaban y escribían para las jóvenes. El joven de Connie era musical, el de Hilda era técnico. Pero simplemente vivían para sus jovencitas. En sus mentes y sus excitaciones mentales, eso es. En algún otro lugar se sentían un poco desairadas, aunque no lo sabían.

También en ellos era evidente que el amor los había atravesado; es decir, la experiencia física. Es curioso qué sutil pero inconfundible transmutación produce, tanto en el cuerpo del hombre como en el de la mujer; la mujer más florecida, más sutilmente redondeada, sus jóvenes angulaciones suavizadas y su expresión ansiosa o triunfante; el hombre mucho más tranquilo, más replegado sobre sí mismo, las formas mismas de sus hombros y sus nalgas menos firmes, más vacilantes.

En la propia sacudida sexual dentro del cuerpo, las hermanas estuvieron a punto de sucumbir al extraño poder masculino. Pero rápidamente se recuperaron, tomaron la sacudida sexual como una sensación y permanecieron libres. Mientras que los hombres, en agradecimiento a la mujer por la experiencia sexual, dejaron que sus almas fueran hacia ella. Y después parecía más bien como si hubieran perdido un chelín y encontrado seis peniques. El hombre de Connie podía ser un poco malhumorado y el de Hilda un poco burlón. Pero así son los hombres. Ingratos y nunca satisfechos. Cuando no los posees te odian porque no quieres; y cuando los posees te vuelven a odiar, por alguna otra razón. O por ninguna razón en absoluto, excepto que son niños descontentos, y no pueden estar satisfechos consigan lo que consigan; dejemos que una mujer haga lo que pueda.

Sin embargo, llegada la guerra, Hilda y Connie volvieron a casa deprisa después de haber estado ya en mayo, para asistir al funeral de su madre. Antes de la Navidad de 1914 sus dos jóvenes alemanes habían muerto; en ese momento las hermanas lloraron y amaron apasionadamente a los jóvenes, pero por lo bajo los olvidaron. Ya no existían.

Ambas hermanas vivían en la casa de su padre, en realidad de su madre, en Kensington, y se mezclaban con el joven grupo de Cambridge, el grupo que defendía la «libertad» y los pantalones de franela, y las camisas de franela abiertas por el cuello, y un tipo de anarquía emocional bien educada, y un tipo de voz susurrante y murmurante, y un tipo de maneras ultrasensible. Sin embargo, Hilda se casó repentinamente con un hombre diez años mayor que ella, un miembro mayor del mismo grupo de Cambridge, un hombre con bastante dinero y un cómodo trabajo conocido en el gobierno; también escribía ensayos filosóficos. Ella vivía con él en una casa pequeña en Westminster, y se movía en ese buen tipo de sociedad de gente en el gobierno que no son los mejores pero que son, o serían, el verdadero poder inteligente de la nación; gente que sabe de lo que habla, o habla como si lo supiera.

Connie hizo una forma leve de trabajo de guerra y se relacionó con los intransigentes de Cambridge con pantalones de franela, que se burlaban suavemente de todo, hasta el momento. Su «amigo» era un tal Clifford Chatterley, un joven de veintidós años, que había vuelto apresuradamente a casa desde Bonn, donde estudiaba los tecnicismos de la minería del carbón. Antes había pasado dos años en Cambridge. Ahora se había convertido en teniente primero de un elegante regimiento, por lo que podía burlarse de todo más elegantemente uniformado.

Clifford Chatterley era de clase más alta que Connie. Connie era parte de la intelligentsia acomodada, pero él lo era de la aristocracia. No de la grand aristocracia, pero aun así lo era. Su padre era un baronet y su madre había sido hija de un vizconde.

Pero Clifford, aunque estaba mejor educado que Connie y era más «de sociedad» era, a su manera, más provinciano y más tímido. Se encontraba a sus anchas en el estrecho «gran mundo», es decir, la sociedad de la aristocracia terrateniente, pero se mostraba tímido y nervioso ante todo ese otro gran mundo que constituyen las vastas hordas de las clases media y baja, y los extranjeros. Si hay que decir la verdad, estaba un poco asustado de los seres humanos de clase media y baja y de los extranjeros que no eran de su propia clase. Era, de alguna manera paralizante, consciente de su propia indefensión, aunque tenía toda la defensa del privilegio. Lo cual es curioso, pero es un fenómeno de nuestros días.

Por eso le fascinaba la peculiar seguridad tranquila de una muchacha como Constance Reid. Era mucho más dueña de sí misma en aquel mundo exterior de caos de lo que él era dueño de sí mismo.

Sin embargo, él también era un rebelde; se rebelaba incluso contra su clase. O quizá rebelde sea una palabra demasiado fuerte; totalmente demasiado fuerte. Sólo estaba atrapado en el retroceso general y popular de los jóvenes contra las convenciones y contra cualquier tipo de autoridad real. Los padres eran ridículos; el suyo, obstinado, supremamente. Y los gobiernos eran ridículos; nuestro estilo de «esperar y ver lo que sucede» lo era especialmente. Y los ejércitos eran ridículos, y los viejos bufones de los generales en su totalidad, el cara colorada de Kitchener supremamente. Incluso la guerra era ridícula, aunque mató a bastante gente.

De hecho todo era un poco ridículo, o muy ridículo; ciertamente todo lo relacionado con la autoridad, ya fuera en el ejército o en el gobierno o en las universidades, era ridículo hasta cierto punto. Y en la medida en que la clase gobernante tenía alguna pretensión de gobernar, también era ridícula. Sir Geoffrey, el padre de Clifford, era intensamente ridículo, talando sus árboles y sacando a los hombres de su mina para empujarlos a la guerra y él mismo siendo tan seguro y patriótico; pero, también, gastando más dinero en su país del que tenía.

Cuando Miss Chatterley —Emma— vino a Londres desde las Midlands para hacer de enfermera, fue muy ingeniosa en su tono tranquilo sobre Sir Geoffrey y su decidido patriotismo. Herbert, el hermano mayor y heredero, se rió a carcajadas, aunque eran sus árboles los que estaban talando para apuntalar las trincheras. Pero Clifford sólo sonrió un poco incómodo. Todo era ridículo, muy cierto. Pero, ¿cuándo uno se acercaba demasiado y uno mismo se volvía también ridículo...? Al menos, la gente de otra clase, como Connie, se tomaba en serio algo. Creían en algo.

Se tomaba bastante en serio los soldados y la amenaza de reclutamiento y la escasez de azúcar y caramelos para los niños. En todas estas cosas, por supuesto, las autoridades tenían una culpa ridícula. Pero Clifford no podía tomárselo a pecho. Para él, las autoridades eran ridículas *ab ovo*, no por los caramelos o los soldados.

Y las autoridades se sintieron ridículas y se comportaron de forma bastante ridícula, y todo fue una fiesta de té del sombrerero loco durante un tiempo. Hasta que las cosas evolucionaron y Lloyd George vino a salvar la situación aquí. Y esto superó incluso el ridículo, los jóvenes frívolos dejaron de reírse.

En 1916, Herbert Chatterley fue asesinado, por lo que Clifford se convirtió en heredero. Incluso esto le aterrorizaba. Su importancia como hijo de Sir Geoffrey, e hijo de Wragby, estaba tan arraigada en él que nunca podría escapar de ella. Y sin embargo, sabía que también esto, a los ojos del vasto mundo en ebullición, era ridículo. Ahora era heredero y responsable de Wragby. ¿No era eso terrible? ¿y también espléndido y al mismo tiempo, tal vez, puramente absurdo?

Sir Geoffrey no quería saber nada de ese absurdo. Estaba pálido y tenso, replegado sobre sí mismo y obstinadamente decidido a salvar a su país y su propia posición, fuera Lloyd George o quien fuera. Tan aislado estaba, tan divorciado de la Inglaterra que era realmente Inglaterra, tan absolutamente incapaz, que incluso pensaba bien de Horatio Bottomley. Sir Geoffrey defendía a Inglaterra y a Lloyd George como sus antepasados habían defendido a Inglaterra y a San Jorge, y nunca supo que existiera una diferencia. Así que Sir Geoffrey taló madera y defendió a Lloyd George y a Inglaterra, a Inglaterra y a Lloyd George.

Y él quería que Clifford se casara y tuviera un heredero. Clifford sentía que su padre era un anacronismo sin remedio. Pero ¿en qué estaba él mismo más adelantado, excepto en un sentido de dolor de la ridiculez de todo y la ridiculez suprema de su propia posición? Porque se tomó su baronetía y Wragby con la mayor seriedad.

La excitación alegre había desaparecido de la guerra... muerta. Demasiada muerte y horror. Un hombre necesitaba apoyo y consuelo. Un hombre necesitaba tener un ancla en el mundo seguro. Un hombre necesitaba una esposa.

Los Chatterley, dos hermanos y una hermana, habían vivido curiosamente aislados, encerrados unos con otros en Wragby, a pesar de todas sus conexiones. La sensación de aislamiento intensificaba el vínculo familiar, la sensación de debilidad de su posición, la sensación de indefensión, a pesar del título y de la tierra, o a causa de ellos. Estaban aislados de las Midlands industriales en las que transcurría su vida. Y estaban aislados de su propia clase por la naturaleza melancólica, obstinada y encerrada de Sir Geoffrey, su padre, a quien ridiculizaban, pero por quien eran tan sensibles.

Los tres habían dicho que vivirían siempre juntos. Pero ahora Herbert había muerto y Sir Geoffrey quería que Clifford se casara. Sir Geoffrey apenas lo mencionaba; hablaba muy poco. Pero su insistencia silenciosa y melancólica en que así fuera era difícil de soportar para Clifford.

¡Pero Emma dijo «No»! Ella era diez años mayor que Clifford y sentía que su matrimonio sería una deserción y una traición a lo que los jóvenes de la familia habían representado.

No obstante, Clifford se casó con Connie y pasó con ella un mes de luna de miel. Era el terrible año 1917, y eran íntimos como dos personas que permanecen juntas en un barco que se hunde. Él era virgen cuando se casó; y la parte sexual no significaba mucho para él. Estaban tan unidos, él y ella, aparte de eso. Y Connie se regocijaba un poco en esta intimidad que estaba más allá del sexo y más allá de la «satisfacción» de un hombre. De todos modos, Clifford no sólo estaba interesado en su «satisfacción», como parecían estarlo tantos hombres. No, la intimidad era más profunda, más personal que eso. Y el sexo no era más que un accidente, o un complemento, uno de los curiosos procesos orgánicos y obsoletos que persistían en su propia torpeza pero que no eran realmente necesarios. Aunque Connie sí quería tener hijos; aunque sólo fuera para fortificarse frente a su cuñada Emma.

Pero a principios de 1918 Clifford fue enviado a casa destrozado y no hubo niño. Y Sir Geoffrey murió de la pena.

Capítulo 2

Connie y Clifford volvieron a casa, a Wragby, en el otoño de 1920. Miss Chatterley, todavía disgustada por la deserción de su hermano, se había marchado y vivía en un pequeño apartamento en Londres.

Wragby era una casa antigua, larga y baja, de piedra marrón, iniciada hacia mediados del siglo XVIII y a la que se fueron haciendo ampliaciones hasta convertirla en un lugar sin mucha distinción. Se alzaba sobre una prominencia en un viejo parque de robles bastante bello pero, por desgracia, se podía ver en la distancia cercana la chimenea de la mina de Tevershall, con sus nubes de vapor y humo, y en la distancia húmeda y brumosa de la colina la cruda estela del pueblo de Tevershall, un pueblo que empezaba casi a las puertas del parque y se extendía en una fealdad sin remedio durante una milla larga y espantosa: casas, hileras de casas de ladrillo miserables, pequeñas y envilecidas, con tejados de pizarra negra por techos, ángulos agudos y una deliberada y vacía desolación.

Connie estaba acostumbrada a Kensington o a las colinas escocesas o a las lomas de Sussex; ésa era su Inglaterra. Con el estoicismo de la juventud asimiló de un vistazo la fealdad absoluta y sin alma de las Midlands del carbón y el hierro, y la dejó como lo que era: increíble y para no pensar. Desde las más bien lúgubres habitaciones de Wragby oía el traqueteo de las pantallas del foso, el soplido del motor de bobinado, el tintineo de los camiones de maniobras y el ronco silbido de las locomotoras de la mina. El foso de Tevershall estaba ardiendo, llevaba años ardiendo, y costaría miles de libras apagarlo. Así que tenía que arder. Y cuando el viento soplaba así, que era a menudo, la casa se llenaba del hedor de esta combustión sulfurosa de los excrementos de la tierra. Pero incluso en los días sin viento el aire siempre olía a algo subterráneo: azufre, hierro, carbón o ácido. E incluso en las rosas de Navidad los tizones se asentaban persistentes, increíbles, como maná negro de los cielos de la fatalidad.

Bueno, ahí estaba: ¡destinada como el resto de las cosas! Era bastante horrible pero ¿para qué patalear? No se podía apartar de una patada. Simplemente siguió adelante. La vida, ¡como el resto! Por la noche, en el techo bajo y oscuro de nubes, unas manchas rojas ardían y temblaban, moteándose e hinchándose y contrayéndose, como quemaduras que provocan dolor. Eran los hornos. Al principio fascinaron a Connie con una especie de horror; sentía que vivía bajo tierra. Luego se acostumbró a ellos. Por la mañana llovía.

Clifford afirmó que le gustaba más Wragby que Londres. Esta región tenía voluntad propia y la gente tenía agallas. Connie se preguntaba qué más tenían; desde luego, ni ojos ni mente. La gente era tan ojerosa, amorfa y lúgubre como el campo, e igual de antipática. Sólo que había algo terrible y un poco misterioso en sus balbuceos profundos del dialecto y en el trillar de sus botas de mina con clavos cuando volvían a casa en cuadrillas por el asfalto desde el trabajo.

No había habido bienvenida a casa para el joven escudero, ni festejos, ni diputación, ni siquiera una sola flor. Sólo un húmedo paseo en un coche de motor por un oscuro y húmedo camino de entrada, escarbando entre sombríos árboles, hasta la ladera del parque donde se apacentaban ovejas grises y húmedas, hasta la loma donde la casa extendía su fachada marrón oscura, y el ama de llaves y su marido revoloteaban, como inquilinos inseguros sobre la faz de la tierra, dispuestos a balbucear una bienvenida.

No había comunicación entre Wragby Hall y el pueblo de Tevershall, ninguna. No se tocaban los sombreros, ni hacían reverencias. Los mineros se limitaban a mirar; los comerciantes levantaban el sombrero ante Connie como ante alguien conocido y saludaban torpemente con la cabeza a Clifford; eso era todo. Golfo infranqueable y una especie de resentimiento silencioso a ambos lados. Al principio Connie sufrió la constante llovizna de resentimiento que llegaba del pueblo. Luego se endureció y se convirtió en una especie de tónico, algo a lo que estar a la altura. No es que ella y Clifford fueran impopulares, simplemente pertenecían a una especie totalmente distinta a la de los mineros. Golfo infranqueable, brecha indescriptible, como tal vez no exista al sur del Trent. Pero, en las Midlands y el Norte industrial, golfo infranqueable, a través del cual no podía haber comunicación. Usted siga por su lado, ¡yo seguiré por el mío! Una extraña negación del pulso común de la humanidad.

Sin embargo, el pueblo simpatizaba con Clifford y Connie en abstracto. En la carne era «¡Déjeme en paz!» por ambas partes.

El rector era un hombre simpático de unos sesenta años, lleno de deberes y reducido, personalmente, casi a una nulidad por el silencioso «¡Déjeme en paz!» del pueblo. Las esposas de los mineros eran casi todas metodistas. Los mineros no eran nada. Pero incluso tanto uniforme oficial, como el que llevaba el clérigo, bastaba para oscurecer por completo el hecho de que era un hombre como cualquier otro. Era Mester Ashby, una especie de preocupación automática por predicar y rezar.

Este obstinado e instintivo «¡Nos creemos tan buenas como usted, si una fuera Lady Chatterley!» desconcertó y confundió en extremo a Connie al principio. La curiosa, sospechosa y falsa amabilidad con que las esposas de los mineros respondían a sus insinuaciones; el tinte curiosamente ofensivo de «¡Oh, vaya! ¡Ahora soy alguien, con Lady Chatterley hablándome! ¡Pero no tiene por qué pensar que no soy tan buena como ella por todo eso!», que siempre oía retumbar en las voces entrecortadas de las mujeres, era imposible. No había forma de superarlo. Era irremediable y ofensivamente inconformista.

Clifford los dejaba en paz y ella aprendió a hacer lo mismo; ella pasaba sin mirarlos y ellos la miraban como si fuera una figura de cera andante. Cuando tenía que tratar con ellos, Clifford se mostraba más bien altivo y despectivo; ya no se podía permitir ser amable. De hecho, era en conjunto bastante altivo y despectivo con cualquiera que no perteneciera a su misma clase. Se mantenía firme, sin ningún intento de conciliación. Y no caía ni bien ni mal a la gente; simplemente formaba parte de las cosas, como la bocamina y el propio Wragby.

Pero Clifford era realmente muy tímido y cohibido ahora que estaba lisiado. Odiaba ver a nadie, excepto a los criados personales. Tenía que sentarse en una silla con ruedas o en una especie de silla para inválidos. No obstante, iba tan cuidadosamente vestido como siempre por sus caros sastres y llevaba las cuidadas corbatas de Bond Street igual que antes y por arriba parecía tan elegante e impresionante como siempre. Nunca había sido uno de los modernos jóvenes afeminados; más bien bucólico incluso, con su rostro rubicundo y sus anchos hombros. Pero su voz, muy tranquila y vacilante, y sus ojos, al mismo tiempo audaces y asustados, seguros e inciertos, revelaban su naturaleza. Sus modales eran a menudo ofensivamente arrogantes y luego modestos y humildes, casi trémulos.

Connie y él estaban apegados el uno al otro, a la manera moderna y distante. Él estaba demasiado herido en sí mismo por la gran conmoción de su mutilación como para ser fácil y frívolo. Era una cosa herida. Y como tal, Connie se apegó a él apasionadamente.

Pero ella no podía evitar sentir la escasa relación que él tenía realmente con la gente. Los mineros eran, en cierto sentido, sus propios hombres; pero él los veía como objetos más que como hombres, partes del foso más que partes de la vida, crudos fenómenos en bruto más que seres humanos a su lado. En cierto modo les tenía miedo, no soportaba que le miraran ahora que estaba lisiado. Y su vida extraña y tosca le parecía tan antinatural como la de los erizos.

Estaba remotamente interesado, pero como un hombre que mira por un microscopio o por un telescopio. No estaba en contacto. No estaba en contacto real con nadie, salvo, tradicionalmente, con Wragby y, a través del estrecho vínculo de la familia, con Emma. Más allá de esto, nada le conmovía realmente. Connie sintió que ella misma no le tocaba realmente, no realmente; tal vez no había nada a lo que llegar en última instancia; sólo una negación del contacto humano.

Sin embargo, dependía absolutamente de ella, la necesitaba a cada momento. Grande y fuerte como él era, estaba indefenso. Podía desplazarse por sí mismo en una silla con ruedas y tenía una especie de silla para inválidos con un accesorio motorizado, en la que podía dar vueltas lentamente por el parque. Pero a solas él era como una cosa perdida. Necesitaba que Connie estuviera allí para asegurarse de que existía.

Aun así, era ambicioso. Se había aficionado a escribir historias; historias curiosas, muy personales, sobre gente que había conocido. Ingeniosas, bastante rencorosas y, sin embargo, de algún modo misterioso, sin sentido. La observación era extraordinaria y peculiar. Pero no había tacto, ni contacto real. Era como si todo hubiera tenido lugar en el vacío. Y puesto que el campo de la vida es hoy en gran medida un escenario iluminado artificialmente, las historias eran curiosamente fieles a la vida moderna, a la psicología moderna, es decir.

Clifford tenía una sensibilidad casi morbosa con estas historias. Quería que todo el mundo las considerara buenas, de lo mejor, *ne plus ultra*. Aparecieron en las revistas más modernas y fueron alabadas y execradas como de costumbre. Pero para Clifford las críticas negativas eran una tortura, como cuchillos que le azuzaban. Era como si todo su ser estuviera en sus historias.

Connie le ayudó todo lo que pudo. Al principio estaba encantada. Él hablaba de todo con ella de forma monótona, insistente, persistente, y ella tenía que responder con todas sus fuerzas. Era como si toda su alma, su cuerpo y su sexo tuvieran que despertarse y pasar a las historias temáticas de él. Esto la emocionaba y la absorbía.

De vida física vivían muy poco. Ella tenía que supervisar la casa. Pero el ama de llaves había servido a Sir Geoffrey durante muchos años y la mujer seca, anciana, superlativamente correcta, a la que apenas se podía llamar camarera, o incluso mujer... que servía la mesa, llevaba cuarenta años en la casa. Incluso las propias criadas ya no eran jóvenes. ¡Era horrible! ¿Qué se podía hacer con un lugar así, sino dejarlo ser? Todas esas interminables habitaciones que nadie utilizaba, toda la rutina de las Midlands, la limpieza y el orden mecánicos. Clifford había insistido en una nueva cocinera, una mujer experimentada que le había servido en sus habitaciones de Londres. Por lo demás, el lugar parecía dirigido por una anarquía mecánica. Todo funcionaba con bastante orden, estricta limpieza y estricta puntualidad; incluso con bastante estricta honestidad. Y sin embargo, para Connie, era una anarquía metódica. Ninguna calidez de sentimientos la unía orgánicamente. La casa parecía tan lúgubre como una calle en desuso.

¿Qué podía hacer sino dejarla en paz? Así que la dejó en paz. Miss Chatterley venía a veces, con su aristocrático rostro delgado, y triunfaba, pues no encontraba nada alterado. Nunca perdonaría a Connie que la hubiera expulsado de su unión en conciencia con su hermano. Era ella, Emma, quien debía llevar adelante las historias, estos libros, con él; las historias de los Chatterley, algo nuevo en el mundo, que ellos, los Chatterley, habían puesto allí. No había ninguna otra norma. No había ninguna conexión orgánica con el pensamiento y la expresión anteriores. Sólo algo nuevo en el mundo: los libros de los Chatterley, totalmente personales.

El padre de Connie, que hizo una visita relámpago a Wragby y en privado dijo a su hija: en cuanto a la escritura de Clifford, es inteligente, pero no hay nada en ella. No durará. Connie miró al fornido caballero escocés que se había desenvuelto correctamente durante toda su vida, y sus ojos, sus grandes ojos azules aún asombrados se volvieron vagos. ¡No hay nada en ella! ¿Qué quería decir con nada en ella? Si los críticos lo alababan y el nombre de Clifford era casi famoso e incluso daba dinero... ¿qué quería decir su padre con que no había nada en lo que escribía Clifford? ¿Qué otra cosa podía haber?

Porque Connie había adoptado la norma de los jóvenes: lo que había en el momento lo era todo. Y los momentos se sucedían unos a otros sin pertenecerse necesariamente.

Fue en su segundo invierno en Wragby cuando su padre le dijo: «Espero, Connie, que no dejes que las circunstancias te obliguen a ser una *demi-vierge*».

«¡Una *demi-vierge*!», respondió Connie vagamente. «¿Por qué? ¿Por qué no?».

«¡A menos que te guste, por supuesto!», se apresuró a decir su padre. A Clifford le dijo lo mismo, cuando los dos hombres se quedaron a solas: «Me temo que a Connie no le sienta del todo bien ser una *demi-vierge*».

«¡Una medio virgen!», replicó Clifford, traduciendo la frase para estar seguro de ello.

Se lo pensó un momento y luego se puso muy colorado. Estaba enfadado y ofendido.

«¿En qué sentido no le sienta bien?», preguntó rígidamente.

«Se está volviendo delgada... angulosa. No es su estilo. No es una muchacha estilo sardina, es una bonita trucha escocesa».

«¡Sin las manchas, por supuesto!», dijo Clifford.

Quería decirle algo más tarde a Connie sobre el asunto de la *demi-vierge*... el estado medio-virgen de sus asuntos. Pero no se atrevía a hacerlo. Era a la vez demasiado íntimo con ella y no lo bastante íntimo. Estaba tan compenetrado con ella, en su mente y en la de ella, pero corporalmente eran inexistentes el uno para el otro y ninguno soportaba arrastrar el *corpus delicti*. Eran tan íntimos y estaban totalmente fuera de contacto.

Connie adivinó, sin embargo, que su padre había dicho algo y que ese algo estaba en la mente de Clifford. Ella sabía que a él no le importaba que ella fuera *demi-vierge* o *demi-monde*, siempre y cuando él no lo supiera absolutamente y no se lo hicieran ver. Lo que el ojo no ve y la mente no conoce, no existe.

Connie y Clifford llevaban ya casi dos años en Wragby, viviendo su vaga vida de absorción en Clifford y su trabajo. Sus intereses nunca habían dejado de fluir juntos sobre la obra de él. Hablaban y luchaban en los estertores de la composición y sentían como si algo estuviera sucediendo, realmente sucediendo... realmente en el vacío.

Y hasta ahora era una vida: en el vacío. Por lo demás era inexistencia. Wragby estaba allí, los criados... pero espectral, sin existir realmente. Connie salía a pasear por el parque y por los bosques que se unían al parque y disfrutaba de la soledad y el misterio, pateando las hojas marrones del otoño y recogiendo las prímulas de la primavera. Pero todo era un sueño; o más bien era como el simulacro de la realidad. Las hojas de roble eran para ella como hojas de roble vistas alborotándose en un espejo, ella misma era una figura sobre la que alguien había leído, recogiendo prímulas que sólo eran sombras o recuerdos, o palabras. No había sustancia en ella ni en nada... ¡ni tacto, ni contacto! Sólo esta vida con Clifford, este interminable hilado de telarañas, de las minucias de la conciencia, estas historias en las que Sir Malcolm decía que no había nada y que no durarían. ¿Por qué habría de haber algo en ellas, por qué habrían de durar? Basta a cada día su propio mal. Basta a cada momento la apariencia de realidad.

Clifford tenía bastantes amigos, conocidos en realidad, y los invitaba a Wragby. Invitaba a todo tipo de gente, críticos y escritores, personas que ayudarían a elogiar sus libros. Y se sintieron halagados de ser invitados a Wragby y elogiaron. Connie lo entendió todo perfectamente.

Pero, ¿por qué no? Éste era uno de los patrones fugaces del espejo. ¿Qué había de malo en ello?

Era anfitriona de estas personas... en su mayoría hombres. También era anfitriona de los ocasionales parientes aristocráticos de Clifford. Siendo una muchacha suave, rubicunda, de aspecto pueblerino, inclinada a las pecas, con grandes ojos azules y pelo rizado y castaño, y una voz suave, y unos lomos más bien fuertes y femeninos, se la consideraba un poco anticuada y «mujeril». No era una «especie de sardinita», como un muchacho, con el pecho plano y las nalgas pequeñas de un chico. Era demasiado femenina para ser inteligente.

Así que los hombres, sobre todo los que ya no eran jóvenes, se mostraban muy amables con ella. Pero, sabiendo la tortura que sentiría el pobre Clifford a la menor señal de flirteo por su parte, no les dio ningún estímulo. Era callada y vaga, no tenía ningún contacto con ellos ni pretendía tenerlo. Clifford estaba extraordinariamente orgulloso de sí mismo.

Sus parientes la trataron con bastante amabilidad. Ella sabía que la amabilidad indicaba falta de miedo y que esta gente no te respetaba a menos que pudieras asustarles un poco. Pero de nuevo ella no tuvo contacto. Les dejó ser amables y desdeñosos, les dejó sentir que no tenían necesidad de desenvainar su acero con presteza. Ella no tenía ninguna conexión real con ellos.

Pasó el tiempo. Pasara lo que pasara, no pasaba nada, porque ella estaba maravillosamente fuera de contacto. Ella y Clifford vivían en sus ideas y sus libros. Ella entretenía... siempre había gente en la casa. El tiempo pasaba como lo hace en el reloj, las ocho y media en lugar de las siete y media.

Capítulo 3

Connie era consciente, sin embargo, de una inquietud creciente. A partir de su desconcierto, una inquietud se apoderaba de ella como una locura. Le crispaba los miembros cuando no quería crisparlos, le sacudía la columna vertebral cuando no quería sacudirse sino que prefería descansar cómodamente. Se agitaba dentro de su cuerpo, en su vientre, en algún lugar, hasta que sintió que debía saltar al agua y nadar para alejarse de él; una inquietud enloquecida. Hacía que su corazón latiera violentamente sin motivo. Y cada vez estaba más delgada.

Era sólo inquietud. Salía corriendo por el parque, abandonaba a Clifford y se tumbaba, tendida entre los helechos. Alejarse de la casa... debía alejarse de la casa y de todo el mundo. El trabajo era su único refugio, su santuario.

Pero no era realmente un refugio, un santuario, porque ella no tenía ninguna relación con él. Sólo era un lugar donde podía alejarse del resto. Ella nunca tocó realmente el espíritu del bosque en sí... si es que tenía algo tan disparatado.

Vagamente ella misma sabía que se estaba haciendo pedazos de alguna manera. Vagamente sabía que estaba desconectada; había perdido el contacto con el mundo sustancial y vital. Sólo Clifford y sus libros, que no existían... ¡que no tenían nada! Vacío a vacío. Vagamente lo sabía. Pero era como golpearse la cabeza contra una piedra.

Su padre volvió a advertirle: «¿Por qué no te buscas un galán, Connie? Te haría todo el bien del mundo».

Ese invierno Michaelis vino por unos días. Era un joven irlandés que ya había hecho una gran fortuna con sus obras de teatro en América. Durante un tiempo había sido acogido con entusiasmo por la sociedad elegante de Londres, ya que escribía obras de teatro sobre la sociedad elegante. Luego, poco a poco, la sociedad inteligente se dio cuenta de que había hecho el ridículo a manos de una rata callejera de Dublín venida a menos y sobrevino la repulsión. Michaelis era la última palabra en lo que a lo caduco y a lo burdo se refería. Se descubrió que era antiinglés, y para la clase que hizo este descubrimiento esto era peor que el crimen más sucio. Fue descuartizado y su cadáver arrojado al cubo de la basura.

No obstante, Michaelis tenía su apartamento en Mayfair y caminaba por Bond Street a imagen y semejanza de un caballero, pues no se puede conseguir que ni los mejores sastres corten a sus clientes de baja estofa cuando los clientes pagan.

Clifford estaba invitando al joven de treinta años en un momento poco propicio en la carrera de ese joven. Sin embargo, Clifford no dudó. Michaelis tenía el oído de unos cuantos millones de personas, probablemente; y, siendo un forastero sin remedio, estaría sin duda agradecido de que le invitaran a Wragby en esta coyuntura, cuando el resto del mundo inteligente le estaba cortando las alas. Estando agradecido, sin duda le haría «bien» a Clifford allí en América. ¡Kudos! Un hombre consigue muchos kudos, sea lo que sea eso, si se habla de él de la manera correcta, especialmente «por allí». Clifford era un hombre prometedor; y era notable el buen instinto publicitario que tenía. Al final, Michaelis le representó muy noblemente en una obra de teatro y Clifford se convirtió en una especie de héroe popular. Hasta la reacción... cuando descubrió que había hecho el ridículo.

Connie se asombró un poco del instinto ciego e imperioso de Clifford por darse a conocer; conocido, es decir, por el vasto mundo amorfo que ni él mismo conocía y del que estaba intranquilamente asustado; conocido como escritor, como un escritor moderno de primera clase. Connie era consciente, por el exitoso, viejo, cordial y fanfarrón Sir Malcolm de que los artistas se anunciaban y se esforzaban por dar a conocer sus mercancías. Pero su padre utilizaba canales ya hechos, utilizados por todos los demás miembros de la Real Academia que vendían sus cuadros. Mientras que Clifford descubrió nuevos canales de publicidad, de todo tipo. Tenía todo tipo de gente en Wragby, sin rebajarse exactamente. Pero, decidido a construirse rápidamente un monumento de reputación, utilizó cualquier escombro a mano.

Michaelis llegó debidamente, en un coche muy elegante, con chófer y criado. ¡Era absolutamente Bond Street! Pero, al verle, algo en el alma condal de Clifford retrocedió. No era exactamente... no era exactamente... de hecho, no era en absoluto, bueno, lo que su aspecto pretendía dar a entender. Para Clifford esto era definitivo y suficiente. Sin embargo, fue muy cortés con el hombre; con el asombroso éxito que había en él. La diosa perra, como la llaman, del Éxito, rondaba, gruñendo y protectora, los talones medio humildes, medio desafiantes de Michaelis, e intimidaba a Clifford por completo... porque él quería prostituirse a la diosa perra, al Éxito también, si tan sólo ella lo quisiera.

Michaelis obviamente no era un inglés, a pesar de todos los sastres, sombrereros, barberos, zapateros del mejor barrio de Londres. No, no, obviamente no era un inglés; el tipo equivocado de rostro y porte chatos y pálidos; y el tipo equivocado de agravio. Tenía rencor y un agravio...

eso era obvio para cualquier verdadero caballero inglés de nacimiento, que desdeñaría dejar que algo así apareciera descaradamente en su propio comportamiento. El pobre Michaelis había recibido muchas patadas, por lo que incluso ahora tenía un ligero aspecto de cola entre las piernas. Se había abierto camino por puro instinto y gran descaro en el escenario y al frente de él, con sus obras. Había atrapado al público. Y había pensado que los días de las patadas habían terminado. Ay, no era así... Nunca lo sería. Porque él, en cierto sentido, pedía ser pateado. Suspiraba por estar donde no pertenecía... entre las clases altas inglesas. ¡Y cómo disfrutaban con las diversas patadas que le daban! ¡Y cómo las odiaba él!

Sin embargo, viajaba con su criado y su coche, muy elegante, este perro mestizo de Dublín.

Había algo en él que a Connie le gustaba. No se daba aires de grandeza, no se hacía ilusiones sobre sí mismo. Hablaba con Clifford con sensatez, brevemente, de forma práctica, sobre todas las cosas que Clifford quería saber. No se explayó ni se dejó llevar. Sabía que le habían pedido que viniera a Wragby para aprovecharse de él y, como un viejo hombre de negocios, astuto, casi indiferente, o un gran hombre de negocios, se dejó hacer preguntas y respondió con el menor derroche de sentimientos posible.

«¡Dinero!», dijo. «El dinero es una especie de instinto. Es una especie de propiedad de la naturaleza en un hombre hacer dinero. No es nada que uno haga. No es ningún truco que uno juegue. Es una especie de accidente permanente de la propia naturaleza de uno; una vez que uno empieza, hace dinero, y sigue adelante; hasta cierto punto, supongo».

«Pero hay que empezar», dijo Clifford.

«¡Oh, claro! Tiene que entrar. No puede hacer nada si se queda fuera. Tiene que abrirse camino a golpes. Una vez que lo ha hecho, no puede evitarlo».

«Pero, ¿podría usted haber ganado dinero si no es con obras de teatro?», preguntó Clifford.

«¡Oh, probablemente no! Puedo ser un buen escritor o puedo ser uno malo, pero escritor y autor de obras de teatro es lo que soy, y tengo que serlo. De eso no hay duda».

«¿Y cree que es un escritor de obras populares lo que tiene que ser?», preguntó Connie.

«¡Eso es, exactamente!», dijo él, volviéndose hacia ella en un súbito destello. «¡No hay nada en ello! No hay nada en la popularidad. No hay nada en el público, si se llega a eso. En realidad no hay nada en mis obras que las haga populares. No es eso. Simplemente son como el tiempo... del tipo que tendrá que ser... por el momento».

Volvió sus ojos lentos y bastante llenos, que se habían ahogado en una desilusión tan insondable, hacia Connie, y ella tembló un poco. Parecía tan viejo... infinitamente viejo, construido de capas de desilusión, descendiendo en él generación tras generación, como estratos geológicos; y al mismo tiempo estaba desamparado como un niño. Un marginado, en cierto sentido, pero con la valentía desesperada de su existencia de rata.

«Al menos es maravilloso lo que ha hecho a su edad», dijo Clifford contemplativamente.

«¡Tengo treinta años... sí, tengo treinta años!», dijo Michaelis, brusca y repentinamente, con una risa curiosa; hueca, triunfante y amarga.

«¿Y está usted solo?», preguntó Connie.

«¿Qué quiere decir? ¿Si vivo solo? Tengo a mi criado. Es griego, eso dice, y bastante incompetente. Pero lo mantengo. Y voy a casarme. Oh, sí, debo casarme».

«Suena como ir a que le corten las amígdalas», rió Connie. «¿Será un esfuerzo?».

Él la miró con admiración. «¡Bueno, Lady Chatterley, de algún modo así será! Encuentro... perdón... encuentro que no puedo casarme con una inglesa, ni siquiera con una irlandesa...».

«Pruebe con una estadounidense», dijo Clifford.

«¡Oh, estadounidense!». Soltó una risa hueca. «No, le he preguntado a mi hombre si me encontrará una turca o algo así... algo más cercano a lo oriental».

Connie realmente se maravillaba ante este extraño y melancólico espécimen de éxito extraordinario; se decía que tenía unos ingresos de cincuenta mil dólares sólo en América. A veces era guapo; a veces, cuando miraba de reojo, hacia abajo, y la luz caía sobre él, tenía la belleza silenciosa y perdurable de una máscara negra de marfil tallado, con sus ojos más bien llenos y las fuertes cejas extrañamente arqueadas, la boca inmóvil y comprimida; esa inmovilidad momentánea pero revelada, una inmovilidad, una atemporalidad a la que aspira el Buda y que los negros expresan a veces sin proponérselo nunca; ¡algo viejo, antiguo y aquiescente en la raza! Eones de aquiescencia en el destino de la raza, en lugar de nuestra resistencia individual. Y luego un nadar a través, como ratas en un río oscuro. Connie sintió un repentino y extraño salto de simpatía por él, un salto mezclado de compasión y teñido de repulsión, que casi llegaba al amor. ¡El extranjero! ¡El extranjero! ¡Y le llamaban atorrante! ¡Cuánto más atorrante y asertivo parecía Clifford! ¡Cuánto más estúpido!

Michaelis supo al instante que la había impresionado. Volvió hacia ella sus ojos llenos, avellana, ligeramente prominentes, en una mirada de puro desapego. La estaba valorando a ella y el alcance de la impresión que le había causado. Con los ingleses nada podía salvarle de ser el eterno extranjero, ni siquiera el amor. Sin embargo, las mujeres a veces se enamoraban de él... también las inglesas.

Sabía muy bien dónde se encontraba con Clifford. Eran dos perros extraños a los que les hubiera gustado gruñirse mutuamente pero que en su lugar sonreían, obligados. Pero con la mujer no estaba tan seguro.

El desayuno se servía en los dormitorios; Clifford nunca aparecía antes del almuerzo y el comedor era un poco lúgubre. Después del café, Michaelis, alma inquieta y mal sentada, se preguntaba qué debía hacer. Era un hermoso día de noviembre... hermoso para Wragby. Miró por encima del melancólico parque. ¡Dios mío! ¡Qué lugar!

Envió a un criado para preguntarle si podía ser de alguna utilidad a Lady Chatterley... pensó en conducir hasta Sheffield. La respuesta fue, si le importaría subir a la sala de estar de Lady Chatterley.

Connie tenía una sala de estar en el tercer piso, el último de la parte central de la casa. Las habitaciones de Clifford estaban en la planta baja, por supuesto. Michaelis se sintió halagado al ser invitado a subir al propio salón de Lady Chatterley. Siguió ciegamente al criado... nunca se fijaba en las cosas, ni tenía contacto con su entorno. En la habitación de ella sí echó una vaga ojeada a las finas reproducciones alemanas de Renoir y Cézanne.

«Es muy agradable aquí arriba», dijo, con su extraña sonrisa, como si le doliera sonreír, enseñando los dientes. «Hace usted bien en subir a la cima».

«Sí, creo que sí», dijo ella.

Su habitación era la única alegre y moderna de la casa, el único lugar de Wragby donde se revelaba en absoluto su personalidad. Clifford nunca la había visto y ella invitaba a subir a muy poca gente.

Ahora ella y Michaelis se sentaban en lados opuestos del fuego y hablaban. Ella le preguntaba por sí mismo, por su madre y su padre, por sus hermanos... las demás personas eran siempre algo extraño para ella y cuando se despertaba su simpatía carecía por completo de sentimiento de clase. Michaelis hablaba francamente de sí mismo, con toda franqueza, sin afectación, revelando simplemente su alma de perro callejero, amargo e indiferente, mostrando luego un destello de orgullo vengativo por su éxito.

«Pero, ¿por qué es usted un pájaro tan solitario?», le preguntó Connie; y de nuevo él la miró, con su mirada plena, escrutadora y avellana.

«Algunos pájaros son así», respondió. Luego, con un toque de ironía familiar, dijo: «pero, mire, ¿y usted? ¿No es usted también un pájaro solitario?». Connie, un poco sobresaltada, lo pensó unos instantes, y luego dijo: «¡Sólo en cierto modo! No del todo, ¡como usted!».

«¿Soy del todo un pájaro solitario?», preguntó él, con su extraña mueca de sonrisa, como si tuviera dolor de muelas; era tan irónica, y sus ojos eran tan perfectamente inalterablemente melancólicos, o estoicos, o desilusionados o temerosos.

«¿Por qué?», dijo ella, un poco sin aliento, mientras le miraba. «Lo es, ¿verdad?».

Sintió una terrible atracción procedente de él que casi le hizo perder el equilibrio.

«¡Oh, tiene usted toda la razón!», dijo él, volviendo la cabeza hacia otro lado y mirando de reojo, hacia abajo, con esa extraña inmovilidad de una raza antigua que apenas existe en nuestros días. Fue eso lo que realmente hizo que Connie perdiera su poder de verlo separado de sí misma.

Él la miraba con la mirada plena que todo lo veía, todo lo registraba. Al mismo tiempo, el niño que lloraba por la noche le gritaba desde su pecho, de una forma que afectaba a su propio vientre.

«Es muy amable por su parte pensar en mí», dijo lacónicamente.

«¿Por qué no iba a pensar en usted?», exclamó ella, sin apenas aliento para pronunciarlo.

Él soltó una risa sibilante y rápida.

«¡Oh, de ese modo!... ¿Puedo cogerle la mano un momento?», preguntó él de repente, clavando sus ojos en ella con un poder casi hipnótico y lanzando un llamamiento que la afectó directamente en el vientre.

Ella le miró fijamente, aturdida y traspasada, y él se acercó y se arrodilló a su lado, y cogió sus dos pies entre sus dos manos, y enterró la cara en su regazo, permaneciendo inmóvil. Ella estaba perfectamente apagada y aturdida, mirando hacia abajo con una especie de asombro la nuca más bien tierna de él, sintiendo su cara presionando sus muslos. En medio de su ardiente consternación no pudo evitar poner su mano, con ternura y compasión, sobre la indefensa nuca de él, que tembló con un profundo estremecimiento.

Entonces él la miró a ella con ese horrible atractivo en sus ojos llenos y brillantes. Ella fue totalmente incapaz de resistirse. De su pecho fluyó la respuesta, un inmenso anhelo por él; ella debía darle cualquier cosa, cualquier cosa.

Era un amante curioso y muy gentil, muy gentil con la mujer, temblando incontrolablemente y sin embargo al mismo tiempo desapegado, consciente, atento a cada sonido exterior.

Para ella no significaba nada, salvo que se entregaba a él. Y al final él dejó de temblar y se quedó quieto, muy quieto. Entonces, con dedos tenues y compasivos, le acarició la cabeza, que yacía sobre su pecho.

Cuando él se levantó, le besó ambas manos, luego ambos pies, en sus zapatillas de ante, y en silencio se alejó hasta el final de la habitación, donde se quedó de pie dándole la espalda. Hubo silencio durante algunos minutos. Luego se volvió y se acercó de nuevo a ella, que estaba sentada en el mismo lugar de siempre, junto al fuego.

«Y ahora, ¡supongo que me odiará!», dijo él de forma tranquila e inevitable. Ella le miró rápidamente.

«¿Por qué debería?», preguntó ella.

«Casi siempre lo hacen», dijo él; luego se contuvo. «Quiero decir... se supone que una mujer lo hace».

«Este es el último momento en que debería odiarle», dijo ella con resentimiento.

«¡Lo sé! ¡Lo sé! ¡Debería ser así! Usted es terriblemente buena conmigo...», gritó él miserablemente.

Ella se preguntó por qué él debía sentirse miserable. «¿No quiere volver a sentarse?», le dijo. Él miró hacia la puerta.

«¡Sir Clifford!», dijo, «¿no estará...?». Ella se detuvo un momento para considerarlo. «¡Quizás!», dijo ella. Y levantó la vista hacia él. «No quiero que Clifford lo sepa, ni siquiera que lo sospeche. Le haría mucho daño. Pero no creo que esté mal, ¿y usted?».

«¡Mal! ¡Dios mío, no! Usted es tan infinitamente buena conmigo... que apenas puedo soportarlo».

Él se apartó y ella vio que en un momento más él estaría sollozando.

«Pero no hace falta que Clifford lo sepa, ¿verdad?», suplicó ella. «Le haría mucho daño. Y si él nunca lo sabe, nunca sospecha, no hace daño a nadie».

«¡Yo!», dijo él, casi con fiereza; «¡él no sabrá nada de mí! Ya verá si lo hace. ¡Yo, delatarme! ¡Ja! Ja!», rió hueca, cínicamente, ante semejante idea. Ella le observaba asombrada. Él le dijo: «¿Puedo besarle la mano e irme? Creo que iré a Sheffield, almorzaré allí, si puedo, y volveré para el té. ¿Puedo hacer algo por usted? ¿Puedo estar seguro de que no me odia? ––y de que no lo hará?–», terminó con una nota desesperada de cinismo.

«No, no le odio», dijo ella. «Creo que usted es agradable».

«¡Ah!», le dijo con fiereza, «¡preferiría que me diga eso a que me diga que me ama! Significa mucho más... Hasta la tarde entonces. Tengo mucho en qué pensar hasta entonces». Le besó las manos humildemente y se marchó.

«No creo que pueda soportar a ese joven», dijo Clifford durante el almuerzo.

«¿Por qué?», preguntó Connie.

«Es tan atorrante debajo de su barniz... sólo esperando para hacernos rebotar».

«Creo que la gente ha sido muy poco amable con él», dijo Connie.

«¿Te sorprende? ¿Y crees que emplea sus horas brillantes haciendo obras de caridad?».

«Creo que tiene un cierto tipo de generosidad».

«¿Hacia quién?».

«No lo sé muy bien».

«Naturalmente que no. Me temo que confundes falta de escrúpulos con generosidad».

Connie hizo una pausa. ¿Era así? Era posible. Sin embargo, la falta de escrúpulos de Michaelis ejercía cierta fascinación sobre ella. Recorría distancias enteras donde Clifford sólo se arrastraba unos tímidos pasos. A su manera, él había conquistado el mundo, que era lo que Clifford quería hacer. ¿Medios y maneras...? ¿Eran los de Michaelis más despreciables que los de Clifford? ¿Era peor la forma en que el pobre extranjero se había promocionado en persona y por las puertas de atrás, que la forma en que Clifford se había publicitado hasta alcanzar la prominencia? La diosa perra, Éxito, era perseguida por miles de perros jadeantes con la lengua desencajada. El que la atrapó primero era el verdadero perro entre los perros, ¡si nos guiamos por el éxito! Así que Michaelis podía mantener la cola en alto.

Lo extraño fue que no lo hizo. Volvió hacia la hora del té con un gran ramo de violetas y lirios y la misma expresión de perro muerto. Connie se preguntaba a veces si era una especie de máscara para desarmar a la oposición, porque era casi demasiado fija. ¿Era realmente un perro tan triste?

Su especie de perro triste apagado persistió toda la velada, aunque a través de él Clifford sintió el descaro interior. Connie no lo sintió, quizá porque no iba dirigido contra las mujeres; sólo contra los hombres y sus presunciones y suposiciones. Ese indestructible e interior descaro en el escuálido tipo era lo que hacía que los hombres tuvieran tan mala opinión de Michaelis. Su mera presencia era una afrenta para un hombre de sociedad, lo disfrazara como lo disfrazara con una supuesta buena educación.

Connie estaba enamorada de él pero se las arregló para sentarse con su bordado y dejar hablar a los hombres, sin delatarse. En cuanto a Michaelis, estaba perfecto; exactamente el mismo joven melancólico, atento y distante de la noche anterior, a millones de grados de distancia de sus anfitriones pero haciéndoles lacónicamente el juego en la medida necesaria y sin acercarse a ellos ni un momento. Connie pensó que él debía de haber olvidado la mañana. No lo había olvidado. Pero sabía dónde estaba... en el mismo lugar de siempre, fuera, donde están los extranjeros natos. No se tomó lo de hacer el amor como algo personal. Sabía que no le cambiaría de ser un perro sin dueño, al que todos envidian su collar dorado, a ser un cómodo perro de sociedad.

El hecho final es que en el fondo de su alma era un extranjero y antisocial y aceptaba el hecho interiormente, por muy de Bond Street que haya sido por fuera. Su aislamiento era una necesidad para él; del mismo modo que la apariencia de conformidad y de mezclarse con la gente inteligente también era una necesidad.

Pero el amor ocasional, como consuelo y calmante, también era algo bueno y él no era desagradecido. Al contrario, estaba ardiente y conmovedoramente agradecido por una muestra de bondad natural y espontánea... casi hasta las lágrimas. Bajo su rostro pálido, inmóvil y desencajado, su alma de niño sollozaba de gratitud hacia la mujer y ardía en deseos de volver a ella; igual que su alma de marginado sabía que se mantendría realmente alejado de ella.

Encontró una oportunidad para decírselo, mientras encendían las velas en el vestíbulo:

«¿Puedo venir?».

«Yo iré a verle», dijo ella.

«¡Oh, bien!».

La esperó mucho tiempo... pero llegó.

Era el tipo de amante excitado y tembloroso, cuya crisis llegaba pronto y se acababa. Había algo curiosamente infantil e indefenso en su cuerpo desnudo; como están desnudos los niños. Todas sus defensas estaban en su ingenio y astucia, en sus propios instintos de astucia, y cuando éstos estaban en suspenso parecía doblemente desnudo y como un niño, de carne tierna e inacabado, y de algún modo luchando indefenso.

Despertaba en la mujer una especie de compasión y anhelo salvajes y un deseo físico salvaje y anhelante. El deseo físico no lo satisfacía en ella; él siempre acababa y terminaba tan rápido, encogiéndose luego sobre su pecho, y recuperando un poco su descaro mientras ella yacía aturdida, decepcionada, perdida.

Pero ella pronto aprendió a retenerlo, a mantenerlo ahí dentro de ella cuando su crisis había pasado. Y allí estaba él, generoso y curiosamente potente; permanecía firme en su interior, entregándose a ella, mientras ella estaba activa... salvaje, apasionadamente activa, llegando a su propia crisis. Y mientras sentía el frenesí de ella alcanzando su propia satisfacción orgásmica a partir de la pasividad dura y erecta de él, tuvo una curiosa sensación de orgullo y satisfacción.

«¡Ah, qué bueno!», susurró ella trémulamente, y se quedó quieta, aferrada a él. Y él yacía allí en su propio aislamiento pero de algún modo orgulloso.

Se quedó esa vez sólo los tres días y para Clifford fue exactamente igual que la primera noche; para Connie también. No había forma de doblegar a su hombre exterior.

Le escribió a Connie con la misma nota melancólica y lastimera de siempre, a veces ingeniosa, y tocada de un extraño afecto sin sexo. Una especie de afecto desesperado que parecía sentir por ella, y la lejanía esencial seguía siendo la misma. Estaba desesperanzado en lo más profundo de sí mismo, y quería estar desesperanzado. Más bien odiaba la esperanza. «Une immense espérance à travers la terre», leyó en alguna parte, y su comentario fue: «...ha ahogado todo lo que vale la pena tener».

Connie nunca le entendió realmente pero, a su manera, le amaba. Y todo el tiempo sintió el reflejo de su desesperanza en ella. Ella no podía amar del todo, del todo, en la desesperanza. Y él, al no tener esperanza, nunca pudo amar del todo.

Así siguieron durante bastante tiempo, escribiéndose y encontrándose de vez en cuando en Londres. Ella seguía deseando la emoción física y sexual que podía conseguir con él por su propia actividad, cuando el pequeño orgasmo de él había terminado. Y él aún quería dársela. Lo que era suficiente para mantenerlos conectados.

Y lo suficiente para darle una especie de sutil seguridad en sí misma, algo ciega y un poco arrogante. Era una confianza casi mecánica en sus propios poderes e iba acompañada de una gran alegría.

Ella estaba tremendamente alegre en Wragby. Y utilizó toda su excitada alegría y satisfacción para estimular a Clifford, de modo que él escribió lo mejor que pudo en ese momento y se sintió casi feliz a su extraña manera ciega. Él cosechaba realmente los frutos de la sensual satisfacción que ella obtenía de la pasividad masculina de Michaelis erecto en su interior. Pero, por supuesto, él nunca lo supo y, si lo hubiera sabido, ¡no le habría dado las gracias!

Sin embargo, cuando aquellos días de su gran alegría y estímulo desaparecieron, desaparecieron del todo, y ella se sintió deprimida e irritable, ¡cómo los añoraba Clifford de nuevo! Tal vez, de haberlo sabido, incluso habría deseado que ella y Michaelis volvieran a estar juntos.

Connie siempre tuvo el presentimiento de lo desesperado de su romance con Mick, como le llamaba la gente. Sin embargo, los demás hombres parecían no significar nada para ella. Estaba apegada a Clifford. Él quería buena parte de su vida y ella se la daba. Pero ella quería buena parte de la vida de un hombre y esto Clifford no se lo daba; no podía. Había espasmos ocasionales de Michaelis. Pero, como ella sabía por presentimiento, aquello llegaría a su fin. Mick no podía retener nada. Formaba parte de su propio ser el romper cualquier conexión y volver a ser un perro solitario, aislado, absolutamente solo. Era su mayor necesidad, aunque siempre decía: ¡Ella me rechazó!

Se supone que el mundo está lleno de posibilidades pero se reducen a muy pocas en la mayoría de las experiencias personales. Hay muchos peces buenos en el mar... quizá... pero las grandes masas parecen ser caballas o arenques y si uno mismo no es caballa o arenque es probable que encuentre muy pocos peces buenos en el mar.

Clifford avanzaba a pasos agigantados hacia la fama e incluso hacia el dinero. La gente venía a verle. Connie casi siempre tenía a alguien en Wragby. Pero si no eran caballas eran arenques, con un ocasional bagre o congrio.

Había algunos hombres regulares, constantes; hombres que habían estado en Cambridge con Clifford. Estaba Tommy Dukes, que había permanecido en el ejército y era General de Brigada. «El ejército me deja tiempo para pensar y me evita tener que enfrentarme a la batalla de la vida», decía.

Estaba Charles May, un irlandés, que escribía científicamente sobre las estrellas. Estaba Hammond, otro escritor. Todos tenían más o menos la misma edad que Clifford; eran los jóvenes intelectuales de la época. Todos creían en la vida de la mente. Lo que hacían aparte de eso era asunto privado suyo y no importaba mucho. A nadie se le ocurre preguntar a otra persona a qué hora se retira al retrete. No le interesa a nadie más que a la persona en cuestión.

Y lo mismo ocurre con la mayoría de los asuntos de la vida ordinaria... cómo gana usted su dinero, o si ama a su mujer, o si tiene «affairs». Todos estos asuntos sólo conciernen a la persona en cuestión y, como ir al retrete, no tienen interés para nadie más.

«La cuestión del problema sexual», dijo Hammond, que era un tipo alto y delgado con mujer y dos hijos pero mucho más relacionado con una máquina de escribir, «es que no tiene sentido. Estrictamente no hay ningún problema. No queremos seguir a un hombre hasta el inodoro, así que ¿por qué íbamos a querer seguirlo hasta la cama con una mujer? Y ahí radica el problema. Si no hiciéramos más caso de una cosa que de la otra, no habría ningún problema. Es todo completamente insensato y sin objeto; una cuestión de curiosidad fuera de lugar».

«¡Claro, Hammond, claro! Pero si alguien empieza a hacer el amor con Julia, usted empieza a hervir a fuego lento; y si continúa, pronto está en el punto de ebullición»... Julia era la esposa de Hammond.

«¡Vaya, exactamente! Lo mismo me pasaría a mí si empezara a orinar en un rincón de mi salón. Hay un lugar para cada cosa».

«¿Quiere decir que no le importaría que él hiciera el amor con Julia en alguna alcoba discreta?».

Charlie May fue ligeramente satírico pues había flirteado un poco con Julia y Hammond le había cortado muy bruscamente.

«Por supuesto que me importaría. El sexo es algo privado entre Julia y yo; y por supuesto que me importaría si alguien más intentara mezclarse».

«De hecho», dijo el delgado y pecoso Tommy Dukes, que parecía mucho más irlandés que May que era pálido y bastante gordo: «De hecho, Hammond, usted tiene un fuerte instinto de propiedad y una fuerte voluntad de autoafirmación y quiere el éxito. Desde que estoy asentado definitivamente en el ejército me he apartado del mundo y ahora veo lo desmesuradamente fuerte que es en los hombres el ansia de autoafirmación y de éxito. Está enormemente sobredesarrollado. Toda nuestra individualidad ha corrido en esa dirección. Y, por supuesto, los hombres como usted creen que saldrán adelante mejor con el respaldo de una mujer. Por eso sienten tantos celos. Eso es lo que el sexo es para usted... una pequeña dínamo vital entre usted y Julia, para lograr el éxito. Si empezara a no tener éxito empezaría a coquetear, como Charlie, que no tiene éxito. Las personas casadas como usted y Julia llevan etiquetas, como los baúles de los viajeros. Julia está etiquetada como Señora de Arnold B. Hammond, como un baúl en el ferrocarril que pertenece a alguien. Y usted llevas la etiqueta Arnold B. Hammond, c/o Señora de Arnold B. Hammond. ¡Oh, tiene toda la razón, tiene toda la razón! La vida de la mente necesita una casa cómoda y una cocina decente. Tiene toda la razón. Necesita incluso la posteridad. Pero todo depende del instinto de éxito. Ese es el pivote sobre el que giran todas las cosas».

Hammond parecía bastante picado. Estaba bastante orgulloso de la integridad de su mente y de no ser un esclavo de su época. No obstante, deseaba tener éxito.

«Es muy cierto, no se puede vivir sin dinero», dijo May. «Uno debe tener cierta cantidad para poder vivir y arreglárselas... incluso para tener la libertad de pensar que debe tener cierta cantidad de dinero, o su estómago se lo impide. Pero me parece que se podrían dejar las etiquetas del sexo. Somos libres de hablar con cualquiera; así que, ¿por qué no deberíamos ser libres de hacer el amor con cualquier mujer que nos incline en ese sentido?».

«Ahí habla el lascivo celta», dijo Clifford.

«¡Lascivo! Bueno, ¿por qué no...? No veo que le haga más daño a una mujer acostándome con ella que bailando con ella... o incluso hablándole del tiempo. Es sólo un intercambio de sensaciones en lugar de ideas, así que ¿por qué no?».

«Sea tan promiscuo como los conejos», dijo Hammond.

«¿Por qué no? ¿Qué tienen de malo los conejos? ¿Son peores que una humanidad neurótica y revolucionaria, llena de odio nervioso?».

«Pero aun así no somos conejos», dijo Hammond.

«¡Precisamente! Estoy en mis cabales; tengo que hacer ciertos cálculos en ciertos asuntos astronómicos que me preocupan casi más que la vida o la muerte. A veces la indigestión interfiere conmigo. El hambre interferiría conmigo desastrosamente. Del mismo modo, el sexo hambriento interfiere conmigo. ¿Entonces qué?».

«Debí pensar que la indigestión sexual por exceso le habría afectado más seriamente», dijo Hammond satíricamente.

«¡No es eso! No como en exceso ni jodo en exceso. Uno puede elegir si quiere comer demasiado. Pero usted me mataría de hambre absolutamente».

«¡En absoluto! Puede casarse».

«¿Cómo sabe que puedo? Puede que no se adapte al proceso de mi mente. El matrimonio podría... y lo haría... embrutecer mis procesos mentales. No estoy bien orientado de esa manera... ¿y por eso debo estar encadenado en una perrera como un monje? Todo podrido y funesto, mi amigo. Yo debo vivir y hacer mis cálculos. A veces necesito mujeres. Me niego a hacer una montaña de ello y me niego a la condena moral o a la prohibición de nadie. Me avergonzaría ver a una mujer paseando con mi nombre-etiqueta, dirección y estación de tren, como un baúl de armario».

Estos dos hombres no se habían perdonado el flirteo con Julia.

«Es una idea divertida, Charlie», dijo Dukes, «que el sexo es sólo otra forma de hablar, en la que uno actúa las palabras en lugar de decirlas».

Supongo que es bastante cierto. Supongo que podríamos intercambiar tantas sensaciones y emociones con las mujeres como ideas sobre el tiempo, etcétera. El sexo podría ser una especie de conversación física normal entre un hombre y una mujer. No se habla con una mujer a menos que se tengan ideas en común; es decir, no se habla sin ningún interés. Y del mismo modo, a menos que uno tuviera alguna emoción o simpatía en común con una mujer no se acostaría con ella. Pero si tuviera...».

«Si tuviera la debida emoción o simpatía por una mujer, debería acostarse con ella», dijo May. «Es lo único decente, acostarse con ella. Igual que, cuando le interesa hablar con alguien, lo único decente es dejar que la charla salga. No se meta púdicamente la lengua entre los dientes y se la muerda. Simplemente diga lo que tiene que decir. Y lo mismo a la inversa».

«No», dijo Hammond. «Está mal. Usted, por ejemplo, May, desperdicia la mitad de su fuerza con las mujeres. Nunca hará realmente lo que debería hacer, con una mente tan fina como la suya. Demasiado de ella se va por otro lado».

«Puede que sí... y muy poco de usted va por ahí, Hammond, mi amigo, casado o no. Puede mantener la pureza e integridad de su mente, pero se está secando condenadamente. Su mente pura se está secando como arcos de violín, por lo que veo de ella. Simplemente la está apagando».

Tommy Dukes estalló en una carcajada.

«¡Adelante, qué dos mentes!», dijo. «Mírenme... No hago ningún trabajo mental elevado y puro, nada más que apuntar algunas ideas. Y, sin embargo, ni me caso ni corro detrás de las mujeres. Creo que Charlie tiene toda la razón; si él quiere correr detrás de las mujeres, es muy libre de no hacerlo demasiado a menudo. Pero yo no le prohibiría correr. En cuanto a Hammond, tiene instinto para la propiedad, así que naturalmente el camino recto y la puerta estrecha son adecuados para él. Verá que será un hombre de letras inglés antes de que llegue a su fin. El abecedario de pies a cabeza. Luego estoy yo. No soy nada. Sólo un mocoso. ¿Y qué hay de usted, Clifford? ¿Cree que el sexo es una dínamo para ayudar a un hombre a triunfar en el mundo?».

Clifford rara vez hablaba mucho en esos momentos. Nunca hablaba; sus ideas no eran lo bastante vitales para ello, era demasiado confuso y emotivo. Ahora se sonrojó y parecía incómodo.

«¡Bueno!», dijo, «estando yo mismo *hors de combat*, no veo que tenga nada que decir al respecto».

«En absoluto», dijo Dukes; «su parte superior no está en absoluto *hors de combat*. Tiene la vida de la mente sana e intacta. Así que escuchamos sus ideas».

«Bueno», tartamudeó Clifford, «incluso entonces no creo que tenga mucha idea... Supongo que "casarse y tener eso hecho" representaría bastante bien lo que yo pienso. Aunque, por supuesto, entre un hombre y una mujer que se quieren, es una gran cosa».

«¿Qué clase de gran cosa?», dijo Tommy.

«Oh... perfecciona la intimidad», dijo Clifford, incómodo como una mujer al hablar así.

«Bueno, Charlie y yo creemos que el sexo es una especie de comunicación como el habla. Que cualquier mujer inicie una conversación sexual conmigo y es natural que me vaya a la cama con ella para terminarla, todo a su tiempo. Desgraciadamente, ninguna mujer empieza nada en particular conmigo, así que me voy a la cama solo; y no soy peor por ello... Eso espero, de todos modos, pues ¿cómo voy a saberlo? De todos modos no tengo cálculos estelares con los que interferir, ni obras inmortales que escribir. Soy simplemente un tipo merodeando en el ejército...».

Se hizo el silencio. Los cuatro hombres fumaban. Y Connie se sentó y dio otra puntada en su costura... ¡Sí, estaba sentada allí! Tenía que quedarse callada. Tenía que estar quieta como un ratón para no interferir en las especulaciones inmensamente importantes de estos caballeros altamente mentales. Pero ella tenía que estar allí. No se llevaban tan bien sin ella; sus ideas no fluían tan libremente. Clifford estaba mucho más apocado y nervioso, se acobardaba mucho más rápido en ausencia de Connie, y la charla no fluía. Tommy Dukes salió mejor parado; estaba un poco inspirado por la presencia de ella. Hammond no le caía muy bien; parecía muy egoísta mentalmente. Y Charles May, aunque le gustaba algo de él, parecía un poco desagradable y desordenado, a pesar de sus estrellas.

¡Cuántas tardes se había sentado Connie a escuchar las manifestaciones de estos cuatro hombres! Éstos y uno o dos más. Que nunca parecieran llegar a ninguna parte no la preocupaba profundamente. Le gustaba oír lo que tenían que decir, sobre todo cuando Tommy estaba allí. Era divertido. En lugar de que los hombres la besaran y la tocaran con sus cuerpos, le revelaban sus mentes. ¡Era muy divertido! Pero, ¡qué mentes tan frías!

Y también era un poco irritante. Ella respetaba más a Michaelis, sobre cuyo nombre todos vertían un desprecio tan fulminante, como a un pequeño arribista mestizo e inculto atorrante de la peor calaña. Mestizo y atorrante o no, él sacó sus propias conclusiones. No se limitó a recorrerlas con millones de palabras, en el desfile de la vida de la mente.

A Connie le gustaba bastante la vida de la mente y le producía una gran emoción. Pero pensaba que se exageraba un poco. Le encantaba estar allí, entre el humo del tabaco de aquellas famosas veladas de los amigotes, como los llamaba en privado para sí misma. Le divertía infinitamente y también le enorgullecía, que ni siquiera ellos pudieran hablar sin su silenciosa presencia. Sentía un inmenso respeto por el pensamiento... y estos hombres, al menos, intentaban pensar honestamente. Pero de alguna manera había un gato, y no saltaba. Todos hablaban por igual de algo, aunque lo que era, por su vida que no podía decirlo. Era algo que Mick tampoco tenía claro.

Pero Mick no intentaba hacer nada sino simplemente vivir su vida y poner tanto en contra de los demás como ellos intentaban poner en contra de él. Era realmente antisocial, que era lo que Clifford y sus amigotes tenían contra él. Clifford y sus amigotes no eran antisociales; estaban más o menos empeñados en salvar a la humanidad, o en instruirla, por lo menos.

Hubo una magnífica charla el domingo por la tarde, cuando la conversación derivó de nuevo hacia el amor.

«Bendito sea el lazo que une nuestros corazones en algo u otro...», dijo Tommy Dukes. «Me gustaría saber cuál es el lazo... El lazo que nos une ahora es la fricción mental entre nosotros. Y, aparte de eso, hay muy poco lazo entre nosotros. Nos separamos y decimos cosas rencorosas el uno del otro, como todos los demás malditos intelectuales del mundo. Malditos todos, en cuanto a eso, porque todos lo hacen. Si no, nos destrozamos y encubrimos el rencor que sentimos unos contra otros diciéndonos falsas sugestiones. Es curioso que la vida mental parezca florecer con sus raíces en el rencor, un rencor inefable e insondable. ¡Siempre ha sido así! ¡Miren a Sócrates, en Platón, y a su pandilla a su alrededor! El puro rencor de todo ello, la pura alegría de hacer pedazos a otro... ¡Protágoras o quienquiera que fuese! ¡Y Alcibíades y todos los demás perritos discípulos uniéndose a la contienda! Debo decir que le hace a uno preferir a Buda, tranquilamente sentado bajo un árbol bodhi, o a Jesús, contando a sus discípulos pequeñas historias dominicales, pacíficamente, y sin fuegos artificiales mentales. No, la vida mental tiene un problema radical. Está arraigada en el rencor y la envidia, la envidia y el rencor. Por sus frutos se conoce el árbol».

«No creo que seamos tan rencorosos», protestó Clifford.

«Mi querido Clifford, piense en la forma en que nos hablamos unos a otros, todos nosotros. Yo mismo soy bastante peor que los demás. Porque prefiero infinitamente el despecho espontáneo a las confecciones azucaradas; son veneno; cuando empiezo a decir lo buen tipo que es Clifford, etc., etc., entonces el pobre Clifford es digno de lástima. Por el amor de Dios, todos ustedes, digan cosas rencorosas sobre mí, entonces sabré que significo algo para ustedes. No digan sugestiones azucaradas, o estoy acabado».

«Oh, pero creo que sinceramente nos caemos bien unos a otros», dijo Hammond.

«Te digo que debemos... ¡nos decimos cosas tan rencorosas, unos a otros, a nuestras espaldas! Yo soy el peor».

«Y creo que confundes la vida mental con la actividad crítica. Estoy de acuerdo contigo, Sócrates dio a la actividad crítica un gran comienzo, pero hizo más que eso», dijo Charlie May, más bien magistralmente. Los amigotes tenían una pomposidad tan curiosa bajo su supuesta modestia. Todo era tan *ex cathedra*, y todo pretendía ser tan humilde.

Dukes se negó a ser arrastrado a la conversación acerca de Sócrates.

«Eso es muy cierto, la crítica y el conocimiento no son lo mismo», dijo Hammond.

«No lo son, por supuesto», intervino Berry, un joven moreno y tímido, que había venido a ver a Dukes y se quedaba a pasar la noche.

Todos le miraron como si el asno hubiera hablado.

«No hablaba de conocimiento... hablaba de la vida mental», se rió Dukes. «El verdadero conocimiento sale de todo el corpus de la conciencia; de su vientre y su pene tanto como de su cerebro y su mente. La mente sólo puede analizar y racionalizar. Pongan la mente y la razón a gallardear sobre el resto, y todo lo que pueden hacer es criticar, y provocar una mortandad. Digo, todo lo que pueden hacer. Es enormemente importante. Dios mío, el mundo necesita criticar hoy... criticar hasta la muerte. Por lo tanto, vivamos la vida mental, y glorifiquémonos en nuestro rencor, y desnudemos el viejo espectáculo podrido. Pero, atención, es así: mientras vives tu vida, eres en cierto modo un todo orgánico con toda la vida. Pero una vez que comienzas la vida mental, arrancas la manzana. Has cortado la conexión entre la manzana y el árbol, la conexión orgánica. Y si no tienes en tu vida más que la vida mental, entonces tú mismo eres una manzana arrancada... te has caído del árbol. Y entonces es una necesidad lógica ser rencoroso, igual que es una necesidad natural que una manzana arrancada se eche a perder».

Clifford abrió los ojos; todo eran sólo cosas para él. Connie se rió secretamente para sus adentros.

«Pues entonces todos somos manzanas arrancadas», dijo Hammond, de forma bastante ácida y petulante.

«Entonces hagamos sidra de nosotros mismos», dijo Charlie.

«Pero, ¿qué piensan del bolchevismo?», añadió el moreno Berry, como si todo hubiera conducido a ello.

«¡Bravo!», rugió Charlie. «¿Qué piensan del bolchevismo?».

«¡Vamos! Saquemos provecho del bolchevismo», dijo Dukes.

«Me temo que el bolchevismo es una gran cuestión», dijo Hammond, sacudiendo la cabeza con seriedad.

«El bolchevismo, me parece a mí», dijo Charlie, «no es más que un odio superlativo a eso que llaman lo burgués; y lo que es lo burgués no está del todo definido. Es el capitalismo, entre otras cosas. Los sentimientos y las emociones también son tan decididamente burgueses que es preciso inventar un hombre sin ellos.

«Entonces, el individuo, sobre todo el hombre personal, es burgués; por eso debe ser suprimido. Debe sumergirse en lo más grande, lo soviético-social. Incluso un organismo es burgués; así que el ideal debe ser mecánico. Lo único que es una unidad, no orgánico, compuesto de muchas partes diferentes, pero igualmente esenciales, es la máquina. Cada hombre una pieza de la máquina, y la fuerza motriz de la máquina, el odio... el odio al burgués. Eso, para mí, es el bolchevismo».

«¡Absolutamente!», dijo Tommy. «Pero además, me parece una descripción perfecta de todo el ideal industrial. Es el ideal del dueño de la fábrica en una cáscara de nuez; excepto que él negaría que la fuerza motriz fuera el odio. Odio es, de todos modos; odio a la vida misma. Basta con mirar estas Midlands, si no está escrito claramente... pero todo forma parte de la vida de la mente, es un desarrollo lógico».

«Niego que el bolchevismo sea lógico, rechaza la mayor parte de las premisas», dijo Hammond.

«Mi querido amigo, permita la premisa material; lo mismo hace la mente pura... exclusivamente».

«Al menos el bolchevismo ha tocado fondo», dijo Charlie.

«¡El fondo! ¡El fondo que no tiene fondo! Los bolcheviques tendrán en muy poco tiempo el mejor ejército del mundo, con el mejor equipamiento mecánico.

«Pero esto no puede continuar... este asunto del odio. Debe haber una reacción...», dijo Hammond.

«Bueno, llevamos años esperando... esperamos más. El odio es algo que crece como cualquier otra cosa. Es el resultado inevitable de forzar ideas a la vida, de forzar los instintos más profundos; nuestros sentimientos más profundos los forzamos según ciertas ideas. Nos manejamos con una fórmula, como una máquina. La mente lógica pretende gobernar el gallinero, y el gallinero se convierte en puro odio. Todos somos bolcheviques, sólo que somos hipócritas. Los rusos son bolcheviques sin hipocresía».

«Pero hay muchas otras formas», dijo Hammond, «que la soviética. Los bolcheviques no son realmente inteligentes».

«Por supuesto que no. Pero a veces es inteligente ser medio tonto: si quieres llegar a tu fin. Personalmente, considero que el bolchevismo es medio tonto; pero también considero que nuestra vida social en Occidente es medio tonta. Así que incluso considero nuestra tan famosa vida mental medio tonta. Todos somos tan fríos como cretinos, todos somos tan faltos de pasión como idiotas. Todos somos bolcheviques, sólo que le damos otro nombre. Nos creemos dioses... ¡hombres como dioses! Es lo mismo que el bolchevismo. Uno tiene que ser humano y tener un corazón y un pene si quiere escapar de ser un dios o un bolchevique... porque son la misma cosa: ambos son demasiado buenos para ser verdad».

Del silencio desaprobador surgió la pregunta ansiosa de Berry:

«Entonces cree en el amor, Tommy, ¿verdad?».

«¡Qué muchacho tan encantador!», dijo Tommy. «¡No, querubín mío, nueve de cada diez veces, no! El amor es otra de esas actuaciones de medio pelo de hoy. ¡Compañeros con cinturas oscilantes tirándose a muchachas del jazz con nalgas de niño pequeño, como dos sementales con collar! ¿Se refiere a ese tipo de amor? ¿O al tipo de amor de propiedad conjunta, de hacer un éxito de ello, de "mi marido, mi mujer"? No, mi buen amigo, ¡no creo en eso en absoluto!».

«¿Pero cree en algo?».

«¿Yo? Oh, intelectualmente creo en tener un buen corazón, un pene vivaracho, una inteligencia viva y el valor de decir "¡mierda!" delante de una dama».

«Bueno, los tiene todos», dijo Berry.

Tommy Dukes rugió de risa. «¡Muchacho angelical! ¡Si tan sólo los tuviera! ¡Si tan sólo los tuviera! No; mi corazón está tan entumecido como una patata, mi pene se cae y nunca levanta la cabeza, me atrevo antes a cortármelo limpiamente que decir "¡mierda!" delante de mi madre o de mi tía... son auténticas damas, fíjese; y yo no soy realmente inteligente, sólo soy un "vividor mental". Sería maravilloso ser inteligente; entonces uno estaría vivo en todas las partes mencionadas e innombrables. El pene levanta la cabeza y dice: ¿Cómo está usted?... a cualquier persona realmente inteligente. Renoir decía que pintaba sus cuadros con el pene... él también lo hacía, ¡preciosos cuadros! Ojalá hiciera algo con el mío. ¡Dios! ¡Cuando uno sólo puede hablar! ¡Otra tortura añadida al Hades! Y Sócrates la empezó».

«Hay mujeres agradables en el mundo», dijo Connie, levantando la cabeza y hablando por fin.

A los hombres les molestaba... ella debería haber fingido no oír nada. Odiaban que admitiera que había asistido tan atentamente a esas conversaciones.

«¡Dios mío!».

Si no son amables conmigo

¿qué me importa lo amables que sean?

«¡No, es inútil! Simplemente no puedo vibrar al unísono con una mujer. No hay ninguna mujer a la que pueda desear de verdad cuando la tengo delante, y no voy a empezar a forzarme a ello... ¡Dios mío, no! Me quedaré como estoy y llevaré una vida mental. Es lo único honesto que puedo hacer. Puedo ser bastante feliz hablando con mujeres; pero todo es puro, desesperadamente puro. ¡Puro sin remedio! ¿Qué dice, Hildebrand, mi polluelo?».

«Es mucho menos complicado si uno se mantiene puro», dijo Berry.

«¡Sí, la vida es demasiado simple!».

Capítulo 5

En una mañana helada con un poco de sol de febrero, Clifford y Connie fueron a dar un paseo por el parque hasta el bosque. Es decir, Clifford paseaba en su silla a motor y Connie caminaba a su lado.

El aire duro seguía siendo sulfuroso pero ambos estaban acostumbrados a él. Alrededor del horizonte cercano iba la bruma, opalescente de escarcha y humo, y en la parte superior se extendía el pequeño cielo azul; de modo que era como estar dentro de un recinto, siempre dentro. La vida siempre un sueño o un frenesí, dentro de un recinto.

Las ovejas tosían en la hierba áspera y reseca del parque, donde la escarcha yacía azulada en las cuencas de los penachos. Al otro lado del parque corría un sendero hasta la puerta del bosque, una fina cinta de color rosa. Clifford la había hecho empedrar recientemente con grava tamizada del banco de la fosa. Cuando la roca y los desechos del inframundo habían ardido y desprendido su azufre, se volvía de un color rosado brillante, color camarón en los días secos, más oscuro, color cangrejo en los húmedos. Ahora era de color camarón pálido, con una escarcha blanca azulada. Siempre complacía a Connie, este suelo tamizado de rosa brillante. Es un viento malo que no trae nada bueno.

Clifford bajó con cautela la pendiente de la loma desde el vestíbulo y Connie mantuvo la mano en la silla. Delante se extendía el bosque, el matorral de avellanos más cercano, la densidad violácea de los robles más allá. Desde el borde del bosque los conejos se agitaban y mordisqueaban. Los grajos se elevaron de repente en un tren negro y se alejaron arrastrándose sobre el pequeño cielo.

Connie abrió la puerta del bosque y Clifford la atravesó resoplando lentamente hacia el amplio paseo que subía por una pendiente entre los matorrales limpios de avellanos. El bosque era un vestigio del gran bosque donde cazaba Robin Hood, y este paseo era una vieja, vieja vía que atravesaba el país. Pero ahora, por supuesto, sólo era un paseo por el bosque privado. El camino desde Mansfield se desviaba hacia el norte.

En el bosque todo estaba inmóvil, las viejas hojas del suelo conservaban la escarcha en su parte inferior. Un arrendajo llamó ásperamente, muchos pajarillos revolotearon. Pero no había caza; ni faisanes. Los habían matado durante la guerra y el bosque había quedado desprotegido, hasta que ahora Clifford había vuelto a tener su guardabosque.

Clifford amaba el bosque; amaba los viejos robles. Los sentía suyos a través de las generaciones. Quería protegerlos. Quería este lugar inviolado, aislado del mundo.

La silla subió lentamente por la pendiente, balanceándose y sacudiéndose sobre los terrones helados. Y de repente, a la izquierda, llegó un claro donde no había más que un revoltijo de helechos muertos, un arbolillo delgado y enjuto inclinado aquí y allá, grandes troncos aserrados, mostrando sus copas y sus raíces agarradas, sin vida. Y manchas de negrura donde los leñadores habían quemado la maleza y la basura.

Era uno de los lugares que Sir Geoffrey había cortado durante la guerra para hacer madera de trinchera. Toda la loma, que se elevaba suavemente a la derecha del paseo, estaba despoblada y extrañamente desamparada. La corona de la loma, donde antes se alzaban los robles, ahora estaba desnuda; y desde allí se podía mirar por encima de los árboles hacia el ferrocarril de la mina y las nuevas obras de Stacks Gate. Connie se había quedado mirando, era una brecha en el puro aislamiento del bosque. Dejaba entrar al mundo. Pero no se lo dijo a Clifford.

Este lugar denudado siempre enfadaba curiosamente a Clifford. Él había pasado por la guerra, había visto lo que significaba. Pero no se enfadaba de verdad hasta que veía esta colina desnuda. La estaba replantando. Pero le hacía odiar a Sir Geoffrey.

Clifford se sentó con el rostro fijo mientras la silla subía lentamente. Cuando llegaron a la cima de la subida se detuvo; no quería arriesgarse en la larga y muy traqueteante bajada. Se sentó mirando el verdoso recorrido del paseo hacia abajo, un camino despejado a través de los helechos y los robles. Se desviaba al pie de la colina y desaparecía, pero tenía una curva fácil tan encantadora, como la de los caballeros cabalgando y las damas en palafrenes.

«Considero que éste es realmente el corazón de Inglaterra», le dijo Clifford a Connie, allí sentado bajo el tenue sol de febrero.

«¿Sí?», dijo ella, sentándose con su vestido azul de punto, sobre un tronco junto al sendero.

«¡Sí! Ésta es la vieja Inglaterra, su corazón; y pretendo mantenerlo intacto».

«¡Oh, sí!», dijo Connie. Pero, mientras lo decía oyó los bocinazos de las once en la mina de carbón de Stacks Gate. Clifford estaba demasiado acostumbrado al sonido para notarlo.

«Quiero este bosque perfecto... intacto. No quiero que nadie lo traspase», dijo Clifford.

Había cierto patetismo. El bosque aún tenía algo del misterio de la salvaje y vieja Inglaterra; pero las talas de Sir Geoffrey durante la guerra le habían dado un golpe. ¡Qué inmóviles estaban los árboles, con sus arrugadas e innumerables ramitas contra el cielo, y sus troncos grises y obstinados surgiendo de la parda maleza! ¡Con qué seguridad revoloteaban los pájaros entre ellos! Y antaño había habido ciervos y arqueros y monjes paseando a lomos de asnos. El lugar recordado, aún recordado.

Clifford se sentó bajo el pálido sol, con la luz sobre su pelo liso y más bien rubio, su cara rojiza y llena, inescrutable.

«Me importa más no tener un hijo cuando vengo aquí que en cualquier otro momento», dijo.

«Pero el bosque es más viejo que tu familia», dijo Connie con gentileza.

«¡Claro!», dijo Clifford. «Pero lo hemos preservado. Si no fuera por nosotros ya habría desaparecido, como el resto del bosque. ¡Hay que preservar algo de la vieja Inglaterra!».

«¿Hay que hacerlo?», dijo Connie. «¿Si hay que preservarlo y preservarlo contra la nueva Inglaterra? Es triste, lo sé».

«Si no se preserva algo de la vieja Inglaterra, no habrá Inglaterra en absoluto», dijo Clifford. «Y nosotros que tenemos este tipo de propiedad, y el sentimiento por ella, debemos preservarla».

Hubo una pausa triste. «Sí, por un tiempo», dijo Connie.

«¡Por un tiempo! Es todo lo que podemos hacer. Sólo podemos poner nuestro granito de arena. Siento que cada hombre de mi familia ha hecho su parte aquí, desde que tenemos el lugar. Uno puede ir en contra de las convenciones pero debe mantener la tradición». De nuevo hubo una pausa.

«¿Qué tradición?», preguntó Connie.

«¡La tradición de Inglaterra! ¡de esto!».

«Sí», dijo ella lentamente.

«Por eso tener un hijo ayuda; uno es sólo un eslabón de una cadena», dijo él.

A Connie no le entusiasmaban las cadenas, pero no dijo nada. Pensaba en la curiosa impersonalidad del deseo de él por tener un hijo.

«Siento que no podamos tener un hijo», dijo ella.

Él la miró fijamente, con sus ojos llenos, azul pálido.

«Casi sería bueno que tuvieras un hijo de otro hombre», dijo. «Si lo criáramos en Wragby, nos pertenecería a nosotros y al lugar. No creo muy intensamente en la paternidad. Si tuviéramos que criar al niño sería nuestro y seguiría adelante. ¿No crees que vale la pena considerarlo?».

Connie le miró por fin. El niño, su niño, era sólo un «eso» para él. ¡Eso... eso... eso!

«¿Pero qué pasa con el otro hombre?», preguntó ella.

«¿Importa mucho? ¿Realmente nos afectan estas cosas muy profundamente?... Tú tenías ese amante en Alemania... ¿qué es ahora? Casi nada. Me parece que no son estos pequeños actos y pequeñas conexiones que hacemos en nuestras vidas lo que importa tanto. Pasan, ¿y dónde están? Dónde... ¿Dónde están las nieves de antaño?... Es lo que perdura a lo largo de la vida lo que importa; mi propia vida me importa, en su larga continuidad y desarrollo. Pero, ¿qué importan las conexiones ocasionales? ¡Y las conexiones sexuales ocasionales especialmente! Si la gente no las exagera ridículamente, pasan como el apareamiento de los pájaros. Y así deberían ser. ¿Qué es lo que importa? Lo que importa es el compañerismo de toda la vida. Es la convivencia del día a día, no el dormir juntos una o dos veces. Tú y yo estamos casados, pase lo que pase. Tenemos el hábito el uno del otro. Y el hábito, en mi opinión, es más vital que cualquier excitación ocasional. Lo largo, lo lento, lo duradero... de eso vivimos... no del espasmo ocasional de cualquier tipo. Poco a poco, viviendo juntos, dos personas entran en una especie de unísono, vibran tan intrincadamente la una con la otra. Ese es el verdadero secreto del matrimonio, no el sexo; al menos no la simple función del sexo. Tú y yo estamos entrelazados en matrimonio. Si nos atenemos a eso deberíamos ser capaces de arreglar esto del sexo, como arreglamos lo de ir al dentista; ya que el destino nos ha hecho jaque mate físicamente en eso».

Connie se sentó y escuchó con una especie de asombro y de temor. No sabía si él tenía razón o no. Estaba Michaelis, a quien amaba; eso se decía a sí misma. Pero su amor no era en cierto modo más que una excursión de su matrimonio con Clifford; el largo y lento hábito de la intimidad, formado a lo largo de años de sufrimiento y paciencia. Tal vez el alma humana necesite excursiones y no se le deben negar. Pero lo importante de una excursión es volver a casa.

«¿Y no te importaría el hijo de qué hombre tuviera?», preguntó ella.

«Vaya, Connie, yo confiaría en tu instinto natural de decencia y selección. Simplemente no dejarías que el tipo equivocado te tocara».

¡Pensó en Michaelis! Era absolutamente la idea que tenía Clifford del tipo de hombre equivocado.

«Pero los hombres y las mujeres pueden tener sentimientos diferentes respecto al tipo de hombre equivocado», dijo ella.

«No», respondió él. «Te preocupas por mí. No creo que quisieras a un hombre que me fuera puramente antipático. Tu ritmo no te lo permitiría».

Ela se quedó callada. La lógica podría ser incontestable porque estaba absolutamente equivocada.

«¿Y esperas que yo te lo diga?», preguntó ella, mirándole casi furtivamente.

«En absoluto, mejor que no lo sepa... Pero estás de acuerdo conmigo, ¿verdad?, en que lo del sexo casual no es nada, comparado con la larga vida en común. ¿No crees que se puede subordinar lo del sexo a las necesidades de una larga vida? ¿Simplemente utilizarlo, ya que es a lo que nos vemos abocados? Después de todo, ¿importan estas excitaciones temporales? ¿No es todo el problema de la vida la lenta construcción de una personalidad integral, a lo largo de los años... viviendo una vida integrada? No tiene sentido una vida desintegrada. Si la falta de sexo va a desintegrarte, entonces sal y ten una aventura amorosa. Si la falta de un hijo va a desintegrarte, entonces ten un hijo si puedes. Pero sólo haz estas cosas para que tengas una vida integrada, que forme una larga cosa armoniosa. Y tú y yo podemos hacer eso juntos... ¿no crees?... si nos adaptamos a las necesidades, y al mismo tiempo entretejemos la adaptación en una pieza con nuestra vida constantemente vivida. ¿No estás de acuerdo?».

Connie se sintió un poco abrumada por sus palabras. Ella sabía que él tenía razón teóricamente. Pero cuando ella realmente tocó su vida constantemente vivida con él ella... dudó. ¿Era realmente su destino seguir entretejiéndose en la vida de él todo el resto de su vida? ¿Nada más?

¿Era sólo eso? Debía contentarse con tejer una vida estable con él, toda de un mismo tejido, pero quizá brocada con la flor ocasional de una aventura. Pero, ¿cómo podía saber lo que sentiría el próximo año? ¿Cómo podría una saberlo? ¿Cómo se podía decir sí... durante años y años? El pequeño sí, ¡se fue en un suspiro! ¿Por qué debía una dejarse atrapar por esa palabra mariposa? Por supuesto que tenía que aletear y marcharse, ¡para ser seguida por otros síes y otros noes! Como el aleteo de las mariposas.

«Creo que tienes razón, Clifford. Y por lo que veo estoy de acuerdo contigo. Sólo que la vida puede darle una nueva cara a todo esto».

«Pero hasta que la vida le dé una nueva cara a todo esto, ¿estás de acuerdo?».

«¡Oh, sí! Creo que sí, de verdad».

Estaba observando a un spaniel marrón que había salido corriendo por un sendero lateral y miraba hacia ellos con el hocico levantado, emitiendo un ladrido suave y esponjoso. Un hombre con un arma salió a toda velocidad, sigilosamente, tras el perro, mirando hacia ellos como si estuviera a punto de atacarles; luego se detuvo en su lugar, saludó y se volvió cuesta abajo. Sólo era el nuevo guardabosques, pero había asustado a Connie, parecía surgir con una amenaza tan rápida. Así le había visto ella, como la repentina irrupción de una amenaza salida de la nada.

Era un hombre vestido con terciopelo verde oscuro y polainas... a la antigua usanza, con la cara y el bigote rojos y los ojos distantes. Iba rápidamente cuesta abajo.

«¡Mellors!», llamó Clifford.

El hombre miró ligeramente a su alrededor y saludó con un pequeño y rápido gesto, ¡un soldado!

«¿Quiere dar la vuelta a la silla y ponerla en marcha? Así será más fácil», dijo Clifford.

El hombre se colgó inmediatamente el arma al hombro y avanzó con los mismos curiosos movimientos rápidos pero suaves, como si se mantuviera invisible. Era moderadamente alto y delgado, y permanecía en silencio. No miró a Connie en absoluto, sólo a la silla.

«Connie, este es el nuevo guardabosques, Mellors. ¿Aún no ha hablado con su señoría, Mellors?».

«¡No, Sir!», vinieron las palabras listas y neutrales.

El hombre se levantó el sombrero al ponerse de pie, mostrando su espesa cabellera, casi rubia. Miró fijamente a Connie a los ojos, con una mirada perfecta, sin miedo, impersonal, como si quisiera ver cómo era ella. La hizo sentir tímida. Ella inclinó tímidamente la cabeza hacia él, y él se cambió el sombrero a la mano izquierda y le hizo una ligera reverencia, como un caballero; pero no dijo nada en absoluto. Permaneció un momento quieto, con el sombrero en la mano.

«Pero lleva aquí algún tiempo, ¿no?», le dijo Connie.

«Ocho meses, Señora... ¡Su Señoría!», se corrigió con calma.

«¿Y le gusta?».

Ella le miró a los ojos. Los ojos de él se entrecerraron un poco, con ironía, quizá con descaro.

«¡Pues sí, gracias, Su Señoría! Me crié aquí...».

Hizo otra leve reverencia, se giró, se puso el sombrero y se dirigió a la silla. Su voz, en las últimas palabras, había caído en el pesado y amplio arrastre del dialecto... quizá también en la burla, porque antes no había rastro de dialecto. Casi podría ser un caballero. En cualquier caso, era un tipo curioso, rápido, separado, solo, pero seguro de sí mismo.

Clifford puso en marcha el pequeño motor, el hombre giró con cuidado la silla y la colocó de cara a la pendiente que se curvaba suavemente hacia la oscura espesura de avellanos.

«¿Eso es todo entonces, Sir Clifford?», preguntó el hombre.

«No, será mejor que venga por si se atasca. El motor no es lo suficientemente fuerte para el trabajo cuesta arriba». El hombre miró alrededor buscando a su perra… una mirada pensativa. El spaniel le miró y movió débilmente la cola. Una pequeña sonrisa, mofándose o burlándose de ella, pero suave, apareció en sus ojos por un momento, luego se desvaneció y su rostro quedó inexpresivo. Bajaron la pendiente con bastante rapidez, el hombre con la mano en la barandilla de la silla, estabilizándola. Parecía un soldado libre más que un sirviente. Y a Connie algo en él le recordaba a Tommy Dukes.

Cuando llegaron al bosque de avellanos, Connie corrió de repente hacia delante y abrió la puerta que daba al parque. Mientras la sujetaba, los dos hombres la miraron al pasar, Clifford críticamente, el otro hombre con un curioso y frío asombro; impersonalmente, queriendo ver qué aspecto tenía. Y ella vio en sus ojos azules e impersonales una mirada de sufrimiento y distanciamiento, y sin embargo cierta calidez. Pero, ¿por qué estaba tan distante, apartado?

Clifford detuvo la silla, una vez atravesada la verja, y el hombre se acercó rápidamente, con cortesía, para cerrarla.

«¿Por qué corriste a abrir?», preguntó Clifford con su voz tranquila y calmada, que mostraba que estaba disgustado. «Mellors lo habría hecho».

«Creía que seguirías derecho», dijo Connie.

«¿Y dejar que corras detrás de nosotros?», dijo Clifford.

«¡Oh, bueno, a veces me gusta correr!».

Mellors volvió a tomar la silla, con un aspecto perfectamente desatento, aunque Connie sintió que lo notaba todo. Mientras empujaba la silla por la empinada subida de la loma del parque, respiraba con bastante rapidez, a través de los labios entreabiertos. En realidad era bastante frágil. Curiosamente lleno de vitalidad, pero un poco frágil y apagado. Su instinto de mujer lo percibía.

Connie se echó hacia atrás, dejó que la silla siguiera su curso. El día se había vuelto gris; el pequeño cielo azul que se había posado bajo en sus bordes circulares de bruma se había cerrado de nuevo, la tapa estaba bajada, había una cruda frialdad. Iba a nevar. Todo gris, ¡todo gris!, el mundo parecía agotado.

La silla esperaba en lo alto del camino rosa. Clifford miró a su alrededor buscando a Connie.

«No estás cansada, ¿verdad?», dijo.

«¡Oh, no!», dijo ella.

Pero lo estaba. Un extraño y cansado anhelo, una insatisfacción habían comenzado en ella. Clifford no se dio cuenta... no eran cosas de las que él fuera consciente. Pero el forastero lo sabía. A Connie, todo en su mundo y en su vida le parecía agotado, y su insatisfacción era más antigua que las colinas.

Llegaron a la casa y dieron la vuelta por la parte de atrás, donde no había escalones. Clifford se las arregló para balancearse sobre la silla de ruedas de la casa, de poca altura; era muy fuerte y ágil con los brazos. Entonces Connie levantó tras él la carga de sus piernas muertas.

El guardabosques, que esperaba atento a que le despidieran, lo observaba todo con detenimiento, sin perderse nada. Se puso pálido, con una especie de miedo, cuando vio a Connie levantar las piernas inertes del hombre que tenía en brazos, hacia la otra silla, Clifford girando en redondo mientras ella lo hacía. Estaba asustado.

«Gracias, pues, por la ayuda, Mellors», dijo Clifford despreocupadamente, mientras empezaba a rodar por el pasadizo hacia las dependencias de servicio.

«¿Nada más, Sir?», vino la voz neutra, como en un sueño.

«¡Nada, que tenga buenos días!».

«Buenos días, Sir».

«¡Que tenga buenos días! Ha sido muy amable al empujar la silla colina arriba... Espero que no le resultara pesada», dijo Connie, volviendo la vista hacia el guardabosques que estaba al otro lado de la puerta.

Sus ojos se posaron en los de ella en un instante, como si se hubiera despertado. Era consciente de ella.

«¡Oh no, no fue pesada!», dijo rápidamente. Luego su voz volvió a caer en el amplio sonido de la lengua vernácula: «¡Buenos días a su Señoría!».

«¿Quién es tu guardabosques?», preguntó Connie durante el almuerzo.

«¡Mellors! Tú lo viste», dijo Clifford.

«Sí, pero ¿de dónde viene?».

«¡De ninguna parte! Era un chico de Tevershall... hijo de un minero, creo».

«¿Y él mismo era minero?».

«Herrero en el banco de la fosa, creo... jefe de herreros. Pero fue guardabosques aquí durante dos años antes de la guerra... antes de alistarse. Mi padre siempre tuvo una buena opinión de él, así que cuando regresó, y se fue a la fosa por un trabajo de herrero, simplemente lo tomé de nuevo aquí como guardabosques. Me alegré mucho de tenerlo... es casi imposible encontrar un buen hombre por aquí para guardabosques... y se necesita un hombre que conozca a la gente».

«¿Y no está casado?».

«Así era. Pero su mujer se fue con... con varios hombres... pero finalmente con un minero en Stacks Gate, y creo que sigue viviendo allí».

«¿Así que este hombre está solo?».

«¡Más o menos! Tiene a su madre en el pueblo... y una hija, creo».

Clifford miró a Connie, con sus pálidos ojos azules ligeramente prominentes, en los que se adivinaba cierta vaguedad. Parecía alerta en el primer plano, pero el fondo era como la atmósfera de las Midlands, bruma, niebla humeante. Y la bruma parecía avanzar. Así que cuando él miraba fijamente a Connie a su peculiar manera, dándole su peculiar y precisa información, ella sentía que todo el fondo de su mente se llenaba de bruma, de nada. Y eso la asustaba. Le hacía parecer impersonal, casi hasta la idiotez.

Y tenuemente se dio cuenta de una de las grandes leyes del alma humana: que cuando el alma emocional recibe un choque hiriente, que no mata al cuerpo, el alma parece recuperarse a medida que el cuerpo se recupera. Pero esto es sólo apariencia. En realidad es sólo el mecanismo del hábito reasumido. Lenta, lentamente la herida del alma comienza a hacerse sentir, como un moretón, que sólo profundiza lentamente su terrible dolor, hasta que llena toda la psique. Y cuando pensamos que nos hemos recuperado y olvidado, es entonces cuando las terribles secuelas se encuentran en su peor momento.

Así le ocurrió a Clifford. Una vez que estuvo «bien», una vez que estuvo de vuelta en Wragby, y escribiendo sus historias, y sintiéndose seguro de la vida, a pesar de todo, parecía haber olvidado, y haber recuperado toda su ecuanimidad. Pero ahora, a medida que pasaban los años, lenta, lentamente, Connie sentía que la magulladura del miedo y del horror surgía y se extendía en él. Durante un tiempo había sido tan profundo como para estar adormecido, como si no existiera. Ahora, lentamente, empezó a afirmarse en una extensión de miedo, casi parálisis. Mentalmente seguía estando alerta. Pero la parálisis, la contusión de la conmoción demasiado grande, se iba extendiendo poco a poco en su ser afectivo.

Y a medida que se extendía en él, Connie sentía que se extendía en ella. Un pavor interior, un vacío, una indiferencia hacia todo se extendieron gradualmente en su alma. Cuando Clifford se reanimaba, aún podía hablar brillantemente y, por así decirlo, ordenar el futuro... como cuando en el bosque, habló de que ella tendría un hijo y daría un heredero a Wragby. Pero el día después, todas las palabras brillantes parecían hojas muertas, que se arrugaban y se convertían en polvo, que en realidad no significaban nada, que se las llevaba cualquier ráfaga de viento. No eran las frondosas palabras de una vida eficaz, joven de energía y perteneciente al árbol. Eran las huestes de hojas caídas de una vida ineficaz.

Así le parecía a ella en todas partes. Los mineros de Tevershall volvían a hablar de una huelga y a Connie le pareció que allí tampoco se trataba de una manifestación de energía, sino del hematoma de la guerra que había estado en suspenso, subiendo lentamente a la superficie y creando el gran dolor del malestar y el estupor del descontento. El hematoma era profundo, profundo, profundo... el hematoma de la falsa guerra inhumana. Se necesitarían muchos años para que la sangre viva de las generaciones disolviera el vasto coágulo negro de sangre amoratada en lo más profundo de sus almas y cuerpos. Y se necesitaría una nueva esperanza.

¡Pobre Connie! A medida que pasaban los años era el miedo a la nada en su vida lo que la afectaba. La vida mental de Clifford y la de ella empezaron poco a poco a sentirse como la nada. Su matrimonio, su vida integrada basada en un hábito de intimidad, de la que él hablaba... había días en que todo se volvía completamente vacío y nada. Eran palabras, tantas palabras. La única realidad era la nada y sobre ella una hipocresía de palabras.

Ahí estaba el éxito de Clifford: ¡la diosa perra! Era cierto que era casi famoso y que sus libros le reportaban mil libras. Su fotografía aparecía por todas partes. Había un busto suyo en una de las galerías y un retrato suyo en dos galerías. Parecía la más moderna de las voces modernas. Con su asombroso instinto cojo para la publicidad se había convertido en cuatro o cinco años en uno de los más conocidos de los jóvenes «intelectuales». Connie no acababa de ver de dónde venía el intelecto. Clifford era realmente inteligente en ese análisis ligeramente humorístico de las personas y los motivos que lo deja todo hecho pedazos al final. Pero era más bien como los cachorros que despedazan los cojines del sofá; excepto que no era joven y juguetón, sino curiosamente viejo y bastante obstinadamente engreído. Era raro y no era nada. Éste era el sentimiento que resonaba y volvía a resonar en el fondo del alma de Connie... todo era un indicador, una maravillosa exhibición de la nada; al mismo tiempo una exhibición. ¡Una exhibición! ¡Una exhibición! ¡Una exhibición!

Michaelis había tomado a Clifford como figura central para una obra de teatro; ya había esbozado la trama y escrito el primer acto. Porque

Michaelis era incluso mejor que Clifford haciendo una exhibición de la nada. Era la última pizca de pasión que les quedaba a estos hombres: la pasión por hacer una exhibición. Sexualmente carecían de pasión, estaban incluso muertos. Y ahora no era dinero lo que Michaelis buscaba. Clifford nunca había ido principalmente a por dinero, aunque lo ganaba donde podía, porque el dinero es el sello y la impronta del éxito. Y éxito era lo que querían. Querían, ambos, hacer una verdadera exhibición... una exhibición de sí mismos que cautivara durante un tiempo al vasto populacho.

Era extraño... la prostitución a la diosa perra. Para Connie, puesto que estaba realmente fuera de ella, y puesto que se había insensibilizado a la emoción de la misma, era de nuevo la nada. Incluso la prostitución a la diosa perra era la nada, aunque los hombres se prostituyeran innumerables veces. Nada incluso eso.

Michaelis escribió a Clifford sobre la obra. Por supuesto que ella lo sabía desde hacía tiempo. Y Clifford volvió a emocionarse. Esta vez iba a exhibirse de nuevo, alguien iba a exhibirlo, y con ventaja. Invitó a Michaelis a Wragby con el Acto I.

Michaelis vino; en verano, con un traje de color pálido y guantes de ante blanco, con orquídeas malva para Connie, muy encantador, y el Acto I fue un gran éxito. Incluso Connie estaba emocionada... emocionada hasta lo que le quedaba de médula. Y Michaelis, emocionado por su poder de emocionar, estuvo realmente maravilloso... y muy hermoso, a los ojos de Connie. Ella vio en él esa antigua inmovilidad de una raza que ya no puede desilusionarse, un extremo, quizá, de impureza que es pura. En el extremo de su suprema prostitución a la diosa perra parecía puro, puro como una máscara africana de marfil que sueña la impureza en la pureza, en sus curvas y planos de marfil.

Su momento de pura emoción con los dos Chatterley, cuando simplemente se arrastró a Connie y a Clifford, fue uno de los momentos supremos de la vida de Michaelis. Lo había conseguido: los había arrastrado. Incluso Clifford estaba temporalmente enamorado de él... si se puede decir así.

Así que a la mañana siguiente Mick estaba más inquieto que nunca; inquieto, devorado, con las manos inquietas en los bolsillos del pantalón. Connie no le había visitado por la noche... y él no había sabido dónde encontrarla. Coquetería... en su momento de triunfo.

Él subió a su salón por la mañana. Ella sabía que él vendría. Y su inquietud era evidente. Le preguntó por su obra... ¿le parecía buena? Tenía que oír cómo la elogiaba; eso le afectaba con el último y delgado estremecimiento de la pasión más allá de cualquier orgasmo sexual. Y ella la elogió con entusiasmo. Sin embargo, todo el tiempo, en el fondo de su alma, ella sabía que no era nada.

«¡Mira!», dijo él de repente al fin. «¿Por qué no hacemos las paces tú y yo? ¿Por qué no nos casamos?».

«Pero estoy casada», dijo ella, asombrada, pero sin sentir nada.

«¡Oh eso!... se divorciará de ti sin duda... ¿Por qué no nos casamos tú y yo? Quiero casarme. Sé que sería lo mejor para mí... casarme y llevar una vida normal. Llevo la peor de las vidas, simplemente haciéndome pedazos. Mira, tú y yo estamos hechos el uno para el otro... mano y guante. ¿Por qué no nos casamos? ¿Ves alguna razón para que no lo hagamos?».

Connie le miró asombrada... y sin embargo no sintió nada. Estos hombres eran todos iguales, lo dejaban todo fuera. Se limitaban a disparar desde lo alto de sus cabezas como si fueran petardos, y esperaban llevarte hacia el cielo junto con sus propios palos delgados.

«Pero ya estoy casada», dijo ella. «No puedo dejar a Clifford, ya lo sabes».

«¿Por qué no? pero ¿por qué no?», gritó él. «Apenas sabrá que te has ido, después de seis meses. No sabe que existe nadie, excepto él mismo. El hombre no te necesita para nada, por lo que puedo ver; está completamente absorto en sí mismo».

Connie sintió que había algo de verdad en esto. Pero también sintió que Mick no estaba haciendo una demostración de desinterés.

«¿No están todos los hombres absortos en sí mismos?», preguntó ella.

«Oh, más o menos, lo permito. Un hombre tiene que serlo, para salir adelante. Pero esa no es la cuestión. La cuestión es, ¿qué clase de rato puede hacer pasar un hombre a una mujer? ¿Puede hacerla pasar un buen rato, o no? Si no puede, no tiene derecho a la mujer...». Hizo una pausa y la miró con sus ojos llenos de avellana, casi hipnóticos. «Ahora considero», añadió, «que puedo hacer pasar a una mujer el mejor rato que pueda pedir. Creo que puedo garantizarlo».

«¿Y qué clase de mejor rato?», preguntó Connie, mirándole todavía con una especie de asombro, que parecía emoción; y en el fondo sin sentir nada en absoluto.

«¡Toda clase de buen rato, maldita sea, toda clase! Vestido, joyas hasta cierto punto, cualquier club nocturno que te guste, conocer a quien quieras conocer, vivir el ritmo... viajar y ser alguien dondequiera que vayas... Maldita sea, todo tipo de buen rato».

Lo dijo casi con un brillo de triunfo y Connie le miró como deslumbrada, sin sentir realmente nada en absoluto. Apenas si la superficie de su mente se estremeció ante las brillantes perspectivas que él le ofrecía. Apenas respondió su ser más extraño, que en cualquier otro momento se habría emocionado. Simplemente no le produjo ninguna sensación, no pudo «salirse». Simplemente se sentó y miró deslumbrada, y no sintió nada, sólo en alguna parte olió el olor extraordinariamente desagradable de la diosa perra.

Mick estaba sentado en ascuas, inclinado hacia delante en su silla, mirándola casi histéricamente; y si estaba más ansioso por vanidad de que ella dijera: «¡Sí!» o si tenía más pánico por miedo a que ella dijera ¡Sí!... ¿quién puede saberlo?

«Tendría que pensarlo», dijo ella. «No podría decirlo ahora. Puede parecerte que Clifford no cuenta, pero sí cuenta. Cuando piensas en lo discapacitado que es...».

«¡Oh, maldita sea! Si un tipo va a comerciar con sus discapacidades, yo podría empezar a decir lo solo que estoy, y que siempre lo he estado, ¡y todo el resto de "paso la noche pensando en ti"! Maldita sea, si un tipo no tiene más que discapacidades que lo recomienden...».

Se apartó, metiendo las manos furiosamente en los bolsillos del pantalón. Esa noche le dijo:

«Vendrás a mi habitación esta noche, ¿verdad? Ni siquiera sé dónde está tu habitación».

«¡Está bien!», dijo ella.

Fue un amante más excitado aquella noche, con su extraña y frágil desnudez de niño pequeño. A Connie le resultaba imposible llegar a su crisis antes de que él hubiera terminado realmente la suya. Y él despertó en ella cierta pasión anhelante, con su desnudez y suavidad de niño pequeño; ella tuvo que seguir después de que él hubiera terminado, en el tumulto salvaje y agitado de sus entrañas, mientras él se mantenía heroicamente erecto, y presente en ella, con toda su voluntad y entrega, hasta que ella provocó su propia crisis, con extraños grititos.

Cuando por fin se apartó de ella, dijo él, con una vocecita amarga, casi burlona:

«No podrías acabar al mismo tiempo que un hombre, ¿verdad? ¡Tienes que excitarte tú misma! ¡Tienes que dirigir el espectáculo!».

Este pequeño discurso, en ese momento, fue para ella una de las conmociones de su vida. Porque esa forma pasiva de entregarse que él tenía era tan obviamente su único modo real de relación.

«¿Qué quieres decir?», dijo ella.

«Ya sabes lo que quiero decir. Tú sigues durante horas después de que yo ya he acabado... y yo tengo que agarrarme con los dientes hasta que consigues acabar con tus propios esfuerzos».

Ella se quedó atónita ante esta inesperada muestra de brutalidad, en el momento en que brillaba con una especie de placer más allá de las palabras, y una especie de amor por él. Porque, después de todo, como tantos hombres modernos, él había acabado casi antes de empezar. Y eso obligaba a la mujer a ser activa.

«¿Pero quieres que siga, para obtener mi propia satisfacción?», dijo ella.

Se rió malhumoradamente; «¡lo quiero!», dijo. «¡Eso está bien! Quiero aguantar con los dientes apretados, ¡mientras tú haces el favor de seguir!».

«¿Pero tú no...?», insistió ella.

Él evitó la pregunta. «Todas las malditas mujeres son así», dijo él. «O bien no acaban en absoluto, como si estuvieran muertas ahí dentro... o bien esperan hasta que un tipo ha realmente terminado, y entonces empiezan a sacudirse, y un tipo tiene que aguantar. Nunca he tenido una mujer que acabara en el mismo momento que yo».

Connie sólo escuchó a medias este pedazo de información novedosa y masculina. Sólo estaba aturdida por su sentimiento contra ella... su incomprensible brutalidad. Se sentía tan inocente.

«Pero quieres que yo también tenga mi satisfacción, ¿no?», repitió ella.

«¡Oh, por supuesto! Estoy bien dispuesto. Pero me cago en la leche si aguantar esperando a que una mujer acabe es jugar demasiado para un hombre...».

Esta declaración fue uno de los golpes cruciales de la vida de Connie. Mató algo en ella. No le había gustado tanto Michaelis; hasta que él empezó, ella no lo quería. Era como si nunca le hubiera deseado realmente. Pero una vez que él la había iniciado, le pareció natural llegar a tener su propia crisis con él. Casi le había amado por ello... casi aquella noche le amó y quiso casarse con él.

Quizá instintivamente lo sabía, y por eso tuvo que derrumbar todo el espectáculo con un golpe; el castillo de naipes. Todo su sentimiento sexual por él, o por cualquier hombre, se derrumbó aquella noche. Su vida se separó de la de él tan completamente como si él nunca hubiera existido.

Y ella pasaba los días sombríamente. Ya no había nada más que esta rutina vacía de lo que Clifford llamaba la vida integrada, la larga convivencia de dos personas que tienen la costumbre de estar en la misma casa la una con la otra.

¡La nada! Aceptar la gran nada de la vida parecía ser el único fin de la vida. ¡Toda la multitud de pequeñas cosas importantes y ocupaciones que conforman la gran suma total de la nada!

Capítulo 6

«¿Por qué los hombres y las mujeres no se gustan de verdad hoy en día?», preguntó Connie a Tommy Dukes, que era más o menos su oráculo.

«¡Oh, pero sí que lo hacen! No creo que desde que se inventó la especie humana haya habido una época en la que hombres y mujeres se hayan gustado tanto como ahora. ¡Se gustan auténticamente! Por ejemplo, a mí. Realmente me gustan más las mujeres que los hombres; son más valientes, uno puede ser más franco con ellas».

Connie reflexionó sobre esto.

«¡Ah, sí, pero tú nunca tienes nada que ver con ellas!», dijo ella.

«¿Yo? ¿Qué estoy haciendo sino hablar con toda sinceridad con una mujer en este momento?»

«Sí, hablar...».

«¿Y qué más podría hacer si tú fueras un hombre, que hablarte con toda sinceridad?».

«Nada quizás. Pero una mujer...».

«Una mujer quiere que te guste y que hables con ella, y al mismo tiempo que la ames y la desees; y me parece que las dos cosas se excluyen mutuamente».

«¡Pero no debería ser así!».

«Sin duda el agua no debería ser tan húmeda como es; se excede en humedad. Pero ¡así es! Me gustan las mujeres y hablo con ellas, y por eso no las amo ni las deseo. Las dos cosas no se dan al mismo tiempo en mí».

«Creo que deberían hacerlo».

De acuerdo. El hecho de que las cosas deban ser algo distinto de lo que son, no es mi departamento.

Connie consideró esto. «No es cierto», dijo. «Los hombres pueden amar a las mujeres y hablar con ellas. No veo cómo pueden amarlas sin hablar, y ser amistosos e íntimos. ¿Cómo pueden?».

«Bueno», dijo él, «no lo sé. ¿De qué sirve que generalice? Sólo conozco mi propio caso. Me gustan las mujeres, pero no las deseo. Me gusta hablar con ellas; pero hablar con ellas, aunque me hace íntimo en una dirección, me aparta mucho de ellas en lo que a besar se refiere. Así que ahí lo tienes. Pero no me tomes como un ejemplo general, probablemente sólo soy un caso especial; uno de los hombres a los que les gustan las mujeres, pero que no las aman, e incluso las odian si me obligan a fingir amor o a enredarme con ellas.

«¿Pero no te pone triste?».

«¿Por qué debería? ¡Ni un poco! Veo a Charlie May, y al resto de los hombres que tienen aventuras... ¡No, no les envidio ni un poco! Si el destino me enviara una mujer que yo quisiera, bien. Puesto que no conozco a ninguna mujer que quiera, y nunca veo a ninguna... vaya, presumo de ser frío, y realmente me gustan mucho algunas mujeres».

«¿Yo te gusto?».

«¡Mucho! Y ya ves que no hay cuestión de besos entre nosotros, ¿verdad?».

«¡Ninguna cuestión, en absoluto!», dijo Connie. «¿Pero no debería haberla?».

«¿Por qué, en nombre de Dios? Me gusta Clifford, pero ¿qué dirías si fuera y le besara?».

«¿Pero no hay una diferencia?».

«¿En qué consiste, en lo que a nosotros respecta? Todos somos seres humanos inteligentes, y el asunto del macho y la hembra está en suspenso. Sólo en suspenso. ¿Qué te parecería si en este momento empezara a comportarme como un macho continental y a hacer alarde del asunto del sexo?».

«Lo odiaría».

«¡Pues bien! Te digo que si realmente soy un macho, nunca me cruzo con la hembra de mi especie. Y no la echo de menos, simplemente me gustan las mujeres. ¿Quién va a obligarme a amarlas o a fingir que las amo, jugando el juego sexual?»

«No, no yo. ¿Pero no pasa algo?».

«Tú puedes sentirlo, yo no».

«Sí, siento que algo va mal entre los hombres y las mujeres. Una mujer ya no tiene glamour para un hombre».

«¿Lo tiene un hombre para una mujer?».

Ella reflexionó el otro lado de la cuestión.

«No mucho», dijo sinceramente.

«Entonces dejémoslo todo así y seamos decentes y sencillos, como auténticos seres humanos, el uno con el otro. ¡Maldita sea la compulsión por el sexo artificial! ¡La rechazo!».

Connie sabía que él tenía razón, de verdad. Sin embargo, la dejó sintiéndose tan desamparada, tan desamparada y extraviada. Como una astilla en un estanque lúgubre, así se sentía. ¿Qué sentido tenía, ni ella ni nada?

Fue su juventud la que se rebeló. Aquellos hombres parecían tan viejos y fríos. Todo parecía viejo y frío. Y Michaelis la defraudó tanto a una; no era bueno. Los hombres no querían una mujer; en realidad no querían una, ni siquiera Michaelis.

Y los acotados que fingieron que sí, y empezaron a jugar el juego del sexo, estaban peor que nunca.

Era simplemente lúgubre y una tenía que soportarlo. Era muy cierto, los hombres no tenían verdadero glamour para una mujer: si podías engañarte a ti misma haciéndote creer que lo tenían, incluso como ella se había engañado a sí misma con Michaelis, eso era lo mejor que se podía hacer. Mientras tanto, una seguía viviendo y no había nada que hacer. Entendía perfectamente por qué la gente organizaba cócteles, se animaba y charlaba hasta caer rendida. Una tenía que sacar de un modo u otro la juventud, o te devoraba. Pero ¡qué cosa tan espantosa, esta juventud! Una se sentía tan vieja como Matusalén y sin embargo la cosa efervescía de algún modo y no te dejaba estar cómoda. ¡Un tipo de vida mezquina! ¡Y ninguna perspectiva! Casi deseaba haberse ido con Mick, y hacer de su vida un largo cóctel y una velada de jazz. De todos modos, eso era mejor que quedarse en la tumba.

En uno de sus días malos salió sola a pasear por el bosque, pesadamente, sin prestar atención a nada, sin darse cuenta siquiera de dónde estaba. El ruido de un arma no muy lejos la sobresaltó y la enfureció.

Entonces, mientras avanzaba, oyó voces y retrocedió. ¡Gente! Ella no quería ver gente. Pero su rápido oído captó otro sonido y se sobresaltó; era un niño sollozando. ella acudió al instante; alguien estaba maltratando a un niño. Caminó balanceándose por el húmedo camino de entrada, con su hosco resentimiento a flor de piel. Estaba preparada para montar una escena.

Al doblar la esquina, vio dos figuras en el camino más allá de ella: el portero y una niña con un abrigo morado y gorro de molesquín, llorando.

«¡Ah, cállate, falsa zorrita!», se escuchó la voz airada del hombre, y la niña sollozó más fuerte.

Constance se acercó a grandes zancadas, con los ojos encendidos. El hombre se volvió y la miró, saludándola fríamente, pero estaba pálido de ira.

«¿Qué ocurre? ¿Por qué llora?», preguntó Constance, perentoria pero un poco sin aliento.

Una leve sonrisa como una mueca apareció en el rostro del hombre. «Nada, le puede preguntar a ella», respondió insensiblemente, con fuerte acento.

Connie sintió como si le hubiera golpeado en la cara, y cambió de color. Luego hizo acopio de su rebeldía y le miró, con sus ojos azul oscuro ardiendo de manera indefinida.

«Se lo pregunté a usted», jadeó ella.

Él hizo una extraña reverencia, levantándose el sombrero. «Lo hizo, su Señoría», dijo; luego, con un retorno a la lengua vernácula: «pero no puedo decírselo». Y se convirtió en un soldado, inescrutable, sólo pálido de fastidio.

Connie se volvió hacia la niña, una cosa rubicunda y de pelo negro de nueve o diez años. «¿Qué pasa, querida? Dime por qué lloras», dijo, con la convencional dulzura adecuada. Más sollozos violentos, cohibidos. Aún más dulzura por parte de Connie.

«¡Ahí, ahí, no llores! Dime lo que te han hecho»... un tono de intensa ternura. Al mismo tiempo rebuscó en el bolsillo de su chaqueta de punto y, por suerte, encontró una moneda de seis peniques.

«¡No llores entonces!», dijo, agachándose delante de la niña. «¡Mira lo que tengo para ti!».

Sollozos, resoplidos, un puño retirado de un rostro lloriqueante y un ojo negro y sagaz clavado durante un segundo en la moneda de seis peniques. Luego más sollozos, pero apagados. «¡Dime qué te pasa, dímelo!», dijo Connie, poniendo la moneda en la mano regordeta de la niña, que se cerró sobre ella.

«¡Es el... es el... gatito!».

Estremecimientos de sollozos apaciguados.

«¿Qué gatito, querida?».

Tras un silencio, el tímido puño, apretado sobre la moneda de seis peniques, apuntó hacia las zarzas.

«¡Allí!».

Connie miró, y allí, efectivamente, había un gran gato negro, estirado sombríamente, con un poco de sangre encima.

«¡Oh!», dijo ella con repulsión.

«Un cazador furtivo, su Señoría», dijo el hombre satíricamente.

Ella lo miró enfadada. «No me extraña que la niña llorara», dijo, «si le disparó cuando ella estaba allí. No me extraña que llorara».

Él miró a Connie a los ojos, lacónico, despectivo, sin ocultar sus sentimientos. Y de nuevo Connie se ruborizó; sentía que había montado una escena, que aquel hombre no la respetaba.

«¿Cómo te llamas?», le dijo juguetonamente a la niña. «¿No me vas a decir cómo te llamas?».

Sollozos; luego dijo, muy afectada, con voz gangosa: «¡Connie Mellors!».

«¡Connie Mellors! ¡Bueno, es un bonito nombre! ¿Saliste con tu papi y le disparó a un gatito? ¡Pero era un gatito malo!».

La niña la miró, con ojos audaces y oscuros de escrutinio, evaluándola a ella y a su pésame.

«Quería parar con mi abuela», dijo la niña.

«¿Es así? Pero, ¿dónde está tu abuela?».

La niña levantó un brazo, señalando hacia el camino de entrada. «En la casita de campo».

«¡En la casa de campo! ¿Y te gustaría volver con ella?».

Temblores repentinos de sollozos evocadores. «¡Sí!».

«Ven entonces, ¿te llevo? ¿Te llevo con tu abuela? Entonces tu papá podrá hacer lo que tenga que hacer». Se volvió hacia el hombre. «Es su niña, ¿verdad?».

Él saludó e hizo un ligero movimiento de cabeza en señal de afirmación.

«¿Supongo que puedo llevarla a la casa de campo?», preguntó Connie.

«Si su Señoría lo desea».

De nuevo él la miró a los ojos, con aquella mirada desapegada, tranquila y escrutadora. Un hombre muy solo, y por su cuenta.

«¿Te gustaría venir conmigo a la casa de campo, con tu abuela, querida?».

La niña volvió a mirar. «¡Sí!», gesticuló.

A Connie le disgustaba; la hembrita mimada y falsa. No obstante, se secó la cara y le cogió la mano. El guardabosques saludó en silencio.

«¡Buenos días!», dijo Connie.

Había casi una milla hasta la casita, y la mayor de las Connie estaba bien aburrida de la menor de las Connie para cuando la pintoresca casita del guardabosques estaba a la vista. La niña hacía ya tantos trucos como un monito, y estaba tan segura de sí misma como uno.

En la casa de campo la puerta estaba abierta y se oyó un traqueteo en el interior. Connie se demoró, la niña se le escapó de la mano y corrió hacia el interior.

«¡Abuela! ¡Abuela!».

«¡Vaya, ya estás de vuelta!».

La abuela había estado puliendo la estufa con grafito, era sábado por la mañana. Llegó a la puerta con su delantal de arpillera, un cepillo de plomo negro en la mano y una mancha negra en la nariz. Era una mujer pequeña y bastante seca.

«¿Qué sucede, qué pasa?», dijo, pasándose apresuradamente el brazo por la cara al ver a Connie de pie fuera.

«¡Buenos días!», dijo Connie. «Estaba llorando, así que la traje a casa».

La abuela miró rápidamente a la niña:

«¿Por qué, dónde estaba tu papá?».

La niña se aferró a las faldas de su abuela y gimió.

«Estaba allí», dijo Connie, «pero había disparado a un gato furtivo y la niña estaba disgustada».

«¡Oh, no tenía necesidad de molestarse, Lady Chatterley, estoy segura! Estoy segura de que fue muy bueno por su parte, pero no necesitaba haberse molestado». Y la anciana se volvió hacia la niña: «¡Imagínate a Lady Chatterley tomándose tantas molestias por ti! No necesitaba haberse molestado».

«No fue ninguna molestia, sólo un paseo», dijo Connie sonriendo.

«¡Vaya, debo decir que fue muy amable por su parte! ¡Así que estaba llorando! Sabía que habría algo antes de que llegaran lejos. Le tiene miedo, eso es. Parece que es casi un extraño para ella, todo un extraño, y no creo que sean dos personas que se lleven muy bien. Él tiene maneras raras».

Connie no sabía qué decir.

«¡Mira, abuela!», bromeó la niña.

La anciana miró la moneda de seis peniques en la mano de la niña.

«¡Y una moneda de seis peniques y todo! Oh, su Señoría, no debería, no debería. Vaya, ¡qué buena es Lady Chatterley contigo! ¡Dios mío, eres una chica afortunada esta mañana!».

Pronunció el nombre, como toda la gente: Chat'ley. «¡Acaso Lady Chat'ley no es buena contigo!». Connie no pudo evitar mirar la nariz de la anciana, y ésta volvió a limpiarse vagamente la cara con el dorso de la muñeca, pero esquivó la mancha.

Connie se alejaba: «Bueno, muchas gracias, Lady Chat'ley, con seguridad. Dale las gracias a Lady Chat'ley»... esto último a la niña.

«Gracias», dijo la niña.

«¡Así se hace!», rió Connie, y se alejó diciendo: «Buenos días», aliviada de corazón por alejarse del contacto.

Curioso, pensó, que aquel hombre delgado y orgulloso tuviera por madre a aquella mujer pequeña y avispada.

Y la anciana, en cuanto Connie se hubo ido, corrió hacia el trozo de espejo que había en el fregadero y se miró la cara. Al verla, dio un pisotón de impaciencia. «¡Por supuesto que tenía que pillarme con mi tosco delantal y la cara sucia! ¡Bonita idea se haría de mí!».

Connie regresó lentamente a su hogar, a Wragby. «¡Hogar!»... era una palabra cálida para usar en aquella gran y gastada madriguera. Pero era una palabra que ya había tenido su día. De algún modo estaba cancelada. Todas las grandes palabras, le parecía a Connie, estaban canceladas para su generación: amor, alegría, felicidad, hogar, madre, padre, marido, todas estas grandes y dinámicas palabras estaban medio muertas ahora, y morían de día en día. El hogar era un lugar en el que se vivía, el amor era algo sobre lo que no se engañaba, la alegría era una palabra que se aplicaba a un buen Charleston, la felicidad era un término de hipocresía utilizado para engatusar a otras personas, un padre era un individuo que disfrutaba de su propia existencia, un marido era un hombre con el que se vivía y al que había que mantener de buen ánimo. En cuanto al sexo, la última de las grandes palabras, no era más que un término de cóctel para una excitación que te animaba durante un tiempo y luego te dejaba más raída que nunca. Deshilachada. Era como si el propio material del que estabas hecha fuera barato y se deshilachara hasta dejarte con nada.

Todo lo que realmente quedaba era un obstinado estoicismo: y en ello había un cierto placer. En la propia experiencia de la nada de la vida, fase tras fase, *étape* tras *étape*, había una cierta satisfacción espeluznante. ¡Así que eso era todo! Siempre era la última frase: hogar, amor, matrimonio, Michaelis. ¡Así que eso era todo! Y cuando una moría, las últimas palabras a la vida eran: ¡Así que eso era todo!

¿Dinero? Tal vez no se podría decir lo mismo allí. Dinero, una siempre quiso. El dinero, el éxito, la diosa perra, como Tommy Dukes se empeñaba en llamarla, según Henry James, que era una necesidad permanente. Una no podía gastarse hasta el último *sou* y decir por fin: ¡así que eso era todo! No, si vivías siquiera otros diez minutos, querías unos cuantos *sous* más para una cosa u otra. Sólo para mantener el negocio mecánicamente en marcha, necesitabas dinero. Tenías que tenerlo. Dinero tienes que tener. No necesitas tener nada más. ¡Así que eso era todo!

Ya que, por supuesto, no es culpa tuya estar viva. Una vez que estás viva, el dinero es una necesidad, y la única necesidad absoluta. De todo lo demás se puede prescindir, a duras penas. Pero no del dinero. ¡Enfáticamente, eso es todo!

Pensó en Michaelis, y en el dinero que podría haber tenido con él; y ni siquiera eso quería. Prefería la cantidad menor que ayudaba a ganar a Clifford con su escritura. Que ella realmente ayudaba a ganar... «Clifford y yo juntos, ganamos mil doscientas libras al año escribiendo»; así se lo dijo a sí misma. ¡Gana dinero! ¡Hazlo! De la nada. ¡Sácalo de la nada! ¡La última hazaña de la que sentirse humanamente orgullosa! El resto es todo un gran sinsentido.

Así que se dirigió al hogar de Clifford, para unir fuerzas con él de nuevo, para hacer otra historia de la nada: y una historia significaba dinero. A Clifford parecía importarle mucho si sus historias eran consideradas literatura de primera clase o no. Estrictamente, a ella no le importaba. «¡No hay nada aquí!», decía su padre. «¡Mil doscientas libras el año pasado!», fue la réplica simple y definitiva.

Si eras joven, simplemente apretabas los dientes y mordías y aguantabas hasta que el dinero empezaba a fluir desde lo invisible; era una cuestión de poder. Era una cuestión de voluntad; una sutil, sutil, poderosa emanación de voluntad fuera de ti te devolvía la misteriosa nada del dinero, una palabra en un trozo de papel. Era una especie de magia, ciertamente era el triunfo. ¡La diosa perra! Bueno, si una tenía que prostituirse, ¡que fuera ante una diosa perra! Una siempre podía despreciarla incluso mientras se prostituía con ella, lo cual era bueno.

Clifford, por supuesto, seguía teniendo muchos tabúes y fetiches infantiles. Quería que le consideraran «realmente bueno», lo que no eran más que tonterías. Lo que era realmente bueno era lo que realmente se ponía de moda. No era bueno ser realmente bueno y quedarse con ello. Parecía como si la mayoría de los hombres «realmente buenos» hubieran perdido el autobús. Al fin y al cabo sólo se vivía una vida, y si perdías el autobús, te quedabas en la acera, junto con el resto de fracasados.

Connie estaba pensando en pasar un invierno en Londres con Clifford, el próximo invierno. Él y ella habían cogido bien el autobús, así que más les valía subir un poco y demostrarlo.

Lo peor era que Clifford tendía a volverse vago, ausente, y a caer en ataques de depresión vacua. Era la herida de su psique saliendo al exterior. Pero a Connie le daban ganas de gritar. Oh Dios, si el propio mecanismo de la conciencia iba a fallar, entonces ¿qué iba una a hacer? A pesar de todo, ¡una ponía su granito de arena! ¿Iba una a dejarse defraudar absolutamente?

A veces lloraba amargamente, pero incluso mientras lloraba se decía a sí misma: «¡Tonta, mojando pañuelos! ¡Como si eso fuera a llevarte a alguna parte!».

Después de Michaelis, se había hecho a la idea de que no quería nada. Ésa parecía la solución más sencilla de lo que de otro modo sería insoluble. No quería nada más de lo que tenía; sólo quería salir adelante con lo que tenía: Clifford, las historias, Wragby, el negocio de Lady Chatterley, el dinero y la fama, tal como era... ella quería seguir adelante con todo ello. Amor, sexo, todo ese tipo de cosas, ¡sólo agua de borrajas! Chúpalo y olvídalo. Si no te aferras a ello en tu mente, no es nada. El sexo especialmente... ¡nada! Aférrate a él en tu mente y habrás resuelto el problema. El sexo y un cóctel: ambos duraban más o menos lo mismo, tenían el mismo efecto y equivalían más o menos a lo mismo.

Pero un niño, ¡un bebé! Ésa seguía siendo una de las sensaciones. Se aventuraría con mucho cuidado en ese experimento. Había que tener en cuenta al hombre y, era curioso, no había un hombre en el mundo cuyos hijos deseara. ¡Los hijos de Mick! ¡Qué pensamiento repulsivo! ¡Preferiría tener un hijo con un conejo! ¿Tommy Dukes? Era muy agradable, pero de algún modo no podías asociarlo con un bebé, otra generación. Acababa en sí mismo. Y de todos los demás conocidos de Clifford, el círculo más amplio, no había un solo hombre que no despertara su desprecio, cuando pensaba en tener un hijo con él. Había varios que habrían sido verdaderamente posibles como amantes, incluso Mick. Pero ¡dejar que te engendraran un hijo! ¡Uf! Humillación y abominación.

¡Así que eso era todo!

Sin embargo, Connie tenía al niño en el fondo de su mente. ¡Espera! ¡Espera! Ella pasaría las generaciones de hombres por su tamiz y vería si no podía encontrar uno que le sirviera... «Id por las calles y caminos de Jerusalén, a ver si encontráis un hombre». Había sido imposible encontrar un hombre en la Jerusalén del profeta, aunque había miles de humanos varones. ¡Pero un hombre... c'est une autre chose!

Ella tenía la idea de que tendría que ser un extranjero... no un inglés, ni mucho menos un irlandés. Un extranjero de verdad.

Pero ¡espera! ¡espera! El próximo invierno llevaría a Clifford a Londres; el invierno siguiente lo llevaría al extranjero, al sur de Francia, a Italia. ¡Espera! No tenía prisa por el niño. Ese era su asunto privado y el único punto en el que, a su extraña y femenina manera, se tomaba en serio hasta el fondo de su alma. No iba a arriesgarse con ningún advenedizo, ¡ella no! Una podía tomar un amante casi en cualquier momento, pero un hombre que engendrara un hijo de una... ¡espera! ¡espera! es un asunto muy diferente... «Id por las calles y los caminos de Jerusalén...». No era una cuestión de amor; era una cuestión de un hombre. Vaya, una podría incluso odiarlo, personalmente. Sin embargo, si él era el hombre, ¿qué importaría el odio personal de una? Este asunto concernía a otra parte de una mismo.

Había llovido como de costumbre y los caminos estaban demasiado empapados para la silla de Clifford pero Connie saldría. Ahora salía sola todos los días, casi siempre al bosque, donde estaba realmente sola. Allí no veía a nadie.

Ese día, sin embargo, Clifford quería enviar un mensaje al guardabosques y como el muchacho de los mandados estaba enfermo de gripe —alguien siempre parecía tener gripe en Wragby— Connie dijo que pasaría por la casa de campo.

El aire era suave y estaba muerto, como si todo el mundo estuviera muriendo lentamente. Gris y húmedo y silencioso, incluso por el traqueteo de las minas, pues los fosos trabajaban poco tiempo y hoy estaban parados completamente. ¡El fin de todas las cosas!

En el bosque todo estaba completamente inerte e inmóvil, sólo grandes gotas caían de las ramas desnudas, con un pequeño y hueco estruendo. Por lo demás, entre los viejos árboles había profundidad dentro de profundidad de gris, inercia sin esperanza, silencio, nada.

Connie siguió caminando suavemente. Del viejo bosque le llegaba una antigua melancolía, de algún modo tranquilizadora para ella, mejor que la dura insensibilidad del mundo exterior. Le gustaba la interioridad del remanente de bosque, la reticencia sin palabras de los viejos árboles. Parecían el poder mismo del silencio y, sin embargo, una presencia vital. Ellos también esperaban, obstinada y estoicamente, y desprendían una potencia de silencio. Quizá sólo esperaban el final; ser talados, desbrozados, el fin del bosque, para ellos el fin de todas las cosas. Pero quizá su silencio fuerte y aristocrático, el silencio de los árboles fuertes, significaba algo más.

Al salir del bosque por el lado norte, la casita de campo del guardabosques, una casita de piedra bastante oscura y marrón, con vigas y una bonita chimenea, parecía deshabitada, estaba tan silenciosa y sola. Pero un hilo de humo salía de la chimenea y el pequeño jardín enrejado de la parte delantera de la casa estaba excavado y se mantenía muy ordenado. La puerta estaba cerrada.

Ahora que estaba aquí se sentía un poco tímida ante aquel hombre, con sus curiosos ojos que ven a lo lejos. No le gustaba traerle órdenes y sintió deseos de marcharse de nuevo. Llamó suavemente, nadie acudió. Volvió a llamar, pero aún no fuertemente. No hubo respuesta. Se asomó por la ventana y vio la pequeña habitación oscura, con su intimidad casi siniestra, que no quería ser invadida.

Se quedó de pie y escuchó, y le pareció oír sonidos procedentes de la parte trasera de la casita de campo. Al no haber logrado que la oyeran, su temple se avivó, no se dejaría vencer.

Así que rodeó el lateral de la casa. En la parte trasera de la casita de campo el terreno se elevaba abruptamente, por lo que el patio trasero estaba hundido y delimitado por un bajo muro de piedra. Dobló la esquina de la casa y se detuvo. En el pequeño patio, dos pasos más allá de ella, el hombre se lavaba, totalmente desprevenido. Estaba desnudo hasta las caderas, sus pantalones aterciopelados resbalaban sobre sus esbeltos lomos. Y su blanca y delgada espalda estaba curvada sobre un gran barreño de agua jabonosa, en el que agachaba la cabeza, sacudiéndola con un extraño y rápido movimiento, levantando sus esbeltos brazos blancos y apartando el agua jabonosa de sus orejas, rápido, sutil como una comadreja jugando con el agua, y completamente solo. Connie retrocedió doblando la esquina de la casa y se alejó a toda prisa hacia el bosque. A pesar de sí misma, había tenido un sobresalto. Después de todo, un simple hombre lavándose, ¡suficientemente corriente, Dios lo sabe!

Sin embargo, de alguna curiosa manera fue una experiencia visionaria; la había golpeado en medio del cuerpo. Vio los torpes pantalones deslizándose sobre los puros, delicados y blancos lomos, los huesos asomando un poco, y la sensación de soledad, de una criatura puramente sola, la abrumó. La desnudez perfecta, blanca y solitaria de una criatura que vive sola, e interiormente sola. Y más allá de eso, una cierta belleza de criatura pura. No la materia de la belleza, ni siquiera el cuerpo de la belleza, sino una lambiscencia, la llama cálida y blanca de una vida única, revelándose en contornos que se podían tocar... ¡un cuerpo!

Connie había recibido el choque de la visión en su vientre y lo sabía; estaba dentro de ella. Pero con la mente se inclinaba al ridículo. ¡Un hombre lavándose en un patio trasero! ¡Sin duda con jabón amarillo maloliente! Se sintió más bien molesta; ¿por qué había que hacerla tropezar con esas vulgares intimidades?

Así que se alejó de sí misma pero al cabo de un rato se sentó en un tocón. Estaba demasiado confusa para pensar. Pero en la espiral de su confusión estaba decidida a entregar su mensaje al hombre. No se dejaría intimidar. Debía darle tiempo para que se vistiera pero no para que saliera. Probablemente se estaba preparando para salir a alguna parte.

Así que regresó lentamente, escuchando. A medida que se acercaba, la casita de campo tenía el mismo aspecto. Un perro ladró y ella llamó a la puerta, con el corazón latiéndole a pesar suyo.

Oyó al hombre que bajaba ligeramente las escaleras. Abrió la puerta rápidamente y la sobresaltó. Él mismo parecía inquieto, pero al instante una carcajada apareció en su rostro.

«¡Lady Chatterley!», dijo. «¿Quiere pasar?».

Sus modales eran tan perfectamente fáciles y buenos que ella cruzó el umbral y entró en la pequeña habitación, bastante lúgubre.

«Sólo he venido con un mensaje de Sir Clifford», dijo con su voz suave y algo jadeante.

El hombre la miraba con esos ojos azules suyos que todo lo veían, lo que hizo que ella volviera un poco la cara. A él ella le pareció atractiva, casi hermosa, en su timidez, y él mismo tomó enseguida el mando de la situación.

«¿Quiere sentarse?», le preguntó, suponiendo que ella no lo haría. La puerta estaba abierta.

«¡No, gracias! Sir Clifford se preguntaba si usted podía hacerlo y ella le transmitió su mensaje, mirándole de nuevo inconscientemente a los ojos. Y ahora sus ojos parecían cálidos y amables, sobre todo para una mujer, maravillosamente cálidos, y amables, y a gusto.

«Muy bien, su Señoría. Me ocuparé de ello enseguida».

Tomando una orden, todo su ser había cambiado, esmaltado con una especie de dureza y distancia. Connie dudó, debía irse. Pero miró alrededor del pequeño salón, limpio, ordenado y más bien lúgubre, con algo parecido a la consternación.

«¿Vive usted aquí solo?», le preguntó.

«Bastante solo, su Señoría».

«¿Pero su madre...?».

«Vive en su propia casa de campo en el pueblo».

«¿Con la niña?», preguntó Connie.

«¡Con la niña!».

Y el rostro liso y algo ajado de él adoptó una indefinible expresión de burla. Era un rostro que cambiaba todo el tiempo, desconcertante.

«No», dijo él, viendo que Connie se quedaba sin saber qué hacer, «mi madre viene y limpia por mí los sábados; el resto lo hago yo».

De nuevo Connie le miró. Sus ojos sonreían de nuevo, un poco burlonamente, pero cálidos y azules, y de algún modo amables. Ella se maravilló de él. Llevaba pantalones y camisa de franela y una corbata gris, el pelo suave y húmedo, la cara más bien pálida y de aspecto ajado. Cuando los ojos dejaron de reír parecían haber sufrido mucho, aún sin perder su calidez. Pero una palidez de aislamiento se apoderó de él, ella no estaba realmente allí para él.

Ella quería decir tantas cosas, y no dijo nada. Sólo volvió a mirarle y comentó:

«Espero no haberle molestado».

Una leve sonrisa de burla entrecerró los ojos de él.

«Sólo estaba peinándome, si no le importa. Siento no llevar saco, pero no sabía quién estaba llamando. Nadie llama aquí y lo inesperado suena ominoso».

Él fue delante de ella por el sendero del jardín para sujetar la verja. En camisa, sin el torpe saco de pana, ella volvió a ver lo esbelto que era, delgado, un poco encorvado. Sin embargo, al pasar junto a él, había algo joven y brillante en su cabello rubio y sus ojos rápidos. Era un hombre de unos treinta y siete o treinta y ocho años.

Ella se adentró en el bosque, sabiendo que él la miraba; le molestaba tanto, a pesar de ella misma.

Y él, mientras entraba en la casa, pensaba: «¡Es bonita, es real! Es más bonita de lo que cree».

Ella se preguntaba muchas cosas sobre él; parecía tan distinto a un guardabosques, tan distinto a un trabajador en cualquier caso; aunque tenía algo en común con la gente del lugar. Pero también algo muy poco común.

«El guardabosques, Mellors, es un tipo curioso de persona», le dijo a Clifford; «casi podría ser un caballero».

«¿Podría?», dijo Clifford. «No me había dado cuenta».

«¿Pero no hay algo especial en él?», insistió Connie.

«Creo que es un buen tipo pero sé muy poco de él. Salió del ejército el año pasado, hace menos de un año. De la India, creo. Es posible que haya aprendido algunas cosas allí, tal vez fue sirviente de un oficial y mejoró su posición. Algunos hombres eran así. Pero no les sirve de nada, tienen que volver a caer en sus antiguos lugares cuando regresan a casa».

Connie miró a Clifford contemplativamente. Vio en él el peculiar y apretado desplante contra cualquiera de las clases inferiores que pudiera estar ascendiendo de verdad, que ella sabía que era característico de su raza.

«¿Pero no crees que hay algo especial en él?», preguntó.

«Francamente, ¡no! No he notado nada».

Él la miró con curiosidad, inquieto, sospechoso a medias. Y ella sintió que él no le estaba diciendo la auténtica verdad; él no se estaba diciendo a sí mismo la auténtica verdad, eso era. Le disgustaba cualquier sugerencia de un ser humano realmente excepcional. La gente debía estar más o menos a su nivel, o por debajo.

Connie sintió de nuevo la estrechez, la negrura de los hombres de su generación. Eran tan estrechos, ¡tan temerosos de la vida!

Capítulo 7

Cuando Connie subió a su dormitorio hizo lo que no había hecho en mucho tiempo: se quitó toda la ropa y se miró desnuda en el enorme espejo. No sabía muy bien lo que buscaba, o en qué lo buscaba, pero movió la lámpara hasta que la iluminó por completo.

Y pensó, como había pensado tantas veces, ¡qué cosa tan frágil, tan fácil de herir, tan patética, es un cuerpo humano desnudo; de algún modo un poco inacabado, incompleto!

Se suponía que tenía bastante buena figura pero ahora estaba pasada de moda; un poco demasiado femenina, no lo bastante parecida a un chico adolescente. No era muy alta, un poco escocesa y bajita; pero tenía una cierta gracia fluida y descendente que podría haber sido belleza. Su piel era levemente leonada, sus miembros tenían cierta quietud, su cuerpo debería haber tenido una riqueza plena y descendente; pero le faltaba algo.

En lugar de madurar sus curvas firmes y descendentes, su cuerpo se aplanaba y se volvía un poco duro. Era como si no hubiera tenido suficiente sol y calor; estaba un poco grisáceo y sin savia.

Decepcionada de su verdadera feminidad, no había logrado volverse infantil, e insustancial, y transparente; en cambio, se había vuelto opaca.

Sus pechos eran más bien pequeños y caían en forma de pera. Pero estaban inmaduros, un poco amargos, colgando sin sentido. Y su vientre había perdido el brillo fresco y redondo que había tenido cuando era joven, en los días de su muchacho alemán, que realmente la amaba físicamente. Entonces era joven y expectante, con una verdadera mirada propia. Ahora se estaba volviendo floja y un poco plana, más delgada, pero con una delgadez floja. Sus muslos, también, solían parecer tan rápidos y relucientes en su redondez femenina, de algún modo también se estaban volviendo planos, flojos, sin sentido.

Su cuerpo estaba perdiendo el sentido, volviéndose opaco y apagado, tanta sustancia insignificante. La hacía sentirse inmensamente deprimida y desesperanzada. ¿Qué esperanza había? Era vieja, vieja a los veintisiete años, sin brillo ni chispa en la carne. Vieja por negligencia y negación, sí, negación. Las mujeres a la moda mantenían sus cuerpos brillantes como delicada porcelana, mediante atenciones externas. No había nada dentro de la porcelana; pero ella ni siquiera era tan brillante como eso. ¡La vida mental! De repente la odió con una furia precipitada,

¡la estafa!

Miró en el reflejo del otro espejo su espalda, su cintura, sus lomos. Estaba adelgazando, pero a ella no le favorecía. La arruga de su cintura en la espalda, cuando se inclinaba para mirarse, le resultaba un poco gastada; y antes tenía un aspecto tan alegre. Y la alargada inclinación de sus ancas y sus nalgas había perdido su brillo y su sensación de riqueza. Se había ido. Sólo el muchacho alemán la había amado, y él llevaba diez años muerto, casi. ¡Cómo pasaba el tiempo! Diez años muerto, y ella sólo tenía veintisiete. El muchacho sano, con su fresca y torpe sensualidad, ¡que ella entonces había despreciado tanto! ¿Dónde lo encontraría ahora? Había desaparecido de los hombres. Tenían sus patéticos espasmos de dos segundos, como Michaelis; pero no la sensualidad humana sana, que calienta la sangre y refresca todo el ser.

Aún así, pensó que lo más hermoso de ella era la larga caída de las ancas desde el hueco de la espalda y la quietud somnolienta y redonda de las nalgas. Como montículos de arena, dicen los árabes, suaves y resbaladizos con una larga pendiente. Aquí la vida aún perduraba esperanzada. Pero también aquí estaba más delgada y se volvía inmadura, astringente.

Pero la parte delantera de su cuerpo la hacía sentir miserable. Ya empezaba a aflojarse, con una especie de delgadez, casi marchita, envejeciendo antes de haber vivido realmente. Pensó en el hijo que de algún modo podría tener. ¿Era apta, de todos modos?

Se puso el camisón y se fue a la cama, donde sollozó amargamente. Y en su amargura ardía una fría indignación contra Clifford, y sus escritos y su palabrería; contra todos los hombres de su calaña que defraudaban a una mujer incluso en su propio cuerpo.

¡Injusto! ¡Injusto! La sensación de profunda injusticia física le quemaba hasta el alma.

Pero, por la mañana, de todos modos, se levantaba a las siete y bajaba a ver a Clifford. Tenía que ayudarle en todas las cosas íntimas, pues él no tenía un sirviente que fuera hombre y se negaba a tener una sirvienta. El marido del ama de llaves, que le había conocido de niño, le ayudaba, y hacía cualquier trabajo pesado; pero Connie se ocupaba de las cosas personales, y lo hacía de buena gana. Era una exigencia para ella, pero había querido hacer lo que podía.

Así que casi nunca se alejaba de Wragby, y nunca por más de un día o dos; cuando Mrs. Betts, el ama de llaves, atendía a Clifford. Él, como era inevitable con el paso del tiempo, daba por sentado todo el servicio. Era natural que lo hiciera.

Y sin embargo, en lo más profundo de su ser, un sentimiento de injusticia, de haber sido defraudada, había empezado a arder en Connie. Una vez que se despierta la sensación física de injusticia es un sentimiento peligroso. Debe tener salida, o corroe a aquel en quien se despierta. Pobre Clifford, él no tenía la culpa. La suya era la mayor de las desgracias. Todo formaba parte de la catástrofe general.

Y sin embargo, ¿no era él en cierto modo culpable? Esta falta de calidez, esta falta del simple, cálido, contacto físico, ¿no era él el culpable de ello? Nunca fue realmente cálido, ni siquiera amable, ¡sólo reflexivo, considerado, de un modo bien educado y frío! Pero nunca cálido como un hombre puede ser cálido con una mujer, como incluso el padre de Connie podía ser cálido con ella, con la calidez de un hombre que se hacía bien a sí mismo, y se lo proponía, pero que aún podía reconfortar a una mujer con un poco de su brillo masculino.

Pero Clifford no era así. Toda su raza no era así. Todos eran interiormente duros y separados, y la calidez para ellos era sólo algo de mal gusto. Había que arreglárselas sin él y aguantarse; lo cual estaba muy bien si eras de la misma clase y raza. Entonces podías mantenerte fría y ser muy estimable, y aguantar tus cosas, y disfrutar de la satisfacción de aguantarlo. Pero si eras de otra clase y de otra raza no servía de nada; no tenía ninguna gracia el mero hecho de mantenerte a ti misma y sentir que pertenecías a la clase dominante. ¿Qué sentido tenía, cuando incluso los aristócratas más inteligentes no tenían realmente nada positivo propio que sostener y su gobierno era realmente una farsa, no un gobierno en absoluto? ¿Qué sentido tenía? Todo eran frías tonterías.

Un sentimiento de rebelión latía en Connie. ¿Qué había de bueno en todo ello? ¿Qué había de bueno en su sacrificio, en dedicar su vida a Clifford? ¿A qué estaba sirviendo, después de todo? A un frío espíritu de vanidad, que no tenía cálidos contactos humanos, y que estaba tan corrompido como cualquier judío de baja cuna, en su ansia de prostituirse a la diosa perra, el Éxito. Ni siquiera la seguridad fría y sin contacto de Clifford de que pertenecía a la clase dominante evitó que se le saliera la lengua fuera de la boca, mientras jadeaba tras la diosa perra. Después de todo, Michaelis era realmente más digno en la materia, y mucho, mucho más exitoso. Realmente, si se miraba bien a Clifford, era un bufón, y un bufón es más humillante que un atorrante.

Entre los dos hombres, Michaelis realmente la necesitaba mucho más que Clifford. Él la necesitaba aún más. Cualquier buena enfermera puede atender a unas piernas lisiadas. Y en cuanto al esfuerzo heroico, Michaelis era una rata heroica, y Clifford tenía mucho de caniche fanfarrón.

Había gente alojada en la casa, entre ellos la tía de Clifford, Eva, Lady Bennerley. Era una mujer delgada de sesenta años, con la nariz roja, viuda y todavía algo así como una *grande dame*. Pertenecía a una de las mejores familias y tenía el carácter para llevarlo. A Connie le gustaba, era tan perfectamente sencilla y franca, en la medida en que pretendía serlo, y superficialmente amable. Dentro de sí misma era una maestra en aguantarse a sí misma y en aguantar a los demás un poco más abajo. No era en absoluto una snob; era demasiado segura de sí misma. Era perfecta en el deporte social de mantenerse fría y hacer que los demás la respetaran.

Fue amable con Connie y trató de hurgar en su alma de mujer con la aguda barrena de sus bien nacidas observaciones.

«En mi opinión, eres maravillosa», le dijo a Connie. «Has hecho maravillas por Clifford. Yo misma nunca había visto a ningún genio en ciernes, y ahí está, todo un éxito». La tía Eva se sentía complacientemente orgullosa del éxito de Clifford. ¡Otra pluma en la gorra de la familia! A ella no le importaban un bledo sus libros, pero ¿por qué iban a importarle?

«Oh, no creo que sea a causa de mí», dijo Connie.

«¡Debe serlo! No puede ser de nadie más. Y me parece que no le sacas suficiente provecho».

«¿Cómo?».

«Mira cómo estás encerrada aquí. Le dije a Clifford: "¡Si esa niña se rebela algún día tendrás que agradecértelo a ti mismo!"».

«Pero Clifford nunca me niega nada», dijo Connie.

«Mira aquí, mi querida niña»... y Lady Bennerley puso su fina mano en el brazo de Connie. «Una mujer tiene que vivir su vida, o vivir para arrepentirse de no haberla vivido. Créeme». Y bebió otro sorbo de brandy, que tal vez era su forma de arrepentimiento.

«Pero yo vivo mi vida, ¿no?».

«¡No según mi opinión! Clifford debería llevarte a Londres y dejarte ir por ahí. Su tipo de amigos está bien para él, pero ¿qué son para ti? Si yo fuera tú pensaría que no es suficiente. Dejarás escapar tu juventud, y pasarás tu vejez, y también tu madurez, arrepintiéndote de ello».

Su señoría se sumió en un silencio contemplativo, apaciguada por el brandy.

Pero a Connie no le entusiasmaba la idea de ir a Londres y que Lady Bennerley la llevara al mundo elegante. No se sentía realmente inteligente, no era interesante. Y sí sentía la peculiar y marchita frialdad que había debajo de todo aquello; como el suelo de Labrador, con sus alegres florecillas en su superficie, y un pie más abajo está helado.

Tommy Dukes estaba en Wragby y otro hombre, Harry Winterslow, y Jack Strangeways con su esposa Olive. La charla fue mucho más desganada que cuando sólo estaban los amigotes y todo el mundo estaba un poco aburrido, pues hacía mal tiempo y sólo tenían el billar y la pianola para bailar.

Olive estaba leyendo un libro sobre el futuro, cuando los bebés se criarían en probetas y las mujeres estarían «inmunizadas».

«¡Y qué bueno sería!», dijo ella. «Así una mujer puede vivir su propia vida». Strangeways quería hijos, y ella no.

«¿Cómo te gustaría inmunizarte?», le preguntó Winterslow, con una fea sonrisa.

«Espero ya serlo; naturalmente», dijo ella. «De todos modos el futuro así va a tener más sentido, y una mujer no tiene por qué dejarse arrastrar por sus funciones».

«Quizá se vaya flotando al espacio», dijo Dukes.

«Creo que una civilización suficiente debería eliminar muchas de las discapacidades físicas», dijo Clifford. «Todo el negocio del amor, por ejemplo, podría desaparecer. Supongo que lo haría si pudiéramos criar bebés en probetas».

«¡No!», gritó Olive. «Eso dejaría más espacio para la diversión».

«Supongo», dijo Lady Bennerley, contemplativa, «que si el asunto del amor desapareciera, otra cosa ocuparía su lugar. Morfina, tal vez. Un poco de morfina en todo el aire. Sería maravillosamente refrescante para todos».

«¡El gobierno liberando éter en el aire los sábados, para un fin de semana alegre!», dijo Jack. «Suena muy bien, pero ¿dónde estaríamos el miércoles?».

«Mientras puedas olvidar tu cuerpo eres feliz», dijo Lady Bennerley. «Y en el momento en que empiezas a ser consciente de tu cuerpo, eres desgraciada. Así que, si la civilización sirve para algo, tiene que ayudarnos a olvidar nuestros cuerpos, y entonces el tiempo pasa felizmente sin que nos demos cuenta.»

«Que nos ayuden a deshacernos por completo de nuestros cuerpos», dijo Winterslow. «Ya es hora de que el hombre empiece a mejorar su propia naturaleza, especialmente su lado físico».

«Imagínense que flotáramos como el humo del tabaco», dijo Connie.

«No sucederá», dijo Dukes. «Nuestro viejo espectáculo va a fracasar; nuestra civilización va a caer. Se irá por el foso sin fondo, por el abismo.

Y créanme, ¡el único puente que cruzará el abismo será el falo!».

«¡Oh, no! ¡Eso es imposible, General!», gritó Olive.

«Creo que nuestra civilización va a derrumbarse», dijo la tía Eva.

«¿Y qué vendrá después?», preguntó Clifford.

«No tengo la menor idea, pero algo, supongo», dijo la señora mayor.

«Connie dice que a la gente le gustan las volutas de humo y Olive dice que las mujeres inmunizadas, y los bebés en probetas, y Dukes dice que el falo es el puente hacia lo que viene después. Me pregunto qué será en realidad», dijo Clifford.

«¡Oh, no te molestes! Sigamos con el presente», dijo Olive. «Sólo date prisa con el biberón y déjanos a las pobres mujeres fuera».

«Puede que incluso haya hombres de verdad, en la siguiente fase», dijo Tommy. «¡Hombres de verdad, inteligentes y saludables, y mujeres agradables y saludables! ¿No sería eso un cambio, un cambio enorme respecto a nosotros? Nosotros no somos hombres y las mujeres no son mujeres. Sólo somos maquillajes cerebrales, experimentos mecánicos e intelectuales. Puede que incluso llegue una civilización de hombres y mujeres auténticos, en lugar de nuestro pequeño lote de personitas listas, todos con la inteligencia propia a los siete años. Sería aún más asombroso que los hombres de humo o los bebés de probeta».

«Oh, cuando la gente empieza a hablar de mujeres de verdad, me rindo», dijo Olive.

«Ciertamente, nada más que el espíritu que hay en nosotros vale la pena», dijo Winterslow.

«¡Espíritu!», dijo Jack, bebiendo su whisky con soda.

«¿Eso crees? Dame la resurrección del cuerpo», dijo Dukes.

«Pero llegará, con el tiempo, cuando hayamos apartado un poco la piedra cerebral, el dinero y lo demás. Entonces tendremos una democracia del tacto, en lugar de una democracia del bolsillo».

Algo resonó en el interior de Connie: «¡Dame la democracia del tacto, la resurrección del cuerpo!». No sabía en absoluto lo que significaba, pero la reconfortó, como pueden hacerlo las cosas sin sentido.

De todos modos todo era terriblemente tonto y ella se sentía exasperadamente aburrida por todo ello, por Clifford, por Tía Eva, por Olive y Jack, y Winterslow, e incluso por Dukes. ¡Hablar, hablar, hablar! ¡Qué infierno era aquel traqueteo continuo!

Luego, cuando toda la gente se fue, no fue mejor. Ella siguió adelante, pero la exasperación y la irritación se habían apoderado de la parte inferior de su cuerpo, no podía escapar. Los días parecían machacar, con curioso dolor, y sin embargo no ocurría nada. Sólo que ella estaba cada vez más delgada; hasta el ama de llaves lo notaba y le preguntaba cómo se sentía. Incluso Tommy Dukes insistía en que no se encontraba bien, aunque ella decía que estaba bien. Sólo que empezó a tener miedo de las espantosas lápidas blancas, de esa peculiar y repugnante blancura de mármol de Carrara, detestable como una dentadura postiza, que se erguían en la ladera de la colina, bajo la iglesia de Tevershall, y que ella veía con tan lúgubre dolor desde el parque. El erizamiento de los horribles dientes postizos de las lápidas de la colina la afectaba con una especie de horror espeluznante. Sentía que no estaba lejos el momento en que la enterrarían allí, sumada a la espantosa hueste que había bajo las lápidas y los monumentos, en aquellas mugrientas Midlands.

Necesitaba ayuda y lo sabía; así que escribió un pequeño *cri du coeur* a su hermana, Hilda. «Últimamente no me encuentro bien y no sé qué me pasa».

Hilda vino de Escocia, donde había fijado su residencia. Llegó en marzo, sola, conduciendo ella misma un ágil biplaza. Subió por el camino de entrada, zumbando por la pendiente, y luego barrió el óvalo de hierba, donde se alzaban las dos grandes hayas silvestres, en el llano frente a la casa.

Connie había salido corriendo hacia la escalinata. Hilda paró su coche, se bajó y besó a su hermana.

«¡Pero Connie!», gritó. «¿Qué ocurre?».

«¡Nada!», dijo Connie, algo avergonzada; pero sabía lo que había sufrido en contraste con Hilda. Ambas hermanas tenían la misma piel más bien dorada y brillante, y un suave cabello castaño, y un físico naturalmente fuerte y cálido. Pero ahora Connie estaba delgada y de aspecto terroso, con un cuello desaliñado y amarillento, que sobresalía de su jersey.

«¡Pero si estás enferma, niña!», dijo Hilda, con la voz suave y algo jadeante que ambas hermanas tenían por igual. Hilda era casi, pero no del todo, dos años mayor que Connie.

«No, no estoy enferma. Quizá aburrida», dijo Connie un poco patéticamente.

La luz de la batalla brillaba en el rostro de Hilda; era una mujer, suave y quieta como parecía, de la vieja clase amazona, no hecha para encajar con los hombres.

«¡Este miserable lugar!», dijo en voz baja, mirando al pobre, viejo y torpe Wragby con verdadero odio. Ella misma parecía suave y cálida, como una pera madura, y era una amazona de la verdadera raza antigua.

Se acercó en silencio a Clifford. Él pensó en lo guapa que estaba, pero también se encogió ante ella. La familia de su mujer no tenía su clase de modales, ni su clase de etiqueta. Los consideraba más bien forasteros, pero una vez dentro les hacía pasar por el aro.

Él se sentó recto y bien peinado en su silla, con el pelo rubio y liso y la cara fresca, los ojos azules pálidos y un poco prominentes, la expresión inescrutable, pero bien educada. A Hilda le pareció malhumorado y estúpido, y esperó. Tenía un aire de aplomo, pero a Hilda no le importaba de qué tuviera un aire; ella estaba en pie de guerra y si él hubiera sido Papa o Emperador habría sido igual.

«Connie tiene muy mal aspecto», dijo ella con su voz suave, mirándole con sus hermosos y fulgurantes ojos grises. Parecía tan casta, al igual que Connie; pero él conocía bien el tono de obstinación escocesa que había debajo.

«Está un poco más delgada», dijo él.

«¿No has hecho nada al respecto?».

«¿Crees que es necesario?», preguntó él, con su más suave rigidez inglesa, pues ambas cosas suelen ir juntas.

Hilda se limitó a mirarle con el ceño fruncido sin responder; la réplica no era su fuerte, ni el de Connie; así que miró con el ceño fruncido y él se sintió mucho más incómodo que si hubiera dicho algo.

«La llevaré a un médico», dijo finalmente Hilda. «¿Puedes sugerirme uno bueno por aquí?».

«Me temo que no puedo».

«Entonces la llevaré a Londres, donde tenemos un médico de confianza».

Aunque hervía de rabia, Clifford no dijo nada.

«Supongo que será mejor que me quede esta noche», dijo Hilda, quitándose los guantes, «y mañana la llevaré a la ciudad».

Clifford estaba amarillo hasta las agallas de ira y al atardecer el blanco de sus ojos también estaba un poco amarillo. Le llegaba al hígado. Pero Hilda era siempre modesta y casta.

«Debes tener un enfermero o alguien que te cuide personalmente. Realmente deberías tener un criado varón», dijo Hilda mientras se sentaban, con aparente calma, a tomar café después de cenar. Ella hablaba a su manera suave, aparentemente amable, pero Clifford sentía que le estaba golpeando en la cabeza con una cachiporra.

«¿Eso crees?», dijo él fríamente.

«¡Estoy segura! Es necesario. O eso, o papá y yo debemos llevarnos a Connie lejos unos meses. Esto no puede continuar».

«¿Qué no puede continuar?».

«¡No has mirado a la niña!», preguntó Hilda, mirándolo fijamente. En ese momento él parecía más bien un enorme cangrejo de río hervido; o eso pensaba ella.

«Connie y yo lo hablaremos», dijo él.

«Ya lo he hablado con ella», dijo Hilda.

Clifford ya había estado bastante tiempo en manos de enfermeras; las odiaba, porque no le dejaban ninguna intimidad real. Y un criado varón... no soportaba a un hombre a su alrededor. Casi mejor cualquier mujer. Pero, ¿por qué no Connie?

Las dos hermanas salieron en coche por la mañana, Connie parecía un cordero de Pascua, más bien pequeña al lado de Hilda, que sostenía el volante. Sir Malcolm estaba de viaje, pero la casa de Kensington estaba abierta.

El médico examinó cuidadosamente a Connie y le preguntó todo sobre su vida. «A veces veo su fotografía, y la de Sir Clifford, en los periódicos ilustrados. Casi notoriedades, ¿verdad? Así es como crecen las niñas tranquilas, aunque usted sólo es una niña tranquila incluso ahora, a pesar de los periódicos ilustrados. ¡No, no! No hay nada orgánicamente mal, ¡pero no está bien! ¡No está bien! Dígale a Sir Clifford que tiene que traerla a la ciudad, o llevarla al extranjero, y divertirla. Tiene que divertirse, ¡tiene que hacerlo! Su vitalidad es demasiado baja; no tiene reservas, no tiene reservas. ¡Los nervios del corazón ya están un poco raros, eso sí! No son nada más que nervios; se pondrá bien en un mes en Cannes o Biarritz. Pero no debe continuar así, no debe, se lo digo, o no responderé de las consecuencias. Está gastando su vida sin renovarla. Tiene que estar entretenida, adecuada y saludablemente entretenida. Está gastando su vitalidad sin ganar nada. No puede seguir así. ¡Depresión! ¡Evite la depresión!

Hilda apretó la mandíbula, y eso significaba algo.

Michaelis se enteró de que estaban en la ciudad y vino corriendo con rosas. «¿Por qué, qué pasa?», gritó. «Eres una sombra de ti misma. Vaya, ¡nunca había visto un cambio así! ¿Por qué nunca me lo hiciste saber? ¡Ven a Niza conmigo! ¡Ven a Sicilia! Vamos, ven a Sicilia conmigo. Hace un tiempo precioso allí. ¡Necesitas sol! ¡Necesitas vida! ¡Te estás consumiendo! ¡Ven conmigo! ¡Ven a África! ¡Oh, que maten a Sir Clifford! Deshazte de él y ven conmigo. Me casaré contigo en cuanto se divorcie de ti. ¡Ven y prueba una vida! ¡Por amor de Dios! Ese lugar, Wragby, mataría a cualquiera. ¡Un lugar bestial! ¡Asqueroso lugar! ¡Mataría a cualquiera! ¡Ven conmigo al sol! Es el sol lo que neceitas, por supuesto, y un poco de vida normal».

Pero el corazón de Connie simplemente se detuvo ante la idea de abandonar a Clifford allí y en ese momento. No podía hacerlo. No... ¡no! Simplemente no podía. Tenía que volver a Wragby.

Michaelis estaba disgustado. A Hilda no le gustaba Michaelis, pero casi lo prefería a Clifford. Las hermanas volvieron a las Midlands.

Hilda habló con Clifford, que todavía tenía los globos oculares amarillos cuando volvieron. Él también, a su manera, estaba sobreexcitado; pero tuvo que escuchar todo lo que dijo Hilda, todo lo que había dicho el doctor, no lo que había dicho Michaelis, por supuesto, y se quedó callado durante el ultimátum.

«Aquí está la dirección de un buen criado varón, que estuvo con un paciente inválido del doctor hasta que murió el mes pasado. Es realmente un buen hombre, y es bastante seguro que vendrá».

«Pero yo no soy un inválido, y no tendré un criado varón», dijo Clifford, pobre diablo.

«Y aquí están las direcciones de dos mujeres; vi a una de ellas, lo haría muy bien; una mujer de unos cincuenta años, tranquila, fuerte, amable y, a su manera, es culta...».

Clifford sólo se enfurruñó y no quiso contestar.

«Muy bien, Clifford. Si no resolvemos algo para mañana, telegrafiaré a mi padre y nos llevaremos a Connie».

«¿Y Connie irá?», preguntó Clifford.

«Ella no quiere, pero sabe que debe hacerlo. Mi madre murió de cáncer, provocado por la preocupación. No correremos ningún riesgo».

Así que al día siguiente Clifford sugirió a Mrs. Bolton, enfermera de la parroquia de Tevershall. Al parecer, Mrs. Betts había pensado en ella. Mrs. Bolton acababa de jubilarse de sus tareas parroquiales para dedicarse a trabajos privados de enfermería. Clifford tenía un extraño temor a entregarse en manos de una extraña, pero Mrs. Bolton le había cuidado una vez cuando tuvo escarlatina y la conocía.

Las dos hermanas visitaron enseguida a Mrs. Bolton, en una casa nueva en una callecita, bastante selecta para Tevershall. Encontraron a una mujer de unos cuarenta años bastante guapa, con uniforme de enfermera, cuello y delantal blancos, que se estaba preparando el té en un pequeño salón abarrotado.

Mrs. Bolton era de lo más atenta y educada, parecía bastante simpática, hablaba con un poco de ligereza, pero en un inglés muy correcto, y por haber sido jefa de los mineros enfermos durante bastantes años, tenía una muy buena opinión de sí misma y bastante seguridad en sí misma. En resumen, a su pequeña manera, una de las gobernantes del pueblo, muy respetada.

«¡Sí, Lady Chatterley no tiene buen aspecto! ¿Por qué... ella solía ser tan bonita, por qué no es así ahora? ¡Pero ha estado decayendo todo el invierno! Oh, es duro, lo es. ¡Pobre Sir Clifford! Eh, esa guerra, tiene mucho por lo que responder».

Y Mrs. Bolton vendría a Wragby enseguida, si el Dr. Shardlow se lo permitía. Tenía otros quince días de enfermera parroquial por hacer, por derecho, pero podrían conseguir una sustituta, ya sabe.

Hilda envió un correo al Dr. Shardlow y el domingo siguiente Mrs. Bolton fue en el taxi de Leiver a Wragby con dos baúles. Hilda conversó con ella; Mrs. Bolton estaba dispuesta a conversar en cualquier momento. ¡Y parecía tan joven! La forma en que la pasión mostraba su rubor en su mejilla más bien pálida. Tenía cuarenta y siete años.

Su marido, Ted Bolton, había muerto en el foso, hacía veintidós años, veintidós años la pasada Navidad, justo en la época navideña, dejándola con dos hijas, una de ellas una beba de brazos. La beba estaba casada ahora, Edith, con un joven de la farmacia Boots Cash de Sheffield. La otra era maestra de escuela en Chesterfield; venía a casa los fines de semana, cuando no la invitaban a salir a algún sitio. Los jóvenes se divertían hoy en día, no como cuando ella, Ivy Bolton, era joven.

Ted Bolton tenía veintiocho años cuando murió en una explosión en el foso. El compañero de delante les gritó a todos que se tumbaran rápidamente, eran cuatro. Y todos se tumbaron a tiempo, sólo Ted no lo hizo, y eso le mató. Luego, en la investigación, los dueños dijeron que Ted se había asustado, y que había intentado huir, y que no había obedecido las órdenes, así que en realidad fue culpa suya. Así que la indemnización fue sólo de trescientas libras, y lo hicieron como si fuera más un regalo que una indemnización legal, porque en realidad fue culpa del propio hombre. Y no le dejaron a ella quedarse con el dinero; ella quería poner una pequeña tienda. Pero dijeron que sin duda lo despilfarraría, ¡quizá en bebida! Así que tuvo que sacar el dinero de a treinta chelines por semana. Sí, tenía que ir todos los lunes por la mañana a las oficinas, y quedarse allí un par de horas esperando su turno; sí, durante casi cuatro años fue todos los lunes. ¿Y qué podía hacer con dos niñas pequeñas en las manos? Pero la madre de Ted fue muy buena con ella. Cuando la beba pudo empezar a andar se quedaba con las dos niñas durante el día, mientras ella, Ivy Bolton, iba a Sheffield, y asistía a clases de ambulancia, y luego, el cuarto año, incluso hizo un curso de enfermería y obtuvo el título. Estaba decidida a ser independiente y quedarse con sus hijas. Así que fue ayudante en el hospital de Uthwaite, un lugar pequeño, durante un tiempo. Pero cuando la Compañía, la Tevershall Colliery Company, en realidad Sir Geoffrey, vio que podía valerse por sí misma, se portaron muy bien con ella, le dieron la enfermería parroquial y la apoyaron, ella los defendería. Y así ha hecho desde entonces, hasta que ahora se estaba volviendo un poco demasiado para ella; necesitaba algo un poco más ligero, había tanto para hacer si una era enfermera de distrito.

«Sí, la Compañía ha sido muy buena conmigo, siempre lo digo. Pero nunca olvidaré lo que dijeron de Ted, porque era un tipo tan firme y valiente como jamás había pisado la jaula, y eso era tanto como tacharlo de cobarde. Pero allí estaba, muerto, y no podía decir nada a ninguno de ellos».

La mujer mostraba una extraña mezcla de sentimientos mientras hablaba. Le gustaban los mineros, a los que había cuidado durante tanto tiempo; pero se sentía muy superior a ellos. Se sentía casi de clase alta; y al mismo tiempo latía en ella un resentimiento contra la clase dominante. ¡Los amos! En una disputa entre amos y hombres, ella siempre estaba a favor de los hombres. Pero cuando no había cuestión de contienda, suspiraba por ser superior, por pertenecer a la clase alta. La clase alta la fascinaba, apelando a su peculiar pasión inglesa por la superioridad. Estaba encantada de venir a Wragby; encantada de hablar con Lady Chatterley, ¡le doy mi palabra, diferente de las vulgares esposas de los mineros! Lo dijo con muchas palabras. Sin embargo, una podía ver asomar en ella un rencor contra los Chatterley; el rencor contra los amos.

«¡Por supuesto que sí, esto agotaría a Lady Chatterley! Es una suerte que tuviera una hermana que viniera a ayudarla. Los hombres no piensan, clase alta o no, dan por sentado lo que una mujer hace por ellos. Oh, he regañado a los mineros por ello muchas veces. Pero es muy duro para Sir Clifford, ya sabe, lisiado así. Siempre fueron una familia altiva, huraña en cierto modo, como tienen derecho a ser. ¡Pero que te derriben así! Y es muy duro para Lady Chatterley, quizás más para ella. ¡Lo que se pierde! Yo sólo tuve a Ted tres años, pero le doy mi palabra, mientras lo tuve tuve un marido al que nunca podría olvidar. Era uno entre mil, y alegre como el día. ¿Quién hubiera pensado que lo matarían? De algún modo, hasta el día de hoy no lo creo, nunca lo he creído, aunque lo lavé con mis propias manos. Pero nunca estuvo muerto para mí, nunca lo estuvo. Nunca lo asimilé».

Esta era una voz nueva en Wragby, muy nueva de oír para Connie; despertó un nuevo oído en ella.

Sin embargo, durante la primera semana, más o menos, Mrs. Bolton estuvo muy callada en Wragby, su aire seguro y mandón la abandonó y estaba nerviosa. Con Clifford se mostraba tímida, casi asustada, y silenciosa. A él le gustaba eso, y pronto recuperó la compostura, dejándola hacer cosas por él sin siquiera notarla.

«Es una nulidad útil», dijo él. Connie abrió los ojos asombrada, pero no le contradijo. ¡Tan diferentes son las impresiones en dos personas distintas!

Y pronto él se volvió algo soberbio, algo señorial con la enfermera. Ella más bien se lo esperaba, y él jugó sin saberlo. ¡Tan susceptibles somos a lo que se espera de nosotros! Los mineros habían sido tan infantiles, hablándole y contándole lo que les dolía, mientras ella los vendaba o los cuidaba. Siempre la habían hecho sentir grandiosa, casi sobrehumana en sus servicios. Ahora Clifford la hacía sentir pequeña, y como una sirvienta, y ella lo aceptaba sin chistar, adaptándose a la clase alta.

Ella vino muda, con su rostro alargado y apuesto, y sus ojos abatidos, para servirle. Y decía muy humildemente: «¿Debo hacer esto ahora, Sir Clifford? ¿Debo hacer eso?».

«No, déjelo por un tiempo. Lo hará más tarde».

«Muy bien, Sir Clifford».

«Vuelva dentro de media hora».

«Muy bien, Sir Clifford».

«Y saque esos papeles viejos, ¿quiere?».

«Muy bien, Sir Clifford».

Se fue suavemente, y a la media hora volvió suavemente otra vez. Era intimidada, pero no le importó. Estaba experimentando la clase alta. Ni le molestaba ni le disgustaba Clifford; él sólo formaba parte de un fenómeno, el fenómeno de la gente de clase alta, hasta ahora desconocido para ella, pero que ahora debía conocer. Se sentía más a gusto con Lady Chatterley y, al fin y al cabo, lo que más importa es la dueña de la casa.

Mrs. Bolton ayudaba a Clifford a acostarse por la noche, y dormía al otro lado del pasillo de su habitación, y acudía si él la llamaba por la noche. También le ayudaba por las mañanas, y pronto le cuidó por completo, incluso afeitándole, a su suave y tímida manera de mujer. Era muy buena y competente, y pronto supo tenerlo en su poder. Al fin y al cabo, no era tan diferente de los mineros cuando le enjabonaba la barbilla y le frotaba suavemente las barba. La distancia y la falta de franqueza no le molestaban; estaba viviendo una nueva experiencia.

Sin embargo, Clifford, en su fuero interno, nunca perdonó del todo a Connie por haber cedido el cuidado personal de él a una extraña mujer contratada. Mató, se dijo, la verdadera flor de la intimidad entre él y ella. Pero a Connie eso no le importaba. La fina flor de su intimidad era para ella más bien como una orquídea, un bulbo clavado parasitariamente en su árbol de la vida y que producía, a sus ojos, una flor bastante cutre.

Ahora que tenía más tiempo para sí misma podía tocar suavemente el piano, en su habitación, y cantar: «No toques la ortiga, porque los lazos del amor son malos de soltar». No se había dado cuenta hasta hacía poco de lo malos de soltar que eran, estos lazos de amor. Pero, ¡gracias a Dios que los había soltado! Estaba tan contenta de estar sola, de no tener que hablar siempre con él. Cuando estaba solo tipeaba... tipeaba... tipeaba... en una máquina de escribir, hasta el infinito. Pero cuando no estaba «trabajando», y ella estaba allí, él hablaba, siempre hablaba; pequeños análisis infinitos de personas y motivos, y resultados, caracteres y personalidades, hasta que ella ya se había hartado. Durante años le había encantado, hasta que se había hartado, y de repente fue demasiado. Agradeció estar sola.

Era como si miles y miles de pequeñas raíces e hilos de conciencia en él y en ella hubieran crecido juntos hasta formar una masa enmarañada, hasta que no pudieron aglomerarse más y la planta se estaba muriendo. Ahora, en silencio, sutilmente, ella estaba desenredando la maraña de la conciencia de él y la de ella, rompiendo los hilos suavemente, uno a uno, con paciencia e impaciencia por despejarse. Pero los lazos de un amor así son más difíciles de soltar incluso que la mayoría de las ataduras; aunque la llegada de Mrs. Bolton había sido de gran ayuda.

Pero él aún quería las viejas tardes íntimas de charla con Connie: hablar o leer en voz alta. Pero ahora ella podía arreglar que Mrs. Bolton viniera a las diez para molestarles. A las diez Connie podría subir y estar sola. Clifford estaba en buenas manos con Mrs. Bolton.

Mrs. Bolton comía con Mrs. Betts en la habitación del ama de llaves, ya que todas las habitaciones eran agradables. Y era curioso lo mucho que parecían haberse acercado los aposentos de los criados, hasta las puertas del estudio de Clifford, cuando antes estaban tan alejados. Porque Mrs. Betts se sentaba a veces en la habitación de Mrs. Bolton, y Connie oía sus voces bajas, y sentía de algún modo la fuerte y diferente vibración de la gente trabajadora casi invadiendo la sala de estar, cuando ella y Clifford estaban solos. Tan cambiado estaba Wragby sólo por la llegada de Mrs. Bolton.

Y Connie se sintió liberada, en otro mundo, sintió que respiraba de otra manera. Pero aún así temía cuántas de sus raíces, tal vez mortales, estaban enredadas con las de Clifford. Pero aún así, respiró más libre, una nueva etapa iba a comenzar en su vida.

Capítulo 8

Mrs. Bolton también vigilaba con cariño a Connie, sintiendo que debía extenderle su protección femenina y profesional. Siempre estaba instando a su señoría a salir, a conducir hasta Uthwaite, a estar al aire libre. Porque Connie había adquirido el hábito de quedarse quieta junto al fuego, fingiendo que leía; o cosiendo, débil, y apenas salía.

Era un día ventoso, poco después de que Hilda se hubiera marchado, cuando Mrs. Bolton dijo: «Ahora bien, ¿por qué no va a dar un paseo por el bosque y mira los narcisos que hay detrás de la cabaña del guardabosque? Son el espectáculo más bonito que se puede ver en lo que una camina por un día. Y podría poner algunos en su habitación; los narcisos silvestres siempre tienen un aspecto tan alegre, ¿verdad?».

Connie lo tomó a bien, incluso la forma en que pronunciaba «narcisos». ¡Narcisos silvestres! Después de todo, una no podía guisarse en su propio jugo. Volvió la primavera... «Vuelven las estaciones, pero no vuelve a mí el Día, ni el dulce acercamiento de la Tarde o la Mañana».

Y el guardabosque, ¡su cuerpo delgado y blanco, como el pistilo solitario de una flor invisible! Ella lo había olvidado en su indecible depresión. Pero ahora algo la despertó... «Pálido más allá del porche y del portal»... lo que había que hacer era pasar los porches y los portales.

Ella estaba más fuerte, podía caminar mejor, y en el bosque el viento no sería tan agotador como lo era al otro lado del parque, aplastándose contra ella. Quería olvidar, olvidar el mundo y a toda esa gente espantosa y con cuerpo de carroña. «Hay que nacer de nuevo. ¡Creo en la resurrección del cuerpo! A menos que un grano de trigo caiga en la tierra y muera, de ningún modo brotará. Cuando salga el azafrán, ¡yo también saldré y veré el sol!». En el viento de marzo un sinfín de frases recorrieron su conciencia.

Había pequeñas ráfagas de sol, extrañamente brillantes, e iluminaban las celandinas en el linde del bosque, bajo las varas de avellano, que resplandecían brillantes y amarillas. Y el bosque estaba quieto, más quieto, pero aún ventoso, con el sol que cruzaba. Habían brotado las primeras anémonas, y todo el bosque parecía pálido con la palidez de infinitas pequeñas anémonas, que salpicaban el agitado suelo. «El mundo ha palidecido con tu aliento». Pero esta vez era el aliento de Perséfone; había salido del infierno en una mañana fría. Llegaron frías ráfagas de viento y por encima había una furia de viento enredado atrapado entre las ramitas. También él estaba atrapado e intentaba liberarse, el viento, como Absalón. Qué frías parecían las anémonas, meciendo sus desnudos hombros blancos sobre faldas de crinolina verde. Pero aguantaron. Algunas pequeñas prímulas blanqueadas también, junto al sendero, y capullos amarillos desplegándose.

El rugido y el vaivén estaban por encima de la cabeza, sólo corrientes frías venían por debajo. Connie estaba extrañamente excitada en el bosque, y el color invadía sus mejillas, y ardía azul en sus ojos. Caminó a paso pesado, recogiendo unas cuantas prímulas y las primeras violetas, que olían dulce y frío, dulce y frío. Y siguió a la deriva sin saber dónde estaba.

Hasta que llegó al claro, al final del bosque, y vio la casita de piedra manchada de verde, con un aspecto casi sonrosado, como la carne debajo de una seta, su piedra calentada por una ráfaga de sol. Y había un destello de jazmín amarillo junto a la puerta; la puerta cerrada. Pero ningún sonido; ni humo de la chimenea; ni ladridos de perro.

Se dirigió tranquilamente a la parte trasera, donde se elevaba el banco; tenía una excusa, ver los narcisos.

Y allí estaban, las flores de tallo corto, susurrando y revoloteando y temblando, tan brillantes y vivas, pero sin ningún lugar donde ocultar sus rostros, mientras se apartaban del viento.

Sacudían sus brillantes y soleados trapitos en arrebatos de angustia. Pero tal vez les gustaba de verdad; tal vez les gustaba de verdad el zarandeo.

Constance se sentó de espaldas a un joven pino, que se balanceaba contra ella con curiosa vida, elástico y poderoso, alzándose. ¡Aquella cosa erguida y viva, con su copa al sol! Y observó cómo los narcisos se volvían dorados, en una ráfaga de sol que le calentaba las manos y el regazo. Incluso ella captó el tenue y alquitranado aroma de las flores. Y entonces, estando tan quieta y sola, pareció apostar por la corriente de su propio destino. Había estado sujeta por una cuerda, dando tumbos y enganchándose como un barco a sus amarras; ahora estaba suelta y a la deriva.

El sol dio paso al frío; los narcisos estaban en la sombra, sumergiéndose en silencio. Así se sumergirían durante el día y la larga y fría noche. ¡Tan fuertes en su fragilidad!

Ella se levantó, un poco rígida, cogió unos cuantos narcisos y bajó la colina. Odiaba quebrar las flores, pero quería que sólo una o dos se fueran con ella. Tendría que volver a Wragby y a sus muros, y ahora los odiaba, sobre todo sus gruesos muros. ¡Muros! ¡Siempre muros! Sin embargo, una los necesitaba con este viento.

Cuando llegó a casa, Clifford le preguntó:

«¿Dónde fuiste?».

«¡Justo al otro lado del bosque! Mira, ¿no son adorables los pequeños narcisos? ¡Pensar que deben salir de la tierra!».

«Tanto por el aire como por el sol», dijo él.

«Pero modelados en la tierra», replicó ella, con una pronta contradicción, que la sorprendió un poco.

A la tarde siguiente fue de nuevo al bosque. Siguió el ancho camino para los caballos que daba vueltas y subía entre los alerces hasta un manantial llamado John's Well. Hacía frío en esta ladera y no había ni una flor en la oscuridad de los alerces. Pero el pequeño manantial helado surgía suavemente de su diminuto lecho de guijarros blancos rojizos y puros. ¡Qué helado y claro era! ¡Brillante! Sin duda, el nuevo guardabosque había puesto guijarros frescos. Oyó el débil tintineo del agua, mientras el diminuto rebosadero se deslizaba por encima y cuesta abajo. Incluso por encima del silbido del alerce, que extendía su oscuridad erizada, sin hojas y lobuna en la pendiente descendente, oyó el tintineo como de diminutas campanas de agua.

Este lugar era un poco siniestro, frío y húmedo. Sin embargo, el foso debió de ser un abrevadero durante cientos de años. Ahora ya no. Su pequeño espacio despejado era frondoso, frío y lúgubre.

Ella se levantó y se dirigió lentamente hacia su casa. Mientras avanzaba oyó un débil golpeteo a lo lejos, a la derecha, y se quedó quieta para escuchar. ¿Era un martilleo o un pájaro carpintero? Seguramente era un martilleo.

Siguió caminando, escuchando. Y entonces se fijó en un estrecho sendero entre jóvenes abetos, un sendero que parecía no llevar a ninguna parte. Pero le pareció que había sido utilizado. Giró por allí, aventurándose, entre los gruesos abetos jóvenes, que pronto dieron paso al viejo robledal. Siguió la pista y el martilleo se hizo más cercano, en el silencio del bosque ventoso, pues los árboles guardan silencio incluso en su ruido de viento.

Vio un pequeño claro secreto y una pequeña cabaña secreta hecha de postes rústicos. ¡Y ella nunca había estado aquí antes! Se dio cuenta de que era el lugar tranquilo donde se criaban los faisanes en crecimiento; el guardabosques, en mangas de camisa, estaba arrodillado, martilleando. El perro trotó hacia delante con un ladrido corto y agudo, y el guardabosques levantó la cara de repente y la vio. Tenía una mirada sobresaltada.

Se enderezó y saludó, observándola en silencio, mientras ella se acercaba con los miembros debilitados. Le molestaba la intrusión; apreciaba su soledad como su única y última libertad en la vida.

«Me preguntaba qué era ese martilleo», dijo ella, sintiéndose débil y sin aliento, y un poco asustada por él, que la miraba tan fijamente.

«Estoy preparando los gallineros para los polluelos», dijo él, en un marcado lenguaje vernáculo.

Ella no sabía qué decir y se sentía débil. «Me gustaría sentarme un poco», dijo.

«Venga y siéntese aquí en la cabaña», le dijo él, yendo delante de ella hacia la cabaña, apartando algunos maderos y cosas, y sacando una silla rústica, hecha de palos de avellano.

«¿Voy a encenderle un pequeño fuego?», preguntó, con la curiosa ingenuidad del dialecto.

«Oh, no se moleste», respondió ella.

Pero él le miró las manos; estaban más bien azules. Así que rápidamente llevó unas ramitas de alerce a la pequeña chimenea de ladrillo del rincón y en un momento la llama amarilla corría por la chimenea. Hizo un sitio junto al hogar de ladrillo.

«Siéntese aquí un poco y entre en calor», dijo.

Ella le obedeció. Él tenía esa curiosa clase de autoridad protectora a la que ella obedecía de inmediato. Así que se sentó y se calentó las manos junto al fuego, y echó troncos al fuego, mientras fuera él martilleaba de nuevo. En realidad no quería sentarse, arrinconada junto al fuego; hubiera preferido mirar desde la puerta, pero la estaban cuidando, así que tuvo que someterse.

La cabaña era bastante acogedora, revestida de madera sin barnizar, tenía una mesita rústica y un taburete al lado de su silla, y un banco de carpintero, luego una caja grande, herramientas, tablas nuevas, clavos; y muchas cosas colgadas de las clavijas: hacha, hachuela, trampas, cosas en sacos, su abrigo. No tenía ventanas, la luz entraba por la puerta abierta. Era un revoltijo, pero también una especie de pequeño santuario.

Ella escuchó el golpeteo del martillo del hombre; no era tan feliz. Él estaba oprimido. Aquí había una intrusión en su intimidad, ¡y peligrosa! ¡Una mujer! Había llegado al punto en que lo único que deseaba en la tierra era estar solo. Y sin embargo, era impotente para preservar su intimidad; era un hombre contratado y estas personas eran sus amos.

Sobre todo no quería volver a entrar en contacto con una mujer. Lo temía, pues tenía una gran herida de antiguos contactos. Sentía que si no podía estar solo, y si no le dejaban en paz, moriría. Su alejamiento del mundo exterior era completo; su último refugio era este bosque; ¡esconderse allí!

Connie se calentó junto al fuego, que se había hecho demasiado grande; luego tuvo calor. Fue y se sentó en el taburete de la puerta, observando al hombre mientras trabajaba. Él parecía no darse cuenta de su presencia, pero lo sabía. Sin embargo, siguió trabajando, como absorto, y su perra marrón se sentó sobre su cola cerca de él, y observó el mundo poco fiable.

Esbelto, silencioso y rápido, el hombre terminó el gallinero que estaba haciendo, le dio la vuelta, probó la puerta corredera y luego la dejó a un lado. Luego se levantó, fue a por un viejo gallinero y lo llevó al tronco de picar donde estaba trabajando. Agachado, probó los barrotes; algunos se rompieron en sus manos; empezó a sacar los clavos. Luego dio la vuelta al gallinero y deliberó, sin dar la menor señal de darse cuenta de la presencia de la mujer.

Así que Connie lo observó fijamente. Y la misma soledad que había visto en él desnudo, la veía ahora en él vestido; solitario e intencionado, como un animal que trabaja solo, pero también melancólico, como un alma que retrocede, alejándose de todo contacto humano. Silenciosa y pacientemente, él se alejaba de ella incluso ahora. Fue la quietud, y el tipo de paciencia intemporal, en un hombre impaciente y apasionado, lo que conmovió el vientre de Connie. Ella lo vio en la cabeza inclinada de él, las manos rápidas y tranquilas, el agazapamiento de sus lomos esbeltos y sensibles; algo paciente y retraído. Sintió que su experiencia había sido más profunda y más amplia que la suya; mucho más profunda y más amplia, y quizá más mortal. Y esto la alivió de sí misma; se sintió casi sin responsabilidad.

Así que se sentó en la puerta de la cabaña en un sueño, totalmente ajena al tiempo y a las circunstancias particulares. Se quedó tan a la deriva que él la miró rápidamente y vio la mirada de absoluta quietud y espera en su rostro. Para él era una mirada de espera. Y una pequeña y delgada lengua de fuego parpadeó de repente en sus entrañas, en la raíz de su espalda, y gimió en espíritu. Temía, con una repulsión casi de muerte, cualquier otro contacto humano cercano. Deseó por encima de todas las cosas que ella se marchara y le dejara en su intimidad. Temía su voluntad, su voluntad femenina y su moderna insistencia femenina. Y, sobre todo, temía su descaro frío y de clase alta, de salirse con la suya. Al fin y al cabo, él sólo era un hombre contratado. Odiaba la presencia de ella allí.

Connie volvió en sí con súbita inquietud. Se levantó. La tarde se estaba convirtiendo en noche, pero ella no podía marcharse. Se acercó al hombre, que permanecía en posición atenta, con el rostro ajado, rígido e inexpresivo, y los ojos observándola.

«Se está tan bien aquí, tan tranquilo», dijo. «Nunca había estado aquí antes».

«¿No?».

«Creo que vendré a sentarme aquí de vez en cuando».

«¿Sí?».

«¿Cierra la cabaña cuando no estás aquí?».

«Sí, su Señoría».

«¿Cree que yo también podría tener una llave, para poder sentarme aquí de vez en cuando? ¿Hay dos llaves?».

«No, según lo que sé sólo hay una».

Había caído en la lengua vernácula. Connie vaciló; estaba oponiendo resistencia. Después de todo, ¿era su cabaña?

«¿No podríamos conseguir otra llave?», preguntó ella con su voz suave, que en el fondo tenía el timbre de una mujer decidida a salirse con la suya.

«¡Otra!», dijo él, mirándola con un destello de ira, con un toque de burla.

«Sí, un duplicado», dijo ella, sonrojándose.

«Tal vez Sir Clifford sepa», dijo él, desanimándola.

«¡Sí!», dijo ella, «puede que él tenga otra. Si no, podríamos mandar a hacer una a partir de la que usted tiene. Sólo llevaría algo así como un día, supongo. Podría prescindir de su llave durante ese tiempo».

«¡Ah, no se lo puede decir, Milady! No conozco a nadie con llaves matestras por aquí».

Connie enrojeció repentinamente de ira.

«¡Muy bien!», dijo ella. «Me ocuparé de ello».

«Muy bien, su Señoría».

Sus ojos se encontraron. Los de él tenían una mirada fría y fea de desagrado y desprecio, y de indiferencia ante lo que pudiera ocurrir. Los de ella estaban ardientes de rechazo.

Pero el corazón de ella se hundió, vio lo mucho que ella le disgustaba, cuando se puso en su contra. Y le vio en una especie de desesperación.

«¡Buenas tardes!».

«¡Buenas tardes, Milady!». Él saludó y se dio la vuelta bruscamente. Ella había despertado en él los perros dormidos de la vieja ira voraz, la ira contra la hembra obstinada. Y él era impotente, impotente. ¡Él lo sabía!

Y ella se enfadó contra el macho obstinado. ¡Un sirviente además! Caminó hoscamente hacia su casa.

Encontró a Mrs. Bolton bajo la gran haya de la loma, buscándola.

«Me preguntaba si estaría viniendo, Milady», dijo la mujer alegremente.

«¿Llego tarde?», preguntó Connie.

«Oh, es sólo que Sir Clifford estaba esperando su té».

«¿Por qué no lo hizo entonces?».

«Oh, no creo que me corresponda. No creo que a Sir Clifford le gustara en absoluto, Milady».

«No veo por qué no», dijo Connie.

Ella entró en el estudio de Clifford, donde la vieja tetera de bronce hervía a fuego lento en la bandeja.

«¿Llego tarde, Clifford?», dijo ella, dejando las pocas flores y cogiendo la tetera, mientras se ponía delante de la bandeja con su sombrero y su bufanda. «¡Lo siento! ¿Por qué no dejaste que Mrs. Bolton hiciera el té?».

«No lo había pensado», dijo él irónicamente. «No la veo presidiendo la mesa del té».

«Oh, no hay nada sacrosanto en una tetera de plata», dijo Connie.

Él la miró con curiosidad.

«¿Qué has hecho toda la tarde?», dijo él.

«Caminé y me senté en un lugar resguardado. ¿Sabes que todavía hay bayas en el gran acebo?».

Ella se quitó la bufanda, pero no el sombrero, y se sentó a preparar el té. El brindis sería sin duda áspero. Puso la funda sobre la tetera y se levantó para coger un vasito para sus violetas. Las pobres flores colgaban, lacias en sus tallos.

«¡Volverán a revivir!», dijo ella, poniéndolas ante él en su jarrón para que él las oliera.

«Más dulce que los párpados de los ojos de Juno», citó él.

«No veo ninguna relación con estas violetas», dijo ella. «Las isabelinas están más bien tapizadas».

Ella le sirvió su té.

«¿Crees que hay una segunda llave para esa pequeña cabaña no lejos de John's Well, donde se crían los faisanes?», dijo ella.

«Puede que la haya. ¿Por qué?».

«La encontré hoy por casualidad... y nunca la había visto antes. Creo que es un lugar encantador. Podría sentarme allí a veces, ¿no?».

«¿Estaba Mellors allí?».

«¡Sí! Así es como lo encontré, su martilleo. No pareció gustarle nada que me entrometiera. De hecho fue casi grosero cuando le pregunté por una segunda llave».

«¿Qué ha dicho?».

«Oh, nada, sólo sus modales; y dijo que no sabía nada sobre las llaves».

«Puede que haya una en el estudio de papá. Betts las conoce, están todas allí. Haré que busque».

«¡Oh, sí!», dijo ella.

«¿Así que Mellors fue casi grosero?».

«¡Oh, no fue nada, de verdad! Pero no creo que quisiera que tuviera la libertad del castillo, no del todo».

«Supongo que no».

«Aún así, no veo por qué debería importarle. No es su casa, después de todo. No es su morada privada. No veo por qué no debería sentarme allí si quiero».

«¡Claro!», dijo Clifford. «Piensa demasiado de sí mismo, ese hombre».

«¿Crees que lo hace?».

«¡Oh, decididamente! Cree que es algo excepcional. Ya sabes que tenía una esposa con la que no se llevaba bien, así que se alistó en 1915 y lo enviaron a la India, creo. De todos modos fue herrero de la caballería en Egipto durante un tiempo; siempre estuvo relacionado con los caballos, un tipo listo en ese sentido. Entonces algún coronel indio se encaprichó con él y lo nombraron teniente. Sí, le dieron una comisión. Creo que volvió a la India con su coronel, y hasta la frontera noroeste. Estaba enfermo; era un pensionista. No salió del ejército hasta el año pasado, creo, y entonces, naturalmente, no es fácil para un hombre así volver a su nivel. Está obligado a tambalearse. Pero, por lo que a mí respecta, cumple bien con su deber. Sólo que no voy a soportar el toque del Teniente Mellors».

«¿Cómo han podido hacerle oficial si habla el dialecto de Derbyshire?».

«No es así... salvo por algunos arrebatos. Puede hablar perfectamente bien, para él. Supongo que tiene la idea de que si ha bajado de nuevo a las filas, será mejor que hable como hablan las filas».

«¿Por qué no me hablaste de él antes?».

«Oh, no tengo paciencia con estos romances. Son la ruina de todo orden. Es una lástima que alguna vez ocurrieran».

Connie se inclinaba a estar de acuerdo. ¿De qué servía la gente descontenta que no encajaba en ningún sitio?

Con el buen tiempo, Clifford también decidió ir al bosque. El viento era frío, pero no tan molesto, y la luz del sol era como la vida misma, cálida y plena.

«Es asombroso», dijo Connie, «lo diferente que se siente una cuando hace un buen día realmente fresco. Normalmente una siente que el aire mismo está medio muerto. La gente está matando el propio aire».

«¿Crees que la gente lo está haciendo?», preguntó él.

«Así es. El vapor de tanto aburrimiento, y descontento y rabia de toda la gente, acaba con la vitalidad del aire. Estoy segura de ello».

«¿Quizás alguna condición de la atmósfera disminuye la vitalidad de la gente?», dijo él.

«No, es el hombre el que envenena el universo», afirmó ella.

«Ensucia su propio nido», comentó Clifford.

La silla seguía resoplando. En el bosquecillo de avellanos colgaban amentos de color dorado pálido, y en los lugares soleados las anémonas del bosque estaban abiertas de par en par, como exclamando la alegría de vivir, tan bien como en días pasados, cuando la gente podía exclamar junto con ellas. Tenían un tenue aroma a flor de manzano. Connie recogió unas cuantas para Clifford.

Él las cogió y las miró con curiosidad.

«Tú, novia sin arrasar de la quietud», citó él. «Parece encajar mucho mejor con las flores que con los jarrones griegos».

«¡Arrasado es una palabra tan horrible!», dijo ella. «Sólo la gente arrasa con las cosas».

«Oh, no sé... caracoles y cosas así», dijo él.

«Incluso los caracoles sólo se las comen, y las abejas no arrasan».

Ella estaba enfadada con él, convirtiéndolo todo en palabras. Las violetas eran los párpados de Juno, y las anémonas las novias sin arrasar. Cómo odiaba las palabras, siempre interponiéndose entre ella y la vida; ellas hacían este delirio, si es que algo lo hacía; palabras y frases hechas, chupando toda la savia vital de las cosas vivas.

El paseo con Clifford no fue del todo un éxito. Entre él y Connie había una tensión que cada uno fingía no notar, pero ahí estaba. De repente, con toda la fuerza de su instinto femenino, ella le empujaba. Quería alejarse de él, y especialmente de su conciencia, de sus palabras, de su obsesión consigo mismo, de su interminable obsesión consigo mismo, y de sus propias palabras.

El tiempo volvió a ser lluvioso. Pero al cabo de uno o dos días ella salió bajo la lluvia y se dirigió al bosque. Y una vez allí, se dirigió hacia la cabaña. Llovía, pero no hacía tanto frío, y el bosque se sentía tan silencioso y remoto, inaccesible en el crepúsculo de la lluvia.

Ella llegó al claro. No había nadie. La cabaña estaba cerrada. Pero ella se sentó en el umbral de troncos, bajo el rústico porche, y se acurrucó en su propio calor. Así permaneció sentada, contemplando la lluvia, escuchando sus muchos ruidos silenciosos y los extraños susurros del viento en las ramas superiores, donde parecía no haber viento. Alrededor se alzaban viejos robles, troncos grises y poderosos, ennegrecidos por la lluvia, redondos y vitales, que arrojaban miembros temerarios. El suelo estaba bastante libre de maleza, las anémonas lo salpicaban, había uno o dos arbustos, saúco o rosa guelder, y una maraña violácea de zarzas; el viejo rojizo del helecho casi desaparecía bajo las verdes gorgueras de las anémonas. Quizás éste era uno de los lugares no arrasados. ¡No arrasado! El mundo entero estaba arrasado.

Hay cosas que no se pueden arrasar. No se puede arrasar una lata de sardinas. Y muchas mujeres son así; y hombres. Pero la tierra...

La lluvia estaba amainando. Apenas se hacía ya de noche entre los robles. Connie quería irse; sin embargo, permaneció sentada. Se estaba enfriando; sin embargo, la abrumadora inercia de su resentimiento interior la mantenía allí como paralizada.

¡Arrasada! Cuán desvariada puede estar una sin haber sido jamás tocada. Arrasada por palabras muertas que se vuelven obscenas, e ideas muertas que se convierten en obsesiones.

Una perra marrón mojada vino corriendo y no ladró, levantando una pluma húmeda como cola. El hombre la seguía con una chaqueta negra de piel de aceite mojada, como un chófer, y la cara se le sonrojó un poco. Le sintió retroceder en su rápido caminar, cuando la vio. Ella se levantó en el palmo de sequedad bajo el rústico porche. Él saludó sin hablar, acercándose lentamente. Ella comenzó a retirarse.

«Ya me voy», dijo.

«¿Estaba esperando para entrar?», preguntó él, mirando a la cabaña, no a ella.

«No, sólo me senté unos minutos para tomar refugio», dijo ella, con tranquila dignidad.

Él la miró. Parecía que tenía frío.

«¿Sir Clifford no tiene otra llave entonces?», preguntó él.

«No, pero no importa. Puedo sentarme perfectamente seca bajo este porche. Buenas tardes». Ella odiaba el exceso de vernáculo en la forma de hablar de él.

Él la observó atentamente, mientras se alejaba. Luego se arremangó la chaqueta y metió la mano en el bolsillo de los pantalones, sacando la llave de la cabaña.

«Tal vez sea mejor que usted tenga la llave. Se protejerá de los bichos que puedan venir por el camino».

Ella le miró.

«¿Qué quiere decir?», preguntó ella.

«Quiero decir que yo como que puedo encontrar otro lugar para criar los faisanes. Si quiere estar aquí, no querrá que la moleste».

Ella le miró, captando su significado a través de la niebla del dialecto.

«¿Por qué no habla en inglés corriente?», dijo ella fríamente.

«¡Yo! Ah creí que era corriente».

Ella guardó silencio unos instantes, enfadada.

«Así que si quiere la llave, será mejor que la tome. O será mejor que se la dé mañana, y yo limpie todo esto antes. ¿Le parece bien?».

Ella se enfadó más.

«No quería su llave», dijo ella. «No quiero que saque nada en absoluto. No quiero en absoluto echarle de su cabaña, ¡gracias! Sólo quería poder sentarme aquí a veces, como hoy. Pero puedo sentarme perfectamente bajo el porche, así que, por favor, no diga nada más al respecto».

Él la miró de nuevo, con sus perversos ojos azules.

«Por qué», comenzó a decir, en el marcado dialecto lento. «Su Señoría es tan bienvenida como la Navidad a la cabaña, con la llave y con todo lo demás. En esta época del año hay bichos que cuidar, y tengo que estar un buen rato trasteando con ellos. En invierno apenas si vengo al lugar. Pero qué pasa con la primavera, y Sir Clifford queriendo empezar con los faisanes... Y su Señoría no querría que yo anduviera trasteando por ahí cuando ella estuviera aquí, todo el tiempo».

Ella escuchó con una tenue especie de asombro.

«¿Por qué debería importarme que usted esté aquí?», preguntó ella.

Él la miró con curiosidad.

«¡Me importa a mí!», dijo él brevemente, pero de forma significativa. Ella se sonrojó. «¡Muy bien!», dijo finalmente. «No le molestaré. Pero no creo que me hubiera importado en absoluto sentarme y ver cómo cuida de los pájaros. Me habría gustado. Pero ya que cree que interfiere con usted, no le molestaré, no tema. Usted es el guardabosques de Sir Clifford, no el mío».

La frase le sonó rara, no supo por qué. Pero la dejó pasar.

«No, su Señoría. Este es la propia cabaña de su Señoría. Es como a su Señoría le gusta y le complace, siempre. Puede echarme en cualquier momento. Es sólo...».

«¿Sólo qué?», preguntó ella, desconcertada.

Él se echó el sombrero hacia atrás de un modo cómico y extraño.

«Sólo que debe querer este lugar para usted, cuando usted llegue yo no estaré por aquí».

«¿Pero, por qué?», dijo ella, enfadada. «¿No es usted un ser humano civilizado? ¿Cree que debo tenerle miedo? ¿Por qué debería hacerle caso y estar aquí o no? ¿Por qué es importante?».

Él la miró, con toda su cara resplandeciente de risa malvada.

«No lo es, su Señoría. En absoluto», dijo.

«Bueno, ¿por qué entonces?», preguntó ella.

«¿Le traigo a su Señoría otra llave entonces?».

«¡No, gracias! No la quiero».

«Ah, se la conseguiré de todos modos. Será mejor que tengamos dos llaves».

«Y yo considero que usted es insolente», dijo Connie, con el color subido, jadeando un poco.

«¡No, no!», dijo él rápidamente. «¡No diga eso! ¡No, no! Nunca quise decir nada. Pensé que si venía aquí, tendría que marcharme, y eso significaría mucho trabajo, establecerme en otro lugar. Pero si su Señoría no va a hacerme caso, entonces... es la casa de Sir Clifford, y todo es como a su Señoría le gusta, todo es como a su Señoría le gusta y le complace, a menos que no me haga caso, haciendo los trabajos que tengo que hacer.

Connie se marchó completamente desconcertada. No estaba segura de si había sido insultada y mortalmente ofendida o no. Quizá el hombre sólo quería decir lo que había dicho; que pensaba que ella esperaría que él se mantuviera alejado. ¡Como si a ella se le fuera a ocurrir! Y como si pudiera ser tan importante, él y su estúpida presencia.

Se fue a casa confusa, sin saber lo que pensaba o sentía.

Capítulo 9

Connie se sorprendió de su propio sentimiento de aversión hacia Clifford. Es más, sintió que verdaderamente siempre le había desagradado. No odio; no había pasión en ello. Sino una profunda antipatía física. Casi, le parecía a ella, que se había casado con él porque le disgustaba, de una manera secreta y física. Pero, por supuesto, se había casado con él realmente porque de un modo mental él la atraía y la excitaba. Él le había parecido, en cierto modo, su amo, más allá de ella.

Ahora la excitación mental se había agotado y derrumbado, y ella sólo era consciente de la aversión física. Surgió en ella desde sus profundidades; y se dio cuenta de cómo le había estado comiendo la vida.

Se sentía débil y totalmente desamparada. Deseó que llegara alguna ayuda del exterior. Pero en todo el mundo no había ayuda. La sociedad era terrible porque estaba loca. La sociedad civilizada está loca. El dinero y el llamado amor son sus dos grandes manías; el dinero muy por delante. El individuo se afirma en su locura inconexa en estos dos modos: el dinero y el amor. Fíjate en Michaelis. Su vida y su actividad no eran más que una locura. Su amor era una especie de locura.

Y Clifford lo mismo. ¡Toda esa charla! ¡Toda esa escritura! ¡Toda esa lucha salvaje por salir adelante! Era una locura. Y cada vez era peor, realmente maníaco.

Connie se sentía agotada por el miedo. Pero, al menos, Clifford estaba pasando de ella a Mrs. Bolton. Él no lo sabía. Como muchos dementes, su locura podría medirse por las cosas de las que no era consciente en las grandes extensiones desiertas de su conciencia.

Mrs. Bolton era admirable en muchos aspectos. Pero tenía esa extraña especie de ser mandona, una interminable afirmación de su propia voluntad, que es uno de los signos de locura en la mujer moderna. Se creía totalmente servil y vivía para los demás. Clifford la fascinaba porque siempre, o tan a menudo, frustraba su voluntad, como por un instinto más fino. Tenía una voluntad de autoafirmación más fina y sutil que ella. Éste era su encanto para ella.

Quizá ése también había sido su encanto para Connie.

«¡Hoy hace un día precioso!», decía Mrs. Bolton con su voz acariciadora y persuasiva. «Creo que hoy disfrutaría de un pequeño paseo en su silla, el sol es encantador».

«¿Sí? Me daría ese libro... ahí, ese amarillo. Y creo que haré que saquen esos jacintos».

«¡Por qué, son tan bonitos!». Ella lo pronunció acentuando la última palabra. «Y el aroma es simplemente magnífico».

«El aroma es a lo que me opongo», dijo él. «Es un poco fúnebre».

«¡Eso cree!», exclamó sorprendida, sólo un poco ofendida, pero impresionada. Y sacó los jacintos de la habitación, impresionada por ser tan fastidioso.

«¿Le afeito esta mañana o prefiere hacerlo usted mismo?». Siempre la misma voz suave, acariciadora, servil, pero que comandaba.

«No lo sé. ¿Le importa esperar un poco? Llamaré cuando esté listo».

«¡Muy bien, Sir Clifford!», respondió ella, tan suave y sumisa, retirándose en silencio. Pero cada desaire almacenaba en ella una nueva energía de voluntad.

Cuando él llamó, al cabo de un rato, ella apareció de inmediato. Y entonces él dijo:

«Creo que prefiero que me afeite usted esta mañana».

El corazón de ella dio un pequeño vuelco y ella respondió con una suavidad extra:

«¡Muy bien, Sir Clifford!».

Ella era muy hábil, con un tacto suave y persistente, un poco lento. Al principio a él le había molestado el tacto infinitamente suave de sus dedos sobre su cara. Pero ahora le gustaba, con una voluptuosidad creciente. Dejó que le afeitara casi todos los días: su cara cerca de la suya, sus ojos tan concentrados, vigilando que lo hiciera bien. Y poco a poco las yemas de sus dedos conocieron perfectamente sus mejillas y sus labios, su mandíbula y su barbilla y su garganta. Él estaba bien alimentado y era bien parecido, su cara y su garganta eran suficientemente guapas y era un caballero.

Ella también era guapa, pálida, su rostro más bien alargado y absolutamente inmóvil, sus ojos brillantes, pero sin revelar nada. Poco a poco, con infinita suavidad, casi con amor, ella le iba cogiendo a él por el cuello, y él fue cediendo ante ella.

Ahora ella hacía casi todo por él, y él se sentía más a gusto con ella, menos avergonzado de aceptar sus oficios serviles, que con Connie. A ella le gustaba manejarlo. Le encantaba tener su cuerpo a su cargo, absolutamente, hasta los últimos oficios serviles. Un día le dijo a Connie: «Todos los hombres son bebés, cuando una llega al fondo de ellos. Vaya, he manejado a algunos de los pacientes más duros que han pasado por el foso de Tevershall. Pero una tiene que dejar que algo les aflija de modo que tenga algo que hacer por ellos, y son bebés, sólo bebés grandes. ¡Oh, no hay mucha diferencia en los hombres!».

Al principio, Mrs. Bolton había pensado que realmente había algo diferente en un caballero, un auténtico caballero, como Sir Clifford. Así que Clifford le había sacado un buen partido. Pero poco a poco, a medida que llegaba al fondo de él, para utilizar su propio término, ella descubrió que era como los demás, un bebé crecido hasta alcanzar las proporciones de un hombre; pero un bebé con un temperamento extraño y unos modales finos y poder en su control, y todo tipo de conocimientos extraños que ella nunca había soñado, con los que aún podía intimidarla.

Connie a veces estaba tentada de decirle:

«¡Por el amor de Dios, no te hundas tan horriblemente en las manos de esa mujer!». Pero descubrió que no le importaba lo suficiente como para decirlo, a la larga.

Seguían teniendo la costumbre de pasar la tarde juntos, hasta las diez. Entonces hablaban, o leían juntos, o repasaban su manuscrito. Pero la emoción había desaparecido. A ella le aburrían sus manuscritos. Pero seguía mecanografiándolos obedientemente para él. Pero con el tiempo Mrs. Bolton haría incluso eso.

Porque Connie le había sugerido a Mrs. Bolton que aprendiera a utilizar una máquina de escribir. Y Mrs. Bolton, siempre dispuesta, había empezado enseguida, y practicaba con asiduidad. Así que ahora Clifford le dictaba a veces una carta, y ella la tipeaba con bastante lentitud, pero correctamente. Y él era muy paciente, deletreándole las palabras difíciles, o las frases ocasionales en francés. Ella estaba tan encantada que era casi un placer instruirla.

A veces Connie alegaba un dolor de cabeza como excusa para subir a su habitación después de cenar.

«Quizá Mrs. Bolton juegue al piquet contigo», le dijo a Clifford.

«Oh, yo estaré perfectamente bien. Ve a tu habitación y descansa, cariño».

Pero apenas se hubo ido, llamó a Mrs. Bolton y le pidió que jugaran una mano al piquet o al bezique, o incluso al ajedrez. Él le había enseñado todos estos juegos. Y a Connie le resultaba curiosamente desagradable ver a Mrs. Bolton, sonrojada y temblorosa como una niña pequeña, tocando a su reina o a su caballo con dedos inseguros, para luego alejarse de nuevo. Y Clifford, sonriendo débilmente con una superioridad medio burlona, diciéndole:

«¡Debe decir *j'adoube!*».

Ella le miró con ojos brillantes y sobresaltados, luego murmuró tímidamente, obediente:

«*J'adoube!*».

Sí, la estaba educando. Y disfrutaba en ello, le daba una sensación de poder. Y ella estaba encantada. Estaba entrando poco a poco en posesión de todo lo que sabía la alta burguesía, todo lo que les convertía en clase alta; aparte del dinero. Eso la emocionaba. Y al mismo tiempo, le hacía desear estar allí con él. Era un sutil y profundo halago para él, su genuina emoción.

Para Connie, Clifford parecía salir a la luz con sus verdaderos colores: un poco vulgar, un poco demasiado común y poco inspirado; más bien gordo. Los trucos y la humilde mandonería de Ivy Bolton también resultaban demasiado transparentes. Pero a Connie le maravillaba la genuina emoción que la mujer le sacaba a Clifford. Decir que estaba enamorada de él sería expresarlo incorrectamente. Estaba emocionada por su contacto con un hombre de la clase alta, este caballero con título, este autor que podía escribir libros y poemas, y cuya fotografía aparecía en los periódicos ilustrados. Estaba emocionada hasta una extraña pasión. Y el hecho de que él la «educara» despertó en ella una pasión de excitación y respuesta mucho más profunda de lo que podría haberlo hecho cualquier relación amorosa. En realidad, el hecho mismo de que no pudiera haber aventura amorosa la dejaba libre para estremecerse hasta los tuétanos con esta otra pasión, la peculiar pasión de saber, de saber como él sabía.

No cabía duda de que la mujer estaba de algún modo enamorada de él; cualquiera que sea la fuerza que demos a la palabra amor. Parecía tan guapa y tan joven, y sus ojos grises eran a veces maravillosos. Al mismo tiempo, había en ella una suave satisfacción acechante, incluso de triunfo, y una satisfacción privada. Uf, esa satisfacción privada. ¡Cómo la detestaba Connie!

Pero no es de extrañar que la mujer atrapara a Clifford. Ella le adoraba absolutamente, a su persistente manera, y se puso absolutamente a su servicio, para que él la utilizara como quisiera. ¡No es de extrañar que él se sintiera halagado!

Connie oía largas conversaciones entre los dos. O mejor dicho, Mrs. Bolton era la que hablaba sobre todo. Ella le había soltado a él el flujo de los cotilleos sobre el pueblo de Tevershall. Eran más que cotilleos. «Eran Mrs. Gaskell y George Eliot y Miss Mitford todo en uno, con mucho más, que estas mujeres omitían». Una vez que empezaba, Mrs. Bolton era mejor que cualquier libro sobre la vida de la gente. Las conocía a todas tan íntimamente, y tenía un entusiasmo tan peculiar y fogoso en todos sus asuntos, que resultaba maravilloso, aunque sólo un poco humillante, escucharla. Al principio no se había aventurado a «hablar de Tevershall», como ella lo llamaba, con Clifford. Pero una vez que había empezado, continuó. Clifford buscaba «material», y lo encontró en abundancia. Connie se dio cuenta de que su supuesto genio no era más que eso: un perspicaz talento para el cotilleo personal, inteligente y aparentemente desapegado. Mrs. Bolton, por supuesto, era muy cálida cuando «hablaba de Tevershall». Se sentía arrastrada, de hecho. Y eran maravillosas las cosas que sucedían y que ella conocía. Habría llegado a decenas de volúmenes.

Connie estaba fascinada, escuchándola. Pero después se sentía siempre un poco avergonzada. No debía escuchar con esa extraña curiosidad rabiosa. Al fin y al cabo, una puede escuchar los asuntos más privados de otras personas, pero sólo con un espíritu de respeto por la cosa luchadora y maltrecha que es cualquier alma humana, y con un espíritu de simpatía fina y criteriosa. Porque incluso la sátira es una forma de simpatía. Es la forma en que nuestra simpatía fluye y retrocede lo que realmente determina nuestras vidas. Y aquí radica la enorme importancia de la novela, bien manejada. Puede informar y conducir hacia nuevos lugares el flujo de nuestra conciencia simpática, y puede alejar nuestra simpatía en retroceso de las cosas muertas. Por lo tanto, la novela, manejada adecuadamente, puede revelar los lugares más secretos de la vida; porque es en los lugares secretos pasionales de la vida, sobre todo, donde la marea de la conciencia sensible necesita refluir y fluir, limpiando y refrescando.

Pero la novela, como el cotilleo, también puede excitar simpatías y retrocesos espurios, mecánicos y mortíferos para la psique. La novela puede glorificar los sentimientos más corruptos, siempre que sean convencionalmente «puros». Entonces la novela, como el cotilleo, se vuelve al fin viciosa, y, como el cotilleo, tanto más viciosa cuanto que siempre está ostensiblemente del lado de los ángeles. El cotilleo de Mrs. Bolton siempre estaba del lado de los ángeles. «Y él era un tipo tan malo, y ella una mujer tan agradable». Mientras que, como Connie podía ver incluso por los cotilleos de Mrs. Bolton, la mujer había sido simplemente una estirada, y el hombre airadamente honesto. Pero la honestidad airada hizo de él un «hombre malo», y el estiramiento hizo de ella una «mujer agradable», en la viciosa y convencional canalización de la simpatía por parte de Mrs. Bolton.

Por esta razón, el cotilleo era humillante. Y por la misma razón, la mayoría de las novelas, especialmente las populares, también son humillantes. El público sólo responde ahora a una apelación a sus vicios.

Sin embargo, la charla de Mrs. Bolton le daba a una una nueva visión del pueblo de Tevershall. Parecía una terrible e hirviente maraña de fea vida: en absoluto la monotonía plana que parecía desde fuera. Clifford, por supuesto, conocía de vista a la mayoría de las personas mencionadas, Connie sólo conocía a una o dos. Pero en realidad parecía más una jungla centroafricana que un pueblo inglés.

«¡Supongo que se habrá enterado de que Miss Allsopp se casó la semana pasada! ¡Se hubiera imaginado! Miss Allsopp, la hija del viejo James, el Allsopp de las botas y los zapatos. Sabe que construyeron una casa en Pye Croft. El viejo murió el año pasado de una caída; tenía ochenta y tres años y era ágil como un muchacho. Y entonces resbaló en la colina de Bestwood, en un tobogán que los muchachos habían hecho el invierno pasado, y se rompió el muslo, y eso acabó con él, pobre viejo, fue una pena. Bueno, le dejó todo su dinero a Tattie; a los chicos no les dejó ni un penique. Y Tattie, lo sé, tiene cinco años... sí, cumplió cincuenta y tres el otoño pasado. Y ya sabe que eran gente de capilla, ¡válgame Dios! Ella enseñó en la escuela dominical durante treinta años, hasta que murió su padre. Y entonces empezó a salir con un tipo de Kinbrook, no sé si lo conoce, un tipo mayor con la nariz roja, bastante dandi, Willcock, que trabaja en el aserradero de Harrison. Bueno, tiene sesenta y cinco años, y sin embargo se hubiera pensado que eran un par de jóvenes tórtolas, al verlos, cogidos del brazo, y besándose en la puerta de la iglesia; sí, y ella sentada en la rodilla de él justo en el mirador de Pye Croft Road, para que cualquiera lo viera. Y él tiene hijos de más de cuarenta años: sólo perdió a su esposa hace dos años. Si el viejo James Allsopp no se ha levantado de su tumba, es porque no hay resurrección; ¡porque la mantuvo así de estricta! Ahora están casados y se han ido a vivir a Kinbrook, y dicen que ella va en bata de la mañana a la noche, un verdadero espectáculo. Estoy segura de que es horrible, ¡la forma en que siguen las viejas! Son mucho peores que las jóvenes y mucho más desagradables. Yo mismo se lo achaco a las películas. Pero una no puede mantenerlos alejados. Siempre digo: vayan a ver una buena película instructiva, pero por el amor de Dios manténganse alejados de estos melodramas y películas de amor. De todos modos, ¡mantengan alejados a los niños! Pero ya está, los mayores son peores que los niños; y los mayores marcan el ritmo de la banda.

«¡Hablando de moralidad! A nadie le importa nada. La gente hace lo que quiere, y están mucho mejor por ello, debo decir. Pero hoy en día tienen que ser más cuidadosos, ahora que los fosos funcionan tan mal y no tienen dinero. Y lo que refunfuñan, es horrible, sobre todo las mujeres. ¡Los hombres son tan buenos y pacientes! Qué pueden hacer, ¡pobres muchachos! Pero las mujeres, ¡oh, sí que lo siguen haciendo! Van y presumen, dando contribuciones para un regalo de boda para la Princesa Mary, y luego cuando ven todas las cosas grandiosas que se han dado, simplemente deliran: ¡quién es ella, mejor que nadie! ¿Por qué Swan & Edgar no me da un abrigo de piel, en vez de darle seis a ella? ¡Ojalá me hubiera quedado con mis diez chelines! ¿Qué me va a regalar ella, me gustaría saber? Aquí no puedo conseguir un abrigo nuevo de primavera, mi padre trabaja tanto, y ella recibe furgonadas. Ya es hora de que los pobres tengan algo de dinero para gastar, los ricos ya tienen bastante. Quiero un abrigo de primavera nuevo, de verdad, ¿y dónde voy a conseguirlo? Yo les digo: ¡Den gracias por estar bien alimentados y bien vestidos, sin todas las galas nuevas que quieran! Y ellas me replican: "¿Por qué la Princesa Mary no está agradecida de ir por ahí con sus viejos harapos y no tener nada? La gente como ella recibe furgonadas, y yo no puedo tener un abrigo nuevo de primavera. Es una maldita vergüenza. ¡Princesa! ¡Maldita princesa! ¡Es el dinero lo que importa, y porque ella tiene mucho, le dan más! A mí nadie me da nada, y tengo tanto derecho como cualquiera. No me hablen de educación. Es el dinero lo que importa. Quiero un abrigo nuevo de primavera, de verdad, y no lo tendré porque no hay dinero...".

«Eso es todo lo que les importa, la ropa. No piensan nada en dar siete u ocho guineas por un abrigo de invierno —las hijas de los colonos, fíjese— y dos guineas por el sombrero de verano de una niña. Y luego van a la Capilla Primitiva con su sombrero de dos guineas, niñas que habrían estado orgullosas de uno de tres chelines y seis peniques en mis tiempos. Oí que en el aniversario de la Primitiva Metodista de este año, cuando tienen una plataforma construida para los niños de la Escuela Dominical, como una tribuna que llega casi hasta el techo, oí a Miss Thompson, que tiene la primera clase de niñas en la Escuela Dominical, decir que ¡habría más de mil libras en ropa nueva de domingo sentadas en esa plataforma! ¡Y los tiempos son los que son! Pero no se les puede parar. Están locas por la ropa. Y los chicos igual. Los chicos se gastan hasta el último penique en ellos mismos, ropa, tabaco, bebida en la Sociedad de Mineros, escapadas a Sheffield dos o tres veces por semana. Es otro mundo. Y no temen ni respetan nada, los jóvenes no lo hacen. Los hombres mayores son así de pacientes y buenos, de verdad, dejan que las mujeres se lo lleven todo. Y a esto es a lo que los lleva. Las mujeres son verdaderos demonios. Pero los chicos no son como sus padres. No sacrifican nada, no lo hacen: es todo para sí mismos. Si una les dice que deberían ahorrar un poco, para un hogar, dicen: eso ya vendrá, eso ya vendrá, voy a disfrutar mientras pueda. ¡Otra cosa vendrá! Oh, son rudos y egoístas, si se quiere. Todo recae sobre los hombres mayores, y es un mal panorama en general».

Clifford empezó a hacerse una nueva idea de su propio pueblo. El lugar siempre le había asustado, pero lo había considerado más o menos estable. ¿Ahora...?

«¿Hay mucho socialismo, bolchevismo, entre la gente?», preguntó.

«¡Oh!», dijo Mrs. Bolton, «se oyen algunos bocazas. Pero en su mayoría son mujeres que se han endeudado. Los hombres no les hacen caso. No creo que jamás convierta a nuestros hombres de Tevershall en rojos. Son demasiado decentes para eso. Pero los jóvenes a veces se quejan. No es que les importe realmente. Sólo quieren un poco de dinero en el bolsillo, para gastarlo en la Sociedad, o ir de paseo a Sheffield. Eso es todo lo que les importa. Cuando no tienen dinero, escuchan lo que dicen los rojos. Pero nadie cree en ello, de verdad».

«¿Así que cree que no hay peligro?»

«¡Oh, no! Si el comercio fuera bien, no habría. Pero si las cosas fueran mal durante mucho tiempo, los jóvenes podrían volverse raros. Le digo que son unos egoístas y unos mimados. Pero no veo cómo podrían hacer algo. Nunca se toman en serio nada, excepto exhibirse en moto y bailar en el Palais-de-danse de Sheffield. No se les puede tomar en serio. Los serios se visten con trajes de noche y se van al Pally a lucirse ante un montón de chicas y a bailar esos nuevos Charlestones y cosas así. Le aseguro que a veces el autobús va lleno de jóvenes con trajes de noche, muchachos mineros, que van al Pally: por no hablar de los que han ido con sus chicas en moto o en motocicleta. No le dan importancia a nada... salvo a las carreras de Doncaster y al Derby, porque todos ellos apuestan en todas las carreras. ¡Y al fútbol! Pero ni siquiera el fútbol es lo que era, ni de lejos. Se parece demasiado al trabajo duro, dicen. No, prefieren irse en moto a Sheffield o Nottingham, los sábados por la tarde».

«¿Pero qué hacen cuando llegan allí?»

«Oh, dar vueltas por ahí... y tomar el té en algún sitio fino como el Mikado... e ir al Pally o al cine o al Empire, con alguna chica. Las chicas son tan libres como los chicos. Hacen lo que les apetece».

«¿Y qué hacen cuando no tienen dinero para estas cosas?».

«Parece que lo consiguen, de alguna manera. Y entonces empiezan a hablar mal. Pero no veo cómo van a conseguir llegar al bolchevismo, cuando lo único que quieren los chicos es dinero para divertirse, y las chicas lo mismo, con ropa fina; y no les importa nada más. No tienen cerebro para ser socialistas. No tienen la seriedad suficiente para tomarse nada realmente en serio, y nunca la tendrán».

Connie pensó, qué extremadamente parecidas al resto de las clases sonaban las clases bajas. Lo mismo una y otra vez, Tevershall o Mayfair o Kensington. Hoy en día sólo había una clase: los chicos con dinero. El chico del dinero y la chica del dinero, la única diferencia era cuánto habías conseguido y cuánto querías.

Bajo la influencia de Mrs. Bolton, Clifford empezó a interesarse de nuevo por las minas. Empezó a sentir que pertenecía a algo. Una nueva especie de autoafirmación se apoderó de él. Después de todo, él era el verdadero jefe en Tevershall, él era realmente los fosos. Era una nueva sensación de poder, algo ante lo que hasta ahora se había encogido de miedo.

Los fosos de Tevershall se estaban agotando. Sólo había dos minas de carbón: Tevershall propiamente dicha y New London. Tevershall había sido una vez una mina famosa, y era famosa por hacer dinero. Pero sus mejores días habían pasado. New London nunca fue muy rica, y en tiempos ordinarios se las arreglaba decentemente. Pero ahora los tiempos eran malos, y eran los fosos como New London los que se quedaban atrás.

«Hay muchos hombres de Tevershall que se han ido a Stacks Gate y a Whiteover», dijo Mrs. Bolton. «No ha visto las nuevas obras en Stacks Gate, abiertas después de la guerra, ¿verdad, Sir Clifford? Oh, tiene que ir algún día, son algo bastante nuevo: grandes trabajos químicos en la cabecera de la mina, no se parecen en nada a una mina de carbón. Dicen que sacan más dinero de los subproductos químicos que del carbón... no recuerdo de qué se trata. Y las grandes casas nuevas para los hombres, ¡buenas mansiones! Por supuesto que ha traído mucha gentuza de todo el país. Pero muchos hombres de Tevershall se han instalado allí y les va bien, mucho mejor que a los nuestros. Dicen que Tevershall ha pasado, acabado: sólo es cuestión de unos pocos años más, y tendrá que cerrar. Y New London irá primero. Dios mío, no será divertido cuando no haya ningún foso Tevershall trabajando. Ya es bastante malo durante una huelga, pero le doy mi palabra, si cierra para siempre, será como el fin del mundo. Incluso cuando yo era una niña era la mejor mina del país, y un hombre se consideraba afortunado si podía trabajar aquí. Oh, se ha hecho algo de dinero en Tevershall. Y ahora los hombres dicen que es un barco que se hunde, y que es hora de que todos se vayan. ¿No suena horrible? Pero por supuesto hay muchos que nunca se irán hasta que tengan que hacerlo. No les gustan esas minas de nuevo cuño, tan profundas, y toda la maquinaria para trabajarlas. Algunos de ellos simplemente hacen temer a esos hombres de hierro, como los llaman, esas máquinas para cortar el carbón, donde antes siempre lo hacían los hombres. Y también dicen que es un despilfarro. Pero lo que se desperdicia se ahorra en salarios, y mucho más. Parece que pronto no habrá uso para los hombres sobre la faz de la tierra, todo serán máquinas. Pero dicen que eso es lo que dijo la gente cuando tuvo que renunciar a los viejos bastidores de medias. Puedo recordar uno o dos. Pero vaya, cuantas más máquinas, más gente, ¡eso es lo que parece! Dicen que no se pueden obtener los mismos productos químicos del carbón de Tevershall que del de Stacks Gate, y es curioso, no están ni a tres millas de distancia. Pero lo dicen. Pero todo el mundo dice que es una pena que no se pueda poner en marcha algo, para mantener a los hombres un poco mejor, y emplear a las chicas. ¡Todas las chicas yendo a Sheffield todos los días! Dios mío, sería algo de lo que hablar si las Minas Tevershall tomaran un nuevo aliento de vida, después de que todo el mundo dijera que están acabadas, y que son un barco que se hunde, y que los hombres deberían abandonarlas como las ratas abandonan un barco que se hunde. Pero la gente habla tanto que, por supuesto, hubo un auge durante la guerra. Cuando Sir Geoffrey hizo un fideicomiso de sí mismo y se aseguró el dinero para siempre, de alguna manera. ¡Eso dicen! Pero dicen que incluso los capitanes y los propietarios no sacan mucho ahora. Apenas si se puede creer, ¿verdad? Por qué siempre pensé que los fosos continuarían para siempre jamás. ¡Quién lo hubiera pensado, cuando era niña! Pero New England está cerrada, y también Colwick Wood; sí, es bastante inquietante pasar y ver Colwick Wood ahí abandonada entre los árboles, y arbustos creciendo por toda la cabeza de la mina, y las líneas rojas y oxidadas. Es como la muerte misma, una mina muerta. ¿Por qué, qué haríamos si Tevershall cerrara...? No vale la pena pensar en ello. Siempre ha estado esa multitud, excepto en las huelgas, e incluso entonces las ruedas de los ventiladores no se paraban, excepto cuando subían los ponis. Seguro que es un mundo divertido, una no sabe dónde está de año en año, realmente no lo sabe».

Fue la charla de Mrs. Bolton lo que realmente puso en pie de guerra a Clifford. Sus ingresos, como ella le señaló, estaban seguros, procedentes del fideicomiso de su padre, aunque no fueran cuantiosos. Los fosos no le preocupaban realmente. Era el otro mundo el que quería captar, el mundo de la literatura y la fama; el mundo popular, no el mundo laboral.

Ahora se daba cuenta de la distinción entre el éxito popular y el éxito laboral: el populacho del placer y el populacho del trabajo. Él, como particular, había estado atendiendo con sus historias al populacho del placer. Y lo había conseguido. Pero bajo el populacho del placer se encontraba el populacho del trabajo, sombrío, mugriento y más bien terrible. Ellos también tenían que tener sus proveedores. Y era un negocio mucho más sombrío, proveer a la población del trabajo, que a la población del placer. Mientras él escribía sus historias, y «se desenvolvía» en el mundo, Tevershall se iba al garete.

Ahora se daba cuenta de que la diosa perra del éxito tenía dos apetitos principales: uno, por los halagos, la adulación, las caricias y las cosquillas como las que le proporcionaban los escritores y los artistas; pero el otro, un apetito mayor por la carne y los huesos. Y la carne y los huesos para la diosa perra eran proporcionados por los hombres que ganaban dinero en la industria.

Sí, había dos grandes grupos de perros que se disputaban los favores de la diosa perra: el grupo de los aduladores, los que le ofrecían diversión, historias, películas, obras de teatro y el otro, mucho menos vistoso, de raza mucho más salvaje, los que le daban carne, la verdadera sustancia del dinero. Los vistosos y bien peinados perros de la diversión se disputaban y gruñían entre ellos por los favores de la diosa perra. Pero no era nada comparado con la silenciosa lucha a muerte que se libraba entre los indispensables, los que traían el hueso.

Pero bajo la influencia de Mrs. Bolton, Clifford se sintió tentado a entrar en esta otra lucha, a capturar a la diosa perra por brutos medios de producción industrial. De algún modo, se le levantó el pito.

En cierto modo, Mrs. Bolton hizo de él un hombre, como nunca lo hizo Connie. Connie le mantenía apartado y le hacía sensible y consciente de sí mismo y de sus propios estados. Mrs. Bolton le hizo consciente sólo de las cosas exteriores. Interiormente empezó a volverse blando como la pulpa. Pero exteriormente empezó a ser eficaz.

Incluso se levantó para ir a las minas una vez más, y cuando estuvo allí, bajó en una bañera, y en una bañera lo sacaron a las labores. Cosas que había aprendido antes de la guerra, y que parecía haber olvidado por completo, ahora volvían a él. Se sentó allí, tullido, en una bañera, con el jefe de excavaciones mostrándole la veta con una linterna potente. Y dijo poco. Pero su mente empezó a trabajar.

Empezó a leer de nuevo sus obras técnicas sobre la industria minera del carbón, estudió los informes gubernamentales y leyó con atención las últimas novedades sobre la minería y la química del carbón y del esquisto que estaban escritas en alemán. Por supuesto, los descubrimientos más valiosos se mantenían en secreto en la medida de lo posible. Pero una vez que se iniciaba una especie de investigación en el campo de la minería del carbón, un estudio de los métodos y los medios, un estudio de los subproductos y de las posibilidades químicas del carbón, resultaba asombroso el ingenio y la astucia casi asombrosa de la mente técnica moderna, como si realmente el mismísimo diablo hubiera prestado ingenio diabólico a los científicos técnicos de la industria. Mucho más interesante que el arte, que la literatura, pobre materia emocional de medio pelo, era esta ciencia técnica de la industria. En este campo, los hombres eran como dioses, o demonios, inspirados a descubrimientos, y luchando por llevarlos a cabo. En esta actividad, los hombres estaban más allá de cualquier edad mental calculable. Pero Clifford sabía que cuando se trataba de la vida emocional y humana, estos hombres hechos a sí mismos tenían una edad mental de unos trece años, niños débiles. La discrepancia era enorme y espantosa.

Pero que así fuera. Que el hombre se deslizara hacia la idiotez general en la mente emocional y «humana», a Clifford no le importaba. Que todo eso se vaya al demonio. Le interesaban los tecnicismos de la minería moderna del carbón y sacar a Tevershall del agujero.

Bajaba al foso día tras día, estudiaba, hacía venir al director general, al director de los gastos generales, al director de las excavaciones y a los ingenieros por un molino con el que nunca habían soñado. ¡Poder! Sintió que una nueva sensación de poder fluía a través de él; poder sobre todos esos hombres, sobre los cientos y cientos de mineros. Lo estaba encontrando, y estaba consiguiendo que las cosas le salieran bien.

Y parecía verdaderamente haber vuelto a nacer. ¡Ahora la vida entraba en él! Había estado muriendo poco a poco, con Connie, en la aislada vida privada del artista y del ser consciente. Ahora dejaba ir todo eso. Déjalo dormir. Simplemente sintió que la vida se precipitaba en él desde el carbón, desde el foso. El propio aire viciado de la mina era mejor que el oxígeno para él. Le daba una sensación de poder, de fuerza. Estaba haciendo algo, e iba a hacer algo. Iba a ganar, a ganar; no como había ganado con sus historias, mera publicidad, en medio de toda una socavación de energía y malicia. Sino la victoria de un hombre.

Al principio pensó que la solución estaba en la electricidad: convertir el carbón en energía eléctrica. Entonces surgió una nueva idea. Los alemanes inventaron un nuevo motor de locomotora con autoalimentación, que no necesitaba fogonero. Y debía alimentarse con un nuevo combustible, que ardía en pequeñas cantidades a un gran calor, en condiciones peculiares.

La idea de un nuevo combustible concentrado que ardiera con una dura lentitud a un calor feroz fue lo que primero atrajo a Clifford. Debía haber algún tipo de estímulo externo para la combustión de dicho combustible, no sólo el suministro de aire. Empezó a experimentar y consiguió que le ayudara un joven inteligente que había demostrado ser brillante en química.

Y se sintió triunfante. Por fin había salido de sí mismo. Había cumplido su anhelo secreto de toda la vida de salir de sí mismo. El arte no lo había hecho por él. El arte sólo lo había empeorado. Pero ahora, ahora lo había conseguido.

No era consciente de cuánto le apoyaba Mrs. Bolton. No sabía cuánto dependía de ella. Pero por todo ello, era evidente que cuando estaba con ella su voz descendía a un ritmo fácil de intimidad, casi un poco vulgar.

Con Connie era un poco rígido. Sentía que le debía todo, y le mostraba el máximo respeto y consideración, siempre y cuando ella le brindara un mero respeto exterior. Pero era obvio que le tenía un miedo secreto. El nuevo Aquiles que había en él tenía un talón, y en este talón la mujer, la mujer como Connie, su esposa, podía hacerle cojear fatalmente. Iba con cierto temor medio sumiso hacia ella, y era extremadamente amable con ella. Pero su voz se ponía un poco tensa cuando hablaba con ella, y empezó a guardar silencio siempre que ella estaba presente.

Sólo cuando estaba a solas con Mrs. Bolton se sentía realmente un señor y un amo, y su voz corría con ella casi tan fácil y gárrula como podía correr la de ella. Y dejaba que ella le afeitara o esponjara todo su cuerpo como si fuera un niño, realmente como si fuera un niño.

Capítulo 10

Connie estaba bastante sola ahora, venía menos gente a Wragby. Clifford ya no los quería. Se había vuelto en contra incluso de los compinches. Estaba raro. Prefería la radio, que había instalado haciendo algún gasto, con bastante éxito al fin. A veces podía comunicarse con Madrid o Fráncfort, incluso allí, en las difíciles Midlands.

Y se sentaba solo durante horas escuchando el bramido del altavoz. Asombraba y aturdía a Connie. Pero allí se sentaba él, con una expresión de embeleso en el rostro, como una persona que pierde la razón, y escuchaba, o parecía escuchar, lo indecible.

¿Estaba realmente escuchando? ¿O era una especie de soporífero que tomaba, mientras algo más trabajaba por debajo en él? Connie lo sabía ahora. Ella huía a su habitación, o al exterior, al bosque. Una especie de terror la invadía a veces, un terror a la locura incipiente de toda la especie civilizada.

Pero ahora que Clifford se desviaba hacia esa otra rareza de la actividad industrial, convirtiéndose casi en una criatura, con un exterior de caparazón duro y eficaz y un interior de pulpa, uno de los asombrosos cangrejos y langostas del mundo moderno, industrial y financiero, invertebrados del orden de los crustáceos, con caparazones de acero, como máquinas, y cuerpos interiores de pulpa blanda, la propia Connie estaba realmente desamparada.

Ni siquiera era libre, pues Clifford debía tenerla allí. Parecía tener un terror nervioso a que ella le abandonara. La curiosa parte pulposa de él, la parte emocional y humanamente individual, dependía de ella con terror, como un niño, casi como un idiota. Ella debía estar allí, en Wragby, Lady Chatterley, su esposa. De lo contrario, estaría perdido como un idiota en un páramo.

Connie se dio cuenta de esta asombrosa dependencia con una especie de horror. Le oía hablar con sus jefes de mina, con los miembros de su Consejo, con jóvenes científicos, y se asombraba de su sagaz perspicacia, de su poder, de su asombroso poder material sobre lo que se llama hombres prácticos. Él mismo se había convertido en un hombre práctico y asombrosamente astuto y poderoso, un maestro. Connie lo atribuyó a la influencia de Mrs. Bolton sobre él, justo en la crisis de su vida.

Pero este hombre astuto y práctico era casi un idiota cuando se le dejaba solo con su propia vida emocional. Adoraba a Connie. Ella era su esposa, un ser superior, y él la adoraba con una idolatría extraña y cobarde, como un salvaje, una adoración basada en un miedo enorme, e incluso en el odio al poder del ídolo, del temible ídolo. Lo único que quería era que Connie jurara, que jurara no abandonarle, no dejarlo.

«Clifford», le dijo —pero esto fue después de tener la llave de la cabaña—, «¿de verdad te gustaría que algún día tuviera un hijo?».

Él la miró con una aprensión furtiva en sus ojos pálidos bastante prominentes.

«No me importaría, si no hubiera diferencia entre nosotros», dijo.

«¿No hubiera diferencia con qué?», preguntó ella.

Entre tú y yo; nuestro amor mutuo. Si va a afectar eso, entonces estoy totalmente en contra. ¿Por qué? ¡Incluso puede que algún día tenga un hijo propio!».

Ella le miró asombrada.

«Quiero decir, podría volver a mí uno de estos días».

Ella seguía mirando asombrada, y él se sentía incómodo.

«¿Así que no te gustaría que tuviera un hijo?», dijo ella.

«Te digo», contestó él rápidamente, como un perro acorralado, «que estoy bastante dispuesto, siempre que no toque tu amor por mí. Si tocara eso, estoy totalmente en contra».

Connie sólo pudo guardar silencio con frío temor y desprecio. Una charla así era realmente el parloteo de un idiota. Ya no sabía de qué hablaba.

«Oh, no supondría ninguna diferencia en lo que siento por ti», dijo ella, con cierto sarcasmo.

«¡Ahí está!», dijo él. «¡Ese es el punto! En ese caso no me importa lo más mínimo. Quiero decir que sería terriblemente agradable tener un hijo correteando por la casa, y sentir que uno está labrando un futuro para él. Entonces tendría algo por lo que luchar, y sabría que es tu hijo, ¿verdad, querida? Y sería como si fuera mío. Porque eres tú quien cuenta en estos asuntos. Lo sabes, ¿verdad, querida? Yo no entro, soy sólo una cifra. Tú eres el gran yo, en lo que respecta a la vida. Lo sabes, ¿verdad? Quiero decir, en lo que a mí respecta. Quiero decir que, de no ser por ti, no soy absolutamente nada. Vivo por tu bien y por tu futuro. No soy nada para mí mismo».

Connie lo oyó todo con creciente consternación y repulsión. Era una de las espantosas verdades a medias que envenenan la existencia humana. ¡Qué hombre en su sano juicio le diría tales cosas a una mujer! Pero los hombres no están en sus cabales. ¿Qué hombre con una chispa de honor pondría esta espantosa carga de responsabilidad vital sobre una mujer, y la dejaría allí, en el vacío?

Además, al cabo de media hora, Connie oyó que Clifford hablaba con Mrs. Bolton, con voz acalorada e impulsiva, revelándose en una especie de apasionamiento a la mujer, como si fuera para él mitad ama, mitad madre adoptiva. Y Mrs. Bolton le estaba vistiendo cuidadosamente con ropa de etiqueta, pues había importantes invitados de negocios en la casa.

Connie realmente sentía a veces que moriría en ese momento. Sentía que estaba siendo aplastada hasta la muerte por extrañas mentiras y por la asombrosa crueldad de la idiotez. La extraña eficacia empresarial de Clifford en cierto modo la sobrecogía, y su declaración de culto privado la sumía en el pánico. No había nada entre ellos. Ella ni siquiera le tocaba hoy en día, y él nunca la tocaba a ella. Ni siquiera le cogía la mano y se la estrechaba amablemente. No, y como estaban tan completamente desconectados, él la torturaba con su declaración de idolatría. Era la crueldad de la impotencia absoluta. Y ella sintió que su razón cedería o moriría.

Huyó en la medida de lo posible al bosque. Una tarde, mientras estaba sentada cavilando, observando el agua que burbujeaba fríamente en John's Well, el guardabosques se había encontrado con ella.

«¡Le he hecho hacer una llave, Milady!» dijo, saludando, y le ofreció la llave.

«¡Muchas gracias!», dijo ella, sobresaltada.

«La cabaña no está muy ordenada, si no le importa», dijo él. «Limpié lo que pude».

«¡Pero no quería causarle la molestia!», dijo ella.

«Oh, no ha sido ninguna molestia. Voy a poner las gallinas dentro de una semana. Pero no le tendrán miedo. Tendré que ocuparme de ellas mañana y noche, pero no le molestaré más de lo necesario».

«Pero no me molestaría», suplicó ella. «Preferiría no ir a la cabaña en absoluto, si voy a estorbar».

Él la miró con sus penetrantes ojos azules. Parecía amable, pero distante. Pero al menos era cuerdo y sano, aunque pareciera delgado y enfermo. Una tos le molestaba.

«Tiene tos», dijo ella.

«Nada... ¡un resfriado! La última neumonía me dejó esta tos, pero no es nada».

Se mantuvo distante de ella y no quiso acercarse más.

Ella iba con bastante frecuencia a la cabaña, por la mañana o por la tarde, pero él nunca estaba allí. Sin duda la evitaba a propósito. Quería mantener su propia intimidad.

Había puesto orden en la cabaña, colocado la mesita y la silla cerca de la chimenea, dejado un montoncito de leña y troncos pequeños, y guardado las herramientas y las trampas en la medida de lo posible, borrándose a sí mismo. Fuera, junto al claro, había construido un tejadillo bajo de ramas y paja, un refugio para los pájaros, y bajo él estaban los gallineros. Y, un día cuando ella llegó, encontró a dos gallinas pardas sentadas, alerta y feroces, en los gallineros, sentadas sobre huevos de faisán, y mullidas, tan orgullosas y profundas en todo el calor de la ponderante sangre femenina. Esto casi rompió el corazón de Connie. Ella misma estaba tan desamparada y desaprovechada, no era una hembra en absoluto, sólo una mera cosa llena de terrores.

Más tare todos los gallineros estaban ocupados por gallinas, tres marrones, una gris y una negra. Todas iguales, se agruparon sobre los huevos en la suave ponderosidad del impulso femenino, la naturaleza femenina, haciendo sus plumas mullidas. Y con ojos brillantes observaron a Connie, cuando se agachó ante ellas, y emitieron breves y agudos graznidos de rabia y alarma, pero sobre todo de rabia femenina al ser abordadas.

Connie encontró maíz en el cubo de la cabaña. Se lo ofreció a las gallinas sobre su mano. Ellas no quisieron comerlo. Sólo una gallina picoteó su mano con un pequeño y feroz picotazo, por lo que Connie se asustó. Pero ella deseaba darles algo, a las madres melancólicas que ni se alimentaban ni bebían. Trajo agua en una pequeña lata, y se sintió encantada cuando una de las gallinas bebió.

Ahora venía todos los días a ver a las gallinas, eran lo único en el mundo que le calentaba el corazón. Las quejas de Clifford la helaban de pies a cabeza. La voz de Mrs. Bolton la helaba, y el sonido de los hombres de negocios que venían. Una carta ocasional de Michaelis la afectaba con la misma sensación de escalofrío. Sentía que seguramente moriría si aquello duraba mucho más.

Sin embargo, era primavera, y las campanillas se asomaban en el bosque, y los capullos de las hojas de los avellanos se abrían como la salpicadura de la lluvia verde. Qué terrible era que fuera primavera, y todo frío, frío. ¡Sólo las gallinas, tan maravillosamente mullidas sobre los huevos, estaban calientes con sus cuerpos de hembras calientes y melancólicas! Connie se sentía todo el tiempo al borde del desmayo.

Entonces, un día, un precioso día soleado con grandes mechones de prímulas bajo los avellanos, y muchas violetas salpicando los senderos, llegó por la tarde a los gallineros y había un pollito diminuto y vivaracho dando pequeños brincos delante de un gallinero, y la gallina madre cacareando aterrorizada. El esbelto polluelo era de color marrón grisáceo con manchas oscuras, y era la pequeña chispa de criatura más viva de los siete reinos en ese momento. Connie se agachó para observarlo en una especie de éxtasis. ¡Vida, vida! ¡Pura, chispeante, intrépida nueva vida! ¡Nueva vida! ¡Tan diminuta y tan absolutamente carente de miedo! Incluso cuando correteó un poco, metiéndose de nuevo en el gallinero, y desapareció bajo las plumas de la gallina en respuesta a los salvajes gritos de alarma de la gallina madre, no estaba realmente asustado, lo tomó como un juego, el juego de vivir. Pues al siguiente momento una pequeña cabeza afilada estaba asomando entre las plumas color marrón dorado de la gallina, y mirando al Cosmos.

Connie estaba fascinada. Y al mismo tiempo, nunca había sentido tan agudamente la agonía de su propio desamparo femenino. Se estaba volviendo insoportable.

Ahora sólo tenía un deseo: ir al claro del bosque. El resto era una especie de sueño doloroso. Pero a veces se quedaba todo el día en Wragby, por sus obligaciones como anfitriona. Y entonces sentía como si ella también se quedara en blanco, simplemente en blanco y enloquecida.

Una tarde, con invitados o sin ellos, se escapó después del té. Era tarde, y huyó por el parque como quien teme que la llamen para que vuelva. El sol se estaba poniendo rosado cuando ella entró en el bosque, pero siguió adelante entre las flores. La luz todavía duraría mucho tiempo.

Llegó al claro, sonrojada y semiinconsciente. El guardabosques estaba allí, en mangas de camisa, cerrando los gallineros para que pasen la noche, para que los pequeños ocupantes estuvieran a salvo. Pero todavía un pequeño trío pataleaba sobre diminutas patas, ácaros monótonos bien alerta, bajo el refugio de paja, negándose a ser llamados por la ansiosa madre.

«¡Tenía que venir a ver las gallinas!», dijo ella, jadeante, mirando tímidamente al guardabosques, casi sin darse cuenta. «¿Hay más?».

«¡Treinta y seis hasta ahora!», dijo él. «¡No está mal!».

A él también le producía un curioso placer ver salir a los jovencitos.

Connie se agachó frente al último gallinero. Los tres polluelos habían entrado corriendo. Pero aún así sus cabezas descaradas asomaban agudamente entre las plumas amarillas, luego se retiraban, después sólo una cabecita puntiaguda miraba desde el vasto cuerpo de la madre.

«Me encantaría tocarlos», dijo ella, metiendo los dedos cautelosamente entre los barrotes del gallinero. Pero la gallina madre picoteó su mano con fiereza, y Connie retrocedió sobresaltada y asustada.

«¡Cómo me picotea! ¡Me odia!», dijo maravillada. «¡Pero no les haría daño!».

El hombre, que estaba sobre ella, se rió y se agachó a su lado, con las rodillas separadas, y metió la mano con tranquila confianza lentamente en el gallinero. La vieja gallina le picoteó, pero no tan salvajemente. Y despacio, suavemente, con dedos seguros y suaves, palpó entre las plumas de la vieja ave y sacó un polluelo que asomaba débilmente en su mano cerrada.

«¡Ahí está!», dijo, tendiéndole la mano. Ella cogió la pequeña cosa monótona entre sus manos, y allí se quedó, sobre sus pequeños e imposibles tallos de patas, su átomo de vida en equilibrio temblando a través de sus pies casi ingrávidos hacia las manos de Connie. Pero levantó audazmente su hermosa cabecita de formas limpias, miró agudamente a su alrededor y dio un pequeño «pío». «¡Qué adorable! ¡Tan descarado!», dijo ella suavemente.

El guardabosques, en cuclillas junto a ella, también observaba con cara divertida el atrevido pajarillo que tenía en las manos. De repente vio caer una lágrima sobre su muñeca.

Y se levantó, y se alejó, dirigiéndose al otro gallinero. De repente fue consciente de la vieja llama disparándose y saltando en sus entrañas, que había esperado que estuviera quieta para siempre. Luchó contra ella, dándole la espalda. Pero saltó, y saltó hacia abajo, dando vueltas en sus rodillas.

Él se volvió de nuevo para mirarla. Ella estaba arrodillada y llevaba las dos manos lentamente hacia delante, a ciegas, para que el pollito corriera de nuevo hacia la gallina madre. Y había algo tan mudo y desamparado en ella, que la compasión flameó en sus entrañas por ella.

Sin saberlo, él se acercó rápidamente a ella y volvió a agacharse a su lado, le quitó el polluelo de las manos, porque ella tenía miedo de la gallina, y lo devolvió al gallinero. En el fondo de sus entrañas, el fuego se encendió de repente con más fuerza.

Él la miró con aprensión. El rostro de ella estaba desviado y lloraba a ciegas, con toda la angustia del desamparo de su generación. El corazón de él se derritió de repente, como una gota de fuego, y alargó la mano y le puso los dedos en la rodilla.

«No debería llorar», dijo en voz baja.

Pero entonces ella se pasó las manos por la cara y sintió que realmente tenía el corazón roto y que ya nada le importaba.

Él le puso la mano en el hombro, y suave, suavemente, comenzó a recorrer la curva de su espalda, a ciegas, con un movimiento de caricia ciega, hasta la curva de sus lomos encorvados. Y allí su mano, suave, suavemente, acarició la curva de su flanco, en la ciega caricia instintiva.

Ella había encontrado su trozo de pañuelo y trataba de secarse la cara a ciegas.

«¿Viene a la cabaña?», dijo él, con voz tranquila y neutra.

Y cerrando suavemente la mano sobre el brazo de ella, la levantó y la condujo lentamente a la cabaña, sin soltarla hasta que estuvo dentro. Entonces apartó la silla y la mesa, y cogió una manta marrón de soldado del arcón de herramientas, extendiéndola lentamente. Ella le miró a la cara, mientras permanecía inmóvil.

Su rostro estaba pálido y sin expresión, como el de un hombre que se somete al destino.

«Túmbese ahí», dijo en voz baja, y cerró la puerta, de modo que quedó oscuro, bastante oscuro.

Con una extraña obediencia, ella se tumbó sobre la manta. Entonces sintió la mano suave, a tientas, impotentemente deseosa, que tocaba su cuerpo, buscando su rostro. La mano le acarició la cara suavemente, con infinito alivio y seguridad, y por fin se produjo el suave roce de un beso en su mejilla.

Ella se quedó quieta, en una especie de sueño. Entonces se estremeció al sentir la mano de él tanteando suavemente, aunque con extraña torpeza frustrada, entre sus ropas. Sin embargo, la mano también sabía cómo desvestirla donde quería. Bajó la fina funda de seda, despacio, con cuidado, hasta los pies de ella. Luego, con un estremecimiento de exquisito placer, tocó el cálido y suave cuerpo, y rozó su ombligo por un momento en un beso. Y tuvo que entrar en ella de inmediato, penetrar en la paz terrenal de su cuerpo suave y quiescente. Era el momento de la paz pura para él, la entrada en el cuerpo de la mujer.

Ella se quedó quieta, en una especie de sueño, siempre en una especie de sueño. La actividad, el orgasmo era de él, todo de él; ella no podía esforzarse más por sí misma. Incluso la tensión de sus brazos alrededor de ella, incluso el intenso movimiento de su cuerpo, y el brote de su semen en ella, era una especie de sueño, del que ella no empezó a despertarse hasta que él hubo terminado y yacía jadeando suavemente contra su pecho.

Entonces se preguntó, sólo se preguntó vagamente, ¿por qué? ¿Por qué era necesario? ¿Por qué esto había levantado una gran nube de ella y le había dado paz? ¿Era real? ¿Era real?

Su atormentado cerebro de mujer moderna seguía sin descansar. ¿Era real? Ella sabía que si se entregaba al hombre, era real. Pero si se guardaba para sí misma, no era nada. Era vieja; millones de años vieja se sentía. Y por fin, ya no podía soportar más la carga de sí misma. Estaba para ser tomada. Para ser tomada.

El hombre yacía en una misteriosa quietud. ¿Qué sentía? ¿Qué pensaba? Ella no lo sabía. Era un hombre extraño para ella, no le conocía. Sólo debía esperar, pues no se atrevía a romper su misteriosa quietud. Él yacía allí con sus brazos, rodeándola, su cuerpo sobre el suyo, su cuerpo húmedo tocando el suyo, tan cerca. Y completamente desconocido. Pero no por ello poco pacífico. Su misma quietud era pacífica.

Ella lo sabía, cuando por fin él se despertó y se alejó de ella. Fue como un abandono. Él le bajó el vestido en la oscuridad por encima de las rodillas y permaneció unos instantes, aparentemente ajustándose su propia ropa. Luego abrió silenciosamente la puerta y salió.

Ella vio una pequeña luna muy iluminada que brillaba por encima del resplandor sobre los robles. Rápidamente se levantó y se arregló. Luego se dirigió a la puerta de la cabaña.

Todo el bosque por debajo estaba en sombras, casi en la oscuridad. Sin embargo, el cielo era cristalino. Pero apenas arrojaba luz. Él atravesó la sombra hacia ella, con el rostro levantado como una pálida mancha.

«¿Nos vamos entonces?», dijo él.

«¿Dónde?».

«Iré con usted al portón».

Él arregló las cosas a su manera. Cerró la puerta de la cabaña y fue tras ella.

«No se arrepiente, ¿verdad?», le preguntó él, mientras iba a su lado.

«¡No! ¡No! ¿Usted?», dijo ella.

«¡Por eso! ¡No!», dijo él. Luego, al cabo de un rato, añadió: «Pero está el resto de las cosas».

«¿Qué resto de las cosas?», dijo ella.

«Sir Clifford. La otra gente. Todas las complicaciones».

«¿Por qué complicaciones?», dijo ella, decepcionada.

«Siempre es así. Tanto para usted como para mí. Siempre hay complicaciones». Él siguió caminando con paso firme en la oscuridad.

«¿Y se arrepiente?», dijo ella.

«¡En cierto modo!», respondió él, mirando al cielo. «Pensé que había acabado con todo. Ahora he vuelto a empezar».

«¿Empezar qué?».

«La vida».

«¡Vida!», volvió a decir ella con un extraño estremecimiento.

«Es la vida», dijo él. «No hay manera de mantenerse alejado. Y si te mantienes alejado es casi como si te murieras. Así que si me tenía que abrir de nuevo, lo ha hecho».

Ella no lo veía del todo así, pero aun así, «es sólo amor», dijo ella alegremente.

«Sea lo que sea», respondió él.

Siguieron por el bosque que se oscurecía en silencio, hasta que estuvieron casi en el portón.

«Pero no me odia, ¿verdad?», dijo ella con nostalgia.

«No, no», respondió él. Y de repente volvió a estrecharla contra su pecho, con la vieja pasión que los unía. «No, para mí estuvo bien, estuvo bien. ¿Lo estuvo para usted?».

«Sí, para mí también», respondió ella, un poco falsamente, pues no había sido consciente de mucho.

Él la besó suavemente, con besos tibios.

«Si no hubiera tanta gente en el mundo», dijo lúgubremente.

Ella se rió. Estaban en el portón del parque. Él se lo abrió.

«No iré más lejos», dijo él.

«¡No!». Y ella le tendió la mano, como para estrechársela. Pero él la tomó con las dos suyas.

«¿Vuelvo otra vez?», preguntó ella con nostalgia.

«¡Sí! ¡Sí!».

Ella le dejó y cruzó el parque.

Él se apartó y la vio adentrarse en la oscuridad, contra la palidez del horizonte. Casi con amargura la vio partir. Ella le había conectado de nuevo, cuando él había querido estar solo. Ella le había costado esa amarga intimidad de un hombre que al final sólo quiere estar solo.

Él se volvió hacia la oscuridad del bosque. Todo estaba en calma, la luna se había puesto. Pero él era consciente de los ruidos de la noche, los motores en Stacks Gate, el tráfico en la carretera principal. Lentamente subió la loma despoblada. Y desde la cima pudo ver el país, brillantes hileras de luces en Stacks Gate, luces más pequeñas en el foso de Tevershall, las luces amarillas de Tevershall y luces por todas partes, aquí y allá, en la región a oscuras, con el lejano rubor de los hornos, tenue y sonrosado, ya que la noche era clara, el color rosado de la salida del metal al rojo vivo. ¡Luces eléctricas afiladas y perversas en Stacks Gate! ¡Una indefinible rapidez de maldad en ellas! Y toda la inquietud, el temor siempre cambiante de la noche industrial en las Midlands. Podía oír los motores de bobinado en Stacks Gate haciendo bajar a los mineros de las siete. La mina trabajaba en tres turnos.

Descendió de nuevo a la oscuridad y al aislamiento del bosque. Pero sabía que el aislamiento del bosque era ilusorio. Los ruidos industriales rompían la soledad, las luces agudas, aunque invisibles, se burlaban de ella. Un hombre ya no podía mantenerse privado y retraído. El mundo no admite ermitaños. Y ahora había tomado la mujer, y había provocado sobre sí mismo un nuevo ciclo de dolor y perdición. Sabía por experiencia lo que significaba.

No era culpa de la mujer, ni siquiera del amor, ni del sexo. La culpa estaba ahí, ahí fuera, en esas malvadas luces eléctricas y diabólicos traqueteos de motores. Allí, en el mundo de la mecánica avariciosa, del mecanismo codicioso y de la avaricia mecanizada, brillando con luces y chorreando metal caliente y rugiendo con el tráfico, allí yacía la vasta cosa maligna, lista para destruir todo lo que no se conformara. Pronto destruiría el bosque y las campanillas ya no brotarían. Todas las cosas vulnerables perecerían bajo el rodar y correr del hierro.

Pensó con infinita ternura en la mujer. Pobre desamparada, era más agradable de lo que ella creía, y ¡oh! demasiado simpática para el duro grupo con el que estaba en contacto. Pobrecita, ella también tenía algo de la vulnerabilidad de los jacintos salvajes, no era toda dura de goma y platino, como la chica moderna. ¡Y la acabarían! Tan seguro como la vida, acabarían con ella, como lo hacen con toda vida naturalmente tierna. ¡Tierna! En algún lugar era tierna, tierna con la ternura de los jacintos en crecimiento, algo que ha desaparecido de las mujeres de celuloide de hoy en día. Pero él la protegería con su corazón durante un tiempo. Durante un rato, antes de que el mundo de hierro insensible y el Mammón de la codicia mecanizada acabaran con los dos, con ella y con él.

Volvió a casa con su arma y su perro, a la oscura cabaña, encendió la lámpara, prendió el fuego y comió su cena de pan y queso, cebollas tiernas y cerveza. Estaba solo, en un silencio que amaba. Su habitación estaba limpia y ordenada, pero era bastante austera. Sin embargo, el fuego era brillante, el hogar blanco, la lámpara de petróleo colgaba brillante sobre la mesa, con su blanco mantel de hule. Intentó leer un libro sobre la India, pero esta noche no podía leer. Se sentó junto al fuego en mangas de camisa, sin fumar, pero con una jarra de cerveza al alcance de la mano. Y pensó en Connie.

A decir verdad, lamentaba lo ocurrido, quizá más por ella. Tenía una sensación de presentimiento. Ninguna sensación de mal o pecado; no le remordía la conciencia en ese sentido. Sabía que la conciencia era sobre todo miedo a la sociedad, o miedo a uno mismo. No tenía miedo de sí mismo. Pero temía conscientemente a la sociedad, él sabía por instinto que era una bestia malévola y en parte demente.

¡La mujer! Si ella pudiera estar allí con él, ¡y no hubiera nadie más en el mundo! El deseo volvió a surgir, su pene empezó a agitarse como un pájaro vivo. Al mismo tiempo, una opresión, el temor de exponerse a sí mismo y a ella a esa Cosa exterior que centelleaba viciosamente en las luces eléctricas, pesaba sobre sus hombros. Ella, pobrecita, no era más que una joven criatura femenina para él; pero una joven criatura femenina en la que había penetrado y a la que deseaba de nuevo.

Estirándose con el curioso bostezo del deseo, pues llevaba cuatro años solo y apartado del hombre o de la mujer, se levantó y cogió de nuevo su abrigo y su arma, bajó la lámpara y salió a la noche estrellada, con la perra. Impulsado por el deseo y por el temor a la Cosa malévola del exterior, hizo su ronda en el bosque, despacio, suavemente. Amaba la oscuridad y se plegó a ella. Encajaba con la turgencia de su deseo que, a pesar de todo, era como una riqueza; ¡la agitada inquietud de su pene, el fuego agitado de sus entrañas! Oh, si tan sólo hubiera otros hombres con los que estar, para luchar contra esa Cosa eléctrica y chispeante de ahí fuera, para preservar la ternura de la vida, la ternura de las mujeres y las riquezas naturales del deseo. ¡Si al menos hubiera hombres con los que luchar codo a codo! Pero los hombres estaban todos ahí fuera, gloriándose en la Cosa, triunfando o siendo pisoteados en la carrera de la codicia mecanizada o del mecanismo codicioso.

Constance, por su parte, se había apresurado a cruzar el parque, hacia su casa, casi sin pensar. Aún no había pensado en nada más. Llegaría a tiempo para la cena.

Sin embargo, le molestó encontrar las puertas cerradas, por lo que tuvo que llamar. Mrs. Bolton abrió.

«¡Vaya, ahí está, su Señoría! Empezaba a preguntarme si se había perdido», dijo un poco pícaramente. «Sir Clifford no ha preguntado por usted, sin embargo; tiene a Mr. Linley con él, hablando de algo. Parece que se quedará a cenar, ¿verdad, Milady?».

«Más bien parece que sí», dijo Connie.

«¿Atraso la cena un cuarto de hora? Eso le daría tiempo para vestirse con comodidad».

«Tal vez sea mejor».

Mr. Linley era el director general de las minas de carbón, un hombre mayor del norte, sin la suficiente garra para satisfacer a Clifford; no estaba a la altura de las condiciones de la posguerra, ni tampoco de los mineros de la posguerra, con su credo de «prudencia». Pero a Connie le caía bien Mr. Linley, aunque se alegraba de no tener que soportar las adulaciones de su esposa.

Linley se quedó a cenar, y Connie era la anfitriona que tanto agradaba a los hombres, tan modesta, pero tan atenta y consciente, con grandes y anchos ojos azules y una actitud reposada que ocultaba suficientemente lo que realmente estaba pensando. Connie había interpretado tanto a esta mujer que para ella era casi una segunda naturaleza; pero aun así, decididamente una segunda. Sin embargo, era curioso cómo todo desaparecía de su conciencia mientras la interpretaba.

Esperó pacientemente hasta que pudo subir y pensar en sus propios pensamientos. Siempre estaba esperando, parecía ser su fuerte.

Sin embargo, una vez en su habitación, seguía sintiéndose vaga y confusa. No sabía qué pensar. ¿Qué clase de hombre era él realmente? ¿Le gustaba de verdad? No mucho, sintió ella. Sin embargo, era amable. Había algo, una especie de cálida amabilidad ingenua, curiosa y repentina, que casi le abría las entrañas. Pero ella sintió que él podría ser así de amable con cualquier mujer. Aunque aun así, era curiosamente tranquilizador, reconfortante. Y era un hombre apasionado, sano y apasionado. Pero quizá no era lo bastante individual; podría ser igual con cualquier mujer como lo había sido con ella. En realidad no era personal. Ella sólo era realmente una hembra para él.

Pero tal vez eso fuera mejor. Y después de todo, él era amable con la hembra que había en ella, cosa que ningún hombre había sido nunca. Los hombres eran muy amables con la persona que era, pero más bien crueles con la hembra, despreciándola o ignorándola por completo. Los hombres eran terriblemente amables con Constance Reid o con Lady Chatterley; pero no lo eran con su vientre. Y él no hacía caso de Constance ni de Lady Chatterley; se limitaba a acariciar suavemente sus lomos o sus pechos.

Al día siguiente ella fue al bosque. Era una tarde gris y tranquila, con el verde oscuro de las mercuriales extendiéndose bajo el bosquecillo de avellanos, y todos los árboles haciendo un esfuerzo silencioso por abrir sus brotes. Hoy casi podía sentirlo en su propio cuerpo, el enorme empuje de la savia en los árboles macizos, hacia arriba, hacia las puntas de los brotes, allí para empujar en pequeñas hojas de roble llameantes, de bronce como la sangre. Era como una cabalgata que corría turgente hacia arriba y se extendía por el cielo.

Llegó al claro, pero él no estaba allí. Ella se lo había esperado a medias. Los polluelos de faisán salían corriendo, ligeros como insectos, de los gallineros donde las gallinas compañeras cloqueaban ansiosas. Connie se sentó y los observó, y esperó. Sólo esperaba. Incluso a los polluelos apenas los veía. Ella esperó.

El tiempo pasó con la lentitud de un sueño, y él no vino. Ella le había esperado a medias. Nunca venía por la tarde. Ella debía ir a casa a tomar el té. Pero tuvo que esforzarse para marcharse.

Mientras volvía a casa, cayó una fina llovizna.

«¿Está lloviendo otra vez?», dijo Clifford, al verla sacudir su sombrero.

«Sólo llovizna».

Ella sirvió el té en silencio, absorta en una especie de obstinación. Hoy sí quería ver al guardabosques, para ver si era realmente real. Si era realmente real.

«¿Te leo algo después?», dijo Clifford.

Ella le miró. ¿Había percibido algo?

«La primavera me hace sentir rara... pensé que tal vez podría descansar un poco», dijo ella.

«Como quieras. No te encuentras muy mal, ¿verdad?».

«¡No! Sólo algo cansada... debe ser la primavera. ¿Quieres que Mrs. Bolton juegue a algo contigo?».

«¡No! Creo que escucharé la radio».

Ella oyó la curiosa satisfacción en su voz. Subió a su dormitorio. Allí oyó que el altavoz empezaba a bramar, con un tipo de voz idiota y aterciopelada, algo sobre una serie de gritos callejeros, la crema misma de la afectación gentil imitando a los viejos pregoneros. Se puso su viejo mackintosh de color violeta y se escabulló de la casa por la puerta lateral.

La llovizna era como un velo sobre el mundo, misteriosa, silenciosa, no fría. Entró en calor mientras cruzaba a toda prisa el parque. Tuvo que abrir su ligero impermeable.

El bosque estaba silencioso, quieto y secreto en la llovizna vespertina de la lluvia, lleno del misterio de los huevos y los brotes a medio abrir, las flores a medio abrirse. En su penumbra todos los árboles brillaban desnudos y oscuros como si se hubieran desvestido, y las cosas verdes de la tierra parecían zumbar de verdor.

Aún no había nadie en el claro. Los polluelos se habían ido casi todos bajo las gallinas madre, sólo uno o dos últimos aventureros seguían acurrucados en la sequedad bajo el refugio de techo de paja. Y dudaban de sí mismos.

¡Así era! Él todavía no había venido. Se mantenía alejado a propósito. O tal vez algo iba mal. Tal vez ella debería ir a la cabaña a ver.

Pero ella había nacido para esperar. Abrió la cabaña con su llave. Estaba todo ordenado, el maíz puesto en el cubo, las mantas dobladas en la estantería, la paja ordenada en un rincón; un nuevo haz de paja. El farol colgaba de un clavo. La mesa y la silla habían sido colocadas nuevamente donde habían estado tumbadas.

Ella se sentó en un taburete en el umbral de la puerta. ¡Qué quieto estaba todo! La fina lluvia soplaba muy suave, pelicularmente, pero el viento no hacía ruido. Nada hacía ruido. Los árboles se erguían como seres poderosos, tenues, crepusculares, silenciosos y vivos. ¡Qué vivo estaba todo!

La noche se acercaba de nuevo; ella tendría que irse. Él la evitaba.

Pero de repente él entró a grandes zancadas en el claro, con su chaqueta negra de piel de aceite como si fuera un chófer, brillante por la humedad. Echó un rápido vistazo a la cabaña, saludó a medias, luego cambió de curso y se dirigió a los gallineros. Allí se agazapó en silencio, mirándolo todo detenidamente, y luego encerró con cuidado a las gallinas y los polluelos, a salvo de la noche.

Por fin se acercó lentamente hacia ella. Ella seguía sentada en su taburete. Él se detuvo ante ella bajo el porche.

«Usted vino entonces», dijo él, utilizando la entonación del dialecto.

«Sí», dijo ella, mirándole. «¡Llega tarde!».

«¡Ay!», respondió él, mirando hacia el bosque.

Ella se levantó lentamente, apartando su taburete.

«¿Quería entrar?», preguntó ella.

Él la miró con astucia.

«¿No pensará algo la gente de usted viniendo aquí todas las noches?», dijo él.

«¿Por qué?». Ella le miró, perdida. «Dije que vendría. Nadie lo sabe».

«Pero pronto lo harán», respondió. «¿Y entonces qué?».

Ella no sabía qué contestar.

«¿Por qué deberían saberlo?», dijo ella.

«La gente siempre lo sabe», dijo él, fatalmente.

El labio de ella tembló un poco.

«Bueno, no puedo evitarlo», vaciló al decir.

«No», dijo. «Puede evitarlo no viniendo... si quiere», añadió, en un tono más bajo.

«Pero no quiero», murmuró ella.

Él apartó la mirada hacia el bosque y guardó silencio.

«¿Pero qué pasará cuando la gente se entere?», preguntó él al fin. «¡Piénselo! Piense en lo rebajada que se sentirá, con un sirviente de su marido».

Ella levantó la vista hacia su rostro desviado.

«¿Es», tartamudeó ella, «es que no me quiere?».

«¡Piense!», dijo él. «Piense qué pasaría si la gente se entera de que Sir Clifford y un... y todo el mundo hablando...».

«Bueno, puedo irme de aquí».

«¿Adónde?».

«¡A cualquier parte! Tengo dinero propio. Mi madre me dejó veinte mil libras en fideicomiso, y sé que Clifford no puede tocarlas. Puedo irme».

«Pero será el caso que no querrá irse».

«¡Sí, sí! No me importa lo que me pase».

«¡Ay, eso cree! ¡Pero le importará! Le importará; a todo el mundo le importa. Tiene que recordar que su Señoría está con un guardabosques. No es como si fuera un caballero. Sí, que le importará. Le importará».

«No debería. ¡Qué me importa mi señoría! La odio, de verdad. Siento que la gente se burla cada vez que lo dice. ¡Y lo hacen, lo hacen! Incluso usted se burla cuando lo dice».

«¡Yo!».

Por primera vez él la miró directamente, y a los ojos. «No me burlo de usted», le dijo.

Al mirarla a los ojos, ella vio que los ojos de él se oscurecían, bastante, que las pupilas se dilataban.

«¿No le importa el riesgo?», preguntó él con voz ronca. «Debería importarle. Que no le importe cuando sea demasiado tarde».

Había una curiosa súplica de advertencia en su voz.

«Pero no tengo nada que perder», dijo ella inquieta. «Si supiera lo que es, sabría que me alegraría dejarlo. Pero, ¿tiene miedo por usted?».

«¡Ay!», dijo él brevemente. «Así es. Tengo miedo. Tengo miedo. Tengo miedo de las cosas».

«¿Qué cosas?», preguntó ella.

Él hizo un curioso movimiento hacia atrás con la cabeza, indicando el mundo exterior.

«¡Cosas! ¡Todas! Todas ellas».

Entonces él se inclinó y besó de repente el rostro descontento de ella.

«No, no me importa», dijo él. «Tengamos esto, y que se condene el resto. ¡Pero si se arrepiente de haberlo hecho...!».

«No me desanime», suplicó ella.

Él le puso los dedos en las mejillas y volvió a besarla de repente.

«Déjeme entrar entonces», dijo él suavemente. «Y quítese su mackintosh».

Él colgó su arma, se quitó la chaqueta de cuero mojada y buscó las mantas.

«He traído otra manta», dijo él, «así que podemos ponernos una encima si quiere».

«No puedo quedarme mucho tiempo», dijo ella. «La cena es a las siete y media».

Él la miró rápidamente y luego miró su reloj.

«De acuerdo», dijo.

Cerró la puerta y encendió una lucecita en el farol colgante. «Alguna vez tendremos mucho tiempo», dijo él.

Él puso las mantas con cuidado, una doblada para la cabeza de ella. Luego se sentó un momento en el taburete y la atrajo hacia sí, estrechándola con un brazo, tanteando su cuerpo con la mano libre. Ella oyó la respiración entrecortada de él al encontrarla. Bajo su frágil enagua estaba desnuda.

«¡Eh! ¡lo que es tocarte!», dijo él, mientras su dedo acariciaba la delicada, cálida y secreta piel de su cintura y sus caderas. Bajó la cara y frotó su mejilla contra su vientre y contra sus muslos una y otra vez. Y de nuevo ella se preguntó un poco qué clase de embeleso era para él. Ella no comprendía la belleza que él encontraba en ella, a través del tacto sobre su cuerpo secreto y vivo, casi el éxtasis de la belleza. Porque sólo la pasión está despierta a ella. Y cuando la pasión está muerta, o ausente, entonces el magnífico latido de la belleza es incomprensible e incluso un poco despreciable; la belleza cálida y viva del contacto, mucho más profunda que la belleza de la visión. Ella sintió el deslizamiento de su mejilla sobre sus muslos y su vientre y sus nalgas, y el roce cercano de su bigote y su suave y espesa cabellera, y las rodillas de ella empezaron a temblar. Muy dentro de ella sintió una nueva agitación, una nueva desnudez que emergía. Y sintió un poco de miedo. Ella deseaba un poco que él no la acariciara así. Él la estaba envolviendo de algún modo. Sin embargo, ella esperaba, esperaba.

Y cuando él entró en ella, con una intensificación de alivio y consumación que para él era pura paz, ella seguía esperando. Se sintió un poco excluida. Y sabía que, en parte, era culpa suya. Ella misma había querido esta separación. Ahora quizás estaba condenada a esto. Ella permaneció inmóvil, sintiendo el movimiento de él dentro de ella, su profunda intención, el súbito temblor de él al brotar su semen, luego el lento empuje. Aquel empuje de las nalgas, sin duda era un poco ridículo. Si una es una mujer, y parte en todo el asunto, seguramente ese empuje de las nalgas del hombre era supremamente ridículo. Seguramente el hombre era intensamente ridículo en esa postura y ese acto.

Pero ella permaneció inmóvil, sin retroceder. Incluso cuando él hubo terminado, ella no se agitó para obtener su propia satisfacción, como había hecho con Michaelis; permaneció inmóvil, y las lágrimas se juntaron y corrieron lentamente de sus ojos.

Él también se quedó quieto. Pero la abrazó y trató de cubrir sus pobres piernas desnudas con las suyas, para mantenerlas calientes. Se tumbó sobre ella con un calor cercano e indudable.

«¿Tienes frío?», preguntó, con voz suave y callada, como si ella estuviera cerca, tan cerca. Mientras que ella estaba apartada, distante.

«¡No! Pero debo irme», dijo ella con suavidad.

Él suspiró, la abrazó más fuerte y luego se relajó para volver a descansar.

Él no había adivinado sus lágrimas. Pensó que estaba allí con él.

«Debo irme», repitió ella.

Él se arrodilló un momento junto a ella, le besó la cara interna de los muslos y luego le bajó las faldas, abotonándose su propia ropa sin pensar, sin volverse siquiera a un lado, a la tenue, tenue luz del farol.

«Debes venir una vez a mi casita de campo», dijo él, mirándola con un rostro cálido, seguro y fácil.

Pero ella yacía allí inerte, y le miraba pensando: ¡Es un extraño! ¡Extraño! Incluso le guardó un poco de rencor.

Él se puso el abrigo y buscó su sombrero, que se le había caído, luego se enfundó el arma.

«¡Vamos!», dijo él, mirándola con esos ojos cálidos y apacibles.

Ella se levantó lentamente. No quería irse. También le molestaba quedarse. Él la ayudó con su fino impermeable y vio si estaba prolija.

Entonces él abrió la puerta. El exterior estaba bastante oscuro. La fiel perra que estaba bajo el porche se levantó de placer al verle. La llovizna pasaba gris sobre la oscuridad. Estaba bastante oscuro.

«Le dejaré la linterna», dijo él. «No habrá nadie».

Él caminaba justo delante de ella por el estrecho sendero, balanceando el farol a baja altura, revelando la hierba húmeda, las raíces de los árboles negras y brillantes como serpientes, las flores marchitas. Por lo demás, todo era niebla gris de lluvia y oscuridad total.

«Tiene que venir a la casita de campo una vez», dijo él, «¿lo hará? Da igual que nos cuelguen por una oveja que por un cordero».

A ella la desconcertaba su extraño y persistente deseo, cuando no había nada entre ellos, cuando en realidad nunca le hablaba, y a pesar suyo le molestaba el dialecto. Su «tiene que venir» no parecía dirigido a ella, sino a alguna mujer común. Reconoció las hojas de dedalera del camino y supo, más o menos, dónde estaban.

«Son las siete y cuarto», dijo él, «lllegará». Él había cambiado la voz, parecía sentir la distancia de ella. Cuando doblaron el último recodo del camino hacia el muro de avellanos y la puerta, él apagó la luz. «Ya veremos desde aquí», dijo, tomándola suavemente del brazo.

Pero era difícil, la tierra bajo sus pies era un misterio, pero se abrió camino a las pisadas; él estaba acostumbrado. En la puerta él le dio su linterna eléctrica. «Hay un poco más de luz en el parque», le dijo; «pero llévela no vaya a ser que se salga del camino».

Era cierto, parecía haber un destello fantasmal de grisura en el espacio abierto del parque. De pronto él la atrajo hacia sí y volvió a meter la mano bajo su vestido, sintiendo su cuerpo cálido con su mano húmeda y fría.

«Podría morir por el tacto de una mujer como tú», dijo en su garganta. «Si te detuvieras un minuto más».

Ella sintió de nuevo la fuerza repentina de su deseo.

«No, debo irme», dijo ella, un poco alocada.

«Ay», contestó él, cambiado de repente, dejándola irse.

Ella se apartó, y al instante se volvió hacia él diciéndole: «Bésame».

Él se inclinó sobre ella indistintamente y la besó sobre el ojo izquierdo. Ella le tomó la boca y él la besó suavemente, pero enseguida se apartó. Él odiaba los besos en la boca.

«Vendré mañana», dijo ella, alejándose; «si puedo», añadió.

«¡Ay! No tan tarde», respondió él desde la oscuridad. Ella ya no podía verle en absoluto.

«Buenas noches», dijo ella.

«Buenas noches, su Señoría», dijo su voz.

Ella se detuvo y miró hacia atrás en la húmeda oscuridad. Apenas podía ver el bulto de él. «¿Por qué has dicho eso?», dijo.

«No», respondió él. «¡Buenas noches entonces, corre!».

Ella siguió adelante en la tangible noche, gris oscuro. Encontró la puerta lateral abierta y se deslizó hasta su habitación sin ser vista. Mientras cerraba la puerta sonó el gong, pero ella tomaría su baño igualmente; debía tomar su baño. «Pero de ahora en más no llegaré tarde», se dijo a sí misma; «es demasiado molesto».

Al día siguiente no fue al bosque. En su lugar fue con Clifford a Uthwaite. Ahora él podía salir de vez en cuando en coche, y había conseguido un joven fuerte como chófer, que podía ayudarle a salir del coche si era necesario. Quería ver sobre todo a su padrino, Leslie Winter, que vivía en Shipley Hall, no lejos de Uthwaite. Winter era ahora un caballero anciano, adinerado, uno de los ricos propietarios de carbón que habían tenido su apogeo en tiempos del Rey Eduardo. El Rey Eduardo se había alojado más de una vez en Shipley, para la caza. Era un viejo y hermoso salón de estuco, muy elegantemente decorado, pues Winter era soltero y se enorgullecía de su estilo; pero el lugar estaba acosado por las minas de carbón. Leslie Winter sentía apego por Clifford, pero personalmente no le profesaba un gran respeto, a causa de las fotografías en los periódicos ilustrados y de la literatura. El viejo era de la escuela del Rey Eduardo, que pensaba que la vida era la vida y que los garabatos eran otra cosa. Con Connie, el terrateniente siempre se mostró bastante galante; la consideraba una atractiva doncella recatada y bastante desaprovechada con Clifford, y era una lástima que no tuviera ninguna posibilidad de traer un heredero a Wragby. Él mismo no tenía heredero.

Connie se preguntó qué diría si se enterara de que el guardabosques de Clifford había estado teniendo relaciones con ella y diciéndole «tienes que venir a la casita de campo una vez». La detestaría y la despreciaría, pues había llegado casi a odiar las arremetidas de la clase trabajadora. Un hombre de su misma clase no le importaría, pues Connie estaba dotada por naturaleza de esa apariencia de doncella recatada y sumisa, y tal vez formara parte de su naturaleza. Winter la llamó «querida niña» y le regaló una preciosa miniatura de una dama del siglo XVIII, más bien en contra de la voluntad de ella.

Pero Connie estaba preocupada por su aventura con el guardabosques. Al fin y al cabo, Mr. Winter, que era realmente un caballero y un hombre de mundo, la trataba como a una persona y la discriminaba; no la metía en el mismo saco que al resto de las mujeres con su mala pronunciación.

No fue al bosque ese día ni al siguiente, ni al siguiente. No fue mientras sintió, o imaginó que sentía, que el hombre la esperaba, la deseaba. Pero al cuarto día se sintió terriblemente inquieta y desasosegada. Seguía negándose a ir al bosque y abrir sus muslos una vez más al hombre. Pensó en todas las cosas que podría hacer: conducir hasta Sheffield, hacer visitas, y la idea de todas estas cosas le resultaba repelente. Por fin decidió dar un paseo, no hacia el bosque, sino en dirección contraria; iría a Marehay, a través de la pequeña puerta de hierro del otro lado de la valla del parque. Era un tranquilo día gris de primavera, casi cálido. Ella caminaba sin prestar atención, absorta en pensamientos de los que ni siquiera era consciente No era realmente consciente de nada fuera de ella, hasta que la sobresaltaron los fuertes ladridos del perro de la granja Marehay. ¡La granja Marehay! Sus pastos llegaban hasta la valla del parque de Wragby, así que eran vecinos, pero hacía tiempo que Connie no la visitaba.

«¡Bell!», le dijo al gran bull-terrier blanco. «¡Bell! ¿Te has olvidado de mí? ¿No me conoces?». A ella le daban miedo los perros, y Bell se apartó y rugió, y ella quiso atravesar el patio hasta el camino del coto.

Apareció Mrs. Flint. Era una mujer de la edad de Constance, había sido maestra de escuela, pero Connie sospechaba que era más bien una falsilla.

«¡Pero, es Lady Chatterley! ¡Vaya! Y los ojos de Mrs. Flint brillaron de nuevo, y se ruborizó como una jovencita. «Bell, Bell. ¡Pero! ¡Ladrando a Lady Chatterley! ¡Bell! ¡Cállate!». Se lanzó hacia delante y golpeó al perro con un trapo blanco que llevaba en la mano, luego se acercó a Connie.

«Solía conocerme», dijo Connie, estrechando la mano. Los Flint eran inquilinos de los Chatterley.

«¡Claro que conoce a su Señoría! Sólo está presumiendo», dijo Mrs. Flint, resplandeciente y mirando hacia arriba con una especie de confusión sonrojada, «pero hace tanto tiempo que no la ve. Espero que esté mejor».

«Sí, gracias, estoy bien».

«Apenas la hemos visto en todo el invierno. ¿Pasará a ver al bebé?».

«¡Bueno!». Connie vaciló. «Sólo un minuto».

Mrs. Flint entró corriendo a poner orden, y Connie llegó lentamente tras ella, vacilando en la cocina, bastante oscura, donde la tetera hervía junto al fuego. Volvió Mrs. Flint.

«Espero que me disculpe», dijo. «¿Quiere entrar por aquí?».

Entraron al salón, donde había un bebé sentado en la alfombra de trapo del hogar y la mesa estaba toscamente puesta para el té. Una joven sirvienta retrocedió por el pasillo, tímida y torpe.

El bebé era una cosita alegre de aproximadamente un año, con el pelo rojo como su padre y unos descarados ojos azul pálido. Era una niña, y no se asustaba por nada. Estaba sentada entre cojines y rodeada de muñecas de trapo y otros juguetes modernos en exceso.

«¡Vaya, qué adorable es!», dijo Connie, «¡y cómo ha crecido! ¡Una niña grande! ¡Una niña grande!».

Ella le había regalado un chal cuando nació y patos de celuloide para la Navidad.

«¡Ahí está, Josephine! ¿Quién ha venido a verte? ¿Quién es, Josephine? Lady Chatterley... conoces a Lady Chatterley, ¿verdad?».

La pequeña criaturita miró descaradamente a Connie. Las Señorías no significaban nada para ella.

«¡Ven! ¿Vendrás conmigo?», le dijo Connie al bebé.

A la niña le daba igual una cosa que otra, así que Connie la cogió en brazos y la sostuvo en su regazo. Qué cálido y encantador era sostener a un niño en el regazo, y sus bracitos suaves, sus piernecitas inconscientes y descaradas.

«Yo estaba tomando una taza de té sola. Luke se ha ido al mercado, así que puedo tomarlo cuando quiera. ¿Le apetece una taza, Lady Chatterley? Supongo que no es a lo que está acostumbrada, pero si quisiera...».

Connie tomaría el té, aunque no quería que le recordaran a lo que estaba acostumbrada. Hubo un gran revuelo en la mesa, y se trajeron las mejores tazas y la mejor tetera.

«Si al menos no se tomara molestias», dijo Connie.

Pero si Mrs. Flint no se tomaba la molestia, ¡dónde estaba la diversión! Así que Connie jugó con la niña y se divirtió con su pequeña intrepidez femenina, y obtuvo un profundo placer voluptuoso de su suave y joven calor. ¡Joven vida! ¡Y tan intrépida! Tan intrépida, porque tan indefensa. Todos los demás, ¡tan estrechos de miedo!

Tomó una taza de té, que era bastante fuerte, y muy buen pan con mantequilla, y damascos embutidos. Mrs. Flint se ruborizó y se puso radiante de emoción, como si Connie fuera un galante caballero. Tuvieron una verdadera charla femenina, y ambas disfrutaron de ella.

«Aunque es un té muy pobre», dijo Mrs. Flint.

«Es mucho más agradable que en casa», dijo Connie con sinceridad.

«¡Oh...!», dijo Mrs. Flint, sin creerlo, por supuesto.

Pero por fin Connie se levantó.

«Debo irme», dijo ella. «Mi marido no tiene ni idea de dónde estoy. Se estará preguntando todo tipo de cosas».

«Nunca pensará que está aquí», rió emocionada Mrs. Flint. «Estará enviando al pregonero».

«Adiós, Josephine», dijo Connie, besando al bebé y alborotando su pelo rojo y ondulado.

Mrs. Flint insistió en abrir la puerta principal cerrada con llave y barrotes. Connie salió al pequeño jardín delantero de la granja, cerrado por un seto de aligustres. Había dos hileras de aurículas junto al camino, muy aterciopeladas y ricas.

«Preciosas aurículas», dijo Connie.

«Imprudentes, como las llama Luke», rió Mrs. Flint. «Lleve algunas».

Y ansiosa recogió las flores primorosas y aterciopeladas.

«¡Está bien! ¡Está bien!», dijo Connie.

Llegaron a la pequeña puerta del jardín.

«¿Hacia dónde se dirigía?», preguntó Mrs. Flint.

«Por el coto».

«¡Déjeme ver! Oh, sí, las vacas están en la cerca. Pero aún no han subido. Pero la puerta está cerrada, tendrá que trepar».

«Puedo trepar», dijo Connie.

«Tal vez pueda ir hasta el cerco con usted».

Bajaron por el pobre pastizal lleno de conejos. Los pájaros silbaban en salvaje triunfo vespertino en el bosque. Un hombre llamaba a las últimas vacas, que se arrastraban lentamente por el pasto desgastado por el camino.

«Están atrasados con el ordeñe esta noche», dijo severamente Mrs. Flint. «Saben que Luke no volverá hasta después del anochecer».

Llegaron a la valla, más allá de la cual el joven bosque de abetos se erizaba densamente. Había una pequeña puerta, pero estaba cerrada. En la hierba del interior había una botella, vacía.

«Ahí está la botella vacía del guardabosques para su leche», explicó Mrs. Flint. «Se la traemos hasta aquí para él, y luego la lleva él mismo».

«¿Cuándo?», dijo Connie.

«Oh, siempre que está cerca. A menudo por la mañana. Bueno, ¡adiós Lady Chatterley! Y vuelva de nuevo. Ha sido un placer tenerla aquí».

Connie trepó por la valla hasta el estrecho sendero entre los densos y erizados abetos jóvenes. Mrs. Flint volvió corriendo a través del prado, con una redecilla para el sol, porque en realidad era una maestra de escuela. A Constance no le gustaba esta nueva y densa parte del bosque; le parecía horripilante y asfixiante. Se apresuró a seguir adelante con la cabeza gacha, pensando en el bebé de los Flint. Era una cosita entrañable, pero sería un poco patizamba como su padre. Ya se le notaba, pero tal vez se le pasara. Qué cálido y satisfactorio de alguna manera tener un bebé, ¡y cómo lo había lucido Mrs. Flint! De todos modos, ella tenía algo que Connie no había tenido y que aparentemente no podía tener. Sí, Mrs. Flint había hecho alarde de su maternidad. Y Connie se había sentido un poco, sólo un poco celosa. No pudo evitarlo.

Abandonó su pensamiento y dio un pequeño grito de miedo. Un hombre estaba allí.

Era el guardabosques. Se interpuso en el camino como el asno de Balaam, impidiéndole el paso.

«¿Cómo es esto?», dijo él sorprendido.

«¿Cómo vino aquí?», jadeó ella.

«¿Cómo lo ha hecho usted? ¿Ha estado en la cabaña?».

«¡No! ¡No! Fui a Marehay».

Él la miró con curiosidad, escrutadoramente, y ella agachó la cabeza un poco culpable.

«¿Y ahora iba a la cabaña?», preguntó él con bastante severidad. «¡No! No debo ir. Me quedé en Marehay. Nadie sabe dónde estoy. Llego tarde. Tengo que irme».

«¿Dándome el esquinazo, tal vez?», dijo él, con una leve sonrisa irónica. «¡No! No. Eso no. Sólo...».

«¿Qué, qué más?», dijo él. Se acercó a ella y la rodeó con los brazos. Ella sintió la parte delantera de su cuerpo terriblemente cerca de ella, y viva.

«Oh, ahora no, ahora no», gritó ella, intentando apartarle.

«¿Por qué no? Sólo son las seis. Tiene media hora. ¡No! ¡No! La quiero ahora».

Él la sujetó con fuerza y ella sintió su urgencia. Su viejo instinto era luchar por su libertad. Pero algo más en ella era extraño, inerte y pesado. Su cuerpo urgía contra ella y ella ya no tenía corazón para luchar.

Él miró a su alrededor.

«¡Venga... venga por aquí! Por aquí», dijo él, mirando penetrantemente hacia los densos abetos, que eran jóvenes y no estaban más que a medio crecer.

Él le devolvió la mirada. Vio sus ojos, tensos y brillantes, fieros, sin amor. Pero su voluntad la había abandonado. Un extraño peso pesaba sobre sus miembros. Ella estaba cediendo. Se estaba rindiendo.

Él la condujo a través del muro de árboles espinosos, difíciles de atravesar, hasta un lugar donde había un pequeño espacio y un montón de ramas muertas. Tiró una o dos secas, se puso el abrigo y el chaleco por encima, y ella tuvo que tumbarse allí bajo las ramas del árbol, como un animal, mientras él esperaba, de pie, en camisa y calzones, observándola con ojos embrujados. Pero aun así fue previsor; la hizo tumbarse como es debido, como es debido. Aún así rompió la banda de su ropa interior, pues ella no le ayudó, sólo permaneció inerte.

Él también había desnudado la parte delantera de su cuerpo y ella sintió su carne desnuda contra ella mientras la penetraba. Por un momento permaneció inmóvil dentro de ella, turgente y tembloroso. Entonces, cuando él empezó a moverse, en el repentino e impotente orgasmo, se despertaron en ella nuevas y extrañas emociones ondulando en su interior. Ondulantes, ondulantes, ondulantes, como un aleteo superpuesto de suaves llamas, suaves como plumas, que corrían hasta puntos de brillantez, exquisitos, exquisitos y que la derretían toda por dentro. Era como campanas ondeando hacia arriba y hacia arriba hasta una culminación. Ella yacía inconsciente de los pequeños gritos salvajes que profirió al final. Pero todo había terminado demasiado pronto, demasiado pronto, y ella ya no podía forzar su propia conclusión con su propia actividad. Esto era diferente, distinto. Ella no podía hacer nada. Ya no podía endurecerse y aferrarse a él para su propia satisfacción. Sólo podía esperar, esperar y gemir en espíritu mientras le sentía retirarse, retirarse y contraerse, llegando al terrible momento en que él se deslizaría fuera de ella y se iría. Mientras todo su vientre estaba abierto y blando, y clamaba suavemente, como una anémona de mar bajo la marea, clamando para que él entrara de nuevo y la colmara. Ella se aferró a él inconsciente de pasión, y él nunca se separó del todo de ella, y sintió que el suave brote de él dentro de ella se agitaba, y extraños ritmos brotaban dentro de ella con un extraño movimiento rítmico creciente, hinchándose y hinchándose hasta que llenó toda su conciencia hendida, y entonces comenzó de nuevo el indecible movimiento que no era realmente movimiento, sino puros remolinos cada vez más profundos de sensación arremolinándose más y más profundamente a través de todo su tejido y conciencia, hasta que ella fue un perfecto fluido concéntrico de sensación, y yació allí llorando en gritos inarticulados inconscientes. La voz de la noche más profunda, ¡la vida! El hombre la oyó bajo él con una especie de sobrecogimiento, mientras su vida brotaba en ella. Y cuando se calmó, él también se calmó y yació completamente inmóvil, sin saber nada, mientras el agarre de ella sobre él se relajaba lentamente, y ella yacía inerte. Y yacieron y no supieron nada, ni siquiera el uno del otro, ambos perdidos. Hasta que por fin él empezó a despertarse y a ser consciente de su indefensa desnudez, y ella fue consciente de que su cuerpo aflojaba su agarre sobre ella. Se estaba separando; pero en su pecho sintió que no podría soportar que él la dejara descubierta. Ahora debía cubrirla para siempre.

Pero él se apartó al fin, la besó, la cubrió y empezó a cubrirse. Ella yacía mirando hacia las ramas del árbol, incapaz aún de moverse. Él se levantó y se abrochó los pantalones, mirando a su alrededor. Todo era denso y silencioso, salvo la perra atónita que yacía con las patas contra el hocico. Él se sentó de nuevo sobre la maleza y cogió la mano de Connie en silencio.

Ella se volvió y le miró. «Esta vez acabamos juntos», dijo él.

Ella no contestó.

«Es bueno cuando es así. La mayoría de la gente vive toda su vida y nunca sabe cómo se siente», dijo él, hablando de forma algo soñadora.

Ella miró su rostro melancólico.

«¿Lo hacen?», dijo ella. «¿Te alegras por eso?».

Él volvió a mirarla a los ojos. «Me alegro», dijo, «Ay, pero no importa». No quería que ella hablara. Se inclinó sobre ella y la besó, y ella sintió que debía besarla para siempre.

Por fin ella se incorporó.

«¿No suelen acabar juntos?», preguntó ella con ingenua curiosidad.

«Muchos de ellos nunca. Se puede ver por su aspecto crudo». Habló sin querer, arrepintiéndose de haber empezado.

«¿Has acabado así con otras mujeres?».

Él la miró divertido.

«No lo sé», dijo, «no lo sé».

Y ella supo que él nunca le diría nada que no quisiera contarle. Observó su rostro, y la pasión por él se movió en sus entrañas. La resistió todo lo que pudo, porque era la pérdida de sí misma para sí misma.

Él se puso el chaleco y el abrigo y volvió a abrirse paso hasta el sendero.

Los últimos rayos del sol tocaban la madera. «No iré con usted», dijo él; «mejor no».

Ella le miró con nostalgia antes de darse la vuelta. Su perra esperaba ansiosa a que se fuera y él parecía no tener nada que decir. No le quedaba nada.

Connie volvió lentamente a casa, dándose cuenta de la profundidad de la otra cosa en ella. Otro yo estaba vivo en ella, ardiendo fundido y suave en su vientre y sus entrañas, y con este yo ella lo adoraba a él. Lo adoraba hasta que las rodillas le flaqueaban al caminar. En su vientre y en sus entrañas fluía y estaba viva ahora y era vulnerable e indefensa al adorarle como la mujer más ingenua. Se siente como un niño, se dijo a sí misma; se siente como un niño en mí. Y así fue, como si su vientre, que siempre había estado cerrado, se hubiera abierto y llenado de vida nueva, casi una carga, pero encantadora.

«¡Si tuviera un hijo!», pensó para sí; «¡si lo tuviera a él dentro de mí como a un niño!», y sus miembros se derritieron al pensarlo, y se dio cuenta de la inmensa diferencia que había entre tener un hijo para una misma y tener un hijo para un hombre al que las entrañas anhelaban. Lo primero le parecía en cierto sentido ordinario; pero tener un hijo con un hombre al que una adoraba en sus entrañas y en su vientre, le hacía sentir que era muy diferente de su antiguo yo y como si se hundiera muy, muy profundamente en el centro de toda femineidad y en el sueño de la creación.

No era la pasión lo que era nuevo para ella, era la adoración anhelante. Sabía que siempre la había temido, porque la dejaba indefensa;

la temía todavía, no fuera a ser que si lo adoraba demasiado, entonces se perdiera, se borrara, y ella no quería borrarse, ser una esclava, como una mujer salvaje. No debía convertirse en una esclava. Temía su adoración, pero no lucharía de inmediato contra ella. Sabía que podía luchar contra ella. Tenía un demonio de voluntad propia en su pecho que podría haber luchado contra la plena y suave adoración de su vientre y aplastarla. Incluso ahora podía hacerlo, o así lo creía, y entonces podría retomar su pasión con su propia voluntad.

¡Ah, sí, apasionarse como una bacante, como una bacanal huyendo por el bosque, invocar a Iacchos, el falo brillante que no tenía detrás ninguna personalidad independiente, sino que era puro dios-sirviente de la mujer! El hombre, el individuo, que no se atreviera a entrometerse. No era más que un sirviente del templo, el portador y guardián del falo brillante, propiedad de ella.

Así, en el flujo del nuevo despertar, la vieja y dura pasión flameó en ella durante un tiempo, y el hombre se redujo a un objeto despreciable, el mero portador del falo, para ser despedazado cuando se cumpliera su servicio. Sintió la fuerza de las bacantes en sus miembros y en su cuerpo, la mujer resplandeciente y rápida, abatiendo al macho; pero mientras sentía esto, su corazón estaba apesadumbrado. No lo quería, era conocido y estéril, sin nacimiento; la adoración era su tesoro.

Era tan insondable, tan suave, tan profunda y tan desconocida. No, no, renunciaría a su duro y brillante poder femenino; estaba cansada de él, agarrotada con él; se hundiría en el nuevo baño de la vida, en las profundidades de su vientre y sus entrañas que cantaban la canción sin voz de la adoración. Aún era pronto para empezar a temer al hombre.

«Pasé por Marehay y tomé el té con Mrs. Flint», le dijo a Clifford. «Quería ver al bebé. Es tan adorable, con el pelo como telarañas rojas. ¡Qué encanto! Mr. Flint se había ido al mercado, así que ella, yo y el bebé tomamos el té juntos. ¿Te preguntabas dónde estaba?».

«Bueno, me lo preguntaba, pero supuse que te habías ido por allí a tomar el té», dijo Clifford celosamente. Con una especie de segunda visión percibió algo nuevo en ella, algo para él bastante incomprensible, pero lo atribuyó al bebé. Pensó que lo único que afligía a Connie era no tener un bebé, traerlo automáticamente al mundo, por así decirlo.

«La vi cruzar el parque hasta la puerta de hierro, Milady», dijo Mrs. Bolton; «así que pensé que tal vez había pasado por la rectoría».

«Estuve a punto de hacerlo, pero en vez de eso me volví hacia Marehay».

Los ojos de las dos mujeres se encontraron: los grises y brillantes y escrutadores de Mrs. Bolton, los azules y velados y extrañamente hermosos de Connie. Mrs. Bolton estaba casi segura de que tenía un amante, pero ¿cómo podía ser y quién podía ser? ¿Dónde había un hombre?

«Oh, es tan bueno para usted, si sale y ve un poco de compañía de vez en cuando», dijo Mrs. Bolton. «Le estaba diciendo a Sir Clifford, que le haría mucho bien a su Señoría si saliera más entre la gente».

«Sí, me alegro de haber ido, y tan pintoresco este querido bebé descarado, Clifford», dijo Connie. «Tiene el pelo como telarañas, y de un naranja brillante, y unos ojos de porcelana azul pálido de lo más extraños y descarados. Por supuesto que es una niña, o no sería tan atrevida, más atrevida que cualquier pequeño Sir Francis Drake».

«Tiene razón, Milady... un pequeño Flint. Siempre fueron una familia de pelirrojos descarados», dijo Mrs. Bolton.

«¿No te gustaría verlo, Clifford? Les he pedido que vengan a tomar el té para que lo veas».

«¿A quién?», preguntó, mirando a Connie con gran inquietud.

«Mrs. Flint y el bebé, el próximo lunes».

«Pueden tomar el té en tu habitación», dijo él.

«¿Por qué, no quieres ver al bebé?», gritó ella.

«Oh, lo veré, pero no quiero pasar la hora del té con ellos».

«Oh», gritó Connie, mirándole con los ojos muy velados.

Ella no le veía realmente, era otra persona.

«Pueden tomar un agradable y acogedor té en su habitación, Milady, y Mrs. Flint estará más cómoda que si estuviera allí Sir Clifford», dijo Mrs. Bolton.

Estaba segura de que Connie tenía un amante, y algo en su alma se regocijó. Pero, ¿quién era? ¿Quién era? Quizá Mrs. Flint le diera una pista.

Connie no quiso bañarse esa tarde. La sensación de la carne de él tocándola, incluso su pegajosidad sobre ella, le resultaba querida y, en cierto modo, sagrada.

Clifford estaba muy inquieto. No la dejaba irse después de cenar, y ella había deseado tanto estar sola. Ella le miró, pero se mostró curiosamente sumisa.

«¿Jugamos a algo, o te leo, o qué será?», preguntó él inquieto.

«Me lees», dijo Connie.

«¿Qué leeré; verso o prosa? ¿O drama?».

«Lee Racine», dijo ella.

Había sido una de sus proezas en el pasado, leer a Racine a la gran manera francesa, pero ahora estaba oxidado y un poco cohibido; realmente él prefería el altavoz. Pero Connie estaba cosiendo, cosiendo un pequeño vestido de seda de color prímula, cortado de uno de sus vestidos, para el bebé de Mrs. Flint. Entre la llegada a casa y la cena lo había cortado, y estaba sentada en el suave embeleso quiescente de sí misma cosiendo, mientras continuaba el ruido de la lectura.

En su interior podía sentir el zumbido de la pasión, como el retumbar de las campanas profundas.

Clifford le dijo algo sobre Racine. Ella captó el sentido después de que las palabras se hubieran extinguido.

«¡Sí! ¡Sí!», dijo ella, mirándole. «Es espléndido».

De nuevo él se asustó ante el profundo resplandor azul de los ojos de ella, y de su suave quietud, allí sentada. Ella nunca había estado tan completamente suave y quieta. Le fascinaba, impotente, como si algún perfume de ella le embriagara. Así que él siguió impotente con su lectura, y el sonido gutural del francés era para ella como el viento en las chimeneas. De Racine no oyó ni una sílaba.

Ella se había ido en su propio rapto suave, como un bosque que suspira con el tenue y alegre gemido de la primavera, moviéndose hacia el brote. Podía sentir en el mismo mundo al hombre con ella, al hombre sin nombre, moviéndose sobre pies hermosos, hermosos en el misterio fálico. Y en ella misma, en todas sus venas, le sentía a él y a su hijo. Su hijo estaba en todas sus venas, como un crepúsculo.

«Porque manos no tiene, ni ojos, ni pies, ni dorado Tesoro de cabellos...».

Ella era como un bosque, como el oscuro entrelazamiento del roble, zumbando inaudible con una miríada de brotes desplegándose. Mientras tanto, los pájaros del deseo dormían en la vasta maraña entrelazada de su cuerpo.

Pero la voz de Clifford continuó, aplaudiendo y gorjeando con sonidos inusuales. ¡Qué extraordinario era! ¡Qué extraordinario era, inclinado allí sobre el libro, raro y rapaz y civilizado, con los hombros anchos y sin piernas de verdad! ¡Qué criatura tan extraña, con la voluntad aguda, fría e inflexible de algún pájaro, y sin calor, sin nada de calor! Una de esas criaturas del más allá, que no tienen alma, sino una voluntad extra alerta, una voluntad fría. Se estremeció un poco, temerosa de él. Pero entonces, la suave y cálida llama de la vida era más fuerte que él, y las cosas reales le estaban ocultas.

La lectura terminó. Ella se sobresaltó. Levantó la vista y se sobresaltó aún más al ver que Clifford la observaba con ojos pálidos y extraños, como de odio.

«¡Muchas gracias! Tú sí que lees maravillosamente a Racine», dijo ella suavemente.

«Casi tan bien como tú le escuchas», dijo cruelmente. «¿Qué estás haciendo?», preguntó.

«Estoy haciendo un vestido de niña, para el bebé de Mrs. Flint».

Él se retiró. ¡Un niño! ¡Un niño! Esa era toda su obsesión.

«Después de todo», dijo él con voz declamatoria, «uno saca de Racine todo lo que quiere. Las emociones ordenadas y a las que se da forma son más importantes que las emociones desordenadas».

Ella le observó con ojos anchos, vagos y velados. «Sí, estoy segura de que así es», dijo.

«El mundo moderno sólo ha vulgarizado la emoción dejándola en libertad. Lo que necesitamos es el control clásico».

«Sí», dijo ella lentamente, pensando en él escuchando con su cara vacía a la idiotez emocional de la radio. «La gente finge tener emociones y en realidad no siente nada. Supongo que eso es ser romántico».

«¡Exacto!», dijo él.

De hecho, él estaba cansado. Esta tarde le había cansado. Hubiera preferido estar con sus libros técnicos, o con su gerente de excavaciones, o escuchando la radio.

Mrs. Bolton entró con dos vasos de leche malteada: para Clifford, para hacerle dormir, y para Connie, para engordarla de nuevo. Era una bebida habitual, antes de dormir, que ella había introducido.

Connie se alegró de irse, cuando hubo bebido su vaso, y agradeció no tener que ayudar a Clifford a irse a la cama. Cogió su vaso y lo puso en la bandeja, luego cogió la bandeja, para dejarla fuera.

«¡Buenas noches Clifford! ¡Que duermas bien! Racine se mete en una como si fuera un sueño. Buenas noches».

Se había ido hacia la puerta. Se iba sin darle un beso de buenas noches. Él la observó con ojos agudos y fríos. ¡Así! Ni siquiera le dio un beso de buenas noches, después de que él hubiera pasado una velada leyéndole. ¡Qué profundidad de insensibilidad en ella! Aunque el beso no fuera más que una formalidad, de tales formalidades depende la vida. Era una bolchevique, de verdad. ¡Sus instintos eran bolcheviques! Miró con frialdad y rabia la puerta por la que ella se había marchado. ¡Ira!

Y de nuevo el pavor de la noche se apoderó de él. Él era una red de nervios, y cuando no estaba preparado para trabajar, y tan lleno de energía; o cuando no estaba escuchando la radio, y tan completamente neutro, entonces le acosaba la ansiedad y una sensación de peligroso vacío inminente. Tenía miedo. Y Connie podría alejar el miedo de él, si quisiera. Pero era obvio que no lo haría, que no lo haría. Era insensible, fría e insensible a todo lo que él hizo por ella. Él dio su vida por ella, y ella fue insensible con él. Sólo quería salirse con la suya. «La dama ama su voluntad».

Ahora era un bebé lo que la obsesionaba. ¡Sólo para que fuera suyo, todo suyo, y no de él!

Clifford estaba tan sano, considerando la situación. Se le veía tan bien y rubicundo de cara, sus hombros eran anchos y fuertes, su pecho profundo, había engordado. Y sin embargo, al mismo tiempo, tenía miedo de la muerte. Un terrible vacío parecía amenazarle en algún lugar, de alguna manera, un vacío, y en este vacío se desplomaría su energía. Sin energía, a veces sentía que estaba muerto, realmente muerto.

Así que sus ojos pálidos, bastante prominentes, tenían una mirada extraña, furtiva y, sin embargo, un poco cruel, de tan fría: y, al mismo tiempo, casi insolente. Era una mirada muy extraña, esta mirada de insolencia; como si triunfara sobre la vida a pesar de la vida. *«Quién conoce los misterios de la voluntad... porque puede triunfar incluso contra los ángeles...»*.

Pero su temor eran las noches en las que no podía dormir. Entonces sí que era espantoso, cuando la aniquilación le apretaba por todos lados. Entonces era espantoso, existir sin tener vida; sin vida, en la noche, existir.

Pero ahora podía llamar a Mrs. Bolton. Y ella siempre vendría. Eso era un gran consuelo. Vendría en bata, con el pelo recogido en una trenza a la espalda, curiosamente aniñada y tenue, aunque la trenza marrón estaba salpicada de canas. Y le preparaba café o té de manzanilla, y jugaba al ajedrez o al piquet con él. Tenía la extraña facultad femenina de jugar incluso al ajedrez lo bastante bien, cuando estaba tres partes dormida, como para que mereciera la pena ganarle. Así que, en la silenciosa intimidad de la noche, se sentaban, o ella se sentaba y él se tumbaba en la cama, con la lámpara de lectura derramando su solitaria luz sobre ellos, ella casi sumida en el sueño, él casi sumido en una especie de miedo, y jugaban, jugaban juntos... después tomaban juntos una taza de café y una galleta, sin apenas hablar, en el silencio de la noche, pero siendo un consuelo el uno para el otro.

Y esta noche ella se preguntaba quién sería el amante de Lady Chatterley. Y pensaba en su propio Ted, muerto hacía tanto tiempo, pero para ella nunca del todo muerto. Y cuando pensó en él, se levantó el viejo, viejo rencor contra el mundo, pero especialmente contra los dueños, que lo habían matado. En realidad no le habían matado. Sin embargo, para ella, emocionalmente, lo habían hecho. Y en algún lugar profundo de sí misma por ello, era una nihilista, y realmente anárquica.

En su sueño a medias se mezclaron pensamientos sobre su Ted y pensamientos sobre el amante desconocido de Lady Chatterley, y entonces sintió que compartía con la otra mujer un gran rencor contra Sir Clifford y todo lo que él representaba. Al mismo tiempo jugaba al piquet con él y apostaban seis peniques. Y era una fuente de satisfacción estar jugando al piquet con un baronet, e incluso perder seis peniques contra él.

Cuando jugaban a las cartas, siempre apostaban. A él le hacía olvidarse de sí mismo. Y normalmente ganaba. Esta noche también ganaba. Así que no se iría a dormir hasta que apareciera la primera luz del amanecer. Por suerte empezaba a aparecer a eso de las cuatro y media.

Connie estaba en cama y dormía profundamente todo este tiempo. Pero el guardabosques tampoco podía descansar. Había cerrado los gallineros y hecho su ronda por el bosque, luego se había ido a casa y había cenado. Pero no se fue a la cama. En lugar de eso se sentó junto al fuego y pensó.

Pensó en su infancia en Tevershall, y en sus cinco o seis años de vida matrimonial. Pensó en su mujer, y siempre con amargura. Ella le había parecido tan brutal. Pero ahora no la había visto desde 1915, en la primavera en que se alistó. Sin embargo, allí estaba ella, a menos de tres millas de distancia, y más brutal que nunca. Él esperaba no volver a verla mientras viviera.

Pensó en su vida en el extranjero, como soldado. India, Egipto, luego otra vez India; la vida ciega e irreflexiva con los caballos; el coronel que le había amado y al que él había amado; los varios años que había sido oficial, un teniente con muy buenas posibilidades de ser promovido a capitán. Luego la muerte del coronel de neumonía, y el mismo apenas si escapó la muerte; su salud dañada; su profunda inquietud; su abandono del ejército y su regreso a Inglaterra para volver a ser un trabajador.

Estaba contemporizando con la vida. Había pensado que estaría a salvo, al menos durante un tiempo, en este bosque. Aún no había caza: tenía que criar a los faisanes. No tenía que estar al servicio de las armas. Estaría solo y apartado de la vida, que era lo único que deseaba. Tenía que tener algún trasfondo. Y éste era su lugar natal. Incluso estaba su madre, aunque ella nunca había significado mucho para él. Y podía seguir en la vida, existiendo día a día, sin conexión y sin esperanza. Porque no sabía qué hacer consigo mismo.

No sabía qué hacer consigo mismo. Desde que había sido oficial durante algunos años, y se había mezclado entre los demás oficiales y funcionarios, con sus esposas y familias, había perdido toda ambición por «salir adelante». Había una dureza, una curiosa dureza implacable y una falta de vida en las clases media y alta, tal y como él las había conocido, que sólo le hacía sentirse frío y diferente a ellas.

Así pues, había vuelto a su propia clase. Para encontrar allí, lo que había olvidado durante su ausencia de años, una mezquindad y una vulgaridad de modales extremadamente desagradables. Admitía ahora, por fin, lo importante que eran las maneras. Admitió, también, lo importante que era incluso fingir no preocuparse por los medios peniques y las pequeñas cosas de la vida. Pero entre la gente corriente no había fingimiento. Un penique de más o de menos en el precio del tocino era peor que un cambio en el Evangelio. No podía soportarlo.

Y de nuevo, estaba la disputa salarial. Habiendo vivido entre las clases pudientes, sabía lo inútil que era esperar una solución a la disputa salarial. No había solución, salvo la muerte. Lo único que se podía hacer era no preocuparse, no preocuparse por los salarios.

Sin embargo, si uno era pobre y desgraciado tenía que preocuparse. En cualquier caso, se estaba convirtiendo en lo único que les importaba. La preocupación por el dinero era como un gran cáncer que corroía a los individuos de todas las clases. Él se negaba a preocuparse por el dinero.

¿Y entonces qué? ¿Qué ofrecía la vida aparte de la preocupación por el dinero? Nada.

Sin embargo, podía vivir solo, en la pálida satisfacción de estar solo, y criar faisanes para que sean abatidos en última instancia por hombres gordos después del desayuno. Era futilidad, futilidad a la enésima potencia.

Pero, ¿por qué preocuparse, por qué molestarse? Y no le había importado ni molestado hasta ahora, hasta que esta mujer había entrado en su vida. Él era casi diez años mayor que ella. Y él era mil años mayor en experiencia, habiendo empezado desde abajo. La conexión entre ellos era cada vez más estrecha. Podía ver el día en que se haría íntima y tendrían que hacer una vida juntos. «¡Pues los lazos del amor son malos de desatar!».

¿Y entonces qué? ¿Y entonces qué? ¿Debía empezar de nuevo, sin nada con lo que empezar? ¿Debía enredar a esta mujer en esto? ¿Debía tener la horrible pelea con su marido lisiado? ¿Y también una horrible pelea con su propia y brutal esposa, que le odiaba? ¡Miseria! ¡Mucha miseria! Y él ya no era joven ni simplemente optimista. Tampoco era del tipo despreocupado. Toda amargura y toda fealdad le harían daño; ¡y a la mujer!

Pero aunque se libraran de Sir Clifford y de su propia esposa, aunque se libraran, ¿qué iban a hacer? ¿Qué iba a hacer él mismo? ¿Qué iba a hacer con su vida? Porque debía hacer algo. No podía ser un mero vividor, con el dinero de ella y su propia pensión, muy pequeña.

Era lo insoluble. Sólo podía pensar en ir a América, para probar un nuevo aire. Descreía totalmente en el dólar. Pero quizás, quizás había algo más.

No podía descansar, ni siquiera irse a la cama. Tras permanecer sentado en un sopor de amargos pensamientos hasta medianoche, se levantó de golpe de la silla y buscó su abrigo y su arma.

«Vamos, muchacha», le dijo a la perra. «Estaremos mejor fuera».

Era una noche estrellada, pero sin luna. Hizo una ronda lenta, escrupulosa, de pasos suaves y sigilosos. Lo único con lo que tuvo que lidiar fue con los mineros que ponían trampas para los conejos, en particular los mineros de Stacks Gate, en el lado de Marehay. Pero era época de cría, e incluso los mineros la respetaban un poco. No obstante, el sigiloso batir de la ronda en busca de cazadores furtivos le calmaba los nervios y le quitaba de la cabeza sus pensamientos.

Pero cuando hubo recorrido sus lentos y cautelosos límites —eran casi cinco millas a pie— estaba cansado. Se acercó a la cima de la loma y miró hacia fuera. No se oía más que el ruido, el tenue ruido de arrastre de la mina de carbón de Stacks Gate, que nunca cesaba de trabajar; y apenas había luces, salvo las brillantes hileras eléctricas de la fábrica. El mundo yacía oscuro y humeantemente dormido. Eran las dos y media. Pero incluso en su sueño era un mundo inquieto y cruel, que se agitaba con el ruido de un tren o de algún gran camión en la carretera, y centelleaba con algún relámpago rosado procedente de los hornos. Era un mundo de hierro y carbón, la crueldad del hierro y el humo del carbón, y la interminable, interminable codicia que lo impulsaba todo. Sólo codicia, codicia agitándose en su sueño.

Hacía frío y él tosía. Una fina corriente de aire frío soplaba sobre la cuesta. Pensó en la mujer. Ahora habría dado todo lo que tenía o pudiera tener para tenerla, tibia, entre sus brazos, envueltos ambos en una manta, y dormir. Todas las esperanzas de eternidad y todas las ganancias del pasado las habría dado por tenerla allí, porque ella esté envuelta, cálidamente, con él en una manta, y dormir, sólo dormir. Parecía que dormir con la mujer en sus brazos era la única necesidad.

Fue a la cabaña, se envolvió en la manta y se tumbó en el suelo para dormir. Pero no pudo, tenía frío. Y además, sintió cruelmente su propia naturaleza inacabada. Sintió cruelmente su propia condición inacabada de soledad. La deseaba, tocarla, estrecharla contra él en un momento de plenitud y sueño.

Se levantó de nuevo y salió, hacia las puertas del parque esta vez; luego lentamente por el sendero hacia la casa. Eran casi las cuatro, aún despejado y frío, pero sin señales del amanecer. Estaba acostumbrado a la oscuridad, veía bien.

Lenta, lentamente la gran casa le atrajo, como un imán. Quería estar cerca de ella. No era deseo, no era eso. Era la cruel sensación de una soledad inacabada, que necesitaba una mujer silenciosa entre sus brazos. Quizá pudiera encontrarla. Tal vez incluso podría llamarla hacia él, o encontrar alguna forma de entrar hasta ella. Porque la necesidad era imperiosa.

Subió lenta y silenciosamente la pendiente hasta el vestíbulo. Luego rodeó los grandes árboles de la cima de la loma, hasta el camino de entrada, que hacía un gran barrido alrededor de un rombo de hierba frente a la entrada. Ya podía ver las dos magníficas hayas que se alzaban en este gran rombo llano frente a la casa, despegándose oscuramente en el aire oscuro.

Allí estaba la casa, baja y larga y oscura, con una luz encendida abajo, en la habitación de Sir Clifford. Pero en qué habitación estaba ella, la mujer que sostenía el otro extremo del frágil hilo que le atraía tan despiadadamente, eso él no lo sabía.

Se acercó un poco más, con el arma en la mano, y se quedó inmóvil en el camino de entrada, observando la casa. Quizá incluso ahora pudiera encontrarla, llegar hasta ella de alguna manera. La casa no era inexpugnable; él era tan astuto como lo son los ladrones. ¿Por qué no llegar hasta ella?

Permaneció inmóvil, esperando, mientras el amanecer empezaba a brillar tenue e imperceptiblemente a sus espaldas. Vio apagarse la luz de la casa. Pero no vio a Mrs. Bolton acercarse a la ventana y descorrer la vieja cortina de seda azul oscuro, y quedarse de pie en la oscura habitación, contemplando la penumbra del día que se acercaba, buscando el ansiado amanecer, esperando, esperando a que Clifford estuviera realmente seguro de que había amanecido. Porque cuando estaba seguro de que amanecía, se dormía casi de inmediato.

Ella se quedó ciega de sueño ante la ventana, esperando. Y mientras estaba de pie, se sobresaltó y casi gritó. Porque había un hombre en el camino de entrada, una figura negra en el crepúsculo. Se despertó gris, y observó, pero sin hacer ruido para molestar a Sir Clifford.

La luz del día comenzó a abrirse paso en el mundo y la oscura figura pareció hacerse más pequeña y definida. Distinguió el arma, las polainas y la chaqueta holgada... tenía que ser Oliver Mellors, el guardabosques. Sí, pues allí estaba la perra husmeando como una sombra, ¡y esperándole!

¿Y qué quería el hombre? ¿Quería despertar a los de la casa? ¿Por qué estaba allí de pie, paralizado, mirando hacia la casa como un perro macho enfermo de amor fuera de la casa donde está la perra?

¡Madre mía! La certeza atravesó a Mrs. Bolton como un disparo. ¡Él era el amante de Lady Chatterley! ¡Él! ¡Él!

¡Y sólo pensar en ello! Vaya, ella misma, Ivy Bolton, había estado una vez un poco enamorada de él. Cuando él era un muchacho de dieciséis años y ella una mujer de veintiséis. Fue cuando ella estudiaba, y él la había ayudado mucho con la anatomía y las cosas que había tenido que aprender. Él había sido un chico listo, había tenido una beca para la Sheffield Grammar School, y había aprendido francés y esas cosas: y después de todo se había convertido en un herrero, herrando caballos, porque le gustaban los caballos, decía; pero en realidad porque tenía miedo de salir y enfrentarse al mundo, sólo que nunca lo admitiría.

Pero había sido un buen muchacho, un buen muchacho, la había ayudado mucho, tan listo para aclararle las cosas a una. Era tan listo como Sir Clifford; y siempre dispuesto para las mujeres. Más con las mujeres que con los hombres, decían.

Hasta que fue y se casó con esa Bertha Coutts, como para fastidiarse a él mismo. Algunas personas se casan para fastidiarse, porque están decepcionadas de algo. Y no es de extrañar que hubiera sido un fracaso... Durante años estuvo fuera, todo el tiempo de la guerra; y teniente y todo; ¡todo un caballero, realmente todo un caballero...! ¡Y luego volver a Tevershall y hacerse guardabosques! De verdad, ¡algunas personas no saben aprovechar sus oportunidades cuando las tienen! Y volviendo a hablar descaradamente el dialecto de Derbyshire, como si fuera el peor, cuando ella, Ivy Bolton, sabía que él hablaba como un caballero, de verdad.

¡Vaya, vaya! ¡Así que su Señoría se había enamorado de él! Bueno, su Señoría no era la primera; había algo en él. Pero ¡imagínate! Un muchacho de Tevershall nacido y criado, ¡y ella su Señoría en Wragby Hall! ¡Te doy mi palabra, eso fue una bofetada para los altos y poderosos Chatterley!

Pero él, el guardabosques, a medida que el día llegaba, se había dado cuenta: ¡no sirve de nada! No sirve de nada intentar librarse de la propia soledad. Tienes que aferrarte a ella toda tu vida. Sólo a veces, a veces, se llenará ese vacío. A ratos. Pero tienes que esperar a que lleguen esos momentos. Acepta tu propia soledad y aférrate a ella, toda tu vida. Y luego acepta los tiempos en que el vacío se llene, cuando lleguen. Pero tienen que venir solos. No puedes forzarlos.

Con un chasquido repentino se rompió el deseo sangrante que le había arrastrado tras ella. Él lo había roto, porque así debía ser. Debía haber un acercamiento por ambas partes. Y si ella no venía a él, él no la buscaría. No debía hacerlo. Debía irse, hasta que ella llegara.

Se volvió lentamente, pensativo, aceptando de nuevo el aislamiento. Sabía que era mejor así. Ella debía venir a él; era inútil que él la persiguiera. ¡Inútil!

Mrs. Bolton le vio desaparecer, vio a su perro correr tras él.

«¡Vaya, vaya!», dijo ella. «Es el único hombre en el que nunca pensé; y el único hombre en el que podría haber pensado. Fue amable conmigo cuando era un muchacho, después de que perdi a Ted. ¡Vaya, vaya; qué diría él si lo supiera!».

Y ella miró triunfante al ya dormido Clifford, mientras salía suavemente de la habitación.

Capítulo 11

Connie estaba ordenando uno de los trasteros de Wragby. Había varios; la casa era una conejera y la familia nunca vendía nada. Al padre de Sir Geoffrey le habían gustado los cuadros y a la madre de Sir Geoffrey los muebles del Cinquecento. Al propio Sir Geoffrey le habían gustado las viejas arcas de roble tallado, las arcas de sacristía. Así sucesivamente a través de las generaciones. Clifford coleccionaba cuadros muy modernos, a precios muy moderados.

Así que en el trastero había malos cuadros de Sir Edwin Landseers y patéticos nidos de pájaros de William Henry Hunt, y otras cosas de la Academia Real, suficientes para asustar a la hija de un miembro de la Academia. Decidió echar un vistazo un día y limpiarlo todo. Los muebles grotescos le interesaban.

Envuelta cuidadosamente para preservarla de daños y podredumbre estaba la vieja cuna familiar, de palisandro. Ella tuvo que desenvolverla... mirarla. Tenía cierto encanto; la miró largo rato.

«Es una lástima que no sea necesaria», suspiró Mrs. Bolton, que estaba ayudando. «Aunque las cunas así están pasadas de moda hoy en día».

«Podría ser necesaria. Yo podría tener un hijo», dijo Connie despreocupadamente, como si dijera que podría tener un sombrero nuevo.

«¡Quiere decir si le ocurriera algo a Sir Clifford!», tartamudeó Mrs. Bolton.

«¡No! Quiero decir como están las cosas. Lo de Sir Clifford es sólo una parálisis muscular... no le afecta», dijo Connie, mintiendo con la misma naturalidad con que respiraba.

Clifford le había metido la idea en la cabeza. Le había dicho: «Por supuesto que aún puedo tener un hijo. En realidad no estoy mutilado en absoluto. La potencia puede volver fácilmente, aunque los músculos de las caderas y las piernas estén paralizados. Y entonces podrá transferirse la semilla».

Él realmente sentía, cuando tenía sus períodos de energía y trabajaba tan duro en la cuestión de las minas, como si su potencia sexual estuviera volviendo. Connie le había mirado aterrorizada. Pero era lo bastante lista como para utilizar su sugerencia para su propia preservación. Porque ella tendría un hijo si pudiera... pero no de él.

Mrs. Bolton se quedó por un momento sin aliento, atónita. Luego no pudo creerlo; vio en ello una artimaña. Sin embargo, los médicos podían hacer cosas así hoy en día. Podrían hacer una especie de injerto de semillas.

«Bueno, Milady, sólo espero y ruego que así sea. Sería precioso para usted; y para todos. Dios mío, un niño en Wragby, ¡qué diferencia haría!».

«¡Así es!», dijo Connie.

Y eligió tres cuadros de la Real Academia de Artes de hace sesenta años, para enviárselos a la Duquesa de Shortlands para el próximo bazar benéfico de esa señora. La llamaban «la duquesa del bazar», y siempre pedía a todo el condado que le enviaran cosas para vender. Ella estaría encantada con tres cuadros de la Real Academia enmarcados. Incluso podría visitarla, al ver esto. ¡Qué furioso se ponía Clifford cuando ella visitaba!

Pero, ¡vaya por Dios! pensaba para sí Mrs. Bolton. ¿Es el hijo de Oliver Mellors para lo que nos está preparando? Oh, querida, sería un bebé de Tevershall en la cuna de Wragby, ¡válgame Dios! ¡Tampoco la avergonzaría!

Entre otras monstruosidades de este trastero había una gran caja chapada en negro, fabricada de forma excelente e ingeniosa hace unos sesenta o setenta años, y equipada con todos los objetos imaginables. Encima había un juego de tocador compacto: cepillos, botellas, espejos, peines, cajas, incluso tres hermosas maquinillas de afeitar pequeñas en fundas de seguridad, con tazón de afeitado y todo. Debajo había una especie de conjunto de escritorio: secantes, plumas, frascos de tinta, papel, sobres, libros de notas; y luego un perfecto conjunto de costura, con tijeras de tres tamaños diferentes, dedales, agujas, sedas y algodones, huevo de zurcir, todo de la mejor calidad y perfectamente acabado. Luego había una pequeña tienda de medicinas, con frascos etiquetados como Laudano, Tintura de Mirra, Es. de clavo de olor, etc., pero vacíos. Todo era perfectamente nuevo, y el conjunto, una vez cerrado, era tan grande como un pequeño pero gordo bolso de fin de semana. Y por dentro, encajaba como un rompecabezas. Era imposible que los frascos se derramaran; no había sitio.

La cosa estaba maravillosamente hecha y urdida, excelente artesanía del orden victoriano. Pero de algún modo era monstruosa. Alguna Chatterley incluso debió de haberlo sentido, porque la cosa nunca se había usado. Tenía una peculiar falta de alma.

Sin embargo, Mrs. Bolton estaba encantada.

«¡Mire qué pinceles tan bonitos, tan caros, incluso las brochas de afeitar, tres perfectas! ¡No! ¡Y esas tijeras! Son las mejores que se pueden comprar. Oh, ¡yo las llamo preciosas!».

«¿En serio?», dijo Connie. «Entonces es suyo».

«¡Oh no, Milady!».

«¡Por supuesto! Sólo permanecerá aquí hasta el día del Juicio Final. Si no lo acepta, se lo enviaré a la Duquesa además de los cuadros, y ella no se merece tanto. ¡Tómelo!».

«¡Oh, su Señoría! Nunca podré agradecérselo».

«No hace falta que lo intente», rió Connie.

Y Mrs. Bolton bajó con la enorme y negrísima caja en brazos, sonrojada por la excitación.

Mr. Betts la llevó en la carreta hasta su casa en el pueblo, con la caja. Tuvo que traer a unos cuantos amigos para enseñársela: la maestra de la escuela, la mujer del farmacéutico, Mrs. Weedon, la mujer del cajero. Les pareció maravilloso. Y entonces empezó el murmullo sobre el niño de Lady Chatterley.

«¡Las maravillas nunca cesarán de aparecer!», dijo Mrs. Weedon.

Pero Mrs. Bolton estaba convencida de que, si llegaba, sería el hijo de Sir Clifford. ¡Así que ya está!

No mucho después, el rector dijo suavemente a Clifford:

«¿Y podemos realmente esperar un heredero para Wragby? Ah, ¡eso sí que sería la mano de Dios en misericordia!».

«¡Bueno! Podemos esperar», dijo Clifford, con una leve ironía y, al mismo tiempo, con cierta convicción. Había empezado a creer realmente posible que incluso pudiera ser su hijo.

Entonces llegó una tarde Leslie Winter, el Escudero Winter, como todo el mundo le llamaba; delgado, inmaculado y setentón; y en cada pulgada un caballero, como le dijo Mrs. Bolton a Mrs. Betts. ¡Cada pulgada, en efecto! Y con su anticuada, más bien «¡oh-oh!» manera de hablar, parecía más pasado de moda que las pelucas de bolsa. El tiempo, en su vuelo, deja caer estas viejas y finas plumas.

Hablaron de las minas de carbón. La idea de Clifford era que su carbón, incluso el más rústico, podía convertirse en un combustible duro y concentrado que ardería a gran calor si se alimentaba con cierto aire húmedo y acidulado a una presión bastante fuerte. Hacía tiempo que se había observado que, con un viento especialmente fuerte y húmedo, el carbón asentado en los bancos del foso ardía muy vivo, apenas desprendía humos y dejaba un fino polvo de ceniza, en lugar de la grava rosada.

«¿Pero dónde encontrará los motores adecuados para quemar su combustible?», preguntó Winter.

«Los haré yo mismo. Y utilizaré yo mismo el combustible. Y venderé energía eléctrica. Estoy seguro de que puedo hacerlo».

«Si puede hacerlo, entonces espléndido, espléndido, mi querido muchacho. ¡Oh! ¡Espléndido! Si puedo ser de alguna ayuda, estaré encantado. Me temo que estoy un poco anticuado, y mis minas son como yo. Pero quién sabe, cuando me haya ido, puede que haya hombres como usted. ¡Espléndido! Volverá a dar empleo a todos los hombres, y no tendrá que vender su carbón, ni dejar de venderlo. Una idea espléndida, y espero que sea un éxito. Si tuviera hijos propios, sin duda tendrían ideas actualizadas para Shipley; ¡sin duda! Por cierto, querido muchacho, ¿tiene algún fundamento el rumor de que podemos albergar esperanzas de un heredero para Wragby?».

«¿Hay algún rumor?», preguntó Clifford.

«Bueno, mi querido muchacho, Marshall de Fillingwood me preguntó, eso es todo lo que puedo decir sobre un rumor. Por supuesto que no lo repetiría por nada del mundo, si no tuviera fundamento».

«Bien, Señor», dijo Clifford inquieto, pero con ojos extrañamente brillantes. «Hay una esperanza. Hay una esperanza».

Winter cruzó la habitación y le tomó la mano a Clifford.

«¡Mi querido muchacho, mi querido muchacho, si pudieras creer lo que significa para mí, oír eso! Y oír que estás trabajando con la esperanza de tener un hijo; y que puedes emplear de nuevo a todos los hombres en Tevershall. ¡Ah, muchacho! ¡Mantener el nivel de la raza, y tener trabajo esperando a cualquier hombre que se preocupe por trabajar...!».

El anciano estaba realmente conmovido.

Al día siguiente Connie estaba arreglando altos tulipanes amarillos en un jarrón de cristal.

«Connie», dijo Clifford, «¿sabías que corría el rumor de que vas a proveer a Wragby con un hijo y heredero?».

Connie se sintió helada por el terror, pero permaneció inmóvil, acomodando las flores.

«¡No!», dijo ella. «¿Es una broma? ¿O malicia?».

Él hizo una pausa antes de responder:

«Ninguna de las dos, espero. Espero que sea una profecía».

Connie siguió con sus flores.

«He recibido una carta de mi padre esta mañana», dijo ella. «Quiere saber si estoy al tanto de que ha aceptado la invitación de Sir Alexander Cooper hecha a mí para julio y agosto, a la Villa Esmeralda en Venecia».

«¿Julio y agosto?», dijo Clifford.

«Oh, no me quedaría todo ese tiempo. ¿Seguro que no vendrías conmigo?».

«No viajaré al extranjero», dijo Clifford con prontitud. Ella llevó sus flores a la ventana.

«¿Te importa si voy?», dijo. «Sabes que estaba prometido, para este verano».

«¿Por cuánto tiempo irías?».

«Quizás tres semanas».

Se hizo el silencio durante un rato.

«Bueno», dijo Clifford lentamente, y un poco sombríamente. «Supongo que podría soportarlo durante tres semanas... si estuviera absolutamente seguro de que querrías volver».

«Querría volver», dijo ella, con una tranquila sencillez, cargada de convicción. Estaba pensando en el otro hombre.

Clifford sintió su convicción y, de algún modo, la creyó, creyó que era para él. Se sintió inmensamente aliviado, alegre a la vez.

«En ese caso», dijo él, «creo que estaría bien, ¿no?».

«Creo que sí», dijo ella.

«¿Disfrutarías del cambio?». Ella le miró con unos extraños ojos azules.

«Me gustaría volver a ver Venecia», dijo, «y bañarme en una de las islas de guijarros al otro lado de la laguna. Pero ya sabes que detesto el Lido. Y no creo que me gusten Sir Alexander Cooper y Lady Cooper. Pero si Hilda está allí, y tenemos una góndola para nosotras... sí, será bastante encantador. Ojalá vinieras».

Ella lo dijo con sinceridad. Le encantaría hacerle feliz, de esta manera.

«¡Ah, pero piensa, sin embargo, en mí, en la Gare du Nord... en el muelle de Calais!».

«¿Pero por qué no? Veo a otros hombres llevados en camillas, heridos de la guerra. Además, haríamos todo el camino en coche».

«Deberíamos llevar a dos hombres».

«¡Oh no! Nos las arreglaríamos con Field. Siempre habría otro hombre allí».

Pero Clifford negó con la cabeza.

«¡Este año no, querida! ¡Este año no! El año que viene probablemente lo intentaré».

Ella se marchó, sombría. ¡El año que viene! ¿Qué traería el año que viene? Ella misma no quería realmente ir a Venecia... no ahora, ahora que estaba el otro hombre. Pero iba como una especie de disciplina... y también porque, si tenía un hijo, Clifford podría pensar que tenía un amante en Venecia.

Ya era mayo y en junio debían ponerse en marcha. ¡Siempre estos arreglos! ¡Siempre la vida de una arreglada para una! Ruedas que le hacían trabajar a una y la conducían, ¡y sobre las que una no tenía ningún control real!

Era mayo, pero estaba frío y húmedo de nuevo. Un mayo frío y húmedo, ¡bueno para el maíz y el heno! ¡Mucho importa el maíz y el heno hoy en día! Connie tenía que ir a Uthwaite, que era su pequeño pueblo, donde las Chatterley seguían siendo las Chatterley. Fue sola, Field la llevaba.

A pesar del mes de mayo y de un nuevo verdor, el país era lúgubre. Hacía bastante frío, y había humo en la lluvia, y una cierta sensación de humo de escape de automóviles en el aire. Una tenía que vivir de su resistencia. No es de extrañar que esta gente fuera fea y dura.

El coche avanzó cuesta arriba a través del largo y escuálido remanso de Tevershall, las ennegrecidas viviendas de ladrillo, los tejados de pizarra negra reluciendo sus afilados bordes, el barro negro de polvo de carbón, las aceras húmedas y negras. Era como si lo lúgubre lo hubiera empapado todo. La negación total de la belleza natural, la negación total de la alegría de vivir, la ausencia total del instinto por la belleza de las formas que tienen todas las aves y las bestias, la muerte total de la facultad intuitiva humana era espantosa. Las pilas de jabón en las tiendas de mercadería, los ruibarbos y limones en las fruterías, los horribles sombreros en las sombrererías, todo lo que pasaba era feo, feo, feo, seguido por el horror de yeso y dorado del cine con sus anuncios mojados de películas, «¡Un amor de mujer!», y la nueva gran Capilla Primitiva, bastante primitiva, de hecho, en su ladrillo descarnado y grandes cristales de vidrio verdoso y frambuesa en las ventanas. La Capilla Wesleyana, más arriba, era de ladrillo ennegrecido y se alzaba tras barandillas de hierro y arbustos ennegrecidos. La Capilla Congregacional, que se creía superior, estaba construida en arenisca rusticada y tenía un campanario, pero no muy alto. Un poco más allá estaban los nuevos edificios de la escuela, de caros ladrillos rosados, y el patio de recreo de grava dentro de las verjas de hierro, todo muy imponente, y fijando la sugerencia de una capilla y una prisión. Las niñas de quinto curso estaban teniendo una clase de canto, acababan de terminar los ejercicios de la-mi-do-la y empezaban una «dulce canción infantil». Sería imposible imaginar algo más distinto al canto, al canto espontáneo... un extraño grito berreante que seguía los contornos de una melodía. No era como los salvajes... los salvajes tienen ritmos sutiles. No era como los animales... los animales quieren decir algo cuando gritan. No se parecía a nada en la tierra, y se llamaba canto. Connie se sentó y escuchó con el corazón hecho un puño, mientras Field cargaba gasolina. ¿Qué podía ser de un pueblo así, un pueblo en el que la facultad intuitiva viva estaba muerta como las uñas y sólo quedaban extraños gritos mecánicos y una fuerza de voluntad asombrosa?

Un carro de carbón venía cuesta abajo, repiqueteando bajo la lluvia. Field arrancó hacia arriba, pasando por delante de las grandes tiendas de paños y ropa, de aspecto cansado, la oficina de correos, hacia la pequeña plaza del mercado, de espacio desamparado, donde Sam Black se asomaba a la puerta del Sun, que se autodenominaba posada, no pub, y donde se alojaban los viajeros comerciales, y hacía una reverencia al coche de Lady Chatterley.

La iglesia estaba lejos, a la izquierda, entre árboles negros. El coche se deslizó cuesta abajo, pasando por delante del Miners' Arms. Ya había pasado el Wellington, el Nelson, el Three Tuns y el Sun, ahora pasaba el Miners' Arms, luego el Mechanics' Hall, después la nueva y casi chillona Sociedad de Mineros y así, pasando unas cuantas «villas» nuevas, salió a la carretera ennegrecida entre setos oscuros y campos verde oscuro, hacia Stacks Gate.

¡Tevershall! ¡Era Tevershall! ¡La alegre Inglaterra! ¡La Inglaterra de Shakespeare! No, la Inglaterra de hoy, como Connie se había dado cuenta desde que había venido a vivir en ella. Estaba produciendo una nueva raza humana, sobreconsciente en el aspecto monetario y social y político, en el aspecto espontáneo e intuitivo: muerta, bien muerta. Cadáveres a medias, todos ellos... pero con una terrible conciencia insistente en la otra mitad. Había algo extraño y subterráneo en todo ello. Era un inframundo. Y bastante incalculable. ¿Cómo entender las reacciones en las cadáveres a medias? Cuando Connie vio los grandes camiones llenos de obreros del acero de Sheffield, seres extraños y distorsionados, pequeños como hombres, que salían de excursión hacia Matlock, sintió que las entrañas se le desvanecían y pensó... Ah Dios, ¿qué le ha hecho el hombre al hombre? ¿Qué han hecho los dirigentes de los hombres a sus semejantes? Los han reducido a menos que humanidad; ¡y ahora ya no puede haber compañerismo! Es sólo una pesadilla.

Volvió a sentir en una oleada de terror la gris y arenosa desesperanza de todo aquello. Con semejantes criaturas para las masas industriales, y las clases altas tal y como ella las conocía, no había esperanza, ninguna esperanza. Sin embargo, ella deseaba un bebé, ¡y un heredero para Wragby! ¡Un heredero para Wragby! Se estremeció de pavor.

Sin embargo, Mellors había resultado de todo aquello... Sí, pero él estaba tan apartado de todo aquello como ella. Ni siquiera en él quedaba compañerismo. Estaba muerto. El compañerismo estaba muerto. Sólo había distancia y desesperanza, en lo que a todo esto se refería. Y esto era Inglaterra, la inmensa mayor parte de Inglaterra... como Connie sabía, puesto que había partido en automóvil desde el centro de ella.

El coche subía hacia Stacks Gate. La lluvia estaba aminorando, y en el aire aparecía un extraño resplandor de resolana de mayo. El país se alejaba en largas ondulaciones, al sur hacia el Peak, al este hacia Mansfield y Nottingham. Connie viajaba hacia el sur.

A medida que se elevaba hacia la altiplanicie, podía ver a su izquierda, en la altura por encima de la tierra ondulada, el bulto sombrío y poderoso del castillo de Warsop, de color gris oscuro, debajo de él las manchas rojizas de las viviendas de los mineros, más nuevas, y por debajo de éstas los penachos de humo oscuro y vapor blanco de la gran mina de carbón que tantos miles de libras anuales brindaba a los bolsillos del duque y de los demás accionistas. El poderoso y viejo castillo era una ruina, pero colgaba su mole en la línea baja del cielo, sobre los penachos negros y los blancos que ondeaban en el aire húmedo por abajo.

Un giro, y corrieron por la carretera elevada hasta Stacks Gate. Stacks Gate, vista desde la carretera elevada, no era más que un enorme y precioso hotel nuevo, el Coningsby Arms, que se erguía rojo y blanco y dorado en un bárbaro aislamiento fuera de la carretera. Pero si una miraba, veía a la izquierda hileras de hermosas viviendas «modernas», colocadas como un juego de dominó, con espacios y jardines, un extraño juego de dominó que unos extraños «amos» estaban jugando sobre la sorprendida tierra. Y más allá de estos bloques de viviendas, en la parte trasera, se alzaban todas las asombrosas y aterradoras erecciones aéreas de una mina realmente moderna, trabajos químicos y largas galerías, enormes y de formas nunca antes conocidas por el hombre. La cabecera y el lecho del foso de la propia mina eran insignificantes entre las enormes instalaciones nuevas. Y frente a esto, el juego de dominó permanecía siempre en una especie de sorpresa, a la espera de ser jugado.

Ésta era Stacks Gate, nueva sobre la faz de la tierra, desde la guerra. Pero de hecho, aunque ni siquiera Connie lo sabía, colina abajo, a media milla por debajo del «hotel», estaba la vieja Stacks Gate, con una pequeña y vieja mina de carbón y viejas viviendas de ladrillo negruzco, y una capilla o dos y una tienda o dos y un pequeño pub o dos.

Pero eso ya no contaba. Las vastas columnas de humo y vapor se elevaban desde las nuevas obras en lo alto, y esto era ahora Stacks Gate: ni capillas, ni pubs, ni siquiera tiendas. Sólo las grandes obras, que son la Olimpia moderna con templos a todos los dioses; luego las viviendas modelo... luego el hotel. El hotel en realidad no era más que un pub de mineros aunque parecía de primera categoría.

Incluso desde la llegada de Connie a Wragby este nuevo lugar había surgido sobre la faz de la tierra, y las viviendas modelo se habían llenado de gentuza venida de cualquier parte, para cazar furtivamente los conejos de Clifford entre otras ocupaciones.

El coche siguió corriendo a lo largo de los terrenos elevados, viendo extenderse el ondulado condado. ¡El condado! Antaño había sido un condado orgulloso y señorial. Delante, asomándose de nuevo y colgando sobre la cresta de la línea del cielo, estaba la enorme y espléndida mole de Chadwick Hall, más ventana que pared, una de las casas isabelinas más famosas. Noble se erguía solitaria sobre un gran parque, pero anticuada, pasada de moda. Aún se conservaba, pero como lugar de exhibición. «¡Mire cómo señoreaban nuestros antepasados!».

Eso era el pasado. El presente estaba abajo. Sólo Dios sabe dónde está el futuro. El coche giraba ya, entre viejas casitas de mineros ennegrecidas, para descender a Uthwaite. Y Uthwaite, en un día húmedo, despedía toda una serie de penachos de humo y vapor, a los dioses que hubiera. Uthwaite, abajo en el valle, con todos los hilos de acero de los ferrocarriles que van a Sheffield dibujados a través de él, y las minas de carbón y las acerías lanzando humo y resplandor desde largos tubos, y la patética pequeña aguja en forma de sacacorchos de la iglesia, que va a derrumbarse, todavía pinchando los humos, siempre afectó a Connie de forma extraña. Era una antigua ciudad-mercado, centro de los valles. Una de las principales posadas era el Chatterley Arms. Allí, en Uthwaite, Wragby era conocido como Wragby, como si fuera un lugar entero y no sólo una casa, como lo era para los forasteros... Wragby Hall, cerca de Tevershall: Wragby, la casa de un linaje.

Las casitas de los mineros, ennegrecidas, se erguían a ras de la acera, con esa intimidad y pequeñez de las viviendas de los mineros de más de cien años. Se alineaban a lo largo de todo el camino. La carretera se había convertido en una calle y, a medida que te hundías, olvidabas al instante el campo abierto y ondulado donde los castillos y las grandes casas seguían dominando, pero como fantasmas. Ahora estabas justo por encima de la maraña de líneas de ferrocarril desnudas, y las fundiciones y otras «obras» se alzaban a tu alrededor, tan grandes que sólo eras consciente de los muros. Y el hierro tintineaba con un enorme tintineo reverberante, y enormes camiones sacudían la tierra, y los silbatos chillaban.

Sin embargo, una vez que te habías adentrado en el retorcido y chueco corazón de la ciudad, detrás de la iglesia, te encontrabas en el mundo de hace dos siglos, en las torcidas calles donde se alzaban el Chatterley Arms y la antigua farmacia, calles que solían conducir al salvaje mundo abierto de los castillos y las señoriales casas de recreo.

Pero en la esquina un policía levantó la mano mientras pasaban tres camiones cargados de hierro, sacudiendo la pobre y vieja iglesia. Y no saludó a su señoría hasta que los camiones hubieron pasado.

Así era ahora. Sobre las viejas y torcidas calles burguesas se apiñaban hordas de viejas y ennegrecidas viviendas de mineros, bordeando las carreteras de salida. E inmediatamente después de éstas venían las hileras más nuevas y rosadas de casas bastante más grandes, rellenando el valle estaban los hogares de obreros más modernos. Y más allá de nuevo, en las amplias regiones onduladas de los castillos, el humo ondeaba contra el vapor, y parche tras parche de ladrillo rojizo crudo mostraban los asentamientos mineros más nuevos, a veces en las hondonadas, a veces espantosamente feos a lo largo de la línea del cielo de las laderas. Y entre medias, en medio, estaban los andrajosos vestigios de la vieja Inglaterra de carruajes y cabañas, incluso de la Inglaterra de Robin Hood, donde los mineros merodeaban lúgubres, con los instintos deportivos reprimidos, cuando no estaban trabajando.

¡Inglaterra, mi Inglaterra! Pero, ¿cuál es mi Inglaterra? Las casas señoriales de Inglaterra hacen buenas fotografías y crean la ilusión de una conexión con los isabelinos. Los hermosos salones antiguos están ahí, desde los días de la buena Reina Ana y Tom Jones. Pero los tizones caen y se ennegrecen sobre el monótono estuco, que hace tiempo que ha dejado de ser dorado. Y uno a uno, como las casas señoriales, fueron abandonados. Ahora éstas están siendo derribadas. En cuanto a las cabañas de Inglaterra... ahí están... grandes revoques de viviendas de ladrillo en la desesperanzada campiña.

Ahora están derribando las casas señoriales, los salones georgianos están desapareciendo. Fritchley, una antigua mansión georgiana perfecta, estaba incluso ahora, cuando Connie pasaba en el coche, siendo demolida. Estaba en perfecto estado... hasta la guerra, los Weatherley habían vivido allí con estilo. Pero ahora era demasiado grande, demasiado cara, y el campo se había vuelto demasiado poco acogedor. La alta burguesía se marchaba a lugares más agradables, donde podía gastar su dinero sin tener que ver cómo se hacía.

Así es la historia. Una Inglaterra borra a otra. Las minas habían enriquecido los salones. Ahora las estaban borrando, como ya habían borrado las casas de campo. La Inglaterra industrial borra a la Inglaterra agrícola. Un significado borra a otro. La nueva Inglaterra borra la vieja

Inglaterra. Y la continuidad no es orgánica, sino mecánica.

Connie, perteneciente a las clases acomodadas, se había aferrado a los restos de la vieja Inglaterra. Había tardado años en darse cuenta de que estaba realmente anulada por esta aterradora Inglaterra nueva y horripilante, y que esto continuaría hasta completarse. Fritchley se había ido, Eastwood se había ido, Shipley se iba... El amado Shipley del Escudero Winter.

Connie se detuvo un momento en Shipley. Las puertas del parque, al fondo, se abrían justo cerca del paso a nivel de la vía férrea de la mina; la propia mina de Shipley se alzaba un poco más allá de los árboles. Las puertas estaban abiertas porque a través del parque había un derecho de paso que utilizaban los mineros. Merodeaban por el parque.

El coche pasó junto a los estanques ornamentales, en los que los mineros arrojaban sus periódicos, y tomó el camino privado hacia la casa. Se alzaba, a un lado, un edificio de estuco muy agradable de mediados del siglo XVIII. Tenía un hermoso callejón de tejos, que llevaba a una casa más antigua, y el vestíbulo se extendía serenamente, como si hiciera guiños con sus cristales georgianos. Detrás, había unos jardines realmente hermosos.

A Connie le gustaba el interior mucho más que el de Wragby. Era mucho más luminoso, vivo, moldeado y elegante. Las habitaciones estaban revestidas con paneles pintados de color crema, los techos tenían toques dorados y todo se mantenía en un orden exquisito, todos los adornos eran perfectos, sin reparar en gastos. Incluso los pasillos llegaban a ser amplios y encantadores, suavemente curvados y llenos de vida.

Pero Leslie Winter estaba solo. Adoraba su casa. Pero su parque estaba bordeado por tres de sus propias minas. Había sido un hombre generoso en sus ideas. Casi había acogido a los mineros en su parque. ¿Acaso los mineros no le habían hecho rico? Así que, cuando veía a las cuadrillas de hombres deformes holgazaneando junto a sus aguas ornamentales —no en la parte privada del parque, no, ahí ponía el límite— decía: «los mineros quizá no sean tan ornamentales como los ciervos, pero son mucho más rentables».

Pero eso fue en la dorada —monetariamente— última mitad del reinado de la Reina Victoria. Los mineros eran entonces «buenos trabajadores».

Winter había pronunciado este discurso, medio apologético, ante su invitado, el entonces Príncipe de Gales. Y el Príncipe había respondido, en su inglés más bien gutural:

«Tiene usted toda la razón. Si hubiera carbón bajo Sandringham, abriría una mina en el césped, y lo consideraría jardinería paisajista de primera. Oh, estoy bastante dispuesto a cambiar corzos por mineros, al precio que sea. He oído que sus hombres también son buenos hombres».

Pero entonces, el Príncipe tenía quizá una idea exagerada de la belleza del dinero y de las bendiciones del industrialismo.

Sin embargo, el Príncipe había sido Rey, y el Rey había muerto, y ahora había otro Rey, cuya función principal parecía ser abrir comedores de beneficencia.

Y los buenos trabajadores estaban de alguna manera acorralando a Shipley. Nuevos pueblos mineros se agolpaban en el parque, y el terrateniente sentía de algún modo que la población le era ajena. Antes se sentía, de un modo bonachón pero bastante grandilocuente, señor de sus propios dominios y de sus propios mineros. Ahora, por una sutil penetración del nuevo espíritu, de alguna manera había sido expulsado. Era él quien ya no pertenecía. No había duda. Las minas, la industria, tenían voluntad propia, y esta voluntad estaba en contra del caballero propietario. Todos los mineros participaban de esa voluntad, y era difícil vivir en contra de ella. O te empujaba fuera del lugar, o fuera de la vida por completo.

El Escudero Winter, un soldado, lo había soportado. Pero ya no se molestaba por pasear por el parque después de cenar. Casi se escondía, bajo techo. Una vez había paseado, con la cabeza descubierta y sus zapatos de charol y calcetines de seda púrpura, con Connie hasta la verja, hablando con ella a su manera bien educada, más bien de cotorra. Pero cuando llegó el momento de pasar junto a las pequeñas cuadrillas de mineros que se paraban y miraban sin saludar ni nada, Connie sintió cómo el viejo delgado y bien educado se estremecía, se estremecía como un elegante ciervo antílope enjaulado se estremece ante la mirada vulgar. Los mineros no eran personalmente hostiles... en absoluto. Pero su espíritu era frío y le empujaba hacia fuera. Y, en el fondo, había un profundo rencor. Ellos «trabajaban para él». Y en su fealdad, resentían su existencia elegante, bien peinada, bien educada. «¿Quién es él?». Era la diferencia lo que les molestaba.

Y en algún lugar, en su secreto corazón inglés, siendo bastante soldado, creía que tenían razón al resentirse por la diferencia. Se sentía un poco en falta, por tener todas las ventajas. Sin embargo, él representaba un sistema, y no le echarían.

Excepto por la muerte. Que le sobrevino poco después de la visita de Connie, de repente. Y recordó generosamente a Clifford en su testamento.

Los herederos dieron enseguida la orden de demolición de Shipley. Costaba demasiado mantenerla. Nadie viviría allí. Así que fue desmantelada. La avenida de tejos fue talada. El parque fue despojado de su madera y dividido en lotes. Estaba bastante cerca de Uthwaite. En el extraño y calvo desierto de esta todavía tierra de nadie, se levantaron nuevas callejuelas con casas adosadas, ¡muy apetecibles! ¡La urbanización de Shipley Hall!

Un año después de la última visita de Connie, había sucedido. Allí estaba la urbanización de Shipley Hall, un conjunto de «villas» adosadas de ladrillo rojo en calles nuevas. Nadie habría soñado que el pabellón de estuco había estado allí doce meses antes.

Pero ésta es una etapa posterior de la jardinería paisajista del Rey Eduardo, del tipo que tiene una mina de carbón ornamental en el césped.

Una Inglaterra anula a otra. La Inglaterra de los Escuderos Winter y los Wragby Halls había desaparecido, estaba muerta. Pero aún más iba a ser anulado.

¿Qué vendría después? Connie no podía imaginarlo. Sólo podía ver las nuevas calles de ladrillo extendiéndose por los campos, las nuevas construcciones levantándose en las minas de carbón, las nuevas muchachas con sus medias de seda, los nuevos muchachos de las minas de carbón holgazaneando en el Pally o en la Sociedad. La generación más joven era totalmente inconsciente de la vieja Inglaterra. Había un vacío en la continuidad de la conciencia, casi americano... pero industrial en realidad. ¿Y después qué?

Connie siempre sintió que no había después. Quería esconder la cabeza en la arena... o, al menos, en el seno de un hombre vivo.

¡El mundo era tan complicado, extraño y espantoso! La gente común era tan numerosa, y realmente tan terrible. Eso pensó mientras volvía a casa y veía a los mineros saliendo de los fosos, grises y negros, deformes, con un hombro más alto que el otro, arrastrando sus pesadas botas de hierro. Rostros grises subterráneos, el blanco de los ojos desmesurado, los cuellos encogidos por el techo del foso, los hombros fuera de forma. ¡Hombres! ¡Hombres! Ay, en cierto modo hombres pacientes y buenos. En otros aspectos, inexistentes. Algo que los hombres deberían tener fue criado y asesinado fuera de ellos. Sin embargo, eran hombres. Engendraban hijos. Se les podía engendrar un hijo. ¡Terrible, terrible pensamiento! Eran buenos y bondadosos. Pero sólo eran la mitad, sólo la mitad gris de un ser humano. Aún así, eran «buenos». Pero incluso eso era la bondad de su mitad. ¡Suponiendo que lo muerto en ellos se levantara alguna vez! Pero no, era demasiado terrible pensar en ello. Connie tenía un miedo absoluto a las masas industriales. Le parecían tan extrañas. Una vida sin belleza alguna, sin intuición, siempre «en el foso».

¡Hijos de tales hombres! ¡Oh Dios, oh Dios!

Sin embargo, Mellors procedía de un padre así. No del todo. Cuarenta años habían marcado una diferencia, una diferencia atroz en la virilidad. El hierro y el carbón habían carcomido profundamente los cuerpos y las almas de los hombres.

La fealdad encarnada, ¡y sin embargo viva! ¿Qué sería de todos ellos? Quizás con el paso del carbón volverían a desaparecer de la faz de la tierra. Habían aparecido de la nada por millares, cuando el carbón los había llamado. Tal vez sólo fueran una extraña fauna de las vetas de carbón. Criaturas de otra realidad, eran elementales, al servicio de los elementos del carbón, como los metalúrgicos eran elementales, al servicio del elemento del hierro. No eran hombres, sino ánimas de carbón, hierro y arcilla. Fauna de los elementos, carbón, hierro, silicio... elementales. Tenían quizá algo de la extraña e inhumana belleza de los minerales, el brillo del carbón, el peso y el azul y la resistencia del hierro, la transparencia del vidrio. Criaturas elementales, extrañas y distorsionadas, ¡del mundo mineral! Pertenecían al carbón, al hierro, a la arcilla, como los peces pertenecen al mar y los gusanos a la madera muerta. ¡El ánima de la desintegración mineral!

Connie se alegró de estar en casa, de enterrar la cabeza en la arena. Se alegró incluso de balbucear con Clifford. Porque su miedo a la minería y a las Midlands del Hierro la afectaba con una extraña sensación que la recorría por todas partes, como la gripe.

«Por supuesto que tenía que tomar el té en la tienda de Miss Bentley», dijo.

«¡De verdad! Winter te habría dado té».

«Oh sí, pero no me atrevo a decepcionar a Miss Bentley». Miss Bentley era una solterona superficial con una nariz bastante grande y una disposición romántica que servía el té con una cuidada intensidad, digna de un sacramento.

«¿Preguntó por mí?», dijo Clifford.

«¡Por supuesto...! ¡Puedo preguntarle a su Señoría cómo está Sir Clifford...! ¡Creo que te clasifica incluso más alto que a la Enfermera Cavell!».

«Y supongo que dijiste que estoy mejor que nunca».

«¡Sí! Y parecía tan embelesada como si yo le hubiera dicho que los cielos se habían abierto por ti. Le dije que si alguna vez ella venía a Tevershall tenía que venir a verte».

«¡A mí! ¿Para qué? ¡Mírame!».

«Pues sí, Clifford. No puedes ser tan adorado sin hacer alguna pequeña devolución. San Jorge de Capadocia no era nada comparado contigo, a sus ojos».

«¿Y crees que vendrá?»

«¡Oh, se sonrojó! y pareció muy hermosa por un momento, ¡pobrecita! ¿Por qué los hombres no se casan con las mujeres que realmente les adorarían?».

«Las mujeres empiezan a adorar demasiado tarde. ¿Pero dijo que vendría?».

«¡Oh!», Connie imitó a la jadeante Miss Bentley, «su Señoría, ¡si alguna vez me atreviera a presumir!».

«¡Atreversee a presumir! ¡Qué absurdo! Pero espero por Dios que no aparezca. ¿Y cómo estuvo su té?».

«Oh, Lipton's y muy fuerte. Pero Clifford, ¿te das cuenta de que eres el *roman de la rose* de Miss Bentley y de muchas como ella?».

«Ni siquiera entonces me siento halagado».

«Atesoran cada una de tus fotos en los periódicos ilustrados, y probablemente rezan por ti cada noche. Es bastante maravilloso».

Ella subió a cambiarse.

Esa noche, él le dijo:

«¿Crees, de verdad, que hay algo eterno en el matrimonio?».

Ella le miró.

«Pero Clifford, haces que la eternidad suene como una tapa o una larga, larga cadena que se arrastra tras una, no importa lo lejos que una vaya».

Él la miró, molesto.

«Lo que quiero decir», dijo, «es que si vas a Venecia, no irás con la esperanza de alguna aventura amorosa que puedas tomar *au grand sérieux*, ¿verdad?».

«¿Una aventura amorosa en Venecia *au grand sérieux*? No. ¡Te lo aseguro! No, nunca aceptaría una aventura amorosa en Venecia más que *au très petit sérieux*».

Hablaba con un extraño desprecio. Él frunció las cejas, mirándola.

Al bajar las escaleras por la mañana, encontró a Flossie, la perra del guardabosques, sentada en el pasillo, frente a la habitación de Clifford, gimoteando muy débilmente.

«¡Vaya, Flossie!», dijo en voz baja. «¿Qué haces aquí?».

Y abrió silenciosamente la puerta de Clifford. Clifford estaba sentado en la cama, con la mesilla y la máquina de escribir apartadas, y el guardabosques estaba de pie esperando órdenes a los pies de la cama. Flossie entró corriendo. Con un leve gesto de cabeza y ojos, Mellors le ordenó que se fuera de nuevo hacia la puerta, y ella se escabulló.

«¡Oh, buenos días, Clifford!», dijo Connie. «No sabía que estabas ocupado». Luego miró al guardabosques, dándole los buenos días. Él murmuró su respuesta, mirándola vagamente. Pero ella sintió que una ráfaga de pasión la tocaba, por su mera presencia.

«¿Te he interrumpido, Clifford? Lo siento».

«No, no es nada importante».

Ella volvió a salir de la habitación y subió al tocador azul del primer piso. Se sentó en la ventana, y le vio bajar por el camino, con su curioso y silencioso movimiento, anulado él. Tenía una forma natural de tranquila distinción, un orgullo distante, y también un cierto aspecto de fragilidad. ¡Un asalariado! ¡Uno de los asalariados de Clifford! *La culpa, querido Brutus, no está en nuestras estrellas, sino en nosotros mismos, que somos subordinados*.

¿Era un subordinado? ¿Lo era? ¿Qué pensaba de ella?

Era un día soleado y Connie estaba trabajando en el jardín, y Mrs. Bolton la ayudaba. Por alguna razón, las dos mujeres se habían acercado, en uno de los inexplicables flujos y reflujos de simpatía que existen entre las personas. Estaban plantando claveles y colocando pequeñas plantas para el verano. Era un trabajo que les gustaba a las dos. Connie sentía especialmente placer al poner las suaves raíces de las plantas jóvenes en un suave charco negro, y acunarlas. En esta mañana de primavera sintió también un estremecimiento en su vientre, como si la luz del sol la hubiera tocado y la hubiera hecho feliz.

«¿Hace muchos años que perdió a su marido?», le dijo a Mrs. Bolton mientras cogía otra plantita y la colocaba en su hueco.

«¡Veintitrés!», dijo Mrs. Bolton, mientras separaba cuidadosamente las jóvenes columbinas en plantas individuales. «Veintitrés años desde que lo trajeron a casa».

El corazón de Connie dio un vuelco, ante la terrible fatalidad de aquello. «¡Lo trajeron a casa!».

«¿Por qué murió, qué cree?», preguntó ella. «¿Era feliz con usted?».

Era la pregunta de una mujer a una mujer. Mrs. Bolton se apartó un mechón de pelo de la cara con el dorso de la mano.

«¡No lo sé, Milady! En cierto modo no cedía a las cosas... no se dejaba llevar por el resto. Y odiaba agachar la cabeza por cualquier cosa en la tierra. Una especie de obstinación, que hace que te maten. Ya ve que en realidad no le importaba. Yo lo atribuyo al foso. Nunca debió bajar al foso. Pero su padre le hizo bajar, de jovencito; y luego, cuando alguien tiene apenas más de veinte años, no es muy fácil salir».

«¿Dijo que lo odiaba?».

«¡Oh, no! ¡Nunca! Nunca dijo que odiara nada. Sólo ponía una cara rara. Era de los que no se cuidan... como algunos de los primeros muchachos que se fueron tan alegremente a la guerra y los mataron enseguida. En realidad no era cabeza loca. Pero no se preocupaba. Yo solía decirle: «¡No te importa nada ni nadie!». ¡Pero sí que le importaba! La forma en que se sentó cuando nació mi primer bebé, inmóvil, ¡y los ojos fatales con los que me miró, cuando todo terminó! Lo pasé mal, pero tuve que consolarlo. «¡Está todo bien, muchacho, está bien!», le dije. Y él me dirigió una mirada, y esa especie de sonrisa divertida. No dijo nada. Pero no creo que tuviera ningún verdadero placer conmigo por la noche después de eso; nunca se había dejado ir realmente. Yo solía decirle... ¡Oh, suéltate, muchacho...! A veces le hablaba frontalmente. Y él no decía nada. Pero no se dejaba ir, o no podía. No quería que tuviera más hijos. Siempre culpé a su madre, por dejarle entrar en la habitación. No tenía derecho a estar allí. Los hombres dan a las cosas más importancia de la que deberían, una vez que empiezan a cavilar».

«¿Tanto le importaba?», dijo Connie asombrada.

«Sí, como que no podía tomarlo como algo natural, todo ese dolor. Y le estropeó el placer de su pedacito de amor conyugal. Le dije: Si a mí no me importa, ¿por qué debería importarte a ti? ¡Es cosa mía...! Pero lo único que decía era: ¡No está bien!».

«Quizá era demasiado sensible», dijo Connie.

«¡Eso es! Cuando una llega a conocer a los hombres, son así... demasiado sensibles en el lugar equivocado. Y creo que, sin saberlo, odiaba el foso, simplemente lo odiaba. Parecía tan tranquilo cuando estaba muerto, como si se hubiera liberado. Era un muchacho tan bien parecido. Me rompió el corazón verlo, tan quieto y de aspecto puro, como si hubiera querido morir. Oh, eso me rompió el corazón. Pero era el foso».

Ella lloró unas lágrimas amargas, y Connie lloró más. Era un cálido día de primavera, con un perfume de tierra y de flores amarillas, muchas cosas alzándose para brotar, y el jardín aún con la savia misma del sol.

«¡Debió de ser terrible para usted!», dijo Connie.

«¡Oh, Milady! Al principio no me di cuenta. Sólo pude decir: ¡Oh mi muchacho, por qué querías dejarme...! Ese fue todo mi llanto. Pero de alguna manera sentí que él volvería».

«Pero él no quería dejarle», dijo Connie.

«¡Oh no, Milady! Sólo era mi grito tonto. Y seguía esperando que volviera. Sobre todo por las noches. Seguía despertándome pensando: ¡Por qué no está en la cama conmigo...! Era como si mis sentimientos no creyeran que se había ido. Sólo sentía que volvería y se tumbaría contra mí, para que pudiera sentirle conmigo. Eso era todo lo que quería, sentirle allí conmigo, cálido. Y me costó mil disgustos antes de saber que no volvería, me costó años».

«El toque de él», dijo Connie.

«¡Eso es, Milady, el toque de él! Nunca lo he superado hasta el día de hoy, y nunca lo haré. Y si hay un cielo arriba, él estará allí, y se recostará contra mí para que pueda dormir».

Connie miró asustada el rostro apuesto y melancólico. ¡Otra apasionada de Tevershall! ¡El toque de él! ¡Pues los lazos del amor son malos de desatar!

«¡Es terrible, una vez que has metido a un hombre en tu sangre!», dijo ella. «¡Oh, Milady! Y eso es lo que le hace a una sentirse tan amargada. Una siente que la gente quería matarlo. Siente que la gente del foso quería matarlo. Oh, sentí que si no hubiera sido por el foso, y por los que dirigen el foso, él no me habría dejado. Pero todos quieren separar a una mujer y a un hombre, si están juntos».

«Si están físicamente juntos», dijo Connie.

«¡Así es, Milady! Hay mucha gente de corazón duro en el mundo. Y todas las mañanas, cuando se levantaba e iba al foso, sentía que estaba mal, mal. Pero, ¿qué otra cosa podía hacer? ¿Qué puede hacer un hombre?».

Un extraño odio se encendió en la mujer.

«¿Pero puede durar tanto un toque?», preguntó Connie de repente. «¿Que pueda sentirlo tanto tiempo?».

«Oh Milady, ¿qué más puede durar? Los niños crecen lejos de una. Pero el hombre, ¡bueno! Pero incluso eso quisieran matar en ti, la sola idea del toque de él. ¡Incluso tus propios hijos! ¡Ah, bien! Podríamos habernos distanciado, quién sabe. Pero el sentimiento es algo diferente. Es mejor no preocuparse nunca. Pero allí, cuando miro a las mujeres que nunca han sentido realmente el calor de un hombre, bueno, me parecen pobres lechuzas desplumadas después de todo, no importa cómo puedan vestirse y arreglarse. No, yo me atendré a lo mío. No tengo mucho respeto por la gente».

Capítulo 12

Connie fue al bosque directamente después de comer. Era realmente un precioso día, los primeros dientes de león como si fueran soles, las primeras margaritas tan blancas. El matorral de avellanos era un encaje de hojas entreabiertas... y el muro polvoriento de los amentos. Ahora había celandinas amarillas en tropel, abiertas de par en par, apretadas hacia atrás con urgencia... y el brillo amarillo de sí mismas. Era el amarillo, el poderoso amarillo de principios de verano. Y las prímulas eran anchas y llenas de pálido abandono, prímulas de espesos racimos que ya no eran tímidas. El verde exuberante y oscuro de los jacintos era un mar, con capullos que se alzaban como maíz pálido, mientras en el camino los nomeolvides mullidos y las columbinas desplegaban sus ruches púrpura tinta, y había trozos de cáscara de huevo de azulejo bajo un arbusto. ¡Por todas partes los capullos y el salto de la vida!

El guardabosques no estaba en la cabaña. Todo estaba sereno, las gallinas marrones corrían alegremente. Connie siguió caminando hacia la casita de campo, porque quería encontrarlo.

La casita de campo se alzaba al sol, junto al lindero del bosque. En el pequeño jardín los narcisos dobles se alzaban en mechones, cerca de la puerta abierta de par en par, y las margaritas dobles rojas hacían de borde al sendero. Se oyó un ladrido y Flossie vino corriendo.

¡La puerta abierta de par en par! Así que estaba en casa. ¡Y la luz del sol cayendo sobre el suelo de ladrillo rojo! Mientras ella subía por el camino lo vio a través de la ventana, sentado a la mesa en mangas de camisa, comiendo. La perra gemía suavemente, moviendo lentamente la cola.

Él se levantó y se acercó a la puerta, limpiándose la boca con un pañuelo rojo mientras aún masticaba.

«¿Puedo pasar?», dijo ella.

«¡Entra!».

El sol brillaba en la habitación desnuda, que aún olía a chuleta de cordero, hecha en un horno holandés ante el fuego, porque el horno holandés aún estaba sobre el guardafuegos, con la negra cacerola de patatas sobre un trozo de papel, a su lado en el hogar. El fuego estaba rojo, más bien bajo, la barra caída, la tetera silbando.

Sobre la mesa estaba su plato, con patatas y los restos de la chuleta; también pan en una cesta, sal y una jarra azul con cerveza. El mantel era de hule blanco, él estaba a la sombra.

«Es muy tarde», dijo ella. «¡Sigue comiendo!».

Ella se sentó en una silla de madera, a la luz del sol junto a la puerta.

«Tuve que ir a Uthwaite», dijo él, sentándose a la mesa pero sin comer.

«Come», le dijo ella. Pero él no tocó la comida.

«¿Quieres algo?», le preguntó él. «¿Te apetece una taza de té? La tetera está hirviendo…», se levantó a medias de nuevo de su silla.

«Si me dejas hacerlo por mí misma», dijo ella, levantándose. Él parecía triste y ella sintió que le estaba molestando.

«Bueno, la tetera está ahí…», él señaló un pequeño y monótono armario de la esquina; «y las tazas. Y el té está en la repisa sobre su cabeza».

Ella cogió la tetera negra y la lata de té de la repisa de la chimenea. Enjuagó la tetera con agua caliente y se quedó un momento pensando dónde vaciarla.

«Tírala», dijo él, consciente de ella. «Está limpia».

Ella se acercó a la puerta y arrojó la gota de agua por el sendero. Qué bonito era esto, tan quieto, tan boscoso. Los robles estaban echando hojas de color amarillo ocre… en el jardín las margaritas rojas eran como botones de felpa. Miró la gran losa hueca de arenisca del umbral, ahora atravesada por tan pocos pies.

«Pero es encantador aquí», dijo ella. «Una quietud tan hermosa, todo vivo y quieto».

Él estaba comiendo de nuevo, bastante despacio y sin ganas, y ella podía sentir que estaba desanimado. Preparó el té en silencio y puso la tetera sobre la placa, como sabía que hacía la gente. Él apartó su plato y se dirigió al lugar de atrás; ella oyó el clic de un pestillo, luego él volvió con queso en un plato y mantequilla.

Ella puso las dos tazas sobre la mesa; sólo había dos. «¿Quieres una taza de té?», dijo.

«Si quieres. El azúcar está en la alacena, y hay una jarrita de nata. La leche está en una jarra en la despensa».

«¿Te quito el plato?», le preguntó ella. Él la miró con una leve sonrisa irónica.

«Pues… si quieres», dijo él, comiendo lentamente pan y queso. Ella fue a la parte de atrás, a la fregadera, donde estaba la bomba. A la izquierda había una puerta, sin duda hacia la despensa. La descorrió y casi sonrió al ver el lugar que él llamaba despensa: un largo y estrecho armario encalado. Pero se las arreglaba para contener un pequeño barril de cerveza, así como algunos platos y trozos de comida. Ella tomó un poco de leche de la jarra amarilla.

«¿Cómo consigues la leche?», preguntó ella, cuando volvió a la mesa.

«¡De los Flint! Me dejan una botella en el extremo del coto. Ya sabes,

¡donde te encontré!».

Pero él se desanimó. Ella sirvió el té y preparó la jarra de leche.

«No hay leche», dijo él; entonces le pareció oír un ruido y miró agudamente a través de la puerta.

«Sería mejor que cerremos», dijo él.

«Me parece una pena», respondió ella. «Nadie vendrá, ¿verdad?».

«No... sería una vez entre mil, pero nunca se sabe».

«Y aun así no importa», dijo ella. «Es sólo una taza de té».

«¿Dónde están las cucharas?».

Él se acercó y abrió el cajón de la mesa. Connie se sentó a la mesa al sol que entraba por la puerta.

«¡Flossie!», le dijo a la perra, que estaba tumbada en una pequeña estera al pie de la escalera. «¡Ve y escucha, escucha!».

Él levantó el dedo y su «¡escucha!» fue muy vívido. La perra salió trotando para hacer un reconocimiento.

«¿Estás triste hoy?», le preguntó ella.

Él volvió rápidamente sus ojos azules y la miró directamente.

«¡Triste! ¡No, aburrido! Tuve que ir a buscar citaciones para dos cazadores furtivos que atrapé, y, oh bueno, no me gusta la gente».

Hablaba un inglés frío y bueno, y había ira en su voz. «¿Odias ser guardabosques?», preguntó ella.

«¡Ser guardabosques, no! Mientras me dejen en paz. Pero cuando tengo que ir a hacer el tonto a la comisaría, y a otros sitios, y esperar a que un montón de tontos me atiendan... oh bueno, me enfado...», y sonrió, con cierto humor tenue.

«¿No podrías ser realmente independiente?», preguntó ella.

«¿Yo? Supongo que podría, si te refieres a arreglármelas para vivir de mi pensión. ¡Podría! Pero tengo que trabajar o me moriría. Es decir, tengo que tener algo que me mantenga ocupado. Y no tengo la personalidad para trabajar para mí mismo. Tiene que ser una especie de trabajo para otra persona, o lo abandonaría en un mes, de mal humor. Así que en conjunto estoy muy bien aquí, especialmente últimamente...».

Él volvió a reírse de ella, con humor burlón.

«Pero, ¿por qué estás de mal humor?», preguntó ella. «¿Quiere decir que siempre estás de mal humor?»

«Más bien sí», dijo riendo. «No digiero bien la bilis».

«¿Pero, qué bilis?», dijo ella.

«¡La bilis!», dijo él. «¿No sabes lo que es eso?». Ella se quedó callada y decepcionada. Él no le hacía caso.

«Me voy de viaje por un tiempo el mes que viene», dijo ella.

«¡En serio! ¿Dónde?».

«¡Venecia! ¿Con Sir Clifford? ¿Por cuánto tiempo?».

«Durante un mes más o menos», respondió ella. «Clifford no irá».

«¿Se quedará aquí?», preguntó él.

«¡Sí! Odia viajar tal y como está».

«¡Ay, pobre diablo!», dijo él, con simpatía. Hubo una pausa.

«No me olvidarás cuando me haya ido, ¿verdad?», preguntó ella. De nuevo él levantó los ojos y la miró de lleno.

«¿Olvidar?», dijo él. «Tú sabes que nadie olvida. No es una cuestión de memoria».

Ella quiso decir: «¿Cuándo entonces?», pero no lo hizo. En su lugar, dijo con un tipo de voz enmudecida: «Le dije a Clifford que podría tener un hijo».

Ahora él la miró de verdad, intensa y escrutadoramente.

«¿Lo hiciste?», dijo él al fin. «¿Y qué dijo?».

«Oh, que no le importaría. Se alegraría, de verdad, siempre que pareciera suyo». Ella no se atrevió a mirarle.

Él permaneció en silencio un largo rato, luego volvió a contemplar su rostro.

«¿No me mencionaste, por supuesto?», dijo él.

«No. Ni te mencioné», dijo ella.

«No, difícilmente me pasaría como criador sustituto. Entonces, ¿de dónde se supone que vas a sacar al niño?».

«Podría tener una aventura amorosa en Venecia», dijo ella.

«Es posible», respondió él lentamente. «¿Así que por eso vas?».

«No para tener la aventura amorosa», dijo ella, mirándole, suplicante.

«Sólo la apariencia de una», dijo él.

Se hizo el silencio. Él estaba sentado mirando por la ventana, con una leve sonrisa, mitad burla, mitad amargura, en la cara. Ella odiaba su sonrisa.

«¿Entonces no has tomado ninguna precaución para no tener un hijo?», le preguntó él de repente. «Porque yo no lo he hecho».

«No», dijo ella débilmente. «Odiaría eso».

Él la miró, luego otra vez con la peculiar sonrisa sutil fuera de la ventana. Se produjo un tenso silencio.

Por fin él giró la cabeza y dijo satíricamente:

«¿Para eso me querías, entonces, para tener un hijo?».

Ella agachó la cabeza.

«No. En realidad no», dijo ella.

«¿Entonces para qué, de verdad?», preguntó él con cierta mordacidad.

Ella le miró con reproche, diciendo: «No lo sé».

Él se echó a reír.

«Entonces que me condenen si yo lo sé», dijo él.

Hubo una larga pausa de silencio, un silencio frío.

«Bien», dijo él al fin. «Es como a su Señoría le gusta. Si se queda con el bebé, Sir Clifford le dará la bienvenida. Yo no habré perdido nada. Al contrario, he tenido una experiencia muy agradable, ¡muy agradable...!», y se estiró en una especie de bostezo reprimido a medias. «Si tú me has utilizado», dijo, «no es la primera vez que me utilizan; y supongo que nunca ha sido tan agradable como esta vez; aunque, por supuesto, uno no puede sentirse tremendamente digno por ello...». Volvió a estirarse, curiosamente, con los músculos temblorosos y la mandíbula extrañamente desencajada.

«Pero no he hecho uso de ti», dijo ella, suplicante.

«Al servicio de su Señoría», respondió él.

«No», dijo ella. «Me gustaba tu cuerpo».

«¿En serio?» respondió él, y se rió. «Bueno, entonces, estamos en paz, porque me gustó el tuyo».

Él la miró con extraños ojos oscurecidos.

«¿Te gustaría ir al primer piso ahora?», le preguntó él, con voz estrangulada.

«No, aquí no. Ahora no», dijo ella decididamente, aunque si él hubiera hecho presión sobre ella, habría ido, pues no tenía fuerzas para enfrentarlo.

Él volvió a apartar la cara y pareció olvidarla.

«Quiero tocarte como tú me tocas a mí», dijo ella. «Nunca he tocado realmente tu cuerpo».

Él la miró y volvió a sonreír.

«¿Ahora?», dijo él.

«¡No! ¡No! ¡Aquí no! En la cabaña. ¿Te importaría?».

«¿Cómo te toco yo?», preguntó él.

«Cuando me recorres el cuerpo con los dedos».

Él la miró y se encontró con sus ojos pesados y ansiosos.

«¿Y a ti te gusta cuando te recorro el cuerpo con los dedos?», le preguntó él, riéndose aún de ella.

«Sí, ¿y a ti?», dijo ella.

«¡Oh, yo!». Luego cambió de tono. «Sí», dijo. «Lo sabes sin preguntar». Lo cual era cierto.

Ella se levantó y recogió su sombrero. «Debo irme», dijo.

«¿Quieres irte?», respondió él amablemente.

Ella quería que él la tocara, que le dijera algo, pero él no dijo nada, sólo esperó cortésmente.

«Gracias por el té», dijo.

«No le he dado las gracias a su Señoría por hacer los honores de mi tetera», dijo.

Ella bajó por el sendero y él se quedó de pie en la puerta, con una leve sonrisa. Flossie vino corriendo con la cola levantada. Y Connie tuvo que arrastrarse tontamente hacia el bosque, sabiendo que él estaba allí de pie mirándola, con aquella incomprensible sonrisa en la cara.

Volvió a casa muy abatida y molesta. Le disgustó en gran manera que dijera que ella se había aprovechado de él porque, en cierto sentido, era cierto. Pero él no debería haberlo dicho. Por eso, de nuevo, estaba dividida entre dos sentimientos: el resentimiento contra él y el deseo de reconciliarse con él.

Pasó una hora del té muy inquieta e irritada, y enseguida subió a su habitación. Pero cuando estuvo allí no sirvió de nada; no podía ni sentarse ni estar parada. Tendría que hacer algo al respecto. Tendría que volver a la cabaña; si él no estaba allí, bien.

Se escabulló por la puerta lateral y siguió su camino de manera directa y un poco hosca. Cuando llegó al claro se sintió terriblemente inquieta. Pero allí estaba él de nuevo, en mangas de camisa, encorvado, dejando salir a las gallinas de los gallineros, entre los polluelos que ahora crecían un poco torpes, pero que estaban mucho más arreglados que los polluelos de las gallinas.

Ella fue directamente hacia él. «¡Ya ves que he venido!», le dijo.

«¡Ay, ya lo veo!», dijo él, enderezando la espalda y mirándola tornándose un poco.

«¿Dejas salir a las gallinas ahora?», preguntó.

«Sí, han estado sentadas hasta los huesos», dijo. «Y ahora no están tan ansiosas por salir y alimentarse. No hay ego en una gallina sentada; ella existe solamente para los huevos o los polluelos».

Las pobres gallinas madre; ¡qué devoción tan ciega! ¡incluso por huevos que no son suyos! Connie las miró con compasión. Un silencio impotente se hizo entre el hombre y la mujer.

«¿Entramos a la cabaña?», preguntó él.

«¿Quieres que entre?», preguntó ella, con una especie de desconfianza.

«Ay, si quiere venir».

Ella se quedó en silencio.

«¡Ven entonces!», dijo.

Y ella fue con él a la cabaña. Estaba bastante oscuro cuando cerró la puerta, así que prendió una débil luz en el farol, como antes.

«¿Has venido sin ropa interior?», le preguntó él.

«¡Sí».

«Ay, bueno, entonces yo también me quitaré la mía».

Él extendió las mantas, poniendo una a un lado a modo de cobertor. Ella se quitó el sombrero y se sacudió el pelo. Él se sentó, se quitó los zapatos y las polainas, y se desabrochó los calzones de cordón.

«Acuéstate entonces», dijo él, cuando se puso en camisa. Ella obedeció en silencio, y él se tumbó a su lado, y tiró de la manta sobre los dos.

«¡Ya está!», dijo.

Y le levantó el vestido hacia atrás, hasta llegar a sus pechos. Los besó suavemente, llevándose los pezones a los labios en pequeñas caricias.

«¡Eh, pero qué bonito, qué bonito!», dijo él, frotando de repente la cara con un movimiento de acurrucamiento contra su cálido vientre.

Y ella le rodeó con los brazos por debajo de la camisa, pero tenía miedo, miedo de su cuerpo delgado, liso y desnudo, que parecía tan poderoso, miedo de los músculos violentos. Se encogió, asustada.

Y cuando él dijo, con una especie de pequeño suspiro: «¡Eh, pero qué bonito!», algo en ella se estremeció, y algo en su espíritu se agarrotó en resistencia... agarrotado por la intimidad terriblemente física, y por la peculiar prisa de su posesión. Y esta vez el agudo éxtasis de la propia pasión de ella no la venció; ella yacía con sus extremos inertes sobre el cuerpo esforzado de él, y hiciera lo que hiciera, su espíritu parecía mirar desde lo alto de su cabeza, y el tope de sus ancas le parecía ridículo, y la especie de ansiedad de su pene por llegar a su pequeña crisis evacuadora le parecía una farsa. Sí, esto era amor, este ridículo rebote de las nalgas y el marchitamiento del pobre, insignificante y húmedo, pequeño pene. ¡Esto era el amor divino! Después de todo, los modernos tenían razón cuando sentían desprecio por la representación; porque era una representación. Era muy cierto, como decían algunos poetas, que el Dios que creó al hombre debía de tener un siniestro sentido del humor, al crearlo un ser razonable y, sin embargo, obligarlo a adoptar esta postura ridícula y conducirlo con ciega ansia a esta ridícula representación. Incluso a Maupassant le pareció un humillante anticlímax. Los hombres despreciaban el acto del coito y, sin embargo, lo hacían.

Fría y burlona, su extraña mente femenina se apartó y, aunque permanecía perfectamente inmóvil, su impulso fue el de agitar sus lomos y arrojar al hombre, escapar de su feo agarre y del aporreamiento de sus absurdas ancas. El cuerpo de él era una cosa tonta, insolente, imperfecta, un poco repugnante en su torpeza inacabada. Porque seguramente una evolución completa eliminaría esta actuación, esta «función».

Y sin embargo, cuando él terminó, pronto después, y yacía muy muy quieto, retrocediendo en el silencio y en una extraña distancia inmóvil, lejos, más lejos que el horizonte de su conciencia, el corazón de ella empezó a llorar. Podía sentir cómo él se alejaba, se alejaba, dejándola allí como una piedra en la orilla. Él se retiraba, su espíritu la abandonaba. Él lo sabía.

Y realmente apenada, atormentada por su propia doble conciencia y reacción, comenzó a llorar. Él no se dio cuenta, o ni siquiera lo supo. La tormenta de llanto creció y la sacudió, y la sacudió a él.

«¡Ay!», dijo él. «No sirvió de nada esta vez. Tú no estabas allí». ¡Así que él lo sabía! Los sollozos de ella se volvieron violentos.

«¿Pero, qué pasa?», dijo él. «De vez en cuando es así».

«Yo... no puedo amarte», sollozó ella, sintiendo de pronto que se le partía el corazón.

«¿No puedes? ¡Bueno, no sufras por ello! No hay ninguna ley que diga que hay que hacerlo. Tómalo como lo que es».

Él seguía con la mano sobre su pecho. Pero ella había retirado ambas manos de él.

Sus palabras fueron un pequeño consuelo. Ella sollozó en voz alta.

«¡No, no!», dijo él. «Es una de cal y una de arena. Esta vez ha sido una de arena».

Ella lloró amargamente, sollozando. «Pero quiero amarte y no puedo. Sólo me parece horrible».

Él se rió un poco, amargado a medias, divertido a medias.

«No es horrible», dijo él, «incluso si piensas que no es. Y no puedes forzarlo a que sea horrible. No te preocupes por amarme. No te obligues a hacerlo. Seguro que hay una nuez mala en una cesta llena. Hay que mezclar la áspera con la suave».

Él apartó la mano de su pecho, sin tocarla. Y ahora que no la tocaba, sentía una satisfacción casi perversa por ello. Ella odiaba que él hablara en dialecto; todas esas palabras dichas a la mitad. Él podía levantarse si quería y quedarse allí, encima de ella, abrochándose aquellos absurdos pantalones de pana, delante de ella. Después de todo, Michaelis había tenido la decencia de darse la vuelta. Este hombre estaba tan seguro de sí mismo que no sabía lo payaso que le encontraban los demás, un patán.

Sin embargo, cuando él se alejaba, para levantarse en silencio y abandonarla, ella se aferró a él aterrorizada.

«¡No! ¡No te vayas! ¡No me dejes! ¡No te enfades conmigo! ¡Abrázame! ¡Abrázame fuerte!», susurró ella en un frenesí ciego, sin saber siquiera lo que decía, y aferrándose a él con una fuerza inusitada. Era de sí misma de quien quería ser salvada, de su propia ira y resistencia internas. Sin embargo, ¡qué poderosa era esa resistencia interior que la poseía!

Él volvió a tomarla en sus brazos y la atrajo hacia él, y de repente ella se hizo pequeña en sus brazos, pequeña, y se acurrucó. Había desaparecido, la resistencia había desaparecido, y ella empezó a fundirse en una paz maravillosa. Y a medida que se fundía pequeña y maravillosa en sus brazos, se volvía infinitamente deseable para él, todos sus vasos sanguíneos parecían escaldarse por un intenso pero tierno deseo, por ella, por su suavidad, por la penetrante belleza de ella en sus brazos, pasando a su sangre. Y suavemente, con aquella maravillosa caricia de su mano, como un desmayo, de puro suave deseo, acarició suavemente la sedosa pendiente de sus lomos, bajando, bajando entre sus suaves y cálidas nalgas, acercándose cada vez más a su centro vital. Y ella lo sintió como una llama de deseo, pero tierna, y sintió que se derretía en la llama. Se dejó llevar. Sintió cómo su pene se alzaba contra ella con una fuerza y una aserción silenciosas y asombrosas, y ella se dejó llevar por él. Cedió con un temblor que era como la muerte, se abrió toda a él. Y ¡oh, si él no fuera tierno con ella ahora, qué cruel, porque ella estaba toda abierta a él e indefensa!

Ella volvió a estremecerse ante la potente entrada inexorable en su interior, tan extraña y terrible. Podría llegar con la estocada de una espada en su cuerpo suavemente abierto, y eso sería la muerte. Se aferró en una súbita angustia de terror. Pero llegó con un extraño y lento empuje de paz, el oscuro empuje de la paz y una ternura pesada y primordial, como la que hizo el mundo en el principio. Y su terror se apaciguó en su pecho, su pecho se atrevió a irse en paz, no retuvo nada. Se atrevió a dejarlo todo, toda de ella y a irse en la inundación.

Y parecía que ella era como el mar, nada más que olas oscuras levantándose y agitándose, agitándose con un gran oleaje, de modo que lentamente toda su oscuridad estaba en movimiento, y ella era Océano, rodando su masa oscura y muda. Oh, y muy abajo en su interior las profundidades se separaban y se arremolinaban, en largas y justas olas, y siempre, en lo más central y vital de ella, las profundidades se separaban y se arremolinaban, desde el centro de suave zambullida, a medida que el émbolo se adentraba más y más, tocando más abajo, y ella se revelaba más y más y más profunda, cuanto más pesadas eran sus olas rodando hacia alguna orilla, descubriéndola, y cada vez más cerca se zambullía lo desconocido palpable, y cada vez más lejos rodaban las olas de sí misma alejándose de sí misma, dejándola, hasta que de repente, en una suave y estremecedora convulsión, lo más rápido de todo su plasma fue tocado, ella se supo tocada, la consumación estaba sobre ella, y ella se había ido. Ella se había ido, no era, y había nacido: una mujer.

Ah, ¡demasiado encantador, demasiado encantador! En la marea ella se dio cuenta de toda su hermosura. Ahora todo su cuerpo se aferraba con tierno amor al hombre desconocido, y ciegamente al pene amansado, mientras se retiraba tan tiernamente, frágilmente, sin saberlo, tras el feroz empuje de su potencia. Cuando se retiró y abandonó su cuerpo, la cosa secreta y sensible, ella lanzó un grito inconsciente de pura pérdida, y trató de volver a colocárselo. ¡Había sido tan perfecto! ¡Y a ella le gustaba tanto!

Y sólo ahora fue consciente de la pequeña reticencia y ternura del pene, como un capullo, y se le escapó de nuevo un gritito de asombro y patetismo, su corazón de mujer llorando por la tierna fragilidad de lo que había sido el poder.

«¡Fue tan encantador!», gimió ella. «¡Fue tan encantador!». Pero él no dijo nada, sólo la besó suavemente, tumbado aún sobre ella. Y ella gimió con una especie de dicha, como un sacrificio, y como algo recién nacido.

Y ahora en su corazón se despertó la extraña maravilla de él.

¡Un hombre! ¡La extraña potencia de la virilidad sobre ella! Sus manos se posaron sobre él, todavía un poco asustada. Temerosa de esa cosa extraña, hostil, ligeramente repulsiva que él había sido para ella, un hombre. Y ahora ella le tocaba, y eran los hijos de dios con las hijas de los hombres. ¡Qué hermoso se sentía, qué puro en el tejido! Qué hermoso, qué encantador, fuerte, y sin embargo puro y delicado, ¡qué quietud del cuerpo sensible! Qué absoluta quietud de potencia y delicada carne. ¡Qué hermoso! ¡Qué hermoso! Sus manos bajaron tímidamente por su espalda, hasta los suaves y pequeños globos de las nalgas. ¡Qué belleza! ¡Qué belleza! Una pequeña llama repentina de nueva conciencia la recorrió. ¿Cómo era posible, esta belleza aquí, donde antes sólo había sentido repulsión? ¡La indescriptible belleza al tacto de las nalgas cálidas y vivas! La vida dentro de la vida, la pura belleza cálida y potente. ¡Y el extraño peso de las bolas entre sus piernas! ¡Qué misterio! ¡Qué extraño peso de misterio, que podía yacer suave y pesado en la mano de una! Las raíces, la raíz de todo lo que es encantador, la raíz primigenia de toda la belleza plena.

Ella se aferró a él, con un silbido de asombro que era casi sobrecogimiento, terror. Él la estrechó, pero no dijo nada. Nunca diría nada. Ella se arrastró más cerca de él, más cerca, sólo para estar cerca de la maravilla sensual de él. Y de la absoluta e incomprensible quietud de él, ella sintió de nuevo la lenta y trascendental subida del falo, el otro poder. Y su corazón se derritió con una especie de sobrecogimiento.

Y esta vez su ser dentro de ella era todo suave e iridiscente, puramente suave e iridiscente, tal que ninguna conciencia podía apoderarse de él. Todo su ser temblaba inconsciente y vivo, como un plasma. Ella no podía saber lo que era. No podía recordar lo que había sido. Sólo que había sido más encantador de lo que nada podría ser jamás. Sólo eso. Y después se quedó completamente quieta, sin saber durante cuánto tiempo. Y él seguía con ella, en un silencio insondable junto a ella. Y de esto nunca hablarían.

Cuando empezó a recobrar la conciencia del exterior, ella se aferró a su pecho, murmurando: «¡Amor mío! ¡Amor mío!». Y él la abrazó en silencio. Y ella se acurrucó en su pecho, perfecta.

Pero su silencio era insondable. Las manos de él la sostenían como si fuera flores, tan inmóviles que ayudaban de forma extraña.

«¿Dónde estás?», le susurró ella a él. «¿Dónde estás? ¡Háblame! ¡Dime algo!».

Él la besó suavemente, murmurando: «¡Ay, mi muchacha!»

Pero ella no sabía a qué se refería, no sabía dónde estaba. En su silencio parecía perdido para ella.

«Me amas, ¿verdad?», murmuró ella.

«¡Ay, ya se sabe!», dijo él.

«¡Pero dímelo!», suplicó ella.

«¡Ay! Ay! ¿Pero no lo sientes?», dijo él tenuemente, pero con suavidad y seguridad. Y ella se aferró a él, más cerca. Él estaba mucho más tranquilo en el amor que ella, y quería que él la tranquilizara.

«¡Sí que me quieres!», susurró ella, asertiva. Y las manos de él la acariciaron suavemente, como si fuera una flor, sin el temblor del deseo, pero con delicada cercanía. Y todavía la atormentaba una inquieta necesidad de aferrarse al amor.

«¡Di que siempre me querrás!», suplicó ella.

«¡Ay!», dijo él, abstraído. Y sintió que sus preguntas lo alejaban de ella.

«¿No debemos levantarnos?», dijo él al fin.

«¡No!», dijo ella.

Pero ella podía sentir cómo su conciencia se desviaba, escuchando los ruidos del exterior.

«Debe ser casi de noche», dijo él. Y ella oyó la presión de las circunstancias en su voz. Ella le besó, con la pena de una mujer por ceder su hora.

Él se levantó y encendió el farol, luego empezó a ponerse la ropa, desapareciendo rápidamente dentro de ellas. Luego se quedó allí, encima de ella, abrochándose los calzones y mirándola con ojos oscuros y muy abiertos, la cara un poco sonrojada y el pelo alborotado, curiosamente cálido y quieto y hermoso a la tenue luz de la linterna, tan hermoso que ella nunca le diría lo hermoso que era. Le daban ganas de aferrarse a él, de abrazarlo, pues había una cálida y medio adormilada lejanía en su belleza que le hacía desear gritar y aferrarse a él, tenerlo. Ella nunca lo tendría. Así que se tumbó sobre la manta con las ancas curvadas, suaves y desnudas, y él no sabía para nada lo que estaba pensando, pero para él también era hermosa, la cosa suave y maravillosa en la que podía entrar, más allá de todo.

«Te amo tanto que puedo entrar en ti», dijo él.

«¿Te gusto?», dijo ella, con el corazón latiéndole.

«Lo cura todo, que puedo entrar en ti. Te amo porque te has abierto a mí. Te amo por haber entrado así en ti».

Él se inclinó y besó su suave flanco, frotó la mejilla de ella contra él y luego lo cubrió.

«¿Y nunca me dejarás?», dijo ella.

«No preguntes eso», dijo.

«¿Pero tú crees que te amo?», dijo ella.

«Me acabas de amar, más ancho que un río. ¡Pero quién sabe lo que puede pasar cuando uno empieza a pensar en ello!».

«¡No, no digas esas cosas...! Y no pensarás realmente que quería aprovecharme de ti, ¿verdad?».

«¿Cómo?»

«¿Teniendo un hijo...?».

«Ahora cualquiera puede tener un hijo en el mundo», dijo él, mientras se sentaba abrochándose las polainas.

«¡Ah, no!», gritó ella. «¿No lo dirás en serio?»

«¡Y... bien!», dijo él, mirándola por debajo de las cejas. «Esta vez fue la mejor».

Ella se quedó quieta. Él abrió suavemente la puerta. El cielo era azul oscuro, con un borde cristalino, turquesa. Él salió, para encerrar a las gallinas, hablando suavemente a su perra. Y ella se quedó tumbada y maravillada ante la maravilla de la vida, y del ser.

Cuando él volvió, ella seguía tumbada, brillando como una gitana. Se sentó en el taburete junto a ella.

«Tienes que venir una noche a mi casita de campo antes de irte, ¿vendrás?», preguntó él, alzando las cejas mientras la miraba, con las manos colgando entre las rodillas.

«¿Vendrás?», repitió ella, burlona.

Sonrió. «¿Ay, vendrás?», repitió él.

«¡Ay!», dijo ella, imitando el sonido del dialecto.

«¡Yi!», dijo él.

«¡Yi!», repitió ella.

«Y dormir conmigo», dijo él. «Hace falta. ¿Cuándo vendrás?».

«¿Cuándo debería hacerlo?», dijo ella en dialecto.

«No», dijo, «no te sale. ¿Cuándo vendrás, entonces?».

«Quizás el domingo», dijo ella en dialecto.

«¡Quizás el domingo! ¡Ay!».

Se rió de ella rápidamente.

«No te sale», protestó él.

«¿Por qué no me sale?», dijo ella.

Capítulo 13

El domingo Clifford quiso ir al bosque. Era una mañana preciosa, la flor del peral y el ciruelo habían aparecido de repente en el mundo en una maravilla de blanco, aquí y allá.

Era cruel para Clifford, mientras el mundo florecía, tener que ser ayudado de su silla a la silla para inválidos. Pero él lo había olvidado, e incluso parecía tener cierto engreimiento de sí mismo en su cojera. Connie seguía sufriendo, teniendo que levantar sus piernas inertes para colocarlas en su sitio. Mrs. Bolton lo hacía ahora, o Field.

Ella le esperaba en lo alto del camino de entrada, al borde de la pantalla de hayas. Su silla llegó resoplando con una especie de lentitud valetudinaria. Mientras se reunía con su esposa le dijo:

«¡Sir Clifford en su corcel errante!».

«¡Resoplando, al menos!», rió ella.

Se detuvo y miró a su alrededor, a la fachada de la casa larga, baja y vieja de color marrón.

«¡Wragby ni pestañea!», dijo él. «¡Pero, por qué debería hacerlo! Cabalgo sobre los logros de la mente del hombre, y eso vence a un caballo».

«Supongo que sí. Y las almas de Platón que subían al cielo en un carro con dos caballos irían ahora en un coche Ford», dijo ella.

«O un Rolls-Royce... Platón era un aristócrata».

«¡Basta! Se acabó el caballo negro al que golpear y maltratar. Platón nunca pensó que superaríamos a su corcel negro y a su corcel blanco, y que no tendríamos corceles, ¡sólo un motor!».

«¡Sólo un motor y gasolina!», dijo Clifford. «Espero poder hacer algunas reparaciones en el viejo lugar el año que viene. Creo que me sobrarán unas mil libras para eso... ¡pero el trabajo cuesta tanto!», añadió.

«¡Oh, bien!», dijo Connie. «¡Si al menos no hubiera más huelgas!».

«¡De qué serviría que volvieran a hacer huelga! Simplemente arruinarían la industria, lo que queda de ella... ¡y seguramente los búhos están empezando a verlo!».

«Quizá no les importe arruinar la industria», dijo Connie.

«¡Ah, no hables como una mujer! La industria les llena la barriga, aunque no pueda mantenerles los bolsillos tan llenos», dijo, utilizando giros del habla que extrañamente tenían un toque de Mrs. Bolton.

«Pero, ¿no dijiste el otro día que eras un conservador-anarquista?», preguntó ella inocentemente.

«¿Y entendiste lo que quise decir?», replicó él. «Todo lo que quise decir es que la gente puede ser lo que quiera y sentir lo que quiera y hacer lo que quiera, estrictamente en privado, siempre y cuando mantenga la forma de vida intacta, y el aparato».

Connie caminó en silencio unos pasos. Luego dijo, obstinada:

«Suena como decir que un huevo puede volverse tan podrido como quiera, siempre que mantenga su cáscara entera. Pero los huevos podridos se rompen solos».

«No creo que las personas sean huevos», dijo él. «Ni siquiera los huevos de los ángeles, mi querida evangelista».

Él estaba en plenas facultades esta luminosa mañana. Las alondras trinaban sobre el parque, el lejano foso en la hondonada humeaba vapor silencioso. Era casi como en los viejos tiempos, antes de la guerra. Connie realmente no quería discutir. Pero tampoco tenía muchas ganas de ir al bosque con Clifford. Así que caminó junto a su silla con cierta obstinación de espíritu.

«No», dijo él. «No habrá más huelgas, si la cosa se gestiona adecuadamente».

«¿Y por qué no?».

«Porque las huelgas se harán casi imposibles».

«¿Pero, te dejarán los hombres?», preguntó ella.

«No les preguntaremos. Lo haremos mientras no estén mirando... por su propio bien, para salvar la industria».

«Por tu propio bien también», dijo ella.

«¡Naturalmente! Por el bien de todos. Pero por su bien aún más que por el mío. Yo puedo vivir sin los fosos. Ellos no pueden. Se morirán de hambre si no hay fosos. Yo tengo otras provisiones».

Miraron hacia arriba, sobre el valle poco profundo, hacia la mina, y más allá, hacia las casas de tapas negras de Tevershall que se arrastraban como una serpiente por la colina. Desde la vieja iglesia marrón repicaban las campanas: ¡Domingo, domingo, domingo!

«¿Pero te dejarán los hombres dictar los términos?», dijo ella.

«Querida, tendrán que hacerlo... si uno lo hace con suavidad».

«¿Pero no podría haber un entendimiento mutuo?».

«Absolutamente... cuando se den cuenta de que la industria está por encima del individuo».

«¿Pero debes tú ser el dueño de la industria?», dijo ella.

«No tengo que serlo. Pero en la medida en que soy el dueño, sí, decididamente. La propiedad se ha convertido ahora en una cuestión religiosa... como lo ha sido desde Jesús y San Francisco. No se trata de "toma todo lo que tienes y dáselo a los pobres", sino de utilizar todo lo que tienes para fomentar la industria y dar trabajo a los pobres. Es la única manera de alimentar todas las bocas y vestir todos los cuerpos. Regalar todo lo que tenemos a los pobres significa la inanición para los pobres tanto como para nosotros. Y la inanición universal no es un gran objetivo. Incluso la pobreza general no es algo encantador. La pobreza es fea».

«¿Pero la disparidad?».

Es el destino. ¿Por qué la estrella Júpiter es más grande que la estrella Neptuno? No se puede empezar a alterar la composición de las cosas».

«Pero cuando esta envidia y estos celos y este descontento han empezado de una vez...», empezó a decir ella.

«Haz todo lo posible por detenerlo. Alguien tiene que ser el jefe del espectáculo».

«¿Pero quién es el jefe del espectáculo?», preguntó ella.

«Los hombres que poseen y dirigen las industrias».

Hubo un largo silencio.

«Me parece que son un mal jefe», dijo ella.

«Entonces sugiere tú lo que deberían hacer».

«No se toman su cargo de jefe lo suficientemente en serio», dijo ella.

«Se lo toman mucho más en serio de lo que tú te tomas tu Señoría», dijo él.

«Me la han impuesto. En realidad no la quiero», soltó ella. Él detuvo la silla y la miró.

«¡Quién elude ahora su responsabilidad!», dijo él. «¿Quién está tratando de eludir ahora la responsabilidad de su propia jefatura, como tú la llamas?».

«Pero no quiero ninguna jefatura», protestó ella.

«¡Ah! Pero eso es cobardía. Ya la tienes... destinada a ella. Y deberías estar a la altura. Quién ha dado a los mineros todo lo que tienen que vale la pena tener... toda su libertad política, y su educación, tal como es, su sanidad, sus condiciones de salud, sus libros, su música, todo. ¿Quién se lo ha dado? ¿Se lo han dado los mineros? No. Todos los Wragbys y Shipleys de Inglaterra han dado su parte, y deben seguir dando. Ahí está tu responsabilidad».

Connie escuchó y se puso muy colorada.

«Me gustaría dar algo», dijo ella. «Pero no se me permite. Todo debe venderse y pagarse ahora; y todas las cosas que mencionas ahora, Wragby y Shipley las vende a la gente, con un buen beneficio. Todo está vendido. Tú no das ni un latido de verdadera simpatía. Y además, ¿quién le ha quitado a la gente su vida natural y su hombría, y le ha dado este horror industrial? ¿Quién lo ha hecho?».

«¿Y qué debo hacer?», preguntó él, verde. «¿Pedirles que vengan a saquearme?».

«¿Por qué Tevershall es tan feo, tan horrible? ¿Por qué sus vidas son tan desesperadas?».

«Ellos construyeron su propio Tevershall, eso forma parte de su exhibición de libertad. Se construyeron su bonito Tevershall, y viven sus propias bonitas vidas. Yo no puedo vivir sus vidas por ellos. Cada escarabajo debe vivir su propia vida».

«Pero tú les hace trabajar para ti. Viven la vida de su mina de carbón».

«En absoluto. Cada escarabajo encuentra su propia comida. Ningún hombre está obligado a trabajar para mí».

«Sus vidas están industrializadas y sin esperanza, y las nuestras también», gritó ella.

«No creo que lo estén. Eso es sólo una figura retórica romántica, una reliquia del romanticismo lánguido y moribundo. No pareces en absoluto una figura desesperanzada ahí de pie, Connie querida».

Lo cual era cierto. Porque sus ojos azul oscuro centelleaban, el color de sus mejillas estaba caliente, parecía llena de una pasión rebelde lejos del abatimiento de la desesperanza. Ella advirtió, en los lugares revueltos de la hierba, las algodonosas y jóvenes prímulas que se erguían aún en su envoltura. Y se preguntó con rabia por qué sentía que Clifford estaba tan equivocado, pero no podía decírselo, no podía decir exactamente en qué se equivocaba.

«No me extraña que los hombres te odien», dijo ella.

«¡No lo hacen!», replicó él. «Y no caigas en errores... en el propio sentido de la palabra, no son hombres. Son animales que tú no comprendes y que nunca podrías comprender. No impongas tus ilusiones a los demás. Las masas siempre fueron iguales y siempre lo serán. Los esclavos de Nerón se diferenciaban muy poco de nuestros mineros o de los obreros de la Ford. Me refiero a los esclavos de las minas de Nerón y a sus esclavos del campo. Son las masas... son lo inmutable. Un individuo puede surgir de las masas. Pero el surgimiento de un individuo no altera la masa. Las masas son inalterables. Es uno de los hechos más trascendentales de la ciencia social, *¡panem et circenses!* Sólo que hoy la educación es uno de los malos sustitutos del circo. Lo que está mal hoy es que hemos suprimido parte del programa dedicado a los circos y hemos envenenado a nuestras masas con un poco de educación».

Cuando Clifford se enardeció de verdad en sus sentimientos sobre la gente corriente, Connie se asustó. Había algo devastadoramente cierto en lo que decía. Pero era una verdad que mataba.

Al verla pálida y silenciosa, Clifford arrancó de nuevo la silla y no se dijo nada más hasta que se detuvo de nuevo ante la puerta del bosque, que ella abrió.

«Y lo que tenemos que tomar ahora», dijo, «son látigos, no espadas. Las masas han sido gobernadas desde que el tiempo comenzó, y hasta que el tiempo termine, gobernadas tendrán que estar. Es pura hipocresía y farsa decir que pueden gobernarse a sí mismas».

«¿Pero puedes tú gobernarlas?», preguntó ella.

«¿Yo? ¡Oh, sí! Ni mi mente ni mi voluntad están lisiadas, y no gobierno con las piernas. Puedo hacer mi parte en el gobierno... absolutamente, mi parte; y dame un hijo, y él podrá gobernar su parte después de mí».

«Pero no sería tu propio hijo, de tu propia clase dirigente; o tal vez no», balbuceó ella.

«No me importa quién sea su padre, siempre que sea un hombre sano y no por debajo de la inteligencia normal. Dame el hijo de cualquier hombre sano y de inteligencia normal, y haré de él un Chatterley perfectamente competente. Lo importante no es quién nos engendra, sino dónde nos coloca el destino. Coloca a cualquier niño entre las clases dirigentes y crecerá, a su medida, como un gobernante. Pon a los hijos de reyes y duques entre las masas y serán pequeños plebeyos, productos de masas. Es la abrumadora presión del entorno».

«Entonces el pueblo llano no es una raza, y los aristócratas no son sangre», dijo ella.

«¡No, hija mía! Todo eso es una ilusión romántica. La aristocracia es una función, una parte del destino. Y las masas son un funcionamiento de otra parte del destino. El individuo apenas importa. Es una cuestión de la función en la que se ha criado y a la que se ha adaptado. No son los individuos los que hacen una aristocracia... es el funcionamiento del conjunto aristocrático. Y es el funcionamiento del conjunto lo que hace que el hombre común sea lo que es».

«¡Entonces no hay humanidad común entre todos nosotros!».

«Como tú quieras. Todos necesitamos llenar la barriga. Pero cuando se trata del funcionamiento expresivo o ejecutivo, creo que hay un abismo, y absoluto, entre las clases dirigentes y las sirvientes. Las dos funciones son opuestas. Y la función determina al individuo».

Connie le miró con ojos aturdidos.

«¿No quieres venir?», dijo ella.

Y él puso en marcha su silla. Había dicho lo que tenía que decir. Ahora se sumió en su peculiar y más bien vacía apatía, que Connie encontraba tan difícil. En el bosque, de todos modos, estaba decidida a no discutir.

Delante de ellos corría la hendidura abierta del camino, entre los muros de avellanos y los alegres árboles grises. La silla seguía resoplando lentamente hacia los nomeolvides que se alzaban en el paseo como espuma de leche, más allá de las sombras de los avellanos. Clifford dirigía por el curso medio, donde el paso de los pies había mantenido un canal a través de las flores. Pero Connie, que caminaba detrás, había observado cómo las ruedas se sacudían sobre las aspérulas y la hierbabuena, y aplastaban las pequeñas copas amarillas de la centella rastrera. Ahora hacían una estela a través de los nomeolvides.

Todas las flores estaban allí, las primeras campanillas en charcos azules, como agua estancada.

«Tienes mucha razón que es precioso», dijo Clifford. «Es tan sorprendente. ¿Qué hay tan encantador como una primavera inglesa?».

Connie pensó que sonaba como si incluso la primavera floreciera por ley del Parlamento. ¡Una primavera inglesa! ¿Por qué no una irlandesa? ¿o judía? La silla avanzaba lentamente, pasando junto a mechones de robustas campanillas que se erguían como el trigo y sobre hojas grises de bardana. Cuando llegaron al lugar abierto donde se habían talado los árboles la luz entraba bastante descarnada. Y las campanillas formaban sábanas de color azul brillante, aquí y allá, que se difuminaban en lila y púrpura. Y entre ellas, las helechos levantaban sus cabezas rizadas y marrones, como legiones de serpientes jóvenes con un nuevo secreto que susurrar a Eva. Clifford mantuvo la silla en marcha hasta que llegó a la cima de la colina; Connie le siguió lentamente. Los brotes del roble se abrían suaves y marrones. Todo salía tiernamente de la vieja dureza. Incluso los robles retorcidos y rugosos echaban las hojas jóvenes más suaves, extendiendo unas alitas finas y marrones como jóvenes alas de murciélago a la luz. ¿Por qué los hombres nunca tuvieron nada de nuevo en ellos, nada de frescura con la que salir? ¡Hombres rancios!

Clifford detuvo la silla en lo alto de la subida y miró hacia abajo. Las campanillas azules bañaban como el agua el amplio camino e iluminaban la cuesta hacia abajo con un cálido azul.

«Es un color muy bonito en sí mismo», dijo Clifford, «pero inútil para hacer un cuadro».

«¡Claro!», dijo Connie, completamente desinteresada.

«¿Me aventuro hasta el manantial?», dijo Clifford.

«¿Podrá subir nuevamente la silla?», dijo ella.

«¡Lo intentaremos; el que nada apuesta, nada gana!».

Y la silla comenzó a avanzar lenta, estrepitosamente por el hermoso y ancho camino bañada de jacintos azules invasores. ¡Oh, último de todos los barcos, a través de los bajíos con jacintos! ¡Oh, pinaza en las últimas aguas salvajes, navegando en el último viaje de nuestra civilización! Hacia dónde, oh, extraña nave de ruedas, tu lento rumbo dirige. Tranquilo y complaciente, Clifford se sentó al timón de la aventura... con su viejo sombrero negro y su chaqueta de tweed, inmóvil y cauteloso. Oh capitán, mi capitán, ¡nuestro espléndido viaje ha terminado! ¡Aunque todavía no! Cuesta abajo, en la estela, venía Constance con su vestido gris, viendo cómo la silla se sacudía hacia abajo.

Pasaron por el estrecho camino hacia la cabaña. Gracias a Dios, no era lo suficientemente ancho para la silla... apenas lo suficiente para una persona. La silla llegó al fondo de la pendiente y dio un giro para desaparecer. Y Connie oyó un silbido bajo detrás de ella. Miró bruscamente a su alrededor: el guardabosques bajaba a grandes zancadas hacia ella, con su perra detrás.

«¿Va Sir Clifford a la casita de campo?», le preguntó mirándola a los ojos.

«No, sólo al foso».

«¡Ah! ¡Bien! Entonces puedo perderme de vista. Pero te veré esta noche. Te esperaré en la puerta del parque a eso de las diez».

Él se volvió para mirarla directamente a los ojos.

«Sí», titubeó ella.

Oyeron el ¡pap! ¡pap! de la bocina de Clifford, llamando a Connie. Ella dijo «¡cuee!» en respuesta. La cara del guardabosques esbozó una pequeña mueca y con la mano le rozó suavemente el pecho hacia arriba, por debajo. Ella le miró, asustada, y echó a correr colina abajo, llamando otra vez ¡cuee! a Clifford. El hombre de arriba la observó y luego se volvió, sonriendo débilmente, hacia su camino.

Ella encontró a Clifford subiendo lentamente hacia el manantial, que estaba a mitad de camino en la ladera del oscuro bosque de alerces. Él ya estaba allí cuando ella lo alcanzó.

«Lo hizo muy bien», dijo él, refiriéndose a la silla.

Connie miró las grandes hojas grises de bardana que crecían fantasmales desde el borde del bosque de alerces. La gente lo llama el ruibarbo de Robin Hood. ¡Qué silencioso y sombrío parecía junto al foso! Sin embargo, el agua burbujeaba tan brillante, ¡maravillosa! Y había aspérulas azules... Y allí, bajo la orilla, la tierra amarilla se movía. ¡Un topo! Emergió, remando con sus manos rosadas, y agitando su carita ciega, con la diminuta punta rosa de la nariz levantada.

«Parece que ve con la punta de la nariz», dijo Connie.

«¡Mejor que con los ojos!», dijo él. «¿Beberás?».

«¿Lo harás tú?».

Ella cogió una taza de esmalte de una ramita de un árbol y se inclinó para llenársela. Él bebió a sorbos. Luego se agachó de nuevo y bebió un poco ella también.

«¡Tan helada!», dijo ella jadeando.

«¡Bien! ¿Verdad? ¿Pensaste un deseo?».

«¿Y tú?».

«Sí, lo hice. Pero no lo diré».

Fue consciente del repiqueteo de un pájaro carpintero, luego del viento, suave e inquietante a través de los alerces. Miró hacia arriba. Nubes blancas cruzaban el azul.

«¡Nubes!», dijo ella.

«Sólo corderos blancos», respondió él.

Una sombra cruzó el pequeño claro. El topo había salido nadando a la suave tierra amarilla.

«Pequeña bestia desagradable, deberíamos matarlo», dijo Clifford.

«¡Mira! Es como un párroco en un púlpito», dijo ella.

Ella recogió unas ramitas de leña y se las llevó.

«¡Heno recién cortado!», dijo él. «¡Acaso no huele como las damas románticas del siglo pasado, que tenían la cabeza bien puesta después de todo!».

Ella miraba las nubes blancas.

«Me pregunto si lloverá», dijo ella.

«¡Lluvia! ¿Por qué? ¿Quieres que llueva?».

Emprendieron el camino de regreso, Clifford traqueteando cautelosamente cuesta abajo. Llegaron al oscuro fondo de la hondonada, giraron a la derecha y, al cabo de cien yardas, se desviaron hacia el pie de la larga ladera, donde las campanillas se alzaban a la luz.

«¡Ahora, vieja!», dijo Clifford, poniendo la silla en marcha.

Fue una subida empinada y traqueteante. La silla se tambaleaba lentamente, con dificultad. Aun así, se abrió paso hacia arriba de forma irregular, hasta que llegó a donde los jacintos la rodeaban, entonces se tambaleó, forcejeó, se apartó un poco de las flores, luego se detuvo.

«Será mejor que hagamos sonar la bocina a ver si viene el guardabosques», dijo Connie. «Él podría empujarla un poco. De hecho, yo empujaré. Eso ayuda».

«La dejaremos respirar», dijo Clifford. «¿Te importaría poner un peñasco debajo de la rueda?».

Connie encontró una piedra, y esperaron. Al cabo de un rato, Clifford encendió de nuevo el motor y puso la silla en movimiento. Luchaba y vacilaba como una cosa enferma, con ruidos curiosos.

«¡Déjame empujar!», dijo Connie, acercándose por detrás.

«¡No! ¡No empujes!», dijo él enfadado. «¡De qué sirve la maldita cosa, si hay que empujarla! ¡Pon la piedra debajo!».

Hubo otra pausa, luego otro arranque del motor; pero más ineficaz que antes.

«Debes dejarme empujar», dijo ella. «O hacer sonar la bocina para llamar al guardabosques».

«¡Espera!».

Ella esperó; y él volvió a intentarlo, haciendo más mal que bien.

«Haz sonar la bocina entonces, si no me dejas empujar», dijo ella.

«¡Diablos! ¡Quédate callada un momento!».

Ella se quedó callada un momento… él hacía esfuerzos demoledores con el pequeño motor.

«Sólo conseguirás estropearlo del todo, Clifford», le replicó ella; «además de malgastar tu encrgía nerviosa».

«¡Si pudiera salir y mirar la maldita cosa!», dijo él, exasperado. Y tocó la bocina estridentemente. «Tal vez Mellors pueda ver qué pasa».

Esperaron, entre las flores machacadas bajo un cielo suavemente cuajado de nubes. En el silencio, una paloma torcaz empezó a arrullar ¡ru-hu hu! ¡ru-hu hu! Clifford la hizo callar con un toque de bocina.

El guardabosques apareció directamente, dando zancadas inquisitivas por la esquina. Saludó.

«¿Sabe algo de motores?», preguntó Clifford bruscamente.

«Me temo que no. ¿Se ha roto?».

«¡Por lo visto!», espetó Clifford.

El hombre se agachó solícito junto al volante y echó un vistazo al pequeño motor.

«Me temo que no sé nada de estas cosas mecánicas, Sir Clifford», dijo con calma. «Si tiene suficiente gasolina y aceite…».

«Mire atentamente a ver si ve algo roto», espetó Clifford.

El hombre apoyó su arma contra un árbol, se quitó el abrigo y lo arrojó a su lado. La perra marrón se sentó en guardia. Luego él se sentó sobre sus talones y miró por debajo de la silla, hurgando con el dedo en el grasiento motorcillo y resintiéndose de las marcas de grasa en su limpia camisa de domingo.

«No parece que haya nada roto», dijo. Y se levantó, apartándose el sombrero de la frente, frotándose la frente y aparentemente estudiando.

«¿Ha mirado las barras por debajo?», preguntó Clifford. «¡Mire si están bien!».

El hombre estaba tumbado boca abajo en el suelo, con el cuello presionado hacia atrás, retorciéndose bajo el motor y hurgando con el dedo. Connie pensó en lo patético que era un hombre, débil y de aspecto pequeño, tumbado boca abajo sobre la gran tierra.

«Parece estar bien por lo que veo», llegó su voz apagada.

«Supongo que no podrá hacer nada», dijo Clifford.

«¡Parece que no puedo!». Y se incorporó y se sentó sobre sus talones, al estilo minero. «Ciertamente no hay nada roto que salte a la vista».

Clifford arrancó el motor y puso la marcha. No se movía.

«Fuércela un poco», sugirió el guardabosques.

A Clifford le molestó la interferencia, pero hizo que su motor zumbara como una botella azul. Entonces el motor tosió y gruñó y pareció ir mejor.

«Suena como si se hubiera desatascado», dijo Mellors.

Pero Clifford ya la había puesto en marcha. Dio un bandazo enfermizo y avanzó débilmente.

«Si le doy un empujón, lo hará», dijo el guardabosques, yendo por detrás.

«¡Quítese!», espetó Clifford. «Lo hará el motor por sí mismo».

«¡Pero Clifford!», intervino Connie desde el banco, «sabes que es demasiado pedir. ¿Por qué eres tan obstinado?».

Clifford estaba pálido de ira. Golpeó las palancas. La silla dio una especie de bandazo, avanzó unas yardas más y llegó a su fin en medio de un parche de campanillas especialmente prometedor.

«¡Está acabada!», dijo el guardabosques. «No tiene suficiente potencia».

«Ya he estado aquí antes», dijo fríamente Clifford.

«No lo hará esta vez», dijo el guardabosques.

Clifford no respondió. Empezó a hacer cosas con el motor, haciéndolo funcionar rápido y despacio como si quisiera sacarle algún tipo de melodía. El bosque retumbaba con ruidos extraños. Luego la puso en marcha de un tirón, después de haberle quitado el freno.

«La romperá por dentro», murmuró el guardabosques.

La silla embistió con un bandazo enfermizo hacia el foso.

«¡Clifford!», gritó Connie, lanzándose hacia delante.

Pero el guardabosques había agarrado la silla por la barandilla. Clifford, sin embargo, ejerciendo toda su presión, consiguió dirigirla hacia el camino, y con un ruido extraño la silla luchaba contra la colina. Mellors empujó con firmeza detrás, y la silla subió, como si quisiera recuperarse.

«¡Ya ves, lo está haciendo!», dijo Clifford, victorioso, echando un vistazo por encima de su hombro. Allí vio la cara del guardabosques.

«¿La está empujando?».

«No lo conseguirá sino».

«Deje la silla en paz. Le pedí que no lo hiciera».

«No lo conseguirá».

«¡Deje que lo intente!», gruñó Clifford, con todo su énfasis.

El guardabosques se apartó... luego se volvió para coger su abrigo y su arma. La silla pareció estrangularse de inmediato. Permaneció inerte. Clifford, sentado prisionero, estaba blanco de vejación. Tironeaba de las palancas con la mano, los pies no le servían. Le sacaba ruidos extraños. Con salvaje impaciencia movió pequeñas manivelas y obtuvo más ruidos de la silla. Pero no se movía. No, no se movería. Paró el motor y se sentó rígido de ira.

Constance se sentó en el banco y miró las desdichadas y pisoteadas campanillas. «Nada tan encantador como una primavera inglesa». «Puedo hacer mi parte de gobernante». «Lo que necesitamos ahora son látigos, no espadas.» «¡Las clases dominantes!».

El guardabosques se acercó con su abrigo y su arma, Flossie pisándole cautelosamente los talones. Clifford le pidió al hombre que hiciera una cosa u otra en el motor. Connie, que no entendía nada de los tecnicismos de los motores, y que había tenido experiencia en averías, se sentó pacientemente en el banco como si fuera un enigma. El guardabosques volvió a tumbarse boca abajo. ¡Las clases dominantes y las clases sirvientes!

Se puso en pie y dijo pacientemente:

«Inténtelo de nuevo, entonces».

Él habló en voz baja, casi como si le hablara a un niño.

Clifford la probó y Mellors se puso rápidamente detrás y empezó a empujar. La silla se puso en marcha, el motor haciendo casi la mitad del trabajo, el hombre el resto.

Clifford miró a su alrededor, amarillo de ira.

«¡Quiere salirse de ahí!».

El guardabosques la soltó de inmediato y Clifford añadió: «¡Cómo voy a saber si está andando!».

El hombre dejó el arma y empezó a ponerse el abrigo. Ya estaba todo hecho.

La silla empezó a retroceder lentamente.

«¡Clifford, tu freno!», gritó Connie.

Ella, Mellors y Clifford se movieron a la vez, Connie y el guardabosques empujando ligeramente. La silla se quedó quieta. Hubo un momento de silencio sepulcral.

«¡Es obvio que estoy a merced de todos!», dijo Clifford. Estaba amarillo de ira.

Nadie respondió. Mellors llevaba el arma al hombro, con el rostro extraño e inexpresivo, salvo por una abstraída mirada de paciencia. La perra Flossie, de guardia casi entre las piernas de su amo, se movía inquieta, mirando la silla con gran recelo y desagrado, y muy perpleja entre los tres seres humanos. El *tableau vivant* permanecía inmóvil entre las campanillas aplastadas, sin que nadie le dirigiera la palabra.

«Supongo que habrá que empujarla», dijo Clifford al fin, con afectación de *sang froid.*

No hubo respuesta. El rostro abstraído de Mellors parecía como si no hubiera oído nada. Connie le miró ansiosamente. Clifford también miró a su alrededor.

«¿Le importaría empujarla hasta casa, Mellors?», dijo en un frío tono de superioridad. «Espero no haber dicho nada que le ofenda», añadió, en tono de desagrado.

«¡Para nada, Sir Clifford! ¿Quiere que empuje esa silla?».

«Si es tan amable».

El hombre empezó a hacerlo; pero esta vez no surtió efecto. El freno estaba atascado. Golpearon y tiraron, y el guardabosques se quitó el arma y el abrigo una vez más. Y ahora Clifford no decía ni una palabra. Por fin, el guardabosques levantó el respaldo de la silla del suelo y, con un empujón de su pie, intentó aflojar las ruedas. Fracasó, la silla se hundió. Clifford se agarraba a los lados. El hombre jadeaba con el peso.

«¡No lo haga!», le gritó Connie.

«Si tira de la rueda de esa manera, ¡así!», le dijo a ella, mostrándole cómo hacerlo.

«¡No! ¡No debe levantarlo! Se hará un desgarro», dijo ella, sonrojada ahora por la ira.

Pero él la miró a los ojos y asintió. Y ella tuvo que ir y agarrarse al volante, preparada. Él tiró y ella tiró, y la silla se tambaleó.

«¡Por el amor de Dios!», gritó Clifford aterrorizado.

Pero todo estaba bien y el freno estaba liberado. El guardabosques puso una piedra bajo la rueda y fue a sentarse en el banco, con el corazón palpitante y la cara pálida por el esfuerzo, semiinconsciente.

Connie le miró y casi lloró de rabia. Hubo una pausa y un silencio sepulcral. Vio que a él le temblaban las manos sobre los muslos.

«¿Se ha hecho daño?», le preguntó, acercándose a él.

«No. ¡No!». Se dio la vuelta casi con rabia.

Se hizo un silencio sepulcral. La parte posterior de la rubia cabeza de Clifford no se movió. Incluso la perra permanecía inmóvil. El cielo se había nublado.

Por fin él suspiró y se sonó la nariz con su pañuelo rojo.

«Esa neumonía me afectó mucho», dijo.

Nadie respondió. Connie calculó la fuerza que debía de haber necesitado para levantar aquella silla y al voluminoso Clifford... ¡demasiada, demasiada! ¡Casi lo había matado!

Él se levantó y volvió a coger su abrigo, pasándolo por el asa de la silla.

«¿Está listo, entonces, Sir Clifford?».

«¡Cuando usted lo esté!».

Se inclinó y sacó el peñasco, luego apoyó su peso en la silla. Estaba más pálido de lo que Connie le había visto nunca... y más ausente. Clifford era un hombre pesado... y la colina era empinada. Connie se puso al lado del guardabosques.

«¡Yo también voy a empujar!», dijo ella.

Y empezó a empujar con la energía turbulenta de la ira de una mujer. La silla iba más deprisa. Clifford miró a su alrededor.

«¿Es eso necesario?», dijo él.

«¡Muy! ¡Quieres matar al hombre! Si hubieras dejado que el motor funcionara mientras...».

Pero ella no terminó la frase. Ya estaba jadeando. Aflojó un poco, pues era un trabajo sorprendentemente duro.

«¡Ay, más despacio!», dijo el hombre a su lado, con una leve sonrisa en los ojos.

«¿Está seguro de que no se ha hecho daño?», dijo ella con fiereza.

Él sacudió la cabeza. Ella le miró la mano pequeña, corta y viva, dorada por el tiempo. Era la mano que la acariciaba. Ella nunca la había mirado. Parecía tan quieta, como él, con una curiosa quietud interior que la hizo querer aferrarla, como si no pudiera alcanzarla. Toda su alma se dirigió de repente hacia él... ¡estaba tan silencioso, y fuera de su alcance! Y sintió que sus miembros revivían. Empujando con la mano izquierda, él posó la derecha sobre la redonda y blanca muñeca de ella, envolviéndola suavemente, con una caricia. Y la llama de la fuerza bajó por su espalda y sus entrañas, reanimándole. Y ella se inclinó de repente y le besó la mano. Mientras tanto, la nuca de Clifford se mantenía lisa e inmóvil, justo delante de ellos.

En lo alto de la colina descansaron, y Connie se alegró de no tener que empujar más. Había tenido sueños fugitivos de amistad entre estos dos hombres: uno, su marido; el otro, el padre de su hijo. Ahora veía el absurdo proclamado a los gritos de sus sueños. Los dos machos eran tan hostiles como el fuego y el agua. Se exterminaban mutuamente. Y se dio cuenta por primera vez de lo sutil y extraño que es el odio. Por primera vez, había odiado consciente y definitivamente a Clifford, con un odio vívido... como si debiera ser borrado de la faz de la tierra. Y era extraño, lo libre y llena de vida que la hacía sentir, odiarle y admitirlo plenamente ante sí misma... «Ahora que le he odiado, nunca podré seguir viviendo con él», vino a su mente el pensamiento.

En el llano, el guardabosques podía empujar solo la silla. Clifford entabló una pequeña conversación con ella, para mostrar su completa compostura... sobre la tía Eva, que estaba en Dieppe, y sobre Sir Malcolm, que había escrito para preguntar si Connie iría con él en su pequeño coche, a Venecia, o si ella e Hilda irían en tren.

«Prefiero ir en tren», dijo Connie. «No me gustan los viajes largos en coche, sobre todo cuando hay polvo. Pero veré lo que quiere Hilda».

«Ella querrá conducir su propio coche y llevarte con ella», dijo él.

«¡Probablemente...! Debo ayudar en esta subida. No tienes idea de lo pesada que es esta silla».

Ella se acercó al respaldo de la silla y caminó codo con codo con el guardabosques, subiendo por el sendero rosa. No le importaba quién los viera.

«¿Por qué no me dejan esperando y traen a Field? Es lo bastante fuerte para el trabajo», dijo Clifford.

«Estamos tan cerca», jadeó ella.

Pero tanto ella como Mellors se secaron el sudor de la cara cuando llegaron a la cima. Era curioso, pero este poco de trabajo juntos les había acercado mucho más de lo que habían estado antes.

«Muchas gracias, Mellors», dijo Clifford, cuando estaban en la puerta de la casa. «Debo conseguir otro tipo de motor, eso es todo. ¿No quiere ir a la cocina a comer algo? Ya debe de ser hora».

«Gracias, Sir Clifford. Iba a cenar con mi madre... hoy domingo».

«Como usted quiera».

Mellors se enfundó el abrigo, miró a Connie, saludó y se fue. Connie, furiosa, subió las escaleras.

Durante el almuerzo no pudo contener sus sentimientos.

«¿Por qué eres tan abominablemente desconsiderado, Clifford?», le dijo.

«¿Con quién?».

«¡Con el guardabosques! Si eso es lo que llamas clases dirigentes, lo siento por ti».

«¿Por qué?».

«¡Un hombre que ha estado enfermo y no tiene fuerzas! Vaya, si yo fuera de la clase sirviente, te dejaría esperar al servicio. Te dejaría silbando».

«Lo creo totalmente».

«Si él hubiera estado sentado en una silla con las piernas paralizadas y se hubiera comportado como tú, ¿qué habrías hecho por él?».

«Mi querida evangelista, esta confusión de personas y personalidades es de mal gusto».

«Y tu asquerosa y estéril falta de simpatía común es del peor gusto imaginable *Noblesse oblige!* ¡Tú y tu clase dirigente!».

«¿Y a qué debería obligarme? ¿A tener un montón de emociones innecesarias por mi guardabosques? Me niego. Se lo dejo todo a mi evangelista».

«¡Como si no fuera un hombre tanto como tú, te doy mi palabra!».

«Mi guardabosques por si fuera poco, y le pago dos libras a la semana y le doy una casa».

«¡Pagarle! ¿Qué crees que pagas, con dos libras a la semana y una casa?».

«Sus servicios».

«¡Bah! Te diría que te quedes con tus dos libras semanales y tu casa».

«Probablemente le gustaría... ¡pero no puede permitirse el lujo!».

«¡Tú, y tu gobierno!», dijo ella. «Tú no gobiernas, no te hagas ilusiones. Sólo tienes más que tu parte del dinero, y haces que la gente trabaje para ti por dos libras a la semana, o los amenazas con matarlos de hambre. ¡Gobernar! ¿Qué das tú para gobernar? Vaya, ¡estás seco! Sólo intimidas con tu dinero, ¡como cualquier judío o cualquier Schieber!».

«¡Es usted muy elegante al hablar, Lady Chatterley!».

«Te aseguro que tú estuviste muy elegante allí en el bosque. Estaba completamente avergonzada de ti. Vaya, mi padre es diez veces más ser humano que tú... ¡caballero!».

Él se estiró y tocó el timbre para llamar a Mrs. Bolton. Pero estaba amarillo hasta las agallas.

Ella subió a su habitación, furiosa, diciéndose: «¡Él y comprar gente! Bueno, él no me compra, y por lo tanto no hay necesidad de que me quede con él. ¡Pez muerto de caballero, con su alma de celuloide! Y cómo la acogen a una, con sus modales y su fingida melancolía y dulzura. Tienen tanto sentimiento como el celuloide».

Ella hizo sus planes para la noche y se propuso quitarse a Clifford de la cabeza. No quería odiarle. No quería mezclarse íntimamente con él en ningún tipo de sentimiento. Quería que él no supiera absolutamente nada de ella… y especialmente, que no supiera nada de lo que sentía por el guardabosques. Esta disputa de su actitud hacia los sirvientes era antigua. Él la encontraba a ella demasiado familiar, ella lo encontraba a él estúpidamente insensible, duro y calcinado en lo que se refería a otras personas.

Ella bajó tranquilamente, con su antiguo porte recatado, a la hora de la cena. Él todavía estaba amarillo hasta las agallas… en uno de sus ataques de hígado, cuando estaba realmente muy raro… Estaba leyendo un libro francés.

«¿Has leído alguna vez a Proust?», le preguntó él.

«Lo he intentado, pero me aburre».

«Es realmente extraordinario».

«¡Posiblemente! Pero me aburre… ¡toda esa sofisticación! No tiene sentimientos, sólo un torrente de palabras sobre sentimientos. Estoy cansada de mentalidades engreídas».

«¿Prefiere las animaladas engreídas?».

«¡Quizás! Pero posiblemente se podría conseguir algo que no fuera engreído».

«Bueno, me gusta la sutileza de Proust y su anarquía bien educada».

«Te deja bien muerto, de verdad».

«Ahí habla mi evangélica mujercita».

Allí estaban otra vez, ¡otra vez! Pero ella no podía evitar luchar contra él. Él parecía sentarse allí como un esqueleto, enviando contra ella la fría voluntad de un esqueleto. Ella casi podía sentir cómo el esqueleto la agarraba y la apretaba contra la jaula de sus costillas. Él también estaba realmente en pie de guerra… y ella le tenía un poco de miedo.

Ella subió las escaleras lo antes posible y se acostó bastante temprano. Pero a las nueve y media se levantó y salió a escuchar. No se oía nada. Se puso una bata y bajó. Clifford y Mrs. Bolton estaban jugando a las cartas, apostando. Probablemente seguirían hasta medianoche.

Connie regresó a su habitación, tiró su pijama sobre la cama revuelta, se puso un fino vestido de tenis y sobre éste un vestido de día de lana, se calzó unas zapatillas de tenis de goma y luego un abrigo ligero. Y ya estaba lista. Si se encontraba con alguien, sólo salía unos minutos. Y por la mañana, cuando volvera a entrar, se limitaba a dar un pequeño paseo bajo el rocío, como hacía con bastante frecuencia antes del desayuno. Por lo demás, el único peligro era que alguien entrara en su habitación durante la noche. Pero eso era de lo más improbable… no había ni una posibilidad entre cien.

Betts no había cerrado con llave. Él cerraba la casa a las diez y la volvía a abrir a las siete de la mañana. Ella salió en silencio y sin ser vista. Brillaba una media luna, lo suficiente para hacer un poco de luz en el mundo, pero no tanto como para que la vean con su abrigo gris oscuro. Ella caminó rápidamente por el parque, no realmente por la emoción de la cita, sino con cierta ira y rebeldía ardiendo en su corazón. No era el tipo de corazón adecuado para llevar a un encuentro amoroso. ¡Pero *à la guerre comme à la guerre!*

Capítulo 14

Cuando se acercó a la puerta del parque, oyó el chasquido del pestillo. Él estaba allí, entonces, en la oscuridad del bosque, ¡y la había visto!

«Llegas bien y temprano», dijo él desde la oscuridad. «¿Ha ido todo bien?».

«Perfectamente fácil».

Él cerró la verja silenciosamente tras ella, e hizo una mancha de luz en el oscuro suelo, mostrando las pálidas flores que aún permanecían abiertas en la noche. Siguieron adelante, separados, en silencio.

«¿Estás seguro de que no te has hecho daño esta mañana con esa silla?», preguntó ella.

«¡No, no!».

«Cuando tuviste esa neumonía, ¿qué te hizo?».

«¡Oh, nada! me dejó el corazón no tan fuerte y los pulmones no tan elásticos. Pero siempre hace eso».

«¿Y no debes hacer esfuerzos físicos violentos?».

«No a menudo».

Ella siguió adelante en un silencio furioso.

«¿Odiaste a Clifford?», dijo al fin.

«¡Odiarle, no! He conocido a demasiados como él como para tomarme la molestia de odiarle. Sé de antemano que no me interesan los de su clase, y lo dejo ser».

«¿Cuál es su clase?».

«Bueno, tú lo sabe mejor que yo. El tipo de joven caballero un poco como una dama, y sin pelotas».

«¿Qué pelotas?».

«¡Las pelotas! ¡Las pelotas de un hombre!».

Ella reflexionó sobre ello.

«¿Pero se trata de eso?», dijo ella, un poco molesta.

Se dice que un hombre no tiene cerebro cuando es tonto, ni corazón cuando es mezquino, ni estómago cuando es divertido. Y cuando no tiene nada de ese pedazo de hombre salvaje y valiente, se dice que no tiene pelotas. Cuando, digamos, ha sido domesticado».

Ella reflexionó sobre ello.

«¿Y Clifford está domesticado?», preguntó.

«Domesticado y desagradable en ello; como la mayoría de esos tipos, cuando te enfrentas a ellos».

«¿Y crees que no tú estás domesticado?».

«¡Quizás no del todo!».

Al final ella vio a lo lejos una luz amarilla.

Ella se quedó quieta.

«¡Hay una luz!», dijo.

«Siempre dejo una luz en casa», dijo él.

Ella siguió de nuevo a su lado, pero sin tocarle, preguntándose por qué iba con él.

Abrió y entraron, cerrando él la puerta con llave tras ellos. ¡Como si fuera una prisión, pensó ella! La tetera silbaba junto al fuego rojo, había tazas sobre la mesa.

Ella se sentó en el sillón de madera junto al fuego. Sentía calor después del frío que hacía fuera.

«Me quitaré los zapatos, están mojados», dijo.

Se sentó con los pies en medias sobre el guardafuegos de acero brillante. Él fue a la despensa, trayendo comida: pan y mantequilla y lengua prensada. Ella tenía calor; se quitó el abrigo. Lo colgó en la puerta.

«¿Quieres tomar cacao, té o café?», preguntó él.

«No creo que quiera nada», dijo ella, mirando la mesa. «Pero tú come».

«No, no me importa. Me limitaré a dar de comer a la perra».

Pisoteó con una silenciosa inevitabilidad sobre el suelo de ladrillo, poniendo comida para la perra en un cuenco marrón. El spaniel le miró con ansiedad.

«¡Ay, esta es tu cena, no parece que vayas a tomarla!», dijo él.

Puso el cuenco sobre la alfombrilla al pie de la escalera y se sentó en una silla junto a la pared, para quitarse las polainas y las botas. La perra, en lugar de comer, volvió a acercarse a él y se sentó mirándole, preocupada.

Él se desabrochó lentamente las polainas. La perra se acercó un poco más.

«¿Qué te pasa entonces? ¿Estás molesta porque hay alguien más aquí? ¡Eres una mujer, una mujer! Ve y come tu cena».

Él le puso la mano en la cabeza y la perra apoyó la cabeza de lado contra él. Él le tiró lenta y suavemente de la larga y sedosa oreja.

«¡Ahí!», dijo. «¡Ya está! ¡Ve y come tu cena! ¡Ve!».

Él inclinó su silla hacia la olla sobre la alfombra, y la perra se acercó dócilmente y se puso a comer.

«¿Te gustan los perros?», le preguntó Connie.

«No, la verdad es que no. Son demasiado domesticados y pegajosos».

Él se había quitado las polainas y se estaba desabrochando las pesadas botas. Connie se había apartado del fuego. ¡Qué desnuda estaba la pequeña habitación! Sin embargo, sobre su cabeza, en la pared, colgaba una horrible fotografía ampliada de un joven matrimonio, aparentemente él y una joven de rostro atrevido, sin duda su esposa.

«¿Eres tú?», le preguntó Connie.

Él se volvió y miró la ampliación sobre su cabeza.

«¡Ay! Tomada justo antes de casarnos, cuando yo tenía veintiún años». Él la miró impasible.

«¿Te gusta?», le preguntó Connie.

«¿Si me gusta? No. Nunca me gustó. Pero ella arregló todo para que la hicieran, como...».

Continuó quitándose las botas.

«Si no te gusta, ¿por qué la tienes ahí colgada? Quizás a tu mujer le gustaría tenerla», dijo ella.

Él la miró con una sonrisa repentina.

«Ella se llevó todo lo que valía la pena llevarse de la casa», dijo. «¡Pero dejó eso!».

«¿Entonces por qué lo guardas? ¿Por razones sentimentales?».

«No, nunca la he mirado. Apenas sabía que estaba allí. Ha estado allí desde que llegamos a este lugar».

«¿Por qué no lo quemas?», dijo ella.

Él se volvió de nuevo y miró la fotografía ampliada. Estaba enmarcada en un marco marrón y dorado, horrible. Mostraba a un hombre bien afeitado, despierto y de aspecto muy joven, con un cuello bastante alto, y a una joven algo regordeta y atrevida, con el pelo mullido y ondulado y vestida con una blusa de satén oscuro.

«No sería mala idea, ¿verdad?», dijo él.

Se había quitado las botas y se había puesto un par de zapatillas. Se incorporó en la silla y levantó la fotografía. Dejaba un gran lugar pálido en el papel verdoso de la pared.

«Es inútil quitarle el polvo ahora», dijo él, colocando la cosa contra la pared.

Fue a la fregadera y regresó con un martillo y unas tenazas. Sentándose donde lo había hecho antes, empezó a arrancar el papel de fondo del gran marco y a arrancar los palitos que mantenían el tablero en su posición, trabajando con la inmediata y tranquila absorción que le era característica.

Pronto sacó los clavos; luego sacó los tableros y después la propia ampliación, en su sólido soporte blanco. Miró la fotografía divertido.

«Me muestra como lo que era, un joven coadjutor, y a ella como lo que era, una matona», dijo. «¡El mojigato y la matona!».

«¡Déjame ver!», dijo Connie.

En efecto, él estaba muy bien afeitado y muy limpio en todo, uno de los jóvenes limpios de hace veinte años. Pero incluso en la fotografía sus ojos eran despiertos e intrépidos. Y la mujer no era del todo una matona, aunque su papada era pesada. Había un toque de atractivo en ella.

«Una nunca debe guardar estas cosas», dijo Connie.

«¡Eso, uno no debería! ¡Uno no debería hacerlas nunca!».

Él rompió la fotografía de cartón y la puso sobre su rodilla, y cuando fue lo suficientemente pequeña, la puso sobre el fuego.

«Pero estropeará el fuego», dijo él.

El cristal y el tablero se los llevó cuidadosamente arriba.

El marco lo hizo pedazos con unos golpes de martillo, haciendo volar el estuco. Luego se llevó los trozos a la fregadera.

«Lo quemaremos mañana», dijo él. «Tiene demasiadas molduras de yeso».

Una vez todo despejado, se sentó.

«¿Amabas a tu mujer?», le preguntó ella.

«¿Amar?», dijo él. «¿Amabas a Sir Clifford?».

Pero ella no se iba a dejar amedrentar.

«¿Pero tú te preocupabas por ella?», insistió ella.

«¿Me preocupaba?». Él sonrió.

«Tal vez ahora te preocupes por ella», dijo ella.

«¡Yo!». Sus ojos se abrieron de par en par. «Ah no, no puedo ni siquiera pensar en ella», dijo él en voz baja.

«¿Por qué?».

Pero él negó con la cabeza.

«Entonces, ¿por qué no te divorcias? Ella volverá a ti algún día», dijo Connie.

Él la miró bruscamente.

«Ella no se acercaría ni a una milla de mí. Me odia mucho más de lo que yo la odio a ella».

«Verás que volverá a ti».

«Que nunca lo hará. ¡Eso está terminado! Me pondría enfermo de verla».

«Ya la verás. Y ni siquiera están separados legalmente, ¿verdad?».

«No».

«Ah, bueno, entonces ella volverá y tendrás que acogerla».

Él miró fijamente a Connie. Luego dio una extraña sacudida con la cabeza.

«Puede que tengas razón. Fui un tonto al volver aquí. Pero me sentía desamparado y tenía que ir a alguna parte. Un hombre es un pobre holgazán que va con el viento. Pero tienes razón. Me divorciaré y estaré libre. Odio esas cosas como la muerte, los funcionarios, los tribunales y los jueces. Pero tengo que pasar por eso. Me divorciaré».

Y ella vio cómo se le desencajaba la mandíbula. Interiormente se regocijó.

«Creo que ahora tomaré una taza de té», dijo ella.

Él se levantó para hacerlo. Pero tenía la cara desencajada.

Mientras estaban sentados a la mesa, ella le preguntó:

«¿Por qué te casaste con ella? Era más plebeya que tú. Mrs. Bolton me habló de ella. Nunca pudo entender por qué te casaste con ella».

Él la miró fijamente.

«Te lo diré», dijo. «La primera chica que tuve, empecé con ella cuando tenía dieciséis años. Era la hija de un maestro de escuela de Ollerton, bonita, hermosa en realidad. Se suponía que yo era un joven inteligente de la Sheffield Grammar School, con un poco de francés y alemán, muy engreído. Ella era del tipo romántico que odiaba la vulgaridad. Me incitó a la poesía y a la lectura; en cierto modo, hizo de mí un hombre. Yo leía y pensaba como si estuviera en llamas, por ella. Y yo era un oficinista en las oficinas de Butterley, un tipo delgado y de cara blanca que echaba humo con todo lo que leía. Y de todo hablaba con ella; pero de todo. Hablábamos de Persépolis y Timbuctú. Éramos la pareja con más cultura literaria de los diez condados. Yo le hablaba con arrebato, verdaderamente con arrebato. Yo simplemente me destruí. Y ella me adoraba. La serpiente en la hierba fue el sexo. Ella, de algún modo, no tenía sexo; al menos, no donde se supone que debe estar. Me volví más delgado y más loco. Entonces dije que teníamos que ser amantes. La convencí, como siempre. Así que me dejó. Yo estaba excitado, y ella nunca lo quiso. Simplemente no lo quería. Me adoraba, le encantaba que le hablara y la besara; en ese sentido sentía pasión por mí. Pero lo otro, simplemente no lo quería. Y hay muchas mujeres como ella. Y era justo lo otro lo que yo sí quería. Así que ahí nos separamos. Fui cruel y la dejé. Luego me metí con otra chica, una profesora, que había montado un escándalo al meterse con un hombre casado y sacarle casi de sus casillas. Era una mujer blanda, de piel blanca, mayor que yo, y tocaba el violín. Y era un demonio. Le encantaba todo lo relacionado con el amor, excepto el sexo. Se aferraba a uno, me acariciaba, se metía dentro de uno en todos los sentidos; pero si la obligaba al sexo propiamente dicho, ella sólo rechinaba los dientes y expulsaba odio. La forcé a ello, y ella simplemente se entumeció de odio por ello. Así que volví a sentirme frustrado. Detestaba todo eso. Quería una mujer que me deseara, y deseara eso.

«Luego vino Bertha Coutts. Los Coutts habían vivido junto a nosotros cuando yo era pequeño, así que los conocía bien. Y eran comunes. Bueno, Bertha se marchó a algún lugar u otro de Birmingham; ella dijo que como dama de compañía; todos los demás dijeron que como camarera o algo así en un hotel. De todos modos, justo cuando yo estaba más que harto de esa otra chica, cuando tenía veintiún años, vuelve Bertha, con aires de grandeza y ropa elegante y una especie de exuberancia en ella; una especie de florecimiento sensual que a veces se ve en una mujer, o en un tranvía. Bueno, yo estaba a punto de matar a alguien. Dejé mi trabajo en Butterley porque pensaba que era una mala hierba, trabajando de oficinista allí; y me metí de herrero en Tevershall; herrando caballos sobre todo. Había sido el trabajo de mi padre y siempre había estado con él. Era un trabajo que me gustaba; lidiar con los caballos; y me salía naturalmente. Así que dejé de hablar "fino", como ellos lo llaman, de hablar un inglés correcto, y volví a hablar dialecto. Seguía leyendo libros, en casa; pero herraba y tenía un coche de caballos propio, y era el rey del mundo. Mi padre me dejó trescientas libras cuando murió. Así que me fui con Bertha, y me alegré de que ella fuera común. Quería que fuera común. Yo mismo quería ser común. Bueno, me casé con ella, y no estaba mal. Esas otras mujeres "puras" casi me habían dejado sin pelotas, pero ella estaba bien en eso. Me deseaba, y no tenía reparos en ello. Y yo estaba encantado. Eso era lo que quería: una mujer que quería que me la tirara. Así que me la tiré como un buen tipo. Y creo que ella me despreció un poco, por estar tan complacida con ello, y llevarle a veces su desayuno a la cama. Dejó pasar las cosas, no me preparaba una cena en condiciones cuando yo volvía a casa del trabajo, y si le decía algo, se enfurecía conmigo. Y yo me defendía con uñas y dientes. Ella me lanzó una taza y yo la cogí por el cuello y casi la estrangulé. Ese tipo de cosas. Pero ella me trataba con insolencia. Y ella se puso de tal manera que nunca se quería acostar conmigo cuando yo quería: nunca. Siempre me rechazaba brutalmente. Y luego, cuando me había rechazado y yo no la quería, venía toda cariñosa a buscarme. Y yo siempre le seguía la corriente. Pero cuando la tenía, nunca terminaba cuando yo lo hacía. Jamás. Se limitaba a esperar. Si me quedaba media hora, ella se quedaba más tiempo. Y cuando yo terminaba y no podía más, entonces ella empezaba por su cuenta, y yo tenía que quedarme dentro de ella hasta que terminaba, retorciéndose y gritando, se agarraba de sí misma ahí abajo, y entonces terminaba, como en éxtasis. Y entonces ella decía: ¡ha sido precioso! Poco a poco me harté; y ella se puso peor. Cada vez me costaba más satisfacerla, y me desgarraba ahí abajo, como si fuera un pico gastándome. Por Dios, uno piensa que una mujer es blanda ahí abajo, como un higo. Pero te digo que esas cabronas tienen picos entre las piernas, y te desgarran con ellos hasta enfermarte. ¡Yo! ¡Yo! ¡Yo! ¡Puro egoísmo! ¡Desgarros y gritos! Hablan del egoísmo de los hombres, pero dudo que puedan alcanzar nunca el ciego egoísmo de una mujer, una vez que ha tomado ese camino. ¡Como una vieja puta! Y ella no podía evitarlo. Le hablé de ello, le dije cómo lo odiaba. Y ella incluso intentó cambiar. Intentaba quedarse quieta y dejarme hacerlo. Lo intentaba. Pero no servía de nada. Ella no obtenía ninguna sensación de ello, de mi parte. Tenía que hacer el asunto ella misma, moler su propio café. Y volvía sobre ella como una necesidad delirante, tenía que dejarse llevar, y rasgar, rasgar, rasgar, como si no tuviera ninguna sensación en ella excepto en la parte superior de su pico, la punta superior muy exterior, que rozaba y rasgaba. Así eran las putas viejas, decían los hombres. Era un tipo bajo de voluntad propia en ella, un tipo de voluntad propia delirante; como en una mujer que bebe. Al final no pude soportarlo. Dormimos separados. Ella misma lo había empezado, en sus arrebatos cuando quería librarse de mí, cuando decía que yo la mandaba. Ella había empezado a dormir en una habitación para ella sola. Pero llegó el momento en que yo no quería que viniera a mi habitación. No quería.

Yo odiaba todo eso. Y ella me odiaba a mí. Dios mío, ¡cómo me odiaba antes de que naciera esa niña! A menudo pienso que lo concibió a causa del odio. De todos modos, después de que naciera la niña la dejé en paz. Y entonces llegó la guerra, y me alisté. Y no volví hasta que supe que estaba con ese tipo en Stacks Gate».

Se interrumpió, con el rostro pálido.

«¿Y cómo es el hombre de Stacks Gate?», preguntó Connie.

«Un tipo como un bebé grande, muy malhablado. Ella le acosa y ambos beben».

«¡Dios mío, si volviera!».

«¡Dios mío, sí! Debería irme y desaparecer de nuevo».

Se hizo el silencio. El cartón en el fuego se había convertido en ceniza gris.

«Así que cuando conseguiste una mujer que te deseaba», dijo Connie, «obtuviste demasiado de algo bueno».

«¡Ay! ¡Eso parece! Pero aun así, la preferiría a ella que a los de "nunca jamás"; el amor blanco de mi juventud, y ese otro lirio de olor venenoso, y todo el resto».

«¿Y el resto?», dijo Connie.

«¿El resto? No hay resto. Según mi experiencia, la mayoría de las mujeres son así; la mayoría quieren un hombre, pero no quieren el sexo, sino que lo aguantan, como parte del trato. Las más anticuadas se quedan tumbadas como si nada y le dejan a uno seguir adelante. Después no les importa; entonces les gustas. Pero la cosa en sí no es nada para ellas, es un poco desagradable. Además, a la mayoría de los hombres les gusta así. Yo lo detesto. Pero el tipo de mujeres astutas que son así fingen que no lo son. Fingen que son apasionadas y se emocionan. Pero es todo mentira. Se lo inventan. Luego están las que adoran todo, todo tipo de sentimientos y arrumacos y formas de acabar, todo tipo excepto la forma natural. Siempre hacen que acabes cuando no estás en el único sitio en el que deberías estar para acabar... Luego están las duras, que son el demonio para acabar, y al final se corren solas, como mi mujer. Quieren ser la parte activa... Luego está la clase de las que están muertas por dentro, pero muertas, y lo saben. Luego está la clase de las que te hacen salir antes de que realmente "acabes", y siguen retorciendo sus entrañas hasta que acaban contra tus muslos. Pero la mayoría son del tipo lesbiano. Es sorprendente lo lesbianas que son las mujeres, consciente o inconscientemente. A mí me parece que casi todas son lesbianas».

«¿Y eso te importa?», preguntó Connie.

«Podría matarlas. Cuando estoy con una mujer que es realmente lesbiana, aúllo dentro de mi alma, deseando matarla».

«¿Y qué haces?».

«Irme tan rápido como puedo».

«¿Pero crees que las mujeres lesbianas son peores que los hombres homosexuales?».

«¡Yo, sí lo creo! Porque he sufrido más con ellas. En abstracto, no tengo ni idea. Cuando estoy con una mujer lesbiana, que ella sepa que lo es o no, veo luces rojas. ¡No, no! Pero yo ya no quería tener nada que ver con ninguna mujer. Quería reservarme; mantener mi intimidad y mi decencia».

Parecía pálido y sus cejas estaban sombrías.

«¿Y lo lamentaste cuando llegué?», preguntó ella.

«Lo lamenté y me alegré».

«¿Y cómo estás ahora?».

«Lo lamento, desde fuera; todas las complicaciones y la fealdad y la recriminación que está destinada a llegar, tarde o temprano. Es entonces cuando mi sangre se hunde, y me deprimo. Pero cuando me reanimo, me alegro. Incluso estoy triunfante. Me estaba amargando de verdad. Pensaba que ya no había sexo de verdad; nunca una mujer que realmente "acabara" de forma natural con un hombre; excepto las mujeres negras, y de alguna manera, bueno, somos hombres blancos; y son un poco como el barro».

«Y ahora, ¿te alegras de mí?», preguntó ella.

«¡Sí! Cuando puedo olvidar el resto. Cuando no puedo olvidar el resto, quiero meterme debajo de la mesa y morir».

«¿Por qué debajo de la mesa?».

«¿Por qué?», se rió. «Esconderse, supongo. ¡Cariño!».

«Parece que has tenido experiencias horribles con las mujeres», dijo ella.

«Verás, no podía engañarme a mí mismo. Así es como la mayoría de los hombres se las arreglan. Adoptan una actitud y aceptan una mentira. Yo nunca pude engañarme a mí mismo. Sabía lo que quería con una mujer, y nunca podía decir que lo había conseguido cuando no era así».

«¿Pero lo conseguiste ahora?».

«Parece que es así».

«Entonces, ¿por qué estás tan pálido y sombrío?».

«Demasiados recuerdos; y quizá con miedo de mí mismo».

Ella se sentó en silencio. Se estaba haciendo tarde.

«¿Y crees que es importante, un hombre y una mujer?», le preguntó ella.

«Para mí lo es. Para mí es el núcleo de mi vida; si tengo una relación correcta con una mujer».

«¿Y si no lo conseguiste?».

«Entonces tendría que prescindir de ello».

De nuevo ella reflexionó, antes de preguntar:

«¿Y crees que siempre has sido bueno con las mujeres?».

«¡Dios, no! Dejé que mi mujer llegara a ser lo que fue; mucho fue culpa mía. La malcrié. Y soy muy desconfiado. Era de esperarse. Hace falta mucho para que confíe en alguien, interiormente. Así que quizá yo también sea un fraude. Desconfío. Y la ternura no se confunde».

Ella le miró.

«No desconfías de tu cuerpo, cuando se te sube la sangre», dijo ella. «No desconfías entonces, ¿verdad?».

«No, ¡ay! Así es como me he metido en todos los problemas. Y por eso mi mente desconfía tan profundamente».

«Deja que tu mente desconfíe. ¡Qué importa!».

La perra suspiró incómoda sobre la alfombra. El fuego atascado de ceniza se hundió.

«Somos un par de guerreros maltrechos», dijo Connie.

«¿Tú también estás maltrecha?», rió él. «¡Y aquí estamos volviendo a la refriega!».

«¡Sí! Me siento realmente asustada».

«¡Ay!».

Él se levantó, puso los zapatos de ella a secar, limpió los suyos y los acercó al fuego. Por la mañana los engrasaría. Apartó lo más posible del fuego la ceniza de cartón. «Incluso quemada es una mugre», dijo. Luego trajo palos y los puso junto al fogón, para la mañana. Luego salió un rato con la perra.

Cuando volvió, Connie dijo:

«Yo también quiero salir, un momento».

Se adentró sola en la oscuridad. Había estrellas en lo alto. Podía oler las flores en el aire nocturno. Y podía sentir cómo sus zapatos mojados volvían a mojarse. Pero tenía ganas de irse, de alejarse de él y de todo el mundo.

Hacía frío. Se estremeció y regresó a la casa. Él estaba sentado frente al fuego bajo.

«¡Uf! ¡Frío!», se estremeció ella.

Él puso los palos en el fuego y cogió más, hasta que tuvieron una buena chimenea crepitante de llamas. La llama amarilla y ondulante les hizo felices a los dos, les calentó la cara y el alma.

«¡No importa!», dijo ella, cogiéndole la mano mientras él permanecía sentado en silencio y a distancia. «Cada uno hace lo que puede».

«¡Ay!». Él suspiró, con un esbozo de sonrisa.

Ella se deslizó hacia él y se echó en sus brazos, mientras él estaba sentado ante el fuego.

«¡Olvídalo entonces!», susurró ella. «¡Olvídalo!».

Él la abrazó, en el calor continuo del fuego. La propia llama era como un olvido. Y su peso suave, cálido y maduro. Lentamente su sangre se despertó, y comenzó a refluir de nuevo hacia la fuerza y el vigor temerario.

«Y quizás las mujeres realmente querían hacerlo y amarte como es debido, sólo que quizás no pudieron. Quizá no fuera todo culpa de ellas», dijo ella.

«Lo sé. ¿Crees que no sé lo serpiente con la espalda rota que he sido yo mismo?».

Ella se aferró a él de repente. No había querido empezar todo esto de nuevo. Sin embargo, alguna perversidad la había obligado.

«Pero ahora no lo eres», dijo ella. «Ahora no eres eso: una serpiente de espalda rota que ha sido pisoteada».

«No sé lo que soy. Me esperan días negros».

«¡No!», protestó ella, aferrándose a él. «¿Por qué? ¿Por qué?».

«Se avecinan días negros para todos nosotros y para cada uno», repitió con un pesimismo profético.

«¡No! ¡No digas eso!».

Él permaneció en silencio. Pero ella podía sentir el negro vacío de la desesperación en su interior. Ésa era la muerte de todo deseo, la muerte de todo amor; esa desesperación que era como la cueva oscura del interior de los hombres, en la que se perdía su espíritu.

«Y hablas tan fríamente sobre el sexo», dijo ella. «Hablas como si sólo quisieras tu propio placer y satisfacción».

Ella protestaba, nerviosa contra él.

«¡No!», dijo él. «Quise obtener mi placer y satisfacción de una mujer, y nunca lo obtuve; porque nunca pude obtener mi placer y satisfacción de ella a menos que ella obtuviera su placer y satisfacción de mí al mismo tiempo. Y nunca sucedió. Se necesitan dos».

«Pero nunca has creído en tus mujeres. Ni siquiera crees realmente en mí», dijo ella.

«No sé qué significa creer en una mujer».

«¡Eso es, ya ves!».

Ella seguía acurrucada en su regazo. Pero su espíritu estaba gris y ausente, no estaba allí para ella. Y todo lo que ella decía le alejaba aún más.

«¿Pero en qué crees tú?», insistió ella.

«No lo sé».

«Nada, como todos los hombres que he conocido», dijo ella.

Ambos guardaron silencio. Entonces, él se levantó y dijo:

«Sí, creo en algo. Creo en el cariño. Creo especialmente en el cariño en el amor, en tirar con cariño. Creo que si los hombres pudieran tirar con cariño y las mujeres se lo tomaran con cariño, todo iría bien. Es todo este tirar con frialdad lo que es la muerte y la idiotez».

«Pero tú no me tiras con frialdad», protestó ella.

«No quiero tirar contigo en absoluto. Mi corazón está tan frío como patatas frías en este momento».

«¡Oh!», dijo ella, besándole burlonamente. «Vamos a hacerlas salteadas».

Él se rió y se sentó erguido.

«¡Es un hecho!», dijo él. «Lo que sea por un poco de cariño. Pero a las mujeres no les gusta. Ni siquiera a ti te gusta. A ti te gusta una buena, aguda y penetrante tirada con frialdad, y luego fingir que todo es azúcar. ¿Dónde está tu ternura por mí? Desconfías de mí tanto como un gato de un perro. Te digo que hacen falta dos incluso para ser tierno y cálido. Te encanta tirar, sí; pero quieres que se llame algo grandioso y misterioso, sólo para halagar tu propia autoimportancia. Tu propia autoimportancia es más para ti, cincuenta veces más, que cualquier hombre, o estar junto a un hombre».

«Pero eso es lo que yo diría de ti. Tu propia autoimportancia lo es todo para ti».

«¡Ay! ¡Muy bien entonces!», dijo él, moviéndose como si quisiera levantarse. «Mantengámonos separados entonces. Prefiero morir a seguir tirando con frialdad».

Ella se apartó de él y él se puso en pie.

«¿Y crees que yo lo quiero?», dijo ella.

«Espero que no», contestó él. «Pero de todos modos, tú vete a la cama y yo dormiré aquí abajo».

Ella le miró. Él estaba pálido, tenía el ceño fruncido, estaba tan distante, retraído como el frío polo. Los hombres eran todos iguales.

«No puedo ir a casa hasta mañana», dijo ella.

«¡No! Vete a la cama. Es la una menos cuarto».

«Desde luego que no», dijo ella.

Él cruzó el cuarto y recogió sus botas.

«¡Entonces saldré!», dijo él.

Empezó a ponerse las botas. Ella le miró fijamente.

«¡Espera!», titubeó ella. «¡Espera! ¿Qué ha pasado entre nosotros?».

Él estaba agachado, atándose la bota, y no respondió. Pasó un tiempo. Una penumbra se apoderó de ella, como un desvanecimiento. Toda su conciencia murió, y se quedó allí con los ojos muy abiertos, mirándole desde lo desconocido, sin saber ya nada.

Él levantó la vista, debido al silencio, y la vio con los ojos muy abiertos y perdida. Y como si un viento lo hubiera sacudido, se levantó y cojeando se acercó a ella, con un zapato quitado y otro puesto, y la tomó en sus brazos, apretándola contra su cuerpo, que de alguna manera sentía herido hasta el fondo. Y allí la abrazó, y allí permaneció.

Hasta que sus manos bajaron ciegamente y la buscaron, y palparon bajo la ropa hasta donde estaba suave y cálida.

«¡Mi muchacha!», murmuró él. «¡Mi pequeña muchacha! ¡No peleemos! ¡No peleemos nunca! Te amo y amo tocarte. No discutas conmigo. ¡No lo hagas! ¡No lo hagas! ¡No lo hagas! Estemos juntos».

Ella levantó la cara y le miró.

«No te enfades», dijo ella con firmeza. «No sirve de nada estar enfadado. ¿Realmente quieres estar conmigo?».

Ella le miró a la cara con ojos amplios y firmes. Él se detuvo y se quedó repentinamente inmóvil, volviendo la cara hacia un lado. Todo su cuerpo se quedó perfectamente inmóvil, pero no se retiró.

Luego levantó la cabeza y la miró a los ojos, con su extraña sonrisa ligeramente burlona, diciendo: «¡Ay... ay! Estemos juntos bajo juramento».

«¿Pero, de verdad?», dijo ella, con los ojos llenos de lágrimas.

«¡Ay, de verdad! Corazón, barriga y pito».

Aún le sonreía débilmente, con un destello de ironía en los ojos y un toque de amargura.

Ella lloraba en silencio, y él se acostó con ella y entró en su interior, allí al lado de la chimenea, y así consiguieron cierta ecuanimidad. Y luego se fueron rápidamente a la cama, pues empezaba a hacer frío y se habían cansado mutuamente. Y ella se acurrucó contra él, sintiéndose pequeña y envuelta, y ambos se durmieron a la vez, profundamente dormidos. Y así permanecieron tumbados sin moverse, hasta que el sol salió sobre el bosque y empezó a amanecer.

Entonces, él se despertó y miró la luz. Las cortinas estaban corridas. Escuchó el fuerte y salvaje canto de los mirlos y los zorzales en el bosque. Sería una mañana brillante, a eso de las cinco y media, su hora de levantarse. ¡Había dormido tan deprisa! ¡Era un día tan nuevo! La mujer seguía acurrucada, dormida y tierna. Su mano se movió sobre ella, y ella abrió sus ojos azules y maravillados, sonriéndole inconscientemente a la cara.

«¿Estás despierto?», le dijo ella.

Él la miraba a los ojos. Sonrió y la besó. De repente, ella se despertó y se incorporó.

«¡Imagínate que estoy aquí!», dijo ella.

Miró alrededor del pequeño dormitorio con su techo inclinado y la ventana a dos aguas donde estaban cerradas las cortinas blancas. La habitación estaba desnuda salvo por una pequeña cómoda pintada de amarillo, y una silla; y la pequeña cama blanca en la que se tumbó con él.

«¡Imagínate que estamos aquí!», dijo ella, mirándole. Él estaba tumbado mirándola, acariciándole los pechos con los dedos, bajo el fino camisón. Cuando él estaba tan caliente y descansado, parecía joven y guapo. Sus ojos podían parecer tan cálidos. Y ella estaba fresca y joven como una flor.

«¡Quiero quitarme esto!», dijo ella, recogiendo el fino camisón de batista y tirándoselo por la cabeza. Se quedó sentada con los hombros desnudos y los pechos alargados ligeramente dorados. A él le encantaba hacer que sus pechos se balancearan suavemente, como campanas.

«Tú debes quitarte también el pijama», dijo ella.

«¡Eh, no!».

«¡Sí! ¡Sí!», ordenó.

Él se quitó su vieja chaqueta-pijama de algodón y se bajó los pantalones. Salvo las manos y las muñecas y la cara y el cuello, estaba blanco como la leche, con una carne fina y esbelta y musculosa. Para Connie él volvía a ser de repente penetrantemente hermoso, como cuando lo había visto aquella tarde lavándose.

El oro del sol tocaba la cortina blanca cerrada. Ella sintió que quería entrar.

«¡Oh, corramos las cortinas! ¡Los pájaros cantan tanto! Dejemos que entre el sol», dijo ella.

Él se deslizó fuera de la cama dándole la espalda, desnudo y blanco y delgado, y se acercó a la ventana, se inclinó un poco, descorrió las cortinas y miró fuera un momento. La espalda era blanca y fina, las pequeñas nalgas hermosas con una exquisita y delicada virilidad, la nuca rubicunda y delicada y, sin embargo, fuerte.

Había una fuerza interior, no exterior, en el delicado y fino cuerpo.

«¡Pero si eres precioso!», dijo ella. «¡Tan puro y fino! ¡Ven!». Ella extendió los brazos.

A él le daba vergüenza volverse hacia ella, a causa de su excitada desnudez.

Él cogió su camisa del suelo y se la sujetó, acercándose a ella.

«¡No!», dijo ella extendiendo aún sus hermosos y delgados brazos desde sus pechos caídos. «¡Déjame verte!».

Él dejó caer la camisa y se quedó inmóvil mirando hacia ella. El sol que entraba por la ventana baja enviaba un rayo que iluminaba sus muslos y su esbelto vientre y el falo erecto que surgía oscuro y ardiente de la pequeña nube de pelo rojo, como oro vivo. Ella se sobresaltó y sintió miedo.

«¡Qué extraño!», dijo ella lentamente. «¡Qué extraño está ahí de pie! ¡Tan grande! ¡Y tan oscuro y seguro de sí mismo! ¿Es así?».

El hombre miró la parte delantera de su esbelto cuerpo blanco y se rió. Entre los esbeltos pechos el vello era oscuro, casi negro. Pero en la raíz del vientre, donde el falo se alzaba grueso y arqueado, era rojo dorado, vivo en una pequeña nube.

«¡Tan orgulloso!», murmuró ella, inquieta. «¡Y tan señorial! ¡Ahora sé por qué los hombres son tan prepotentes! Pero es encantador, de verdad. ¡Como otro ser! ¡Un poco aterrador! ¡Pero encantador de verdad! ¡Y viene a mí...!». Ella aprisionó el labio inferior entre los dientes, entre asustada y excitada.

El hombre miró en silencio el tenso falo, que no cambiaba... «¡Ay!», dijo al fin, con una vocecita. «¡Ay, muchacho! Ahí estás bien. ¡Sí, puedes andar con la frente alta! Eres dueño de ti mismo, ¿eh? ¡Y no debes nada a nadie! Eres mi jefe, John Thomas. ¿Eres mi jefe? Bueno, tienes más pelotas que yo, y hablas menos. ¡John Thomas! ¿La quieres? ¿Quieres a Lady Jane? Me has hecho caer de nuevo, así es. Sí, y te has levantado sonriendo... ¡Échatela! ¡Échate a Lady Jane! Di: dejen libres los dintelesde las puertas, para que entre el rey de la gloria. ¡Ay, qué descaro! El coño, eso es lo que buscas. Dile a Lady Jane que quieres coño. ¡John Thomas, y el coño de Lady Jane...!».

«Oh, no te burles de él», dijo Connie, arrastrándose de rodillas sobre la cama hacia él y rodeando con los brazos sus blancos y esbeltos lomos, atrayéndolo hacia ella de modo que sus colgantes y oscilantes pechos tocaron la punta del agitado y erecto falo y atraparon la gota de humedad. Ella sujetó al hombre con fuerza.

«¡Túmbate!», dijo él. «¡Túmbate! ¡Déjame acabar!» Ahora él tenía prisa.

Y después, cuando ya se habían quedado quietos, la mujer tuvo que destapar de nuevo al hombre, para contemplar el misterio del falo.

«¡Y ahora es diminuto, y suave como un pequeño brote de vida!», dijo ella, tomando el pequeño y suave pene en su mano. «¡No es de alguna manera encantador! ¡Tan por su cuenta, tan extraño! ¡Y tan inocente! ¡Y entra tan profundo dentro de mí! Nunca debes insultarle, ¿sabes? Él también es mío. No es sólo tuyo. ¡Es mío! ¡Y tan encantador e inocente!». Y sostuvo el pene suave en su mano.

Él se rió.

«Bendito sea el lazo que une nuestros corazones en amor fraternal», dijo él.

«¡Por supuesto!», dijo ella. «Incluso cuando es blando y pequeño siento mi corazón simplemente atado a él. ¡Y qué bonito es su pelo aquí! ¡Bastante, bastante diferente!».

«¡Es el pelo de John Thomas, no el mío!», dijo él.

«¡John Thomas! ¡John Thomas!», y ella besó rápidamente el suave pene, que empezaba a agitarse de nuevo.

«¡Ay!», dijo el hombre, estirando su cuerpo casi dolorosamente. «¡Tiene sus raíces en mi alma, ese caballero! Y a veces no sé qué hacer con él. Ay, tiene voluntad propia, y es difícil adaptarse a él. Sin embargo, no lo mataría.

«¡No me extraña que los hombres siempre le hayan tenido miedo!», dijo ella. «Es bastante terrible».

El temblor recorría el cuerpo del hombre, mientras la corriente de conciencia cambiaba de nuevo de dirección, girando hacia abajo. Y él se sintió impotente, mientras el pene, en lentas y suaves ondulaciones, se llenaba y surgía y se elevaba, y se endurecía, permaneciendo allí duro y prepotente, en su curiosa forma de torre. La mujer también tembló un poco mientras observaba.

«¡Allí! ¡Tómalo entonces! Es tuyo», dijo el hombre.

Y ella se estremeció, y su propia mente se fundió. Agudas y suaves oleadas de indecible placer la bañaron mientras él penetraba en ella, e iniciaron el curioso estremecimiento fundido que se extendió y extendió hasta que ella se dejó llevar por el último y ciego rubor de lo extremo.

Él oyó las lejanas sirenas de Stacks Gate dando las siete en punto. Era lunes por la mañana. Se estremeció un poco y, con la cara entre los pechos de ella, apretó los suaves senos sobre las orejas, para ensordecerlo.

Ella ni siquiera había oído las sirenas. Yacía perfectamente quieta, con el alma transparente.

«Debes levantarte, ¿verdad?», murmuró él.

«¿Qué hora es?», llegó su voz incolora.

«Las sirenas de las siete son un poco como un pecado».

«Supongo que debo hacerlo».

Ella se resentía como siempre de la compulsión del exterior.

Él se incorporó y miró sin comprender por la ventana.

«Me amas, ¿verdad?», preguntó ella con calma.

Él bajó la mirada hacia ella.

«Tú sabes lo que sabes. ¡Qué preguntas!», dijo él, un poco inquieto.

«Quiero que me retengas, que no me dejes marchar», dijo ella.

Los ojos de él parecían llenos de una oscuridad cálida y suave que no podía pensar.

«¿Cuándo? ¿Ahora?».

«Ahora, en tu corazón. Luego, quiero venir a vivir contigo, para siempre, pronto».

Él se sentó desnudo en la cama, con la cabeza caída, incapaz de pensar.

«¿No quieres?», preguntó ella.

«¡Ay!», dijo él.

Luego, con los mismos ojos oscurecidos por otra llama de conciencia, casi como de sueño, la miró.

«No me preguntes ahora», dijo él. «Déjame en paz. Me gustas. Te amo cuando te tumbas ahí. Una mujer es encantadora cuando uno se la tira hasta el fondo y tiene un buen coño. Me encantan tus piernas, tu figura y tu feminidad. Me encanta tu feminidad. Te quiero con mis pelotas y con mi corazón. Pero no me digas nada. No me preguntes ahora. Déjame como estoy mientras pueda. Después me puedes preguntar todo. Ahora déjame ser, ¡déjame ser!».

Y suavemente, posó su mano sobre su monte de Venus, sobre el suave vello púbico castaño, y él mismo se sentó quieto y desnudo en la cama, con el rostro inmóvil en una abstracción física, casi como el rostro de Buda. Inmóvil, y en la llama invisible de otra conciencia, se sentó con la mano sobre ella, y esperó el cambio.

Al cabo de un rato, él buscó su camisa y se la puso, se vistió rápidamente en silencio, la miró una vez mientras ella aún yacía desnuda y débilmente dorada como una rosa Gloire de Dijon sobre la cama, y se marchó. Ella le oyó abriendo la puerta de abajo.

Y aún yacía cavilando, cavilando. Era muy difícil irse; salir de sus brazos. Él llamó desde el pie de la escalera: «¡Las siete y media!». Ella suspiró y se levantó de la cama. ¡La pequeña y desnuda habitación! No había nada en ella más que la pequeña cómoda y la cama pequeña. Pero el suelo de tablas estaba fregado. Y en el rincón junto al frontón de la ventana había una estantería con algunos libros, algunos de una biblioteca circulante. Ella miró. Había libros sobre la Rusia bolchevique, libros de viajes, un volumen sobre el átomo y el electrón, otro sobre la composición del núcleo terrestre y las causas de los terremotos; luego unas cuantas novelas; luego tres libros sobre la India. Así que, después de todo, era un lector.

El sol caía sobre sus miembros desnudos a través de la ventana del frente. Fuera vio a la perra Flossie rondando. El avellano estaba teñido de verde y de verde oscuro mercurial por debajo. Era una mañana clara y limpia con pájaros volando y cantando triunfalmente. ¡Si tan sólo pudiera quedarse! ¡Si al menos no existiera el otro espantoso mundo de humo y hierro! Si tan sólo él le hiciera un mundo.

Ella bajó las empinadas y estrechas escaleras de madera. Aún así se contentaría con esta casita, si tan sólo estuviera en un mundo propio.

Él estaba lavado y fresco, y el fuego ardía. «¿Comerás algo?», dijo.

«¡No! Sólo préstame un peine».

Ella le siguió hasta el fregadero y se peinó ante el espejo de mano que había junto a la puerta trasera. Estaba lista para irse.

Ella se quedó de pie en el pequeño jardín delantero, mirando las flores cubiertas de rocío, el lecho gris de rosas ya en capullo.

«Me gustaría que todo el resto del mundo desapareciera», dijo ella, «y vivir contigo aquí».

«No desaparecerá», dijo él.

Avanzaron casi en silencio por el hermoso bosque cubierto de rocío. Pero estaban juntos en un mundo propio.

A ella le resultó amargo seguir hasta Wragby.

«Quiero ir pronto a vivir contigo», dijo ella al dejarle.

Él sonrió, sin responder.

Ella llegó a casa tranquilamente y sin hacer ruido, y subió a su habitación.

Capítulo 15

Había una carta de Hilda en la bandeja del desayuno. «Papá va a Londres esta semana, y te visitaré el jueves, el 17 de junio. Debes estar lista para que podamos irnos enseguida. No quiero perder el tiempo en Wragby, es un lugar horrible. Probablemente pase la noche en Retford con los Coleman, así que debería estar contigo para el almuerzo, el jueves. Entonces podríamos partir a la hora del té, y dormir quizás en Grantham. No tiene sentido que pasemos la noche con Clifford. Si odia que vayas, no será ningún placer para él».

¡Así que la estaban empujando de nuevo en el tablero de ajedrez!

Clifford odiaba que se fuera, pero era sólo porque no se sentía seguro en su ausencia. La presencia de ella, por alguna razón, le hacía sentirse seguro y libre para hacer las cosas que le ocupaban. Pasaba mucho tiempo en los fosos, y luchando en espíritu con los problemas casi desesperados de sacar su carbón de la forma más económica y venderlo una vez sacado. Sabía que debía encontrar alguna forma de utilizarlo, o de convertirlo, de modo que no tuviera que venderlo, o no tuviera que pasar por el disgusto de no poder venderlo. Pero si fabricaba energía eléctrica, ¿podría venderla o utilizarla? Y convertirlo en combustible líquido era todavía demasiado costoso y demasiado elaborado. Para mantener viva la industria debía haber más industria, una locura.

Era una locura, y hacía falta un loco para tener éxito en ella. Bueno, él estaba un poco loco. Connie así lo creía. Su misma intensidad y perspicacia en los asuntos de los fosos le parecían una manifestación de locura, sus mismas inspiraciones eran las inspiraciones de la locura.

Él le hablaba de todos sus serios planes, y ella le escuchaba con una especie de asombro, y le dejaba hablar. Luego cesaba el flujo, y él encendía la radio, y se quedaba en blanco, mientras aparentemente sus esquemas se enroscaban en su interior como en una especie de sueño.

Y ahora todas las noches jugaba al *pontoon,* ese juego de los soldados, con Mrs. Bolton, apostando seis peniques. Y de nuevo, en el juego se perdía en una especie de inconsciencia, o intoxicación de vacío, o vacío de intoxicación, lo que fuera. Connie no soportaba verlo. Pero cuando ella se había ido a la cama, él y Mrs. Bolton seguían apostando hasta las dos o las tres de la madrugada, seguros y con una extraña lujuria. Mrs. Bolton se dejaba atrapar por la lujuria tanto como Clifford; tanto más considerando que casi siempre perdía.

Un día le dijo a Connie: «Anoche perdí veintitrés chelines con Sir Clifford».

«¿Y él le quitó el dinero?», preguntó Connie atónita.

«¡Por supuesto, Milady! ¡Deuda de honor!».

Connie protestó rotundamente y se enfadó con ambos. El resultado fue que Sir Clifford subió el sueldo de Mrs. Bolton cien al año, y ella pudo apostarlo. Mientras tanto, le pareció a Connie, Clifford se estaba muriendo de verdad.

Le dijo en detalle que se marchaba el día diecisiete.

«¡Diecisiete!», dijo él. «¿Y cuándo volverás?».

«A más tardar el veinte de julio».

«¡Sí! El veinte de julio».

Con extrañeza y sin expresión la miró él, con la vaguedad de un niño, pero con la extraña astucia sin expresión de un anciano.

«No me abandonarás, ¿verdad?», dijo él.

«¿Cómo?».

«Mientras estés fuera, quiero decir, ¿seguro que volverás?».

«Estoy tan segura como puedo estarlo de cualquier otra cosa, de que volveré».

«¡Sí! ¡Bien! ¡Veinte de julio!».

Él la miraba de forma muy extraña.

Sin embargo, realmente quería que se fuera. Eso era muy curioso. Quería que se fuera, positivamente, que tuviera sus pequeñas aventuras y tal vez volviera a casa embarazada, y todo eso. Al mismo tiempo, tenía miedo de que ella se fuera.

Ella temblaba, observando su oportunidad real de abandonarle por completo, esperando a que el momento, ella misma, él mismo, estuvieran maduros.

Se sentó y habló con el guardabosques de su partida al extranjero.

«Y entonces, cuando vuelva», dijo ella, «podré decirle a Clifford que debo dejarle. Y tú y yo podremos irnos. Ni siquiera tendrán que saber que eres tú. Podemos irnos a otro país. A África o a Australia. ¿Lo hacemos?».

Ella estaba bastante entusiasmada con su plan.

«Nunca has estado en las Colonias, ¿verdad?», le preguntó él.

«¡No! ¿Tú?».

«He estado en la India, en Sudáfrica y en Egipto».

«¿Por qué no vamos a Sudáfrica?».

«¡Podríamos!», dijo él lentamente.

«¿O no quieres?», preguntó ella.

«No me importa. No me importa mucho lo que haga».

«¿No te hace feliz? ¿Por qué no? No seremos pobres. Tengo unas seiscientas libras al año, escribí y pedí que me dijeran. No es mucho, pero es suficiente, ¿no?».

«Para mí es una riqueza».

«¡Oh, qué bonito será!».

«Pero yo debería divorciarme, y tú también, a menos que queramos tener complicaciones».

Había mucho en lo que pensar.

Otro día ella le preguntó acerca de él. Estaban en la cabaña y había una tormenta.

«¿Y no eras feliz, cuando eras teniente, oficial y caballero?».

«¿Feliz? Estaba bien. Me gustaba mi coronel».

«¿Le amabas?».

«¡Sí! Le amaba».

«¿Y él te amaba?».

«¡Sí! En cierto modo, me amaba».

«Cuéntame sobre él».

«¿Qué hay para contar? Había ascendido desde las filas. Amaba el ejército. Y nunca se había casado. Era veinte años mayor que yo. Era un hombre muy inteligente... y solo en el ejército, como lo debe ser un hombre... un hombre apasionado a su manera... y un oficial muy inteligente. Viví bajo su hechizo mientras estuve con él. En cierto modo le dejé dirigir mi vida. Y nunca me arrepentí de ello».

«¿Y te importó mucho cuando murió?».

«Yo mismo estuve tan cerca de la muerte. Pero cuando volví en mí, supe que otra parte de mí había terminado. Pero siempre había sabido que terminaría con la muerte. Todas las cosas lo hacen, si es por eso».

Ella se sentó y rumió. Los truenos retumbaban fuera. Era como estar en una pequeña arca en el Diluvio.

«Parece que tienes mucho por detrás», dijo ella.

«¿Yo? Me parece que ya he muerto una o dos veces. Sin embargo, aquí estoy, sigo adelante, y con más problemas».

Ella pensaba mucho, pero escuchaba la tormenta.

«¿Y no fuiste feliz como oficial y caballero, cuando tu Coronel murió?».

«¡No! Eran un montón de maricas». Él se rió de repente. «El Coronel solía decir: muchacho, las clases medias inglesas tienen que masticar cada bocado treinta veces porque sus tripas son tan estrechas que un pedazo tan grande como un guisante les atascaría. Son el conjunto más mezquino de amanerados jamás inventado... llenos de engreimiento de sí mismos, asustados incluso si los cordones de sus botas no están bien atados, podridos como la caza mayor y siempre en lo cierto. Eso es lo que acabó conmigo. Rezongando, rezongando, lamiendo culos hasta que se les endurece la lengua; y sin embargo siempre tienen razón. Cursis, encima de todo. ¡Cursis! Una generación de amanerados con media pelota cada uno...».

Connie se rió. La lluvia arreciaba.

«¡Él los odiaba!».

«No», dijo él. «No se molestaba. Simplemente le disgustaban. Hay una diferencia. Porque, como él dijo, los soldados se están volviendo igual de cursis y con media pelota y de tripa estrecha. Es el destino de la humanidad, ir por ese camino».

«¿La gente común también, la gente trabajadora?».

«Todos ellos. Se les ha acabado la leche. Los automóviles, los cines y los aviones les chupan lo que les queda. Te digo que cada generación engendra una generación más rabiosa, con tubos de goma india por tripas y piernas y caras de hojalata. ¡Gente de hojalata! Todo es una especie de bolchevismo constante que acaba con lo humano y rinde culto a lo mecánico. ¡Dinero, dinero, dinero! Todos los modernos se divierten matando el viejo sentimiento humano del hombre, haciendo picadillo al viejo Adán y a la vieja Eva. Son todos iguales. El mundo es todo igual... acabar con la realidad humana, una libra por cada prepucio, dos libras por cada par de pelotas. Qué es el coño sino follar con una máquina... Todo es igual. Págales dinero para que le corten el pito al mundo. Págales dinero, dinero, dinero para que le quiten la leche a la humanidad y los dejen a todos como pequeñas máquinas chirriantes».

Él permaneció sentado en la cabaña, con el rostro demudado por la ironía burlona. Aun así, tenía un oído atento, escuchando la tormenta en el bosque. Le hacía sentirse tan solo.

«¿Pero no se acabará nunca?», dijo ella.

«Ay, lo hará. Logrará su propia salvación. Cuando el último hombre de verdad sea asesinado, y todos estén domesticados: blancos, negros, amarillos, todos los colores de domesticados... entonces todos estarán locos. Porque la raíz de la cordura está en las pelotas. Entonces estarán todos locos, y harán su gran *auto da fe*. ¿Sabes que *auto da fe* significa acto de fe? Ay, bueno, harán su gran acto de fe. Se ofrecerán unos a otros».

«¿Quieres decir matarse unos a otros?».

«¡Sí, patito! Si seguimos al ritmo actual, dentro de cien años no habrá diez mil personas en esta isla... puede que no haya ni diez. Se habrán aniquilado amorosamente unos a otros». El trueno rugía cada vez más lejos.

«¡Qué bonito!», dijo ella.

«¡Muy bonito! Contemplar el exterminio de la especie humana y la larga pausa que sigue antes de que surja alguna otra especie, te tranquiliza más que cualquier otra cosa. ¡Y si seguimos así, con todo el mundo, intelectuales, artistas, gobierno, gente de la industria y trabajadores, todos matando frenéticamente el último sentimiento humano, la última pizca de su intuición, el último instinto sano; si continúa en progresión algebraica, como está sucediendo, entonces ¡chan chan a la especie humana! ¡Adiós! ¡Querida! La serpiente se traga a sí misma y deja un vacío, considerablemente desordenado, pero no sin esperanza. ¡Muy bonito! ¡Cuando los feroces perros salvajes ladren en Wragby, y los feroces ponis salvajes se estampen en el banco del foso de Tevershall! *¡Te deum laudamus!*

Connie se rió, pero no muy alegremente.

«Entonces deberías alegrarte de que sean todos bolcheviques», dijo ella. «Deberías alegrarte de que se apresuren hacia el final».

«Así es. No los detengo. Porque no podría aún si quisiera».

«¿Entonces por qué estás tan amargado?».

«¡No lo estoy! Si mi gallo da su último canto, no me importa».

«¿Pero si tienes un hijo?», dijo ella.

Él bajó la cabeza.

«Por qué», dijo al fin. «Me parece algo equivocado y amargo traer un niño a este mundo».

«¡No! ¡No digas eso! ¡No digas eso!», suplicó ella. «Creo que voy a tener uno. Di que te complacerá». Ella puso su mano sobre la de él.

«Me complace que te complazca», dijo él. «Pero a mí me parece una espantosa traición a la criatura nonata».

«¡Ah no!», dijo ella, conmocionada. «¡Entonces nunca podrás quererme de verdad! No puedes quererme, ¡si sientes eso!».

De nuevo él se quedó en silencio, con el rostro sombrío. Fuera sólo se oía el tronar de la lluvia.

«¡No es del todo cierto!», susurró ella. «¡No es del todo cierto! Hay otra verdad». Ella sintió que él ahora estaba amargado en parte porque ella le dejaba, yéndose deliberadamente a Venecia. Y esto la complacía a medias.

Ella le abrió la ropa, le descubrió el vientre y le besó el ombligo. Luego apoyó la mejilla en su vientre y apretó el brazo alrededor de sus cálidos y silenciosos lomos. Estaban solos en la inundación.

«¡Dime que quieres un hijo, con esperanza!», murmuró ella, apretando la cara contra su vientre. «¡Dime que sí!».

«¡Por qué!», dijo él al fin; y ella sintió el curioso temblor de la conciencia cambiante y la relajación recorriendo su cuerpo. «¡Por qué he pensado, a veces, que si uno lo intentara, aquí entre los mineros incluso! Ahora trabajan mal y no ganan mucho. Si un hombre pudiera decirles: no piensan en nada más que en el dinero. Cuando se trata de necesidades, sólo queremos poco. No vivamos para el dinero...

Ella le frotó suavemente la mejilla en el vientre y le recogió las pelotas con la mano. El pene se agitó suavemente, con extraña vida, pero no se levantó. La lluvia golpeaba con fuerza en el exterior.

«Vivamos para otra cosa. No vivamos para ganar dinero, ni para nosotros ni para nadie. Ahora estamos obligados. Nos obligan a ganar un poco para nosotros y mucho para los jefes. ¡Pongámosle fin! Poco a poco, parémoslo. No hace falta que despotriquemos. Poco a poco, dejemos toda la vida industrial y volvamos atrás. Con un poco de dinero bastará. Para todos, para ti y para mí, para los jefes y los amos, incluso para el rey. El mínimo dinero será suficiente. Sólo decídanse a hacerlo y saldrán del lío. Él hizo una pausa y luego continuó:

«Y yo les diría: ¡Miren! ¡Miren a Joe! ¡Se mueve de maravilla! Miren cómo se mueve, vivo y consciente. ¡Es hermoso! ¡Y miren a Jonah! Es torpe, es feo, porque nunca quiere levantarse, les diría. ¡Mírense! ¡Mírense! ¡Un hombro más alto que el otro, las piernas torcidas, los pies hechos bultos! ¿Qué han hecho con el maldito trabajo? Se han echado a perder. No hace falta trabajar tanto. Quítense la ropa y mírense. Deberían estar vivos y hermosos, y son feos y están medio muertos. Eso les diría. Y haría que mis hombres llevaran ropa diferente: pantalones rojos ajustados, de un rojo brillante, y chaquetitas cortas, blancas. Vaya, si los hombres tuvieran piernas rojas y finas, sólo con eso cambiarían en un mes. Empezarían a ser hombres de nuevo, ¡a ser hombres! Y las mujeres podrían vestirse como quisieran. Porque una vez que los hombres caminen con las piernas de escarlata brillante, y las nalgas agradables y mostrando escarlata bajo una pequeña chaqueta blanca... entonces las mujeres van a empezar a ser mujeres. Es porque los hombres no son hombres, que las mujeres no tienen que serlo. Y con el tiempo derribar Tevershall y construir unos cuantos edificios hermosos, que nos albergarían a todos. Y limpiar el país de nuevo. Y no tener muchos hijos, porque el mundo está superpoblado.

«Pero yo no predicaría a los hombres... sólo los desnudaría y les diría: ¡Mírense! ¡Eso es trabajar por dinero...! ¡Mírense! Eso es trabajar por dinero. ¡Han estado trabajando por dinero! ¡Miren a Tevershall! Es horrible. Eso es porque se construyó mientras ustedes trabajaban por dinero. ¡Miren a sus muchachas! No se preocupan por ti, tú no te preocupas por ellas. Es porque te has pasado el tiempo trabajando y cuidando el dinero. No puedes hablar ni moverte ni vivir, no puedes estar correctamente con una mujer. No están vivos. ¡Mírense!».

Se hizo un completo silencio. Connie estaba escuchando a medias, y enhebrando en el pelo de la raíz del vientre de él unos nomeolvides que había recogido de camino a la cabaña. Fuera, el mundo se había quedado quieto, y un poco helado.

«Tienes cuatro tipos de pelo», le dijo ella. «En tu pecho es casi negro, y tu pelo no es oscuro en tu cabeza; pero tu bigote es duro y rojo oscuro, y tu pelo aquí, tu pelo del amor, es como un pequeño pincel de brillante muérdago rojo-dorado. Es el más encantador de todos».

Él miró hacia abajo y vio los trocitos lechosos de nomeolvides en el vello de su ingle.

«¡Ay! Ahí es donde hay que poner los nomeolvides, en el pelo de hombre o en el vello púbico. ¿Pero no te importa el futuro?».

Ella le miró.

«¡Oh, sí, terriblemente!», dijo ella.

«Porque cuando siento que el mundo humano está condenado, que se ha condenado a sí mismo por su propia bestialidad mezquina, entonces siento que las Colonias no están lo suficientemente lejos. La luna no estaría lo bastante lejos, porque incluso allí podrías mirar atrás y ver la tierra, sucia, bestial, desagradable entre todas las estrellas; ensuciada por los hombres. Entonces siento que he tragado hiel, y que me está comiendo por dentro, y que ningún lugar está lo suficientemente lejos como para escapar. Pero cuando consigo una oportunidad, vuelvo a olvidarlo todo. Aunque es una vergüenza, lo que se ha hecho a la gente estos últimos cien años; hombres convertidos en nada más que insectos-trabajadores, y toda su hombría arrebatada, y toda su vida real. Yo borraría las máquinas de la faz de la tierra otra vez, y acabaría con la época industrial absolutamente, como un error fatal. Pero como no puedo, y nadie puede, mejor me callo, y trato de vivir mi propia vida; si es que me queda una por vivir, cosa que dudo bastante».

Los truenos habían cesado en el exterior, pero la lluvia, que había amainado, arreció de repente, con un último resplandor de relámpagos y un murmullo de tormenta que se alejaba. Connie estaba inquieta. Él había hablado tanto tiempo ya, y en realidad hablaba consigo mismo, no con ella. La desesperación parecía abatirse por completo sobre él, y ella se sentía feliz, ella odiaba la desesperación. Sabía que el hecho de que ella le estaba dejando, de lo que él acababa de darse cuenta en su interior, le había sumido de nuevo en ese estado de ánimo. Y ella triunfó un poco.

Ella abrió la puerta y miró la lluvia torrencial y perpendicular, como una cortina de acero, y sintió un repentino deseo de salir corriendo hacia ella, de lanzarse. Se levantó y empezó a quitarse rápidamente las medias, luego el vestido y la ropa interior, y él contuvo la respiración. Sus pechos puntiagudos de animal se inclinaban y agitaban mientras ella se movía. Tenía un color marfil en la luz verdosa. Volvió a calzarse los zapatos de goma y salió corriendo con una risita salvaje, levantando los pechos a la fuerte lluvia y extendiendo los brazos, y corriendo borrosamente bajo la lluvia con los eurítmicos movimientos de danza que había aprendido hacía tanto tiempo en Dresde. Era una extraña figura pálida que se alzaba y caía, se inclinaba de modo que la lluvia golpeaba y relucía sobre las ancas llenas, se balanceaba de nuevo hacia arriba y venía panza adelante a través de la lluvia, y luego volvía a inclinarse de modo que sólo los lomos llenos y las nalgas se ofrecían en una especie de homenaje hacia él, repitiendo una reverencia salvaje.

Él se rió irónicamente y se quitó la ropa. Era demasiado. Saltó, desnudo y blanco, con un leve escalofrío, a la dura lluvia oblicua. Flossie saltó ante él con un pequeño ladrido frenético. Connie, con el pelo mojado y pegado a la cabeza, giró su cara acalorada y le vio. Sus ojos azules brillaban de excitación mientras se daba la vuelta y corría rápidamente, con un extraño movimiento de carga, fuera del claro y por el sendero, con las ramas mojadas azotándola. Ella corrió, y él no vio nada más que la cabeza redonda y húmeda, la espalda húmeda inclinada hacia delante en fuga, las nalgas redondeadas centelleando: una maravillosa desnudez femenina acobardada en fuga.

Ella estaba casi en el camino ancho cuando él se acercó y le echó el brazo desnudo alrededor de su mitad blanda, desnuda y mojada. Ella dio un chillido y se enderezó y el montón de su carne suave y fría se acercó al cuerpo de él. Él la apretó toda contra él, locamente, el montón de suave y fría carne femenina que se calentó rápidamente como una llama, al contacto. La lluvia caía sobre ellos hasta hacerlos despedir vapor. Él recogió sus preciosas y pesadas nalgas, una en cada mano, y las apretó hacia él con frenesí, temblando inmóviles bajo la lluvia. Entonces, de repente, la inclinó hacia arriba y cayó con ella sobre el sendero, en el rugiente silencio de la lluvia, y corto y brusco, la tomó, corto y brusco y acabó, como un animal.

Él se levantó en un instante, secándose la lluvia de los ojos.

«Ven», dijo él, y echaron a correr de vuelta a la cabaña. Él corría recto y veloz; no le gustaba la lluvia. Pero ella venía más despacio, recogiendo nomeolvides y colleja y campanillas, corriendo unos pasos y viéndole huir lejos de ella.

Cuando ella llegó con sus flores, jadeante a la cabaña, él ya había encendido el fuego y las ramitas crepitaban. Sus pechos puntiagudos subían y bajaban, tenía el pelo apelmazado por la lluvia, la cara ruborizada y el cuerpo reluciente y goteante. Con los ojos muy abiertos y sin aliento, la cabeza pequeña y húmeda y las caderas llenas, goteantes e ingenuas, parecía otra criatura.

Él cogió la sábana vieja y la frotó sobre ella, ella de pie como una niña. Luego se frotó a sí mismo habiendo cerrado la puerta de la cabaña. El fuego estaba ardiendo. Ella metió la cabeza en el otro extremo de la sábana y se frotó el pelo mojado.

«Nos estamos secando juntos en la misma toalla, ¡nos pelearemos!», dijo él.

Ella levantó la vista un momento, con el pelo alborotado.

«¡No!», dijo ella, con los ojos muy abiertos. «No es una toalla, es una sábana». Y siguió frotándose afanosamente la cabeza, mientras él se frotaba afanosamente la suya.

Aún jadeantes por el esfuerzo, envueltos cada uno en una manta militar, pero con la parte delantera abierta al fuego, se sentaron en un tronco uno al lado del otro ante las llamas, para aquietarse. Connie odiaba el contacto de la manta contra su piel. Pero ahora la sábana estaba toda mojada.

Ella dejó caer la manta y se arrodilló ante el hogar de arcilla, acercando la cabeza al fuego y sacudiendo el pelo para secarlo. Él observó la hermosa caída curva de sus caderas. Aquello le fascinaba hoy. ¡Cómo se inclinaba con una rica pendiente descendente hasta la pesada redondez de sus nalgas! Y en medio, plegadas en el calor secreto, ¡las entradas secretas!

Él le acarició la cola con la mano, larga y sutilmente tomando las curvas y la totalidad del globo.

«Tienes una cola tan bonita», dijo, en el dialecto cariñoso de la garganta. «Tienes el culo más bonito de todos. Es el culo de mujer más bonito que existe. Y cada parte de él es mujer, mujer con toda seguridad. No es el de una de esas muchachas de culo abotonado que deberían ser de muchachos. Tienes un trasero realmente suave e inclinado, cómo el que un hombre adora con sus entrañas. Es un trasero que podría sostener el mundo, ¡eso es!».

Mientras hablaba, acariciaba exquisitamente la redondeada cola, hasta que parecía como si una especie de fuego resbaladizo saliera de ella hacia sus manos. Y las yemas de sus dedos tocaban las dos aberturas secretas de su cuerpo, una y otra vez, con un suave roce de fuego.

«Y si caga y si mea, me alegro. No quiero una mujer que no pueda cagar ni mear».

Connie no pudo evitar un repentino bufido de risa asombrada, pero él continuó impasible.

«¡Es verdad, lo es! Es verdad, incluso para una perra. Aquí cagas y aquí meas; y pongo mi mano sobre ambos y me gustas por ello. Me gustas por ello. Tienes un culo de mujer, orgulloso de sí mismo. No hay de que avergonzarse, no lo hay».

Él puso su mano cerca y firme sobre sus lugares secretos, en una especie de saludo cercano.

«Me gusta», dijo él. «¡Me gusta! Y si sólo viviera diez minutos, y acariciara tu culo y llegara a conocerlo, ¡calcularía que he vivido una vida, lo ves! ¡Sistema industrial o no! Aquí está una de mis vidas».

Ella se dio la vuelta y se subió a su regazo, aferrándose a él. «¡Bésame!», susurró ella.

Y ella sabía que el pensamiento de su separación estaba latente en la mente de ambos, y por fin se sintió triste.

Ella se sentó sobre los muslos de él, con la cabeza apoyada en su pecho y las piernas relucientes como el marfil holgadamente separadas, con el fuego brillando desigualmente sobre ellas. Sentado con la cabeza baja, él contempló los pliegues de su cuerpo en el resplandor del fuego, y el vellón de suave pelo castaño que colgaba hasta una punta entre sus muslos abiertos. Se acercó a la mesa de detrás y cogió el ramo de flores, aún tan húmedo que las gotas de lluvia caían sobre ella.

«Las flores se quedan en la intemperie todo el tiempo», dijo él. «No tienen casas».

«¡Ni siquiera una cabaña!», murmuró ella.

Con dedos tranquilos enhebró unas cuantas flores de nomeolvides en el fino vellón marrón del montículo de Venus.

«¡Ahí!», dijo él. «¡Hay nomeolvides en el lugar correcto!».

Ella miró las florecillas lechosas y extrañas entre los bellos púbicos castaños en el extremo inferior de su cuerpo.

«¡Qué bonito es!», dijo ella.

«Bonito como la vida», respondió él.

Y le clavó un capullo de colleja rosa entre el pelo.

«¡Allí! ¡Ese soy yo... donde no me olvidarás! Ese es Moisés en los juncos».

«¿No te molesta, verdad, que me vaya?», preguntó ella con nostalgia, mirándole a la cara.

Pero su rostro era inescrutable, bajo las pesadas cejas. Él lo mantenía en blanco.

«Haz lo que quieras», dijo él.

Y hablaba en buen inglés.

«Pero no iré si tú no lo deseas», dijo ella, aferrándose a él.

Se hizo el silencio. Él se inclinó y puso otro trozo de leña al fuego. La llama brillaba en su rostro silencioso y abstraído. Ella esperó, pero él no dijo nada.

«Sólo que pensé que sería una buena manera de empezar una ruptura con Clifford. Quiero un hijo. Y me daría la oportunidad de...», reanudó ella.

«De dejarles que piensen unas cuantas mentiras», dijo él.

«Sí, eso entre otras cosas. ¿Quieres que piensen la verdad?».

«No me importa lo que piensen».

«¡A mí sí! No quiero que me manejen con sus desagradables mentes frías, no mientras siga en Wragby. Pueden pensar lo que quieran cuando por fin me haya ido».

Él se quedó en silencio.

«¿Pero Sir Clifford espera que vuelvas con él?».

«Oh, debo volver», dijo ella: y se hizo el silencio.

«¿Y tendrías un hijo en Wragby?», preguntó él.

Ella le rodeó el cuello con el brazo.

«Si tú no me llevaras, tendría que hacerlo», dijo ella.

«¿Llevarte a dónde?».

«¡A dónde sea! ¡Lejos! Lejos de Wragby».

«¿Cuándo?».

«Pues cuando vuelva».

«¿Pero de qué sirve volver, hacer la cosa dos veces, si ya te has ido una vez?», dijo él.

«Oh, debo volver. ¡Lo he prometido! Lo he prometido tan fielmente. Además, vuelvo por ti, de verdad».

«¿El guardabosques de tu marido?».

«No veo que eso importe», dijo ella.

«¿No?». Él meditó un rato. «¿Y cuándo pensarías en irte de nuevo, entonces; finalmente? ¿Cuándo exactamente?».

«Oh, no lo sé. Volvería de Venecia. Y entonces lo prepararíamos todo».

«¿Cómo lo prepararíamos?».

«Oh, se lo diría a Clifford. Tendría que decírselo».

«¡Lo harías!».

Él permaneció en silencio. Ella le rodeó el cuello con los brazos.

«No me lo hagas difícil», suplicó ella.

«¿Hacer difícil qué?».

«Que yo vaya a Venecia y arregle las cosas».

Una pequeña sonrisa, una mueca a medias, parpadeó en su rostro.

«No te lo hago difícil», dijo él. «Sólo quiero saber qué es lo que buscas. Pero tú no lo sabes realmente. Quieres tomarte un tiempo... tomar distancia y mirarlo. No te culpo. Creo que eres sabia. Puede que prefieras seguir siendo la señora de Wragby. No te culpo. Yo no tengo Wragbys que ofrecer. De hecho, ya sabes lo que sacarás de mí. ¡No, no, creo que tienes razón! ¡De verdad que lo creo! Y no me entusiasma vivir de ti, ser mantenido por ti. Eso también».

De alguna manera sintió como si él le estuviera dando represalias.

«Pero me deseas, ¿verdad?», preguntó ella.

«¿Me quieres?».

«Sabes que sí. Eso es evidente».

«¡Claro! ¿Y cuándo me quieres?».

«Sabes que podemos arreglarlo todo cuando vuelva. Ahora estoy sin aliento contigo. Debo calmarme y despejarme».

«¡Así es! ¡Cálmate y despéjate!».

Ella se sintió un poco ofendida.

«Pero confías en mí, ¿verdad?», dijo ella.

«¡Oh, absolutamente!».

Ella oyó la burla en su tono.

«Dime, entonces», le dijo ella rotundamente, «¿crees que sería mejor que no fuera a Venecia?».

«Seguro que es mejor que vayas a Venecia», respondió él con voz fría y ligeramente burlona.

«¿Sabes que es el próximo jueves?», dijo ella.

«¡Sí»!

Ahora ella se puso a cavilar. Por fin dijo:

«Y sabremos mejor dónde estamos cuando vuelva, ¿no?».

«¡Oh, seguro!».

¡El curioso abismo de silencio entre ellos!

«He ido al abogado por lo de mi divorcio», dijo él, un poco constreñido.

Ella tuvo un ligero estremecimiento.

«¡Lo has hecho!», dijo ella. «¿Y qué te ha dicho?».

«Dijo que debería haberlo hecho antes; eso puede ser una dificultad. Pero como estuve en el ejército, cree que saldrá bien. ¡Si tan sólo no la hace caer sobre mi cabeza!».

«¿Ella tiene que saberlo?».

«¡Sí! Ella está notificada; también el hombre con el que vive, el co-responsable».

«¡Qué odioso, todas las actuaciones! Supongo que tendré que pasar por ello con Clifford».

Se hizo el silencio.

«Y por supuesto», dijo él, «tengo que llevar una vida ejemplar durante los próximos seis u ocho meses. Así que si vas a Venecia, me quitará la tentación durante una o dos semanas, por lo menos».

«¡Soy una tentación!», dijo ella, acariciándole la cara. «¡Estoy tan contenta de ser una tentación para ti! ¡No pensemos en ello! Me asustas cuando empiezas a pensar; me abrumas. No pensemos en ello. Podemos pensar mucho más cuando estamos separados. ¡De eso se trata! He estado pensando, debo venir a verte otra noche antes de irme. Debo venir una vez más a tu casita de campo. ¿Vendré el jueves por la noche?».

«¿No es entonces cuando tu hermana estará aquí?».

«¡Sí! Pero dijo que nos iríamos a la hora del té. Así que podríamos empezar a la hora del té. Pero ella podría dormir en otro sitio y yo contigo».

«Pero entonces ella tendría que saberlo».

«Oh, se lo diré. Ya se lo he dicho más o menos. Debo hablarlo todo con Hilda. Ella es de gran ayuda, tan sensata».

Él estaba pensando en el plan de ella.

«¿Así que partirías de Wragby a la hora del té, como si fuera a Londres? ¿En qué dirección irías?».

«Por Nottingham y Grantham».

«¿Y luego tu hermana te dejaría en algún sitio y tú volverías andando o en coche hasta aquí? Me suena muy arriesgado».

«¿Ah, sí? Bueno, entonces, Hilda podría traerme de vuelta. Ella podría dormir en Mansfield, y traerme aquí por la tarde, y buscarme de nuevo por la mañana. Es bastante fácil».

«¿Y la gente que te ve?».

«Llevaré gafas y un velo».

Él reflexionó durante algún tiempo.

«Bien», dijo él. «Te complaces como siempre».

«¿Pero no te complacería a ti?».

«¡Oh, sí! Me encantaría», dijo él un poco sombrío. «Bien podría golpear mientras el hierro está caliente».

«¿Sabes lo que pensé?», dijo ella de repente. «Se me ocurrió de repente. Tú eres el "Caballero del Mango de Almirez Ardiente"!».

«¡Ay! ¿Y tú? ¿Tú eres la Dama del Mortero al Rojo Vivo?».

«¡Sí!», dijo ella. «¡Sí! Tú eres Sir Mango y yo soy la Dama del Mortero».

«Muy bien, entonces soy caballero. John Thomas es Sir John, para su Lady Jane».

«¡Sí! ¡John Thomas es nombrado caballero! Yo soy la dama del pelo púbico, y tú debes tener flores también. ¡Sí!».

Ella ensartó dos collejas rosas en la mata de vello rojizo y dorado que había sobre su pene.

«¡Ahí!», dijo ella. «¡Encantador! ¡Encantador! ¡Sir John!».

Y ella empujó un poco de nomeolvides en el vello oscuro de su pecho.

«Y no me olvidarás ahí, ¿verdad?». Ella le besó en el pecho, e hizo que dos trocitos de nomeolvides se alojen en su pecho, uno sobre cada pezón, besándole de nuevo.

«¡Conviérteme en un calendario!», dijo él. Se rió y las flores se agitaron en su pecho.

«¡Espera un poco!», dijo él.

Se levantó y abrió la puerta de la cabaña. Flossie, tumbada en el porche, se levantó y le miró.

«¡Ay, soy yo!», dijo él.

La lluvia había cesado. Había una quietud húmeda, pesada y perfumada. Se acercaba la tarde.

Él salió y bajó por el caminito en dirección opuesta al camino principal. Connie observó su figura blanca y delgada, y le pareció un fantasma, una aparición que se alejaba de ella.

Cuando ya no pudo verlo, su corazón se hundió. Se quedó de pie en la puerta de la cabaña, con una manta alrededor, mirando hacia el silencio empapado e inmóvil.

Pero él volvía, trotando de forma extraña y trayendo flores. Ella le tenía un poco de miedo, como si no fuera del todo humano. Y cuando se acercó, sus ojos se clavaron en los de ella, pero ella no pudo entender el significado.

Había traído columbinas y collejas, y heno recién cortado, y recortes de roble y madreselva en pequeños capullos. Rodeó los pechos de ella con mullidas ramas de roble y le puso recortes de campanillas y campánulas; en su ombligo colocó una flor rosa de colleja y en su vello púbico había nomeolvides y castañas de Indias.

«¡Esa eres tú en toda tu gloria!», dijo él. «Lady Jane, en su boda con John Thomas».

Y él se clavó flores en el pelo de su propio cuerpo, y se enrolló un poco de jacinto rastrero alrededor del pene, y se clavó una sola campanilla de jacinto en el ombligo. Ella le observaba divertida, su extraña intención. Y ella le metió una flor de colleja en el bigote, donde se quedó pegada, colgando bajo su nariz.

«Este es John Thomas casándose con Lady Jane», dijo él. «Y dejaremos que Constance y Oliver sigan su camino. Quizás...».

Él extendió la mano con un gesto y estornudó, apartando las flores de su nariz y su ombligo. Volvió a estornudar.

«¿Quizás qué?», dijo ella, esperando a que él continuara.

Él la miró un poco desconcertado.

«¿Eh?», dijo él.

«¿Quizás qué? Continúa con lo que ibas a decir», insistió ella.

«Ay, ¿qué iba a decir?».

Él lo había olvidado. Y fue una de las decepciones de la vida de ella, que él nunca terminara la frase.

Un rayo de sol amarillo brillaba sobre los árboles.

«¡El sol!», dijo él. «Y hora de que te vayas. La hora, mi Señora, ¡la hora! ¿Qué es lo que vuela y no tiene alas, Señora? ¡El tiempo! ¡El tiempo!».

Se llevó la mano a la camisa.

«¡Dale las buenas noches a John Thomas!», dijo él, mirando su pene. «¡Está a salvo en los brazos de la acedera Jenny! Poco tiene ahora de mango ardiente».

Y él se puso la camisa de franela sobre la cabeza.

«El momento más peligroso de un hombre», dijo él, cuando hubo asomado la cabeza, «es cuando se está poniendo la camisa. Entonces se mete la cabeza en una bolsa. Por eso prefiero esas camisas americanas, que te pones como una chaqueta». Ella seguía de pie observándole. Se puso los calzoncillos cortos y se los abrochó en la cintura.

«¡Mira a Jane!», dijo. «¡En todas sus flores! ¿Quién te pondrá flores el año que viene, Jinny? ¿Yo, o algún otro? "¡Adiós, mi campanilla, adiós a ti!". Odio esa canción, es de principios de la guerra». Entonces se sentó y se puso las medias. Ella seguía inmóvil. Él posó su mano sobre la pendiente de sus nalgas. «¡Linda Lady Jane!», dijo. «Quizás en Venecia encuentres a un hombre que ponga jazmín en tu vello púbico, y una flor de granada en tu ombligo. ¡Pobrecita Lady Jane!».

«¡No digas esas cosas!», dijo ella. «Sólo lo dices para hacerme daño».

Bajó la cabeza. Luego dijo, en dialecto:

«¡Ay, tal vez sí, tal vez sí! Bien, entonces, no diré nada, y habré terminado con ello. Pero tú tienes que vestirte e ir a tus mansiones en Inglaterra, tan bellas que son. ¡Se acabó el tiempo! ¡Se acabó el tiempo para Sir John y para la pequeña Lady Jane! ¡Ponte la túnica, Lady Chatterley! Podrías ser cualquiera, ahí de pie, sin siquiera una túnica, y unos harapos de flores. Así, así, así, te desnudaré, pajarito sin cola». Y cogió las hojas de su pelo, besando su húmedo cabello, y las flores de sus pechos, y besó sus pechos, y besó su ombligo, y besó su vello púbico, donde dejó ensartadas las flores. «Que sigan ahí el tiempo que quieran», dijo él. «¡Así! ¡Ahí estás desnuda de nuevo, nada más que una muchacha de trasero desnudo y un poco Lady Jane! Ahora ponte tu túnica, porque tienes que irte, o Lady Chatterley llegará tarde a cenar, ¿y dónde has estado, hermosa doncella?».

Ella nunca sabía cómo contestarle cuando se encontraba en este estado, hablando dialecto. Así que se vistió y se preparó para volver un poco ignominiosamente a casa, a Wragby. O así lo sintió ella: un poco ignominiosamente a casa.

Él la acompañaría hasta el camino ancho. Sus faisanes jóvenes estaban bien protegidos.

Cuando él y ella salieron al camino ancho, allí estaba Mrs. Bolton jadeante y pálida ante ellos.

«¡Oh, mi Señora, nos preguntábamos si había pasado algo!».

«¡No! No ha pasado nada».

Mrs. Bolton miró el rostro del hombre, que estaba terso y tenía un aspecto nuevo por el amor. Se encontró con sus ojos medio risueños, medio burlones. Él siempre se reía de las desgracias. Pero la miró amablemente.

«¡Buenas noches, Mrs. Bolton! Su Señoría estará bien ahora, así que puedo dejarla. ¡Buenas noches a su Señoría! ¡Buenas noches, Mrs. Bolton!».

Saludó y se dio la vuelta.

Capítulo 16

Connie llegó a casa para encontrarse con un interrogatorio. Clifford había salido a la hora del té, había llegado justo antes de la tormenta, y ¿dónde estaba su señoría? Nadie lo sabía, sólo Mrs. Bolton sugirió que había ido a dar un paseo al bosque. Al bosque, ¡con semejante tormenta! Por una vez, Clifford se dejó llevar por un estado de frenesí nervioso. Se sobresaltó con cada relámpago y se estremeció con cada trueno. Miraba la gélida lluvia de truenos como si se enfrentara al fin del mundo. Cada vez estaba más alterado.

Mrs. Bolton trató de calmarlo.

«Habrá tomado refugio en la cabaña, hasta que termine. No se preocupe, su Señoría está bien».

«¡No me gusta que esté en el bosque con una tormenta como ésta! ¡No me gusta nada que esté en el bosque! Ya lleva fuera más de dos horas. ¿Cuándo salió?».

«Un rato antes de que usted entrase».

«No la vi en el parque. Dios sabe dónde está y qué le ha pasado».

«Oh, no le ha pasado nada. Ya lo verá, volverá a casa en cuanto deje de llover. Es sólo la lluvia que la retiene».

Pero su señoría no volvió a casa en cuanto dejó de llover. De hecho, pasó el tiempo, el sol salió para echar su último vistazo amarillo, y seguía sin haber rastro de ella. El sol se había puesto, estaba oscureciendo y había sonado el primer gong de la cena.

«¡No sirve de nada!», dijo Clifford frenético. «Voy a enviar a Field y Betts a buscarla».

«¡Oh, no haga eso!», gritó Mrs. Bolton. «Pensarán que hubo un suicidio o algo así. Oh, no empiece a hablar mucho de ello. Déjeme ir hasta la cabaña y ver si no está allí. La encontraré bien».

Así que, tras un poco de persuasión, Clifford le permitió ir.

Y así Connie se la había encontrado en el camino, sola y pálida merodeando.

«¡No debe importarle que venga a buscarla, milady! Pero Sir Clifford se puso así. Estaba seguro de que le había alcanzado un rayo o le había matado la caída de un árbol. Y estaba decidido a enviar a Field y Betts al bosque para encontrar el cuerpo. Así que pensé que sería mejor venir, antes que poner a todos los sirvientes en un estado de agitación».

Ella estaba nerviosa. Aún podía ver en el rostro de Connie la suavidad y el entresueño de la pasión, y podía sentir la irritación contra sí misma.

«¡Claro!», dijo Connie. Y no pudo decir nada más.

Las dos mujeres avanzaron por el húmedo mundo, en silencio, mientras grandes gotas salpicaban como explosiones en el bosque. Cuando llegaron al parque, Connie se adelantó y Mrs. Bolton jadeó un poco. Estaba cada vez más rellenita.

«Qué tontería por parte de Clifford armar un escándalo», dijo Connie al final, enfadada, hablando realmente para sí misma.

«¡Oh, ya sabe cómo son los hombres! Les gusta ponerse nerviosos. Pero se pondrá bien en cuanto vea a su Señoría».

Connie estaba muy enfadada porque Mrs. Bolton conocía su secreto; porque ciertamente lo sabía.

De repente, Constance se detuvo en el camino.

«¡Es monstruoso que tengan que seguirme!», dijo, con los ojos brillantes.

«¡Oh! ¡Señora, no diga eso! Sin duda él habría enviado a los dos hombres, y habrían venido directamente a la cabaña. No sabía dónde estaba, de verdad».

Connie enrojeció de rabia ante la sugerencia. Sin embargo, mientras estaba consumida por la pasión, no podía mentir. Ni siquiera podía fingir que no había nada entre ella y el guardabosques. Miró a la otra mujer, que permanecía tan astuta, con la cabeza gacha; sin embargo, de algún modo, en su femineidad, una aliada.

«¡Oh, bien!», dijo ella. «Si es así es así. No me importa».

«¡Vaya, está en lo correcto, milady! Sólo ha tomado refugio en la cabaña. No es absolutamente nada».

Siguieron hasta la casa. Connie entró en la habitación de Clifford, furiosa con él, furiosa con su rostro pálido y sobrecogido y sus ojos prominentes.

«Debo decir que no creo que sea necesario que envíes a los criados a buscarme», estalló.

«¡Dios mío!», explotó él. «¿Dónde has estado, mujer? ¡Has estado fuera horas, horas, y con una tormenta como ésta! ¿Para qué demonios vas a ese maldito bosque? ¿Qué has estado haciendo? Hace horas incluso desde que dejó de llover, ¡horas! ¿Sabes qué hora es? Puedes volver loco a cualquiera. ¿Dónde has estado? ¿Qué demonios has estado haciendo?».

«¿Y si decido no decírtelo?». Ella se quitó el sombrero de la cabeza y se sacudió el pelo.

Él la miraba con los ojos desorbitados, el amarillo entrando en el blanco. Le sentaba muy mal entrar en esos arrebatos; Mrs. Bolton lo pasó muy mal con él durante días. Connie sintió un repentino escalofrío.

«¡Pero de verdad!», dijo ella, más suave. «¡Cualquiera pensaría que he estado no sé dónde! Simplemente me senté en la cabaña durante toda la tormenta, y me hice un pequeño fuego, y fui feliz».

Ahora ella hablaba con facilidad. Después de todo, ¡para qué ponerlo más nervioso!

Él la miró con suspicacia.

«Y mírate el pelo», dijo él, «mírate».

«¡Sí!», respondió ella con calma. «Salí corriendo bajo la lluvia sin ropa».

Él se quedó mirándola sin poder hablar.

«¡Debes estar loca!», dijo él.

«¿Por qué? ¿Por tomar una ducha bajo la lluvia?».

«¿Y cómo te secaste?».

«Con una toalla vieja y al fuego».

Él seguía mirándola estupefacto.

«Y... supone que viniera alguien», dijo él.

«¿Quién vendría?».

«¿Quién? ¡Cualquiera! Y Mellors. ¿No va él? Debe ir por las tardes».

«Sí, vino más tarde, cuando había aclarado, para alimentar a los faisanes con maíz».

Ella hablaba con una despreocupación asombrosa. Mrs. Bolton, que escuchaba en la habitación contigua, oía con pura admiración. ¡Pensar que una mujer podía llevarlo con tanta naturalidad!

«¿Y supone que él hubiera venido mientras tú corrías bajo la lluvia sin nada puesto, como una maníaca?».

«Supongo que se habría llevado el susto de su vida y se habría largado tan rápido como podía».

Clifford seguía mirándola fijamente. Lo que pensó en su subconsciencia nunca lo sabría. Y estaba demasiado desconcertado para formar un pensamiento claro en su conciencia superior. Simplemente aceptó lo que ella dijo, en una especie de vacío. Y la admiró. No pudo evitar admirarla. Se la veía con tan buen color y guapa y suave; suave de amor.

«Al menos», dijo él, calmándose, «tendrás suerte si has salido de ésta sin un fuerte resfriado».

«Oh, no estoy resfriada», respondió ella. Pensaba para sí misma en las palabras del otro hombre: «¡Tienes el culo de mujer más bonito que nadie!». Deseaba, deseaba profundamente poder decirle a Clifford que eso se lo habían dicho a ella, durante la famosa tormenta. ¡Sin embargo! Se comportó más bien como una reina ofendida y subió a cambiarse.

Aquella tarde, Clifford quiso ser amable con ella. Estaba leyendo uno de los últimos libros científico-religiosos; tenía una vena de un tipo de religión espuria en él, y estaba egocéntricamente preocupado por el futuro de su propio ego. Era su costumbre hacer conversar a Connie sobre algún libro, ya que la conversación entre ellos tenía que existir, casi químicamente. Tenían que urdirla casi químicamente en sus cabezas.

«Por cierto, ¿qué te parece esto?», dijo, cogiendo su libro. «No tendrías necesidad de enfriar tu ardiente cuerpo corriendo bajo la lluvia, si tan sólo tuviéramos unos cuantos eones más de evolución a nuestras espaldas. Ah, ¡aquí está...! "El universo nos muestra dos aspectos: por un lado, se está gastando físicamente; por el otro, está ascendiendo espiritualmente"».

Connie escuchó, esperando más. Pero Clifford estaba esperando. Ella le miró sorprendida.

«Y si asciende espiritualmente», dijo ella, «¿qué deja abajo, en el lugar donde antes estaba su cola?».

«¡Ah!», dijo él. «Toma al hombre por lo que quiere decir. Ascender es lo contrario de gastar, supongo».

«¡Espiritualmente reventado, por así decirlo!».

«No, pero en serio, sin bromear; ¿crees que hay algo en ello?».

Ella le miró de nuevo.

«¿Desgaste físico?», dijo ella. «Te veo engordar, y yo no me estoy consumiendo. ¿Crees que el sol es más pequeño de lo que era? Para mí no lo es. Y supongo que la manzana que Adán le ofreció a Eva no era mucho más grande, si es que lo era, que una de nuestras naranjas. ¿Crees que lo era?».

«Bien, escucha cómo prosigue: "Se está pasando así, lentamente, con una lentitud inconcebible en nuestras medidas del tiempo, a nuevas condiciones creativas, en medio de las cuales el mundo físico, tal como lo conocemos actualmente, estará representado por una ondulación que apenas se distinguirá de la nulidad"».

Ella escuchó con un tinte de diversión. Se le ocurrieron todo tipo de improperios. Pero sólo dijo:

«¡Qué tonto abracadabra! ¡Como si su pequeña conciencia engreída pudiera saber lo que ocurre con tanta lentitud! Sólo significa que es un fracaso físico en la tierra, así que quiere hacer de todo el universo un fracaso físico. ¡Pequeña impertinencia mojigata!».

«¡Oh, pero escucha! No interrumpas las solemnes palabras del gran hombre...! "El tipo actual de orden en el mundo ha surgido de una parte inimaginable, y encontrará su tumba en un futuro inimaginable. Queda el reino inagotable de las formas abstractas, y la creatividad con su carácter cambiante siempre determinado de nuevo por sus propias criaturas, y Dios, de cuya sabiduría dependen todas las formas de orden..." ¡Así es como se da cuerda!».

Connie se sentó a escuchar despectivamente.

«Está espiritualmente reventado», dijo ella. «¡Cuántas cosas! Inimaginables, y tipos de orden en las tumbas, y reinos de formas abstractas, y creatividad con un carácter sospechoso, ¡y Dios mezclado con formas de orden! Vaya, ¡es una idiotez!».

«Debo decir que es un poco vagamente conglomerado, una mezcla de gases, por así decirlo», dijo Clifford. «Aun así, creo que hay algo de cierto en la idea de que el universo se está consumiendo físicamente y ascendiendo espiritualmente».

«¿En serio? Entonces que ascienda, siempre y cuando me deje a salvo y físicamente sólida aquí abajo».

«¿Te gusta tu físico?», preguntó él.

«¡Me encanta!». Y por su mente pasaron las palabras: «¡Es el culo de mujer más bonito, más bonito tal como está!».

«Pero eso es realmente bastante extraordinario, porque no se puede negar que es un estorbo. Pero entonces supongo que una mujer no tiene un placer supremo en la vida de la mente».

«¿Placer supremo?», dijo ella, mirándole. «¿Es ese tipo de idiotez el placer supremo de la vida de la mente? No, gracias. Dame el cuerpo. Creo que la vida del cuerpo es una realidad mayor que la vida de la mente; cuando el cuerpo se despierta realmente a la vida. Pero tantas personas, como su famosa máquina de viento, sólo tienen mentes adheridas a sus cadáveres físicos».

La miró con asombro.

«La vida del cuerpo», dijo, «es sólo la vida de los animales».

«Y eso es mejor que la vida de los cadáveres profesionales. ¡Pero no es cierto! El cuerpo humano apenas acaba de cobrar vida real. Con los griegos dio un bonito parpadeo, luego Platón y Aristóteles lo mataron, y Jesús acabó con él. Pero ahora el cuerpo está volviendo realmente a la vida, se está levantando realmente de la tumba. Y será una vida encantadora, encantadora en el universo encantador, la vida del cuerpo humano».

«¡Querida, hablas como si lo estuvieras adelantando todo! Es cierto que te vas de vacaciones, pero no te muestres tan indecentemente eufórica por ello. Créeme, cualquier Dios que exista está eliminando lentamente las vísceras y el sistema alimentario del ser humano, para hacer evolucionar a un ser más elevado y espiritual».

«¿Por qué debería creerte, Clifford, cuando siento que sea el que sea, el Dios que hay se ha despertado por fin en mis entrañas, como tú las llamas, y está ondeando tan felizmente allí, como el alba. ¿Por qué debería creerte, cuando siento en tal medida lo contrario?».

«¡Oh, exactamente! ¿Y qué ha causado este extraordinario cambio en ti? ¿Salir corriendo completamente desnuda bajo la lluvia, y jugar a las bacantes? ¿El deseo de sensaciones, o la anticipación de ir a Venecia?».

«¡Las dos cosas! ¿Crees que es horrible de mi parte estar tan emocionada el hecho de irme?», dijo ella.

«Bastante horrible mostrarlo tan claramente».

«Entonces lo esconderé».

«¡Oh, no te molestes! Casi me comunicas una emoción. Casi siento que soy yo quien se va».

«Bueno, ¿por qué no vienes?».

«Ya hemos hablado de todo eso. Y, de hecho, supongo que tu mayor emoción proviene de poder despedirte temporalmente de todo esto. Nada tan emocionante, por el momento, como ¡adiós a todo...! Pero cada despedida significa un encuentro en otra parte. Y cada encuentro es una nueva esclavitud».

«No voy a entrar en nuevos lazos».

«No alardees cuando los dioses estén escuchando», dijo él.

Ella se paró en seco.

«¡No! ¡No voy a presumir!», dijo ella.

Pero, a pesar de todo, estaba encantada de irse... de sentir cómo se rompían los lazos. No podía evitarlo.

Clifford, que no podía dormir, jugó toda la noche con Mrs. Bolton, hasta que ella casi tuvo demasiado sueño para vivir.

Y llegó el día de la llegada de Hilda. Connie había acordado con Mellors que si todo prometía ir bien durante su noche juntos, colgaría un chal verde de la ventana. Si había frustración, uno rojo.

Mrs. Bolton ayudó a Connie a hacer la maleta.

«Será muy bueno para su Señoría tener un cambio».

«Creo que así será. No le importará tener a Sir Clifford a solas durante un tiempo, ¿verdad?».

«¡Oh, no! Puedo manejarlo bastante bien. Quiero decir, puedo hacer todo lo que él necesita que haga. ¿No cree que está mejor que antes?».

«¡Oh mucho mejor! Usted hace maravillas con él».

«¿En serio? Pero los hombres son todos iguales: sólo bebés, y hay que halagarlos y engatusarlos y dejarles creer que se salen con la suya. ¿No lo encuentra así, milady?».

«Me temo que no tengo mucha experiencia».

Connie hizo una pausa en su ocupación.

«Incluso a su marido, ¿tuvo que manejarlo y engatusarlo como a un bebé?», preguntó ella, mirando a la otra mujer.

Mrs. Bolton también hizo una pausa.

«¡Bueno!», dijo ella. «Tuve que pasar un buen rato persuadiéndolo, a él también. Pero él siempre supo lo que yo buscaba, debo decirlo. Pero generalmente cedía ante mí».

«¿Nunca fue amo y señor?».

«¡No! Tal vez a veces había una mirada en sus ojos, y entonces sabía que yo tenía que ceder. Pero normalmente él cedía ante mí. No, nunca fue amo y señor. Pero yo tampoco lo era. Yo sabía cuándo no podía ir más lejos con él, y entonces yo cedía... aunque a veces me costaba bastante».

«¿Y si hubiera resistido contra él?».

«Oh, no lo sé, nunca lo hice. Incluso cuando estaba equivocado, si estaba fijo en algo, yo cedía. Verá, nunca quise romper lo que había entre nosotros. Y si realmente una pone su voluntad en contra de un hombre, eso lo acaba. Si le importa un hombre, tiene que ceder ante él una vez que él está realmente decidido; tanto si él tiene razón como si no, una tiene que ceder. Si no, una rompe algo. Pero debo decir que Ted cedió algunas veces, cuando yo estaba fijada en algo, y equivocada. Así que supongo que vale en ambos sentidos».

«¿Y así es usted con todos sus pacientes?», preguntó Connie.

«Oh, eso es diferente. No me importa en absoluto de la misma manera. Sé lo que es bueno para ellos, o lo intento, y entonces sólo me las ingenio para manejarlos por su propio bien. No es como alguien a quien una le tenga mucho cariño. Es muy diferente. Una vez que una se ha encariñado de verdad con un hombre, puedes ser cariñosa con casi cualquier hombre, si es que lo necesita. Pero no es lo mismo. No le importa a una de verdad. Dudo que, una vez que una se ha ocupado de verdad, puede ocuparse de verdad nuevamente».

Estas palabras asustaron a Connie.

«¿Cree que una sólo puede ocuparse una vez?», preguntó ella.

«O nunca. A la mayoría de las mujeres nunca les importa, nunca empiezan a hacerlo. No saben lo que significa. Ni los hombres tampoco. Pero cuando veo a una mujer que se ocupa, mi corazón se detiene por ella».

«¿Y cree que los hombres se ofenden fácilmente?».

«¡Sí! Si una les hiere en su orgullo. ¿Pero las mujeres no son iguales?

Sólo que nuestros dos orgullos son un poco diferentes».

Connie reflexionó sobre esto. Empezó de nuevo a tener cierto recelo sobre su partida. Después de todo, ¿no le estaba dando a su hombre la despedida, aunque sólo fuera por poco tiempo? Y él lo sabía. Por eso estaba tan raro y sarcástico.

Aun así, la existencia humana está en buena medida controlada por la máquina de las circunstancias externas. Ella estaba en poder de esta máquina. No podía liberarse en cinco minutos. Ni siquiera quería hacerlo.

Hilda llegó temprano el jueves por la mañana, en un ágil coche de dos plazas, con su maleta bien sujeta detrás. Parecía tan recatada y casta como siempre, pero tenía la misma voluntad propia. Tenía una voluntad propia de mil demonios, como había descubierto su marido. Pero el marido ahora se estaba divorciando de ella.

Sí, incluso ella se lo había hecho fácil, aunque ella no tenía ningún amante. Por el momento, estaba «alejada» de los hombres. Se contentaba muy bien con ser su propia señora... y señora de sus dos hijos, a los que iba a criar «como es debido», significara eso lo que significara.

A Connie sólo se le permitió también una maleta. Pero había enviado un baúl a su padre, que iba en tren. Era inútil ir en coche a Venecia. E Italia era demasiado calurosa para ir en coche, en julio. Él iba cómodamente en tren. Acababa de llegar de Escocia.

Así que, como una recatada mariscal de campo arcádica, Hilda organizó la parte material del viaje. Ella y Connie se sentaron en la habitación de arriba a charlar.

«¡Pero Hilda!», dijo Connie, un poco asustada. «Quiero quedarme cerca de aquí esta noche. No aquí... ¡cerca de aquí!».

Hilda miró a su hermana con ojos grises e inescrutables. Parecía tan tranquila... y tan a menudo estaba furiosa.

«¿Dónde, cerca de aquí?», preguntó en voz baja.

«Bueno, sabes que amo a alguien, ¿no?».

«Deduje que había algo».

«Pues vive cerca de aquí y quiero pasar esta última noche con él. Debo hacerlo. Se lo he prometido».

Connie se volvió insistente.

Hilda agachó la cabeza como Minerva en silencio. Luego levantó la mirada.

«¿Quieres decirme quién es?», dijo.

«Es nuestro guardabosques», titubeó Connie, y se sonrojó vivamente, como una niña avergonzada.

«¡Connie!», dijo Hilda, levantando ligeramente la nariz con disgusto... un movimiento que había heredado de su madre.

«Lo sé... pero él es encantador de verdad. Realmente entiende la ternura», dijo Connie, intentando disculparse por él.

Hilda, como una Atenea rubicunda y de ricos colores, inclinó la cabeza y reflexionó. Estaba realmente violentamente enfadada. Pero no se atrevía a demostrarlo, porque Connie, siguiendo el ejemplo de su padre, se volvería enseguida obstinada e ingobernable.

Era cierto, a Hilda no le gustaba Clifford... ¡su fría seguridad de que era alguien! Pensaba que se servía de Connie de forma vergonzosa e impúdica. Esperaba que su hermana lo dejara. Pero, siendo ella de sólida clase media escocesa, detestaba cualquier «rebajamiento» de sí misma o de la familia. Por fin levantó la mirada.

«Te arrepentirás», dijo,

«No lo haré», gritó Connie, sonrojada. «Él es toda una excepción. Le quiero de verdad. Es encantador como amante».

Hilda seguía cavilando.

«Lo superarás muy pronto», dijo, «y vivirás para avergonzarte de ti misma por su culpa».

«¡No lo haré! Espero tener un hijo suyo».

«¡Connie!», dijo Hilda, dura como un martillazo y pálida de ira.

«Lo haré si puedo. Me sentiría terriblemente orgullosa si tuviera un hijo suyo».

Era inútil hablar con ella. Hilda reflexionó.

«¿Y no sospecha Clifford?», dijo ella.

«¡Oh, no! ¿Por qué habría de hacerlo?».

«No dudo de que le has dado muchas ocasiones para sospechar», dijo Hilda.

«En absoluto».

«Y el asunto de esta noche parece una locura gratuita. ¿Dónde vive ese hombre?».

«En la casita de campo al otro extremo del bosque».

«¿Es soltero?».

«¡No! Su mujer le abandonó».

«¿Cuántos años?».

«No lo sé. Mayor que yo».

Hilda se enfadaba más con cada respuesta, se enfadaba como solía enfadarse su madre, en una especie de paroxismo. Pero aun así lo ocultó.

«Yo que tú renunciaría a la escapada de esta noche», le aconsejó con calma.

«¡No puedo! Debo quedarme con él esta noche o no podré ir a Venecia. Simplemente no puedo».

Hilda volvió a oír a su padre y cedió, por mera diplomacia. Y consintió en conducir hasta Mansfield, las dos irían, para cenar, luego llevar a Connie de vuelta al fin del camino al anochecer, y recogerla del fin del camino a la mañana siguiente, durmiendo ella en Mansfield, a sólo media hora de camino conduciendo deprisa.

Pero estaba furiosa. Lo guardó contra su hermana, este obstáculo en sus planes.

Connie arrojó un chal verde esmeralda sobre el alféizar de su ventana.

Con la fuerza de su ira, Hilda se reconcilió con Clifford.

Después de todo, tenía una mente. Y si no tenía sexo, funcionalmente, tanto mejor; ¡mucho menos de lo que discutir! Hilda no quería más de ese asunto del sexo, en el que los hombres se convertían en pequeños horrores desagradables y egoístas. Connie tenía realmente menos que aguantar que muchas mujeres, si tan sólo supiera.

Y Clifford decidió que Hilda, después de todo, era una mujer decididamente inteligente, y que sería una ayudante de primera para un hombre, si éste se dedicara a la política, por ejemplo. Sí, no tenía nada de la estulticia de Connie, Connie era más bien una niña; había que excusarla, porque no era del todo fiable.

Se sirvió una taza de té temprano en el vestíbulo, donde las puertas estaban abiertas para dejar entrar el sol. Todo el mundo parecía jadear un poco.

«¡Adiós, niña Connie! Vuelve a mí sana y salva».

«¡Adiós, Clifford! Sí, no tardaré». Connie se comportaba casi tiernamente.

«¡Adiós, Hilda! Le echarás un ojo, ¿verdad?».

«¡Incluso le echaré dos!», dijo Hilda. «No irá muy desencaminada».

«¡Es una promesa!».

«¡Adiós, Mrs. Bolton! Sé que cuidará noblemente de Sir Clifford».

«Haré lo que pueda, su Señoría».

«Y escríbame si hay noticias, y hábleme de Sir Clifford, de cómo está».

«Muy bien, su Señoría, lo haré. Y páselo bien y vuelva para alegrarnos».

Todo el mundo hizo adiós con la mano. El coche se puso en marcha. Connie miró hacia atrás y vio a Clifford, sentado en lo alto de los escalones en su silla de casa. Después de todo, era su marido; Wragby era su casa; las circunstancias habían hecho que fuera así.

Mrs. Chambers sostuvo la puerta y deseó a su señoría unas felices vacaciones. El coche se deslizó fuera de la oscura hilera que enmascaraba el parque, hacia la carretera principal por la que los mineros se dirigían a casa. Hilda giró hacia la carretera de Crosshill, que no era una carretera principal, sino que iba a Mansfield. Connie se puso las gafas. Pasaron junto a la vía férrea, que estaba en un corte bajo ellas. Luego cruzaron el corte por un puente.

«¡Ese es el camino a la casita de campo!», dijo Connie.

Hilda la miró con impaciencia.

«¡Es una pena espantosa que no podamos irnos directamente!», dijo. Podríamos haber estado en Pall Mall a las nueve».

«Lo siento por tu bien», dijo Connie, desde detrás de sus gafas.

Pronto llegaron a Mansfield, esa ciudad minera antaño romántica y ahora totalmente desalentadora. Hilda se detuvo en el hotel que figuraba en el libro de autocares y tomó una habitación. Todo aquello carecía por completo de interés, y estaba casi demasiado enfadada como para poder hablar. Sin embargo, Connie tenía que contarle algo de la historia de aquel hombre.

«¡Él! ¡Él! ¿Cómo le llamas? Sólo dices él», dijo Hilda.

«Nunca le he llamado por ningún nombre; ni él a mí; lo cual es curioso, cuando se piensa en ello. A menos que digamos Lady Jane y John Thomas. Pero su nombre es Oliver Mellors».

«¿Y qué te parecería ser la Señora de Oliver Mellors, en lugar de Lady Chatterley?».

«Me encantaría».

No había nada que hacer con Connie. Y de todos modos, si el hombre había sido teniente del ejército en la India durante cuatro o cinco años, debía de ser más o menos presentable. Aparentemente tenía carácter. Hilda empezó a ceder un poco.

«Pero acabarás con él dentro de un tiempo», dijo, «y entonces te avergonzarás de haber estado relacionada con él. Una no puede mezclarse con la gente trabajadora».

«¡Pero tú eres tan socialista! Siempre estás del lado de las clases trabajadoras».

«Puede que esté de su lado en una crisis política, pero estar de su lado me hace saber lo imposible que es mezclar la vida de una con la de ellos. No por esnobismo, sino simplemente porque el ritmo es diferente».

Hilda había vivido entre los verdaderos intelectuales políticos, por lo que mo había manera de contradecirla.

La anodina velada en el hotel se alargó, y por fin cenaron algo anodino. Entonces Connie metió unas cuantas cosas en una bolsita de seda y se peinó una vez más.

«Después de todo, Hilda», dijo, «el amor puede ser maravilloso, cuando sientes que vives, y estás en medio mismo de la creación». Era casi como un alarde de su parte.

«Supongo que cada mosquito siente lo mismo», dijo Hilda. «¿Crees que lo hace? ¡Qué bien por él!».

La tarde era maravillosamente clara y duradera, incluso en la pequeña ciudad. Habría penumbra toda la noche. Con la cara como una máscara, de resentimiento, Hilda arrancó de nuevo su coche, y las dos volvieron sobre sus pasos, tomando la otra carretera, a través de Bolsover.

Connie llevaba puestas sus gafas y su gorro, para disimular, y permanecía sentada en silencio. Debido a la oposición de Hilda, estaba decididamente del lado del hombre, estaría a su lado en las buenas y en las malas.

Llevaban los faros encendidos cuando pasaron Crosshill, y el pequeño tren iluminado que pasaba en el corte hacía que pareciera de noche de verdad. Hilda había calculado el giro hacia el carril del final del puente. Aminoró la marcha de repente y se desvió de la carretera, con las luces resplandeciendo blancas en el carril cubierto de hierba y maleza. Connie se asomó. Vio una figura sombría y abrió la puerta.

«¡Aquí estamos!», dijo en voz baja.

Pero Hilda había apagado las luces y estaba absorta retrocediendo, dando la vuelta.

«¿Nada en el puente?», preguntó ella brevemente.

«Está todo bien», dijo la voz del hombre.

Ella retrocedió hasta el puente, dio marcha atrás, dejó que el coche avanzara unas yardas por la carretera y luego retrocedió hasta el carril, bajo un olmo péndula, aplastando la hierba y los helechos. Entonces se apagaron todas las luces. Connie bajó. El hombre se quedó de pie bajo los árboles.

«¿Esperaste mucho?», preguntó Connie.

«No mucho», respondió él.

Ambas esperaron a que Hilda saliera. Pero Hilda cerró la puerta del coche y se quedó sentada.

«Esta es mi hermana Hilda. ¿No quieres venir a hablar con ella? ¡Hilda! Este es Mr. Mellors».

El guardabosques se levantó el sombrero, pero no se acercó.

«Ven a la cabaña con nosotros, Hilda», suplicó Connie. «No está lejos».

«¿Y el coche?».

«La gente los deja en los carriles. Tú tienes la llave».

Hilda se quedó en silencio, pensando. Luego miró hacia atrás por el sendero.

«¿Puedo dar marcha atrás?», dijo.

«¡Oh, sí!», dijo el guardabosques.

Ella retrocedió lentamente por la curva, fuera de la vista de la carretera, cerró el coche y se bajó. Era de noche, pero había una oscuridad luminosa. Los setos se alzaban altos y salvajes, junto al carril sin uso, y parecían muy oscuros. Había un fresco y dulce aroma en el aire. El guardabosques se adelantó, luego vino Connie, después Hilda, y en silencio. Él iluminó los lugares difíciles con destellos de linterna y siguieron adelante, mientras un búho ululaba suavemente sobre los robles y Flossie correteaba silenciosamente alrededor. Nadie podía hablar. No había nada que decir.

Al final Connie vio la luz amarilla de la casa y su corazón latió deprisa. Estaba un poco asustada. Siguieron adelante, aún en fila india.

Él destrabó la puerta y les precedió hasta la pequeña habitación, cálida pero desnuda. El fuego ardía bajo y rojo en la rejilla. La mesa estaba puesta con dos platos y dos vasos sobre un mantel blanco apropiado, por una vez. Hilda se sacudió el pelo y miró alrededor de la habitación desnuda y sin alegría. Luego se armó de valor y miró al hombre.

Era moderadamente alto y delgado, y a ella le pareció guapo. Mantenía una discreta distancia y parecía absolutamente poco dispuesto a hablar.

«Siéntate, Hilda», dijo Connie.

«¡Hágalo!», dijo él. «¿Les preparo un té o algo, o toman un vaso de cerveza? Está moderadamente fresca».

«¡Cerveza!», dijo Connie.

«¡Cerveza para mí, por favor!», dijo Hilda, con una especie de timidez fingida. Él la miró y parpadeó.

Él cogió una jarra azul y se dirigió al fregadero. Cuando volvió con la cerveza, su rostro había vuelto a cambiar.

Connie se sentó junto a la puerta e Hilda se sentó en su asiento, con la espalda contra la pared, contra la esquina de la ventana.

«Ésa es su silla», dijo Connie en voz baja. Hilda se levantó como si la hubiera quemado.

«¡Quédese quieta, quédese quieta! Coja la silla que más le guste; aquí ninguno de nosotros es el oso más grande», dijo él en dialecto, con completa ecuanimidad.

Él le trajo un vaso a Hilda y le sirvió cerveza primero a ella, de la jarra azul.

«En cuanto a cigarrillos», dijo él, «no tengo ninguno, pero parece que ustedes tienen los suyos. Yo no fumo. ¿Comen algo?». Se volvió directamente hacia Connie. «¿Quieres comer algo, si te lo traigo? Yo sé que usualmente sólo tomas un bocado». Hablaba la lengua vernácula con una curiosa seguridad tranquila, como si fuera el propietario de la posada.

«¿Qué hay ahí?», preguntó Connie, sonrojada.

«Jamón cocido, queso, nueces en escabeche, si quieres... No mucho».

«Sí», dijo Connie. «¿Quieres, Hilda?».

Hilda le miró.

«¿Por qué habla yorkshire?», dijo ella en voz baja.

«¡Eso! Eso no es yorkshire, eso es derby».

Él le devolvió la mirada con esa sonrisa tenue y distante.

«¡Derby, entonces! ¿Por qué habla derby? Al principio hablaba un inglés natural».

«¿Ah sí? ¿Y no puedo cambiar si quiero? No, no, déjeme hablar derby si me conviene. Si no hay nada en contra».

«Suena un poco afectado», dijo Hilda.

«¡Ay, si usted estuviera en Tevershall usted sonaría afectada». Él volvió a mirarla, con una extraña distancia calculadora, a lo largo de su pómulo, como si dijera: ¿y usted quién se cree que es?

Él se fue corriendo a la despensa a por la comida.

Las hermanas se sentaron en silencio. Él trajo otro plato, y cuchillo y tenedor. Luego dijo:

«Y si a ustedes les da lo mismo, me quitaré el abrigo como siempre lo hago».

Él se quitó el abrigo, lo colgó en la percha y se sentó a la mesa en mangas de camisa; una camisa de franela fina de color crema.

«Sírvanse», dijo él. «¡Sírvanse! No hay nada que esperar!». Él cortó el pan y luego se sentó inmóvil. Hilda sintió, como Connie acostumbraba, su poder de silencio y distancia. Ella vio la mano pequeña de él, sensible y suelta sobre la mesa. No era un simple trabajador, no: ¡estaba actuando! ¡actuando!

«¡Aún así!», dijo ella, mientras cogía un poco de queso. «Sería más natural si nos hablara en inglés normal, no en vernáculo».

Él la miró, sintiendo su voluntad endiablada.

«¿Lo sería?», dijo en un inglés normal. «¿Lo sería? ¿Sería natural cualquier cosa que se dijera entre usted y yo, a menos que usted dijera que deseaba que me fuera al infierno antes de que su hermana volviera a verme; y a menos que yo dijera algo casi igual de desagradable de vuelta? ¿Sería natural cualquier otra cosa?».

«¡Oh, sí!», dijo Hilda. «Simplemente unos buenos modales sería bastante natural».

«¡Segunda naturaleza, por así decirlo!», dijo él; luego se echó a reír. «No», dijo en dialecto. «Estoy cansado de modales. ¡Déjenme en paz!».

Hilda estaba francamente desconcertada y furiosamente molesta. Después de todo, podría demostrar que se daba cuenta de que le estaban rindiendo honores. En lugar de eso, con su actuación y sus aires de señor, parecía creer que era él quien les confería el honor. ¡Simple insolencia! Pobre Connie descarriada, ¡en las garras de ese hombre!

Los tres comieron en silencio. Hilda miró para ver cómo eran sus modales en la mesa. No pudo evitar darse cuenta de que él era instintivamente mucho más delicado y educado que ella. Ella tenía cierta torpeza escocesa. Y además, él tenía toda la tranquila seguridad en sí mismo de los ingleses, sin aristas sueltas. Sería muy difícil sacar lo mejor de él.

Pero tampoco conseguiría lo mejor de ella.

«¿Y realmente cree», dijo ella, un poco más humanamente, «que vale la pena el riesgo».

«¿Que qué vale la pena el riesgo?».

«Esta escapada con mi hermana».

Él esbozó su irritante sonrisa.

«¡Debería preguntarle a ella!». Luego, él miró a Connie.

«Eso viene por tu propia voluntad, muchacha, ¿no es así? ¿No soy yo quien te obliga?».

Connie miró a Hilda.

«Me gustaría que no pusieras reparos, Hilda».

«Naturalmente no quiero hacerlo. Pero alguien tiene que pensar en las cosas. Tienes que tener algún tipo de continuidad en tu vida. No puedes ir armando un lío».

Hubo un momento de pausa.

«¡Eh, continuidad!», dijo él. «¿Y qué con eso? ¿Qué continuidad tienes en tu vida? Pensé que te estabas divorciando. ¿Qué continuidad es esa? Continuidad de tu propia terquedad. Eso ya lo veo. ¿Y de qué te va a servir? Estarás harta de tu continuidad dentro de poco. Una mujer testaruda y su propia voluntad, ay, hacen una rápida continuidad, la hacen. ¡Gracias al cielo, no soy yo el que tiene que ocuparse de ti!».

«¿Qué derecho tiene a hablar así?», dijo Hilda.

«¡Derecho! ¿Qué derecho tiene usted a empezar a atrapar a otra gente en su continuidad? Deje a la gente con sus propias continuidades».

«Mi querido hombre, ¿cree que usted me concierne?», dijo Hilda suavemente.

«Ay», dijo él. «Así es. Porque es un forcejeo. Usted es más o menos mi cuñada».

«Aún lejos de ello, se lo aseguro».

«No tan lejos, se lo aseguro. ¡Tengo mi propio tipo de continuidad, tan larga como su vida! Tan buena como la suya, cada día. Y si su hermana viene a mí por un poco de pito y ternura, sabe lo que busca. Ella ha estado en mi cama antes, no usted gracias al Señor, con su continuidad». Hubo una pausa mortal, antes de que él añadiera: «...Eh, yo no llevo mis calzones con el culo por delante. Y si consigo una ganancia inesperada, doy gracias a mis estrellas. Un hombre disfruta mucho con esta muchacha, que es más de lo que cualquiera disfruta con alguien como usted. Lo cual es una pena, porque usted podría haber sido una buena manzana, en lugar de un apuesto cangrejo. Las mujeres como usted necesitan un injerto adecuado».

Él la miraba con una extraña y vacilante sonrisa, levemente sensual y apreciativa.

«Y los hombres como usted», dijo ella, «deberían ser segregados; justificando su propia vulgaridad y lujuria egoísta».

«¡Ay, señora! Es una suerte que queden unos pocos hombres como yo. Pero usted se merece lo que le toca: que la dejen severamente sola».

Hilda se había levantado y se dirigía a la puerta. Se levantó y cogió su abrigo de la percha.

«Puedo encontrar mi camino bastante bien sola», dijo ella.

«Dudo que pueda», respondió él con facilidad.

Volvieron a caminar en ridícula fila por el sendero, en silencio. Un búho seguía ululando. Él sabía que debía dispararle.

El coche permanecía intacto, con un poco de rocío. Hilda subió y arrancó el motor. Los otros dos esperaron.

«Todo lo que quiero decir», dijo ella desde su atrincheramiento, «es que dudo que encuentren que ha merecido la pena, ¡ninguno de los dos!».

«La carne de un hombre es el veneno de otro», dijo él, saliendo de la oscuridad. «Pero para mí esto es carne y bebida».

Las luces se apagaron.

«No me hagas esperar por la mañana».

«No, no lo haré. Buenas noches».

El coche subió lentamente a la carretera y luego se alejó rápidamente, dejando la noche en silencio.

Connie le cogió tímidamente del brazo y bajaron por el sendero. Él no habló. Al final, ella le hizo detenerse.

«¡Bésame!», murmuró ella.

«¡No, espera un poco! Deja que me calme», dijo él.

Eso le pareció divertido a ella. Siguió agarrada a su brazo y bajaron rápidamente por el sendero, en silencio. Estaba tan contenta de estar con él, justo ahora. Temblaba, sabiendo que Hilda podría haberla llevado. Él guardaba un silencio insondable.

Cuando estuvieron de nuevo en la cabaña, ella casi saltó de placer por verse libre de su hermana.

«Pero fuiste horrible con Hilda», le dijo.

«Debería haber sido abofeteada a tiempo».

«¿Pero por qué? Y es tan simpática».

Él no contestó, siguió haciendo las tareas de la tarde, con un movimiento tranquilo e inevitable. Exteriormente estaba enfadado, pero no con ella. Así lo sintió Connie. Y su enfado le confería una peculiar apostura, una interioridad y un brillo que la estremecían y hacían que sus miembros se derritieran.

Aun así, él no le hizo caso.

Hasta que se sentó y empezó a desatarse las botas. Entonces la miró desde debajo de sus cejas, en las que la ira aún se mantenía firme.

«¿No quieres subir?», dijo él. «¡Hay una vela!».

Él movió rápidamente la cabeza para indicarle la vela que ardía sobre la mesa. Ella la cogió obedientemente, y él observó la curva completa de sus caderas mientras subía el primer escalón.

Fue una noche de pasión sensual, en la que ella se sintió un poco sobresaltada y casi sin ganas; sin embargo, fue atravesada de nuevo por punzantes estremecimientos de sensualidad, diferentes, más agudos, más terribles que los estremecimientos de ternura, pero, por el momento, más deseables. Aunque un poco asustada, ella le dejó salirse con la suya, y la sensualidad temeraria y desvergonzada la sacudió hasta sus cimientos, la desnudó hasta lo más profundo e hizo de ella una mujer diferente. No era realmente amor. No era voluptuosidad. Era sensualidad afilada y abrasadora como el fuego, que quemaba el alma hasta convertirla en yesca.

Quemando las vergüenzas, las más profundas, las más antiguas, en los lugares más secretos. Le costó un esfuerzo dejar que él se satisficiera y hiciera su voluntad con ella. Tenía que ser pasiva, consentir, como una esclava, una esclava física. Sin embargo, la pasión la rodeaba, consumiéndola, y cuando la llama sensual de la misma le oprimió las entrañas y el pecho, creyó realmente que se moría: una muerte conmovedora, maravillosa.

A menudo ella se había preguntado a qué se refería Abelardo cuando decía que en su año de amor él y Heloísa habían pasado por todas las etapas y refinamientos de la pasión. Lo mismo, hace mil años; ¡hace diez mil años! Lo mismo en los jarrones griegos, ¡en todas partes! ¡Los refinamientos de la pasión, las extravagancias de la sensualidad! Y necesarias, siempre necesarias, para quemar las falsas vergüenzas y fundir en pureza el mineral más pesado del cuerpo. Con el fuego de la pura sensualidad.

En la corta noche de verano ella aprendió mucho. Hubiera pensado que una mujer moriría de vergüenza. En lugar de eso, murió la vergüenza. Vergüenza, que es miedo; la profunda vergüenza orgánica, el viejo, viejo miedo físico que se agazapa en nuestras raíces corporales, y que sólo puede ser ahuyentado por el fuego sensual; por fin fue despertado y derrotado por la caza fálica del hombre, y ella llegó al corazón mismo de la jungla de sí misma. Sentía, ahora, que había llegado al verdadero lecho de roca de su naturaleza, y esencialmente no sentía vergüenza. Era su yo sensual, desnudo y sin vergüenza. Sintió un triunfo, casi una vanagloria. ¡Así! ¡Así era! ¡Así era la vida! ¡Así era una misma en realidad! Ya no había nada que disfrazar ni de lo que avergonzarse. Compartía su máxima desnudez con un hombre, con otro ser.

¡Y qué temerario era aquel hombre! ¡Realmente como un demonio! Había que ser fuerte para soportarlo. Pero había que llegar al núcleo de la jungla física, al último y más profundo recoveco de la vergüenza orgánica. Sólo el falo podía explorarlo. ¡Y cómo la había presionado!

Y cómo, atemorizada, lo había odiado. Pero, ¡cómo lo había deseado de verdad! Ahora lo sabía. En el fondo de su alma, fundamentalmente, había necesitado esta caza fálica, lo había deseado en secreto, y había creído que nunca lo conseguiría. Ahora, de repente, allí estaba, y un hombre compartía su última y definitiva desnudez, no sentía vergüenza.

¡Qué mentirosos eran los poetas y todo el mundo! Le hacían a una creer que quería sentimientos. Cuando lo que una deseaba supremamente era esta sensualidad penetrante, consumidora, más bien horrible. Encontrar a un hombre que se atreviera a hacerlo, ¡sin vergüenza ni pecado ni recelo final! Si después él se hubiera avergonzado y hubiera hecho que una se sintiera avergonzada, ¡qué horror! ¡Qué lástima que la mayoría de los hombres sean tan perrunos, un poco vergonzosos, como Clifford! ¡Como Michaelis incluso! Ambos sensualmente un poco perrunos y humillantes. ¡El placer supremo de la mente! ¿Y qué es eso para una mujer? En realidad, ¡qué es en todo caso para el hombre! Se vuelve meramente desordenado y perruno, incluso en su mente. Necesita pura sensualidad incluso para purificar y avivar la mente. Pura sensualidad ardiente, no desorden.

¡Ah, Dios, qué cosa tan rara es un hombre! Todos son perros que trotan, olfatean y copulan. ¡Haber encontrado a un hombre que no tuviera miedo ni vergüenza! Ella lo miró ahora, durmiendo como un animal salvaje, ido, desaparecido en la lejanía. Se acurrucó, para no alejarse de él.

Hasta que su despertar la despertó por completo. Él estaba sentado en la cama, mirándola. Ella vio su propia desnudez en sus ojos, el conocimiento inmediato de ella. Y el conocimiento fluido y masculino de sí misma parecía fluir hacia ella desde sus ojos y envolverla voluptuosamente. Oh, qué voluptuoso y encantador era tener los miembros y el cuerpo medio adormecidos, pesados e impregnados de pasión.

«¿Es hora de despertarse?», dijo ella.

«Las seis y media».

Tenía que estar en el fin del camino a las ocho. ¡Siempre, siempre, siempre esta compulsión sobre una!

«Podría preparar el desayuno y traerlo aquí; ¿debería hacerlo?», dijo él.

«¡Oh, sí!».

Flossie gimoteó suavemente por lo bajo. Él se levantó, se quitó el pijama y se frotó con una toalla. Cuando el ser humano está lleno de valor y lleno de vida, ¡qué hermoso es! Eso pensó ella mientras le observaba en silencio.

«Corre la cortina, ¿quieres?».

El sol brillaba ya sobre las tiernas hojas verdes de la mañana, y el bosque se alzaba azul y fresco, en la cercanía. Ella se sentó en la cama, mirando soñadoramente a través de la ventana de la buhardilla, con los brazos desnudos apretando sus pechos desnudos. Él se estaba vistiendo. Ella estaba soñando a medias con la vida, una vida junto a él; sólo una vida.

Él se iba, huyendo de su peligrosa y agazapada desnudez.

«¿He perdido totalmente mi camisón?», dijo ella.

Él metió la mano en la cama y sacó el trozo de seda endeble.

«Sabía que sentía seda en los tobillos», dijo él.

Pero el camisón estaba rajado casi en dos.

«¡No importa!», dijo ella. «Pertenece aquí, de verdad. Lo dejaré».

«Ay, déjalo, puedo ponérmelo entre las piernas por la noche, para que me haga compañía. No tiene nombre ni marca, ¿verdad?».

Ella se puso la cosa rota y se sentó ensoñada a mirar por la ventana. La ventana estaba abierta, entraba el aire de la mañana y el sonido de los pájaros. Los pájaros pasaban volando continuamente. Entonces vio salir a Flossie. Era por la mañana.

Abajo le oyó hacer el fuego, bombear agua, salir por la puerta trasera. Poco a poco llegó el olor a tocino, y al final él subió con una enorme bandeja negra que apenas entraba por la puerta. Puso la bandeja sobre la cama y sirvió el té. Connie se puso en cuclillas con su camisón roto, y se echó sobre la comida con hambre. Se sentó en la única silla, con el plato sobre las rodillas.

«¡Qué bueno está!», dijo ella. «Qué bien desayunar juntos».

Él comió en silencio, con la mente puesta en el tiempo que pasaba rápidamente. Eso la hizo recordar.

«¡Oh, cómo desearía quedarme aquí contigo, y que Wragby estuviera a un millón de millas! Es de Wragby de donde huyo realmente. Lo sabes, ¿verdad?».

«¡Ay!».

«¡Y me prometes que viviremos juntos y tendremos una vida juntos, tú y yo! Me lo prometes, ¿verdad?».

«¡Ay! Cuando podamos».

«¡Sí! ¡Y lo haremos! Lo haremos, ¿verdad?», ella se inclinó, haciendo que el té se derramara, cogiéndole la muñeca.

«¡Ay!», dijo él, poniendo en orden el té.

«No es posible que no vivamos juntos ahora, ¿verdad?», dijo ella apelando.

Él la miró con su sonrisa parpadeante.

«¡No!», dijo. «Te tienes que ir en veinticinco minutos».

«¿Tengo que hacerlo?», gritó ella. De repente él levantó un dedo de advertencia y se puso en pie.

Flossie había dado un ladrido corto y luego tres agudos y fuertes aullidos de advertencia.

Silencioso, puso su plato en la bandeja y bajó las escaleras. Constance le oyó bajar por el sendero del jardín. Allí fuera tintineaba el timbre de una bicicleta.

«¡Buenos días, Mr. Mellors! ¡Carta certificada!».

«¡Oh, ay! ¿Tiene un lápiz?».

«¡Aquí tiene!».

Hubo una pausa.

«¡Canadá!», dijo la voz del desconocido.

«¡Ay! Es un compañero mío de la Columbia Británica. No sé qué tiene que registrar».

«Tal vez le envió una fortuna».

«Más bien una factura».

Pausa.

«¡Bueno! ¡Que tenga un buen día nuevamente!».

«¡Ay!».

«¡Buen día!».

«¡Buen día!».

Al cabo de un rato volvió a subir, con aspecto un poco enfadado.

«El cartero», dijo él.

«¡Muy temprano!», respondió ella.

«Es la ronda rural; casi siempre está aquí a las siete, cuando viene».

«¿Tu compañero te envió una fortuna?».

«¡No! Sólo algunas fotografías y papeles sobre un lugar en la Columbia Británica».

«¿Irías allí?».

«Pensé que quizás podríamos».

«¡Oh, sí! ¡Creo que es precioso!»

Pero le molestó la llegada del cartero.

«Esas malditas bicicletas, están sobre uno antes de que uno se dé cuenta. Espero que no se haya dado cuenta de nada».

«¡Después de todo, qué podía ver!».

«Debes levantarte ahora y prepararte. Voy a echar un vistazo fuera».

Ella lo vio ir de reconocimiento por el sendero, con la perra y el arma. Ella bajó las escaleras y se lavó, y estaba lista para cuando él regresó, con las pocas cosas que llevaba en la bolsita de seda.

Él cerró y se pusieron en marcha, pero a través del bosque, no por el sendero. Estaba siendo cauteloso.

«¿No crees que uno vive para momentos como el de anoche?», le dijo ella.

«¡Ay! Pero hay que pensar en el resto de los tiempos», contestó él, más bien bajito.

Avanzaron por el sendero cubierto de maleza, él delante, en silencio.

«Y viviremos juntos y haremos una vida juntos, ¿verdad?», suplicó ella.

«¡Ay!», respondió él, dando zancadas sin mirar a su alrededor. «¡Cuando llegue el momento! Ahora mismo te vas a Venecia o a algún sitio».

Ella le siguió muda, con el corazón hundido. Oh, ¡ahora tenía que irse!

Por fin él se detuvo.

«Cortaré por aquí», dijo él, señalando a la derecha.

Pero ella le echó los brazos al cuello y se aferró a él.

«Pero guardarás la ternura para mí, ¿verdad?», susurró ella. «Anoche me encantó. Pero guardarás la ternura para mí, ¿verdad?».

Él la besó y la abrazó durante un momento. Luego suspiró y volvió a besarla.

«Debo ir a ver si el coche está allí».

Caminó sobre las zarzas bajas y el helecho, dejando un rastro entre los helechos. Durante uno o dos minutos desapareció. Luego regresó dando zancadas.

«El coche aún no ha llegado», dijo. «Pero ahí está el carro del panadero en la carretera».

Él parecía ansioso y preocupado.

«¡Escucha!».

Oyeron el suave sonido de un coche que se acercaba. Frenó en el puente.

Ella se zambulló con absoluta tristeza en su rastro a través del helecho, y llegó a un enorme seto de acebos. Él estaba justo detrás de ella.

«¡Aquí! Pasa por ahí», dijo señalando un hueco. «Yo no saldré».

Ella le miró desesperada. Pero él la besó y la hizo marcharse. Ella se arrastró en la pura miseria a través del acebo y de la valla de madera, tropezó por la pequeña zanja y subió al sendero, donde Hilda bajaba del coche, irritada.

«¡Por qué estás ahí!», dijo Hilda. «¿Dónde está él?».

«No va a venir».

A Connie se le llenó la cara de lágrimas cuando entró en el coche con su pequeña bolsa. Hilda le dió el casco de motorista con las gafas que la camuflaban.

«¡Póntelas!», dijo ella. Y Connie se puso el camuflaje, luego el largo abrigo de motorista, y se sentó, una criatura inhumana, irreconocible. Hilda arrancó el coche con un movimiento seguro. Salieron del sendero y se alejaron por la carretera. Connie miraba a su alrededor, pero no lo veía. ¡Lejos! ¡Lejos! Se sentó entre lágrimas amargas. La despedida había sido tan repentina, tan inesperada. Como la muerte.

«¡Menos mal que estarás lejos de él durante algún tiempo!», dijo Hilda, girando para evitar el pueblo de Crosshill.

Capítulo 17

«Ya ves, Hilda», dijo Connie después de comer, cuando se acercaban a Londres, «nunca has conocido ni la verdadera ternura ni la verdadera sensualidad; y si las conoces, con la misma persona, hay una gran diferencia».

«¡Por el amor de Dios, no hagas alarde de tus experiencias!», dijo Hilda. «Aún no he conocido al hombre capaz de intimar con una mujer, de entregarse a ella. Eso era lo que yo quería. No me gusta su ternura autosatisfecha, ni su sensualidad. Tampoco me conformo con ser la mojigata de ningún hombre, ni su *chair à plaisir*. Quería una intimidad completa, y no la conseguí. Con eso me basta.

Connie reflexionó sobre esto. ¡Intimidad completa! Ella supuso que eso significaba revelar todo lo concerniente a una mismo a la otra persona, y que él revelara todo lo concerniente a sí mismo. Pero eso era aburrido. ¡Y toda esa fatigosa autoconciencia entre un hombre y una mujer! ¡Una enfermedad!

«Creo que eres demasiado consciente de ti misma todo el tiempo, con todo el mundo», le dijo a su hermana.

«Espero al menos no tener una naturaleza esclava», dijo Hilda.

«¡Pero quizás sí! Quizás sea esclava de la idea que tienes de ti misma».

Hilda condujo en silencio durante algún tiempo después de este pedazo de insolencia inaudita por parte de aquella imbécil de Connie.

«Al menos yo no soy una esclava de la idea que otra persona tiene de mí; y esa otra persona siendo un sirviente de mi marido», replicó al fin, furiosamente enfadada.

«Verás, no es así», dijo Connie con calma.

Siempre se había dejado dominar por su hermana mayor. Ahora, aunque en algún lugar de su interior lloraba, estaba libre del dominio de otras mujeres. ¡Ah! Eso en sí mismo era un alivio, como si le hubieran dado otra vida; estar libre del extraño dominio y la obsesión de otras mujeres. ¡Qué horribles eran las mujeres!

Se alegró de estar con su padre, de quien siempre había sido la favorita. Ella e Hilda se alojaban en un pequeño hotel de Pall Mall, y Sir Malcolm estaba en su club. Pero sacaba a sus hijas por la noche, y a ellas les gustaba ir con él.

Seguía siendo apuesto y robusto, aunque un poco temeroso del nuevo mundo que había surgido a su alrededor. Ahora tenía una segunda esposa en Escocia, más joven que él y más rica. Pero pasaba la mayor cantidad de vacaciones posibles lejos de ella; igual que con su primera esposa.

Connie se sentó junto a él en la ópera. Él era moderadamente corpulento y tenía muslos gruesos, pero aún así eran fuertes y bien tejidos, los muslos de un hombre sano que había disfrutado de la vida. Su egoísmo con buen humor, su obstinada especie de independencia, su sensualidad impenitente, a Connie le parecía que podía verlos todos en sus muslos rectos y bien tejidos. ¡Todo un hombre! Y ahora convirtiéndose en un anciano, lo cual es triste. Porque en sus fuertes y gruesas piernas masculinas no había nada de la sensibilidad alerta y el poder de la ternura que es la esencia misma de la juventud, aquello que nunca muere, una vez que está ahí.

Connie despertó a la existencia de las piernas. Se volvieron más importantes para ella que los rostros, que ya no son muy reales. ¡Qué poca gente tenía piernas vivas y alerta! Miró a los hombres en la platea. Grandes muslos regordetes en paños negros de postre, o delgados palos de madera en material funerario negro, o piernas jóvenes bien formadas sin ningún significado, ni sensualidad ni ternura ni sensibilidad, sólo mera ordinariez de piernas que hacían cabriolas. Ni siquiera una sensualidad como la de su padre. Todas estaban amedrentadas, amedrentadas hasta la saciedad.

Pero las mujeres no se amedrentaban. ¡Los horribles postes de molino de la mayoría de las mujeres! ¡Realmente chocantes, realmente suficientes para justificar el asesinato! ¡O los pobres y delgados palitos! ¡O las pulcras recortadas en medias de seda, sin el más mínimo aspecto de vida! Horribles, ¡las millones de piernas sin sentido haciendo cabriolas sin sentido!

Pero ella no era feliz en Londres. La gente parecía tan espectral y vacía. No tenían una felicidad viva, por muy enérgicos y guapos que fueran. Todo era estéril. Y Connie tenía el ciego anhelo de una mujer por la felicidad, por tener asegurada la felicidad.

En París, en todo caso, aún sentía algo de sensualidad. Pero qué sensualidad cansada, agotada, desgastada. Desgastada por falta de ternura. ¡Oh! París era triste. Una de las ciudades más tristes; ¡cansada de su sensualidad que ahora se ha tornado mecánica, cansada de la tensión del dinero, dinero, dinero, cansada incluso del resentimiento y el engreimiento, simplemente cansada hasta la muerte, y aún no lo suficientemente americanizada o londinense como para ocultar el cansancio bajo un jig-jig-jig mecánico! ¡Ah, estos varoniles hombres machos, estos *flaneurs*, los mirones, estos comilones de buenas cenas! ¡Qué cansados estaban! Cansados, agotados por falta de un poco de ternura, dada y tomada. Las eficientes y a veces encantadoras mujeres sabían un par de cosas sobre las realidades sensuales; tenían esa ventaja sobre sus juerguistas hermanas inglesas. Pero sabían aún menos de ternura. Secas, con la interminable tensión seca de la voluntad, ellas también se estaban desgastando. El mundo humano se estaba desgastando. Quizá se volviera ferozmente destructivo. ¡Una especie de anarquía! ¡Clifford y su anarquía conservadora! Quizá no sería conservadora mucho más tiempo. Quizá se convertiría en una anarquía muy radical.

Connie se encontró encogida y temerosa del mundo. A veces era feliz durante un rato en los bulevares o en el Bois o en los Jardines de Luxemburgo. Pero París ya estaba lleno de americanos e ingleses, extraños americanos con los más raros uniformes, y los habituales y secos ingleses que tan desesperanzados están en el extranjero.

Ella se alegró de seguir andando. De repente hizo calor, así que Hilda iba a atravesar Suiza y el Brennero, y luego los Dolomitas hasta Venecia. A Hilda le encantaba la gestión y la conducción y ser la dueña del espectáculo. Connie se contentaba con permanecer callada.

Y el viaje fue realmente agradable. Sólo que Connie se decía a sí misma ¿Por qué no me emociono de verdad? ¿Por qué nunca me emociono de verdad? ¡Qué horror, que ya no me importe realmente el paisaje! Pero es así. Es bastante horrible. Soy como San Bernardo, que podía navegar por el lago de Lucerna sin darse cuenta siquiera de que había montaña y agua verde. Ya no me interesan los paisajes. ¿Por qué debería una contemplarlo? ¿Por qué debería una hacerlo? Me niego a hacerlo.

No, no encontró nada vital en Francia ni en Suiza ni en el Tirol ni en Italia. Se limitó a recorrerlo todo. Y todo era menos real que Wragby. ¡Menos real que el horrible Wragby! Sintió que no le importaba si nunca volvía a ver Francia o Suiza o Italia. Se quedarían allí. Wragby era más real.

¡En cuanto a la gente! La gente era toda igual, con muy pocas diferencias. Todos querían sacarte dinero; o, si eran viajeros, querían disfrutar, forzosamente, exprimir la sangre de una piedra. ¡Pobres montañas! ¡Pobre paisaje! Todo tenía que ser exprimido y exprimido y exprimido de nuevo, para proporcionar una emoción, para proporcionar un disfrute. ¿Qué quería decir la gente con su disfrute simplemente decidido?

¡No! se dijo Connie, prefiero estar en Wragby, donde puedo pasear y estar quieta, y no mirar nada ni hacer ninguna actuación de ningún tipo. Esta actuación turística de divertirse es demasiado irremediablemente humillante, es un fracaso.

Quería volver a Wragby, incluso con Clifford, incluso con el pobre lisiado Clifford. De todos modos, no era tan tonto como este enjambre de gente de vacaciones.

Pero en su fuero interno mantenía el contacto con el otro hombre. No debía dejar que su conexión con él se desvaneciera; oh, no debía dejar que se desvaneciera, o estaba perdida, perdida por completo en este mundo de gente cara y adinerada y de glotones. ¡Oh, los glotones del placer! ¡Oh, el «disfrutar de uno mismo»! Otra forma moderna de enfermedad.

Dejaron el coche en Mestre, en un garaje, y tomaron el vapor común a Venecia. Era una hermosa tarde de verano, la laguna poco profunda ondulaba, el pleno sol hacía que Venecia, que les daba la espalda al otro lado del agua, pareciera tenue.

En el muelle de la estación cambiaron a una góndola, dando la dirección al hombre. Era un gondolero común con una blusa blanca y azul, no muy guapo, nada impresionante.

«¡Sí! ¡La Villa Esmeralda! ¡Sí! ¡La conozco! He sido el gondolero de un caballero allí. ¡Pero queda a bastante distancia!».

Parecía un tipo bastante infantil e impetuoso. Remaba con cierta impetuosidad exagerada, a través de los oscuros canales laterales con las horribles y viscosas paredes verdes, los canales que atraviesan los barrios más pobres, donde la ropa lavada cuelga en lo alto de las cuerdas y hay un ligero, o fuerte, olor a aguas residuales.

Pero al fin llegó a uno de los canales abiertos con aceras a ambos lados, y puentes en arco, que discurren rectos, en ángulo recto con el Gran Canal. Las dos mujeres estaban sentadas bajo el pequeño toldo, el hombre estaba encaramado encima, detrás de ellas.

«¿Se van a quedar mucho tiempo las *signorine* en Villa Esmeralda?», preguntó remando tranquilo y secándose la cara sudorosa con un pañuelo blanco y azul.

«Unos veinte días; las dos somos señoras casadas», dijo Hilda, con su curiosa voz baja, que hacía que su italiano sonara tan extranjero.

«¡Ah! ¡Veinte días!», dijo el hombre. Hubo una pausa. Tras la cual preguntó: «¿Quieren las *signore* un gondolero para los veinte días aproximadamente que permanecerán en Villa Esmeralda? ¿O por día o por semana?».

Connie e Hilda reflexionaron. En Venecia, siempre es preferible tener una góndola propia, como es preferible tener un coche propio en tierra.

«¿Qué hay en la Villa? ¿Qué barcos?».

«Hay una lancha a motor, también una góndola. Pero...». El pero significaba: no serán de su propiedad.

«¿Cuánto cobra?».

Eran unos treinta chelines al día, o diez libras a la semana.

«¿Es ése el precio normal?», preguntó Hilda.

«Menos, *Signora,* menos. El precio normal...».

Las hermanas reflexionaron.

«Bien», dijo Hilda, «venga mañana por la mañana y lo arreglaremos. ¿Cómo se llama?».

Se llamaba Giovanni y quería saber a qué hora debía venir y a quién debía decir que esperaba. Hilda no tenía tarjeta. Connie le dio una de las suyas. Él la miró rápidamente, con sus ardientes ojos azules del sur, y luego volvió a levantar la vista.

«¡Ah!», dijo, encendiéndose. «¡Milady! Milady, ¿verdad?».

«¡Milady Costanza!», dijo Connie.

Él asintió, repitió: «¡Milady Costanza!», y guardó cuidadosamente la tarjeta en su blusa.

La Villa Esmeralda estaba bastante lejos, al borde de la laguna mirando hacia Chioggia. No era una casa muy antigua, y era agradable, con las terrazas mirando al mar, y abajo, un jardín bastante grande con árboles oscuros, amurallado desde la laguna.

Su anfitrión era un escocés pesado y bastante tosco que había hecho una buena fortuna en Italia antes de la guerra y había sido nombrado caballero por su ultrapatriotismo durante la guerra. Su esposa era una persona delgada, pálida y cortante, sin fortuna propia y con la desgracia de tener que regular las más bien sórdidas hazañas amorosas de su marido. Él era terriblemente fastidioso con los criados. Pero tras haber sufrido un ligero ataque durante el invierno, ahora era más manejable.

La casa estaba bastante llena. Además de Sir Malcolm y sus dos hijas, había siete personas más, una pareja escocesa, también con dos hijas; una joven condesa italiana, viuda; un joven príncipe georgiano, y un joven clérigo inglés que había tenido una neumonía y estaba oficiando como capellán de Sir Alexander por el bien de su salud. El príncipe no tenía dinero, era apuesto, sería un excelente chófer, con el descaro necesario, y ¡*basta*! La condesa era una mujerzuela tranquila ocupada en sus asuntos. El clérigo era un tipo sencillo de una vicaría de Bucks; por suerte había dejado a su mujer y a sus dos hijos en casa. Y los Guthry, la familia de cuatro miembros, eran de la buena y sólida clase media de Edimburgo, que disfrutaban de todo con solidez y se atrevían a todo sin arriesgar nada.

Connie e Hilda descartaron enseguida al príncipe. Los Guthry eran más o menos de su clase, sustanciosos, pero aburridos; y las chicas buscaban maridos. El capellán no era mal tipo, pero demasiado deferente. Sir Alexander, después de su leve apoplejía, tenía una terrible pesadez en su jovialidad, pero seguía entusiasmándose ante la presencia de tantas jóvenes guapas. Lady Cooper era una persona callada y maliciosa que lo pasaba mal, la pobre, y que observaba a todas las demás mujeres con una fría vigilancia que se había convertido en su segunda naturaleza, y que decía cositas frías y desagradables que demostraban la opinión tan baja que tenía de toda la naturaleza humana. Connie descubrió que también era venenosamente prepotente con los criados, pero de una manera tranquila. Y se comportaba hábilmente para que Sir Alexander se creyera señor y monarca de todo el cabús, con su barriga corpulenta y pretendidamente juvenil, y sus bromas absolutamente aburridas, su humor, como lo llamaba Hilda.

Sir Malcolm pintaba. Sí, seguía haciendo un paisaje de la laguna veneciana de vez en cuando, en contraste con sus paisajes escoceses. Así que por la mañana lo llevaban a remo con un enorme lienzo, a su «sitio». Un poco más tarde, Lady Cooper salía remando hacia el corazón de la ciudad, con el bloc de dibujo y los colores. Era una pintora de acuarelas empedernida, y la casa estaba llena de palacios de color de rosa, canales oscuros, puentes oscilantes, fachadas medievales, etc. Un poco más tarde, los Guthry, el príncipe, la condesa, Sir Alexander y, a veces, Mr. Lind, el capellán, se iban al Lido, donde se bañaban; volvían a casa para almorzar tarde, a la una y media.

El grupo en la casa, en tanto que tal, era claramente aburrido. Pero esto no preocupaba a las hermanas. Estaban fuera todo el tiempo. Su padre las llevó a la exposición, millas y millas de cuadros cansados. Las llevó a ver a todos sus compinches en la Villa Lucchese, se sentó con ellas en las cálidas tardes en la piazza, habiendo conseguido una mesa en Florian; las llevó al teatro, a las obras de Goldoni. Había fiestas de fuentes iluminadas, había bailes. Este era el lugar de vacaciones de todos los lugares de vacaciones. El Lido, con sus hectáreas de cuerpos rosados por el sol o en pijama, era como una playa con un montón interminable de focas subiendo para aparearse. Demasiada gente en la plaza, demasiados miembros y troncos de la humanidad en el Lido, demasiadas góndolas, demasiadas lanchas a motor, demasiados vapores, demasiadas palomas, demasiados helados, demasiados cócteles, demasiados criados buscando propina, demasiados idiomas traqueteando, demasiado, demasiado sol, demasiado olor a Venecia, demasiados cargamentos de fresas, demasiados chales de seda, demasiadas enormes rodajas de sandía en los puestos; ¡demasiado disfrute, en conjunto: demasiado disfrute!

Connie e Hilda iban por ahí con sus vestidos para el sol. Había docenas de personas a las que conocían, docenas de personas las conocían a ellas. Michaelis reapareció, como un penique malo. «¡Hola! ¿Dónde te quedas? ¡Ven a tomar un helado o algo! Ven conmigo a algún sitio en mi góndola». Incluso Michaelis casi quemado por el sol; aunque cocido por el sol es más apropiado considerando el aspecto de la masa de carne humana.

En cierto modo era agradable. Era casi un disfrute. Pero de todos modos, con todos los cócteles, todo lo de tumbarse en agua tibia y tomar el sol en la arena caliente bajo un sol abrasador, danzar jazz con el estómago contra algún compañero en las noches cálidas, refrescarse con helados, era un completo narcótico. Y eso era lo que todos querían, una droga: el agua lenta, una droga; el sol, una droga; el jazz, una droga; los cigarrillos, los cócteles, los helados, el vermú. ¡Drogarse! ¡Disfrutar! ¡Disfrutar!

A Hilda le gustaba a medias estar drogada. Le gustaba mirar a todas las mujeres, especular sobre ellas. Las mujeres se interesaban absorbentemente por las mujeres. ¿Qué aspecto tiene ella? ¿A qué hombre ha cazado? ¿Qué diversión está obteniendo con ello?... Los hombres eran como grandes perros con pantalones de franela blanca, esperando ser acariciados, esperando revolcarse, esperando enyesar el estómago de alguna mujer contra el suyo propio, en el jazz.

A Hilda le gustaba el jazz, porque podía enyesar su estómago contra el estómago de algún supuesto hombre, y dejar que él controlara su movimiento desde el centro visceral, aquí y allá por la pista, y entonces podía soltarse e ignorar a «la criatura». Simplemente se había servido de él. La pobre Connie era bastante infeliz. No quería bailar jazz, porque sencillamente no podía pegar su estómago contra el estómago de una «criatura». Odiaba la masa conglomerada de carne casi desnuda en el Lido; apenas había agua suficiente para mojarlos a todos. Le disgustaban Sir Alexander y Lady Cooper. No quería que Michaelis ni nadie la siguiera.

Los momentos más felices eran cuando conseguía que Hilda se fuera con ella al otro lado de la laguna, muy lejos, a algún solitario banco de guijarros, donde podían bañarse completamente solas, permaneciendo la góndola en el lado interior del arrecife.

Entonces Giovanni consiguió que otro gondolero le ayudara, porque el trayecto era largo y sudaba muchísimo al sol. Giovanni era muy simpático; cariñoso, como son los italianos, y bastante poco apasionado.

Los italianos no son apasionados; la pasión tiene profundas reservas. Se conmueven fácilmente, y a menudo son afectuosos, pero rara vez tienen algún tipo de pasión duradera.

Así que Giovanni ya era devoto de sus damas, como lo había sido de cargamentos de damas en el pasado. Estaba perfectamente dispuesto a prostituirse con ellas, si lo deseaban; secretamente esperaba que lo desearan. Le harían un bonito regalo, y le vendría muy bien, ya que estaba a punto de casarse. Les habló de su matrimonio, y ellas se mostraron convenientemente interesadas.

Pensó que este viaje a algún banco solitario al otro lado de la laguna probablemente significaba negocios; siendo los negocios *l'amore*, el amor. Así que consiguió un compañero que le ayudara, pues era un largo camino; y después de todo, eran dos damas. Dos damas, ¡dos pescados! ¡Buena aritmética! ¡Hermosas damas, además! Estaba justamente orgulloso de ellas. Y aunque era la *Signora* quien le pagaba y le daba órdenes, más bien esperaba que fuera la joven milady quien lo seleccionara para *l'amore*. Ella también daría más dinero.

El compañero que trajo se llamaba Daniele. No era normalmente un gondolero, así que no tenía nada de cadete ni de prostituto. Era un hombre de *sandola*, siendo una *sandola* un gran barco que trae fruta y productos de las islas.

Daniele era hermoso, alto y bien formado, con una cabeza redonda y ligera de rizos pequeños y apretados de color rubio pálido, y una cara de hombre apuesto, un poco como un león, y unos ojos azules y penetrantes. No era efusivo, locuaz y dado a la bebida como Giovanni. Era silencioso y remaba con una fuerza y una soltura como si estuviera solo en el agua. Las damas eran damas, alejadas de él. Ni siquiera las miraba. Él miraba hacia delante.

Era un hombre de verdad, un poco enfadado cuando Giovanni bebía demasiado vino y remaba torpemente, con efusivos empujones del gran remo. Era un hombre como Mellors, sin haberse prostituido. Connie compadecía a la esposa del fácilmente desbordante Giovanni. Pero la esposa de Daniele sería una de esas dulces mujeres venecianas del pueblo a las que aún se ve, modestas y floridas en el fondo de aquel laberinto de ciudad.

Ah, qué triste que el hombre prostituya primero a la mujer y luego la mujer al hombre. Giovanni suspiraba por prostituirse, babeando como un perro, deseando entregarse a una mujer. ¡Y por dinero!

Connie vio Venecia a lo lejos, baja y rosada sobre el agua. Construida de dinero, florecida de dinero y muerta de dinero. ¡La muerte del dinero!

Dinero, dinero, dinero, prostitución y muerte.

Sin embargo, Daniele seguía siendo un hombre capaz de una lealtad libre. No llevaba la blusa de gondolero; sólo el jersey azul de punto. Era un poco salvaje, tosco y orgulloso. Así que fue asalariado del más bien perruno Giovanni, que volvió a ser asalariado de dos mujeres. Así es. Cuando Jesús rechazó el dinero del diablo, lo dejó como un banquero judío, dueño de toda la situación.

Connie volvía a casa de la ardiente luz de la laguna en una especie de estupor, para encontrar cartas de casa. Clifford escribía con regularidad. Escribía cartas muy buenas; todas ellas podrían haberse impreso en un libro. Y por esta razón a Connie no le parecían muy interesantes.

Ella vivía en el estupor de la luz de la laguna, el chapoteo salado del agua, el espacio, el vacío, la nada; pero salud, salud, estupor completo de salud. Era gratificante, y ella se arrullaba en ella, sin preocuparse de nada. Además, estaba embarazada. Ahora lo sabía. Así que el estupor de la luz del sol y la sal de la laguna y los baños de mar y tumbarse en la orilla y encontrar conchas y alejarse, alejarse en góndola, se completó con el embarazo en su interior, otra plenitud de salud, satisfactoria y estupefaciente.

Ella llevaba quince días en Venecia e iba a quedarse otros diez o quince días más. El sol brillaba por encima de cualquier medida del tiempo, y la plenitud de la salud física hacía que el olvido fuera completo. Se encontraba en una especie de estupor de bienestar.

Del cual la despertó una carta de Clifford.

Nosotros también hemos tenido nuestra leve agitación local. Al parecer, la esposa vagabunda de Mellors, el guardabosques, se presentó en la casita de campo y se encontró con que no era bienvenida. Él la echó y cerró la puerta con llave. Cuentan, sin embargo, que cuando regresó del bosque encontró a la ya no tan bella dama firmemente instalada en su cama, in puris naturalibus; *o habría que decir,* in impuris naturalibus. *Ella había roto una ventana y se había metido por allí. Incapaz de desalojar a la Venus algo manoseada de su lecho, él se batió en retirada y se ausentó, según se dice, a casa de su madre en Tevershall. Mientras tanto, la Venus de Stacks Gate se establece en la casita de campo, que afirma que es su hogar, y Apolo, al parecer, se domicilia en Tevershall.*

Repito esto de oídas, ya que Mellors no ha acudido a mí personalmente. Recibí este particular trozo de basura local de nuestro pájaro de la basura, nuestro ibis, nuestro pavo ratonero carroñero, Mrs. Bolton. No lo habría repetido si ella no hubiera exclamado: ¡Su Señoría no irá más al bosque si esa mujer va a estar por allí!

Me gusta tu imagen de Sir Malcolm adentrándose en el mar con el pelo blan-

co al viento y la carne rosada resplandeciente. Te envidio ese sol. Aquí llueve. Pero no envidio a Sir Malcolm su inveterada carnalidad mortal. Sin embargo, le sienta bien a su edad. Aparentemente uno se vuelve más carnal y más mortal a medida que envejece. Sólo la juventud tiene el sabor de la inmortalidad...

Esta noticia afectó a Connie en su estado de bienestar semiestupefacto con una irritación que llegaba a la exasperación. ¡Ahora tenía que ser molestada por esa bestia de mujer! ¡Ahora debía estremecerse y preocuparse! No tenía ninguna carta de Mellors. Habían acordado no escribirse en absoluto, pero ahora ella quería saber de él personalmente. Después de todo, era el padre del niño que venía en camino. ¡Que le escribiera!

¡Pero qué situación odiosa! Ahora todo estaba desordenado. ¡Qué horrible era esa gente baja! ¡Qué bien se estaba aquí, bajo el sol y la indolencia, comparado con aquel lúgubre desastre de las Midlands inglesas! Después de todo, un cielo despejado era casi lo más importante en la vida.

No mencionó el hecho de su embarazo, ni siquiera a Hilda. Escribió a Mrs. Bolton para obtener información exacta.

Duncan Forbes, un artista amigo suyo, había llegado a la Villa Esmeralda, procedente del norte de Roma. Él constituía un tercero en la góndola, y se bañaba con ellas al otro lado de la laguna, y era su escolta; un joven tranquilo, casi taciturno, muy avanzado en su arte.

Llegó una carta de Mrs. Bolton:

Se alegrará, estoy segura, milady, cuando vea a Sir Clifford. Se le ve muy rozagante y trabajando muy duro, y muy esperanzado. Por supuesto que está deseando volver a verla entre nosotros. Es una casa aburrida sin milady, y todos agradeceremos su presencia entre nosotros una vez más.

Sobre Mr. Mellors, no sé cuánto le contó Sir Clifford. Parece que su esposa regresó de repente una tarde, y él la encontró sentada en el umbral de la puerta cuando llegó del bosque. Ella le dijo que había vuelto con él y que quería volver a vivir con él, ya que era su esposa legal y él no iba a divorciarse de ella. Pero él no quiso saber nada de ella, y no la dejó entrar en la casa, y no entró él mismo; volvió al bosque sin abrir nunca la puerta.

Pero cuando él volvió al anochecer, encontró la casa allanada, así que subió a ver qué había hecho y la encontró en la cama sin un trapo encima. Él le ofreció dinero, pero ella dijo que era su esposa y que debía aceptarla de nuevo. No sé qué clase de escena tuvieron. Su madre me lo contó, está terriblemente disgustada. Bueno, él le dijo que prefería morirse antes que volver a vivir con ella, así que cogió sus cosas y se fue directamente a casa de su madre en la montaña de Tevershall. Pasó la noche y al día siguiente fue al bosque a través del parque, sin acercarse nunca a la casita de campo. Parece que no vio a su esposa ese día. Pero al día siguiente ella estaba en casa de su hermano Dan, en Beggarlee, jurando y diciendo que era su esposa legal, y que él había estado teniendo mujeres en la casita, porque ella había encontrado un frasco de perfume en su cajón, y colillas con punta de oro en el cenicero, y no sé qué más. Luego parece que el cartero Fred Kirk dice que oyó a alguien hablando en el dormitorio de Mr. Mellors una mañana temprano, y que un coche de motor había estado en el camino.

Mr. Mellors se quedó con su madre, y fue al bosque por el parque, y parece que ella se quedó en la casita de campo. Las conversaciones no cesaban. Así que al final Mr. Mellors y Tom Phillips fueron a la casita y se llevaron la mayor parte de los muebles y la ropa de cama, y desenroscaron la manivela de la bomba, por lo que ella se vio obligada a marcharse. Pero en lugar de volver a Stacks Gate se fue a alojar con esa Mrs. Swain en Beggarlee, porque la mujer de su hermano Dan no la quería. Y siguió yendo a casa de la vieja Mrs. Mellors, para atraparlo, y empezó a jurar que se había acostado con ella en la casita de campo y acudió a un abogado para que le pagara una pensión. Se ha vuelto pesada, y más vulgar que nunca, y tan fuerte como un toro. Y va diciendo las cosas más horribles sobre él, cómo tiene a las mujeres en la casita de campo, y cómo se comportaba con ella cuando estaban casados, las cosas bajas y bestiales que le hacía, y no sé qué más. Estoy segura de que es horrible, el engorro que puede hacer una mujer una vez que empieza a hablar. Y por muy baja que sea, habrá quien lo crea, y algo de la suciedad se le pegará. Estoy segura de que la forma en que ella hace creer que Mr. Mellors era uno de esos hombres bajos y bestiales con las mujeres es simplemente impactante. Y la gente está demasiado dispuesta a creer cosas contra cualquiera, especialmente cosas como ésa. Ella declaró que nunca lo dejará en paz mientras viva. Aunque lo que yo digo es que, si él fue tan bestia con ella, ¿por qué está ella tan ansiosa por volver con él? Pero claro, ella se acerca a su cambio de vida, pues es años mayor que él. Y estas mujeres comunes y violentas siempre se vuelven parcialmente locas cuando les llega el cambio de vida...

Esto fue un duro golpe para Connie. Aquí estaba ella, segura como la vida, recibiendo su parte de bajeza y suciedad. Se sintió enfadada con él por no haberse librado de una tal Bertha Coutts; es más, por haberse casado alguna vez con ella. Tal vez él sentía cierto anhelo por la bajeza. Connie recordó la última noche que había pasado con él, y se estremeció. Él había conocido toda aquella sensualidad, ¡incluso con una Bertha Coutts! Realmente era bastante repugnante. Sería bueno librarse de él, alejarse de él por completo. Quizá era realmente vulgar, realmente bajo.

Ella sentía repulsión por todo aquel asunto y casi envidiaba a las chicas Guthrie por su torpe inexperiencia y su tosca doncellez. Y ahora le aterraba la idea de que alguien supiera lo suyo con el guardabosques.

¡Qué indeciblemente humillante! Estaba cansada, asustada, y sentía un anhelo de respetabilidad absoluta, incluso de la vulgar y mortecina respetabilidad de las chicas Guthrie. Si Clifford se enteraba de su aventura, ¡qué indeciblemente humillante! Estaba asustada, aterrorizada de la sociedad y de su sucio mordisco. Casi deseó poder deshacerse de nuevo del niño y estar fuera de esto. En resumen, cayó en un estado de puro miedo.

En cuanto al frasco de perfume, fue su propia locura. No había podido abstenerse de perfumar su par de pañuelos y sus camisas en el cajón, sólo por infantilismo, y había dejado un frasquito de perfume de violetas marca Coty Wood, medio vacío, entre sus cosas. Quería que él la recordara con el perfume. En cuanto a las colillas, eran de Hilda.

No pudo evitar confiar un poco en Duncan Forbes. No dijo que había sido la amante del guardabosques, sólo dijo que le gustaba, y le contó a Forbes la historia del hombre.

«Oh», dijo Forbes, «ya verás, nunca descansarán hasta que hayan derribado al hombre y acabado con él. Si se ha negado a arrastrarse hacia las clases medias, cuando tuvo la oportunidad; y si es un hombre que defiende a su propio sexo, entonces acabarán con él. Es lo único que no le dejarán ser, recto y abierto sobre su sexo. Puede ser tan sucio como quiera. De hecho, cuanto más sucio sea uno en el sexo, más les gustará. Pero si crees en tu propio sexo y no quieres que te ensucien... te derribarán. Es el único tabú insano que les queda: el sexo como algo natural y vital. No lo permitirán y te matarán antes de dejarte tenerlo. Ya verás, acosarán a ese hombre. ¿Y qué ha hecho, después de todo? Si ha hecho el amor con su esposa todo el tiempo, ¿no tiene derecho a hacerlo? Ella debería estar orgullosa de ello. Pero ya ves, incluso una zorra tan baja como esa se vuelve contra él, y utiliza el instinto de hiena de la plebe contra el sexo para derribarlo. Tiene que lloriquear y sentirse pecadora u horrible por su sexo, antes de que se le permita tenerlo. Oh, acosarán al pobre diablo».

Connie sentía ahora una repulsión en sentido contrario. ¿Qué había hecho, después de todo? ¿Qué le había hecho a ella, Connie, sino proporcionarle un placer exquisito y una sensación de libertad y de vida? Había liberado su cálido y natural flujo sexual. Y por eso le acosarían.

No, no, no debería ser así. Vio la imagen de él, desnudo, blanco con la cara y las manos bronceadas, mirando hacia abajo y dirigiéndose a su pene erecto como si fuera otro ser, con una extraña sonrisa parpadeando en su rostro. Y volvió a oír su voz: ¡Tienes el culo de mujer más bonito que he visto! Y sintió que su mano se cerraba cálida y suavemente sobre su cola de nuevo, sobre sus lugares secretos, como una bendición. Y el calor recorrió su vientre, y las pequeñas llamas parpadearon en sus rodillas, y ella dijo: ¡Oh, no! ¡No debo volver atrás! No debo volverme atrás. Debo aferrarme a él y a lo que tenía de él, a través de todo. No tuve una vida cálida y flamígera hasta que él me la dio. Y no volveré atrás.

Ella hizo algo precipitado. Envió una carta a Ivy Bolton, adjuntando una nota para el guardabosques, y pidiéndole a Mrs. Bolton que se la diera. Y ella le escribió:

Me angustia mucho enterarme de todos los problemas que le está causando su esposa, pero no se preocupe, es sólo una especie de histeria. Todo pasará tan de repente como vino. Pero lo siento muchísimo, y espero que no le importe mucho. Después de todo, no merece la pena. Sólo es una histérica que quiere hacerle daño. Estaré en casa dentro de diez días y espero que todo vaya bien.

Unos días después llegó una carta de Clifford. Estaba evidentemente disgustado.

Me alegra saber que estás preparada para abandonar Venecia el día dieciséis. Pero, si lo está disfrutando, no te apresures a volver a casa. Te echamos de menos, Wragby te echa de menos. Pero es esencial que tomes todo el sol que quieras, sol y pijama, como dicen los anuncios del Lido. Así que, por favor, quédate un poco más, si eso te da ánimo y te prepara para nuestro invierno, suficientemente horrible. Incluso hoy llueve.

Mrs. Bolton me cuida asidua y admirablemente. Es un espécimen extraño. Cuanto más vivo, más me doy cuenta qué extrañas criaturas son los seres humanos. Algunos de ellos bien podrían tener cien patas, como un ciempiés, o seis, como una langosta. La coherencia y la dignidad humanas que uno se ha acostumbrado a esperar de sus semejantes parecen en realidad inexistentes. Uno duda de que existan en algún grado sorprendente incluso en uno mismo.

El escándalo del guardabosques continúa y crece como una bola de nieve. Mrs. Bolton me mantiene informado. Ella me recuerda a un pez que, aunque mudo, parece estar respirando chismes silenciosos a través de sus branquias, mientras vive. Todo pasa por el tamiz de sus branquias y nada la sorprende. Es como si los acontecimientos de la vida de los demás fueran el oxígeno necesario de la suya propia.

Está preocupada por el escándalo Mellors y, si la dejo empezar, me lleva hasta las profundidades. Su gran indignación, que incluso entonces es como la indignación de una actriz interpretando un papel, es contra la esposa de Mellors, a la que se empeña en llamar Bertha Coutts. He estado en las profundidades de las fangosas mentiras de las Bertha Coutts de este mundo y, cuando liberado de la corriente de las habladurías vuelvo a subir lentamente a la superficie, miro a la luz del día con asombro que así sea.

Me parece absolutamente cierto que nuestro mundo, que nos parece la superficie de todas las cosas, es en realidad el fondo de un océano profundo; todos nuestros árboles son crecimientos submarinos y nosotros somos una extraña fauna submarina revestida de escamas, que se alimenta de despojos como los camarones. Sólo de vez en cuando el alma se eleva jadeante a través de las brazas insondables bajo las que vivimos, hasta la superficie del éter, donde hay verdadero aire. Estoy convencido de que el aire que respiramos normalmente es una especie de agua, y los hombres y las mujeres son una especie de peces.

Pero a veces el alma sale a flote, se dispara como una gaviota hacia la luz, en éxtasis, después de haber depredado en las profundidades submarinas. Es nuestro destino mortal, supongo, depredar la espantosa vida subacuática de nuestros semejantes en la jungla submarina de la humanidad. Pero nuestro destino inmortal es escapar, una vez que nos hemos tragado nuestra presa nadadora, de nuevo al éter brillante, irrumpiendo desde la superficie del Viejo Océano a la luz real. Entonces uno se da cuenta de su naturaleza eterna.

Cuando oigo hablar a Mrs. Bolton, siento que me sumerjo, hacia abajo, hacia las profundidades donde se retuercen y nadan los peces de los secretos humanos. El apetito carnal hace que uno se apodere de un bocado de cebo; luego arriba, arriba otra vez, de lo denso a lo etéreo, de lo húmedo a lo seco. A ti puedo contarte todo el proceso. Pero con Mrs. Bolton sólo siento la zambullida hacia abajo, hacia abajo, horriblemente, entre las algas marinas y los monstruos pálidos del fondo mismo.

Me temo que vamos a perder a nuestro guardabosques. El escándalo de la esposa truhan, en lugar de apaciguarse, ha reverberado a dimensiones cada vez mayores. Se le acusa de todas las cosas indecibles y, curiosamente, la mujer ha conseguido que la mayoría de las esposas de los mineros la respalden, peces truculentos, y el pueblo está putrefacto por las habladurías.

He oído que esta Bertha Coutts asedia a Mellors en casa de su madre, habiendo saqueado la casita de campo y la cabaña. Un día se abalanzó sobre su propia hija, cuando esa ficha del bloque femenino regresaba de la escuela; pero la pequeña, en lugar de besar la mano de la cariñosa madre, la mordió con firmeza, por lo que recibió de la otra mano una bofetada en la cara que la hizo tambalearse hasta la cuneta; de donde fue rescatada por una abuela indignada y acosada.

La mujer ha expulsado una cantidad asombrosa de gas venenoso. Ha aireado en detalle todos aquellos incidentes de su vida conyugal que suelen enterrarse en la fosa más profunda del silencio matrimonial, entre las parejas casadas. Al haber optado por exhumarlos, tras diez años de entierro, tiene un extraño despliegue. Me entero de estos detalles por Linley y el doctor; este último se divierte. Por supuesto, en realidad no hay nada en ello. La humanidad siempre ha tenido una extraña avidez por las posturas sexuales inusuales, y si a un hombre le gusta usar a su mujer, como dice Benvenuto Cellini, «a la italiana», pues eso es cuestión de gustos. Pero no me esperaba que nuestro guardabosques estuviera al tanto de tantos trucos. Sin duda, fue la propia Bertha Coutts quien le enseñó a hacerlos. En cualquier caso, es una cuestión de su escualidez personal, y nada que ver con nadie más.

Sin embargo, todo el mundo escucha; como yo mismo lo hago. Hace una docena de años, la decencia común habría silenciado el asunto. Pero la decencia común ya no existe, y las esposas de los mineros están todas en pie de guerra y no tienen tapujos. Cualquiera diría que todos los niños de Tevershall, durante los últimos cincuenta años, han sido una concepción inmaculada, y que cada una de nuestras mujeres inconformistas es una brillante Juana de Arco. Que nuestro estimable guardabosques tenga sobre sí un toque de Rabelais parece hacerlo más monstruoso y chocante que un asesino como Crippen. Sin embargo, esta gente de Tevershall es un lote flojo, si uno ha de creer todos los relatos.

El problema es, sin embargo, que la execrable Bertha Coutts no se ha limitado a sus propias experiencias y sufrimientos. Ha descubierto, a voz en grito, que su marido ha estado «manteniendo» mujeres en la casita de campo, y ha hecho unos cuantos disparos al azar para nombrarlas. Esto ha arrastrado por el fango unos cuantos nombres decentes, y la cosa ha ido demasiado lejos. Se ha interpuesto una orden judicial contra la mujer.

He tenido que entrevistar a Mellors sobre el asunto, ya que era imposible mantener a la mujer alejada del bosque. Va por ahí como siempre, con su aire que dice «¡que no me moleste nadie, si yo no molesto a nadie!». Sin embargo, sospecho con astucia que se siente como un perro con una lata atada a la cola; aunque hace muy bien en fingir que la lata no está ahí. Pero he oído que en el pueblo las mujeres llaman a gritos a sus hijos si él pasa, como si fuera el Marqués de Sade en persona. Él sigue adelante con cierto descaro, pero me temo que la lata está firmemente atada a su cola, y que interiormente repite, como Don Rodrigo en la balada española: «¡Ah, ahora me muerde donde más he pecado!».

Le pregunté si creía que podría cumplir con su deber en el bosque y me dijo que no creía haberlo descuidado. Le dije que era una molestia tener a la mujer invadiendo el bosque, a lo que respondió que no tenía poder para arrestarla. Entonces le insinué el escándalo y su desagradable curso. «Ay», dijo. «La gente debería tirar por su cuenta, así no querrían escuchar un montón de sandeces sobre los demás».

Lo dijo con cierta amargura, y sin duda contiene el germen real de la verdad. El modo de decirlo, sin embargo, no es ni delicado ni respetuoso. Se lo insinué, y entonces oí de nuevo el traqueteo de la lata. «No es propio de un hombre en la forma en que está usted, Sir Clifford, burlarse de mí por tener un nabo entre las piernas».

Estas cosas, dichas indiscriminadamente a todo el mundo, por supuesto no le ayudan en nada, y tanto el rector como Finley y Burroughs piensan que sería mejor que el hombre abandonara el lugar.

Le pregunté si era cierto que recibía a señoras en la casa de campo, y todo lo que me dijo fue: «¿Qué le importa a usted eso, Sir Clifford?». Le dije que pretendía que se respetara la decencia en mi propiedad, a lo que respondió: «Entonces abróchele la boca a las mujeres…». Cuando le presioné preguntando sobre su forma de vida en la casita de campo, dijo: «Seguro que también podrían inventar un escándalo sobre mí con mi perra Flossie. Se les ha escapado algo ahí». De hecho, como ejemplo de impertinencia él sería difícil de superar.

Le pregunté si le sería fácil encontrar otro trabajo. Me contestó: «Si insinúa que le gustaría echarme de este trabajo, sería facilísimo». Así que no tuvo ningún problema en marcharse a finales de la semana que viene y, al parecer, está dispuesto a iniciar a un joven, Joe Chambers, en todos los misterios posibles del oficio. Le dije que le daría un mes de sueldo extra cuando se fuera. Dijo que prefería que yo me quedara con mi dinero, para que no tuviera ocasión de tranquilizar mi conciencia. Le pregunté qué quería decir y me contestó: «No me debe nada extra, Sir Clifford, así que no me pague nada extra. Si le parece que necesita alguna otra explicación, dígamelo».

Bueno, ahí se acaba todo por el momento. La mujer se ha marchado, no sabemos adónde, pero se expone a ser arrestada si asoma la cara por Tevershall. Y he oído que tiene un miedo mortal a la cárcel, porque es lo que se merece. Mellors partirá el sábado, en una semana, y el lugar volverá pronto a la normalidad.

Mientras tanto, querida Connie, si quieres quedarte en Venecia o en Suiza hasta principios de agosto, me alegraría pensar que estás fuera de todo este bullicio de maldad, que se habrá extinguido por completo a finales de mes.

Como ves, somos monstruos de las profundidades marinas, y cuando la langosta camina sobre el barro, lo remueve para todos. Debemos tomárnoslo forzosamente con filosofía.

La irritación, y la falta de simpatía en cualquier dirección, de la carta de Clifford, tuvieron un mal efecto en Connie. Pero lo comprendió mejor cuando recibió la siguiente de Mellors:

El gato está fuera de la bolsa, junto con varias otras gatas. Habrás oído que mi esposa Bertha volvió a mis brazos faltos de amor y se instaló en la casita de campo; donde, para hablar sin respeto, olió una rata, en forma de botellita de Coty. No encontró otras pruebas, al menos durante algunos días, cuando empezó a aullar por la fotografía quemada. Se fijó en el cristal y en el tablero de fondo en el dormitorio. Desgraciadamente, en el tablero trasero alguien había garabateado pequeños bocetos y las iniciales, varias veces repetidas: C. S. R. Esto, sin embargo, no le proporcionó ninguna pista hasta que entró en la cabaña y encontró uno de tus libros, una autobiografía de la actriz Judith, con tu nombre, Constance Stewart Reid, en la primera página. Después de esto, durante algunos días estuvo diciendo a voz en grito que mi amante era nada menos que la mismísima Lady Chatterley. La noticia llegó por fin al rector, Mr. Burroughs, y a Sir Clifford. Entonces procedieron a tomar medidas legales contra mi señora, que por su parte desapareció, pues siempre ha tenido un miedo mortal a la policía.

Sir Clifford pidió verme, así que fui a verle. Habló de cosas y parecía molesto conmigo. Luego me preguntó si sabía que incluso se había mencionado el nombre de su señoría. Le dije que yo nunca prestaba atención a los escándalos y me sorprendió oírlo de boca del propio Sir Clifford. Dijo que, por supuesto, era un gran insulto, y yo le dije que había una imagen de la Reina María en un calendario en el fregadero, sin duda porque Su Majestad formaba parte de mi harén. Pero no apreció el sarcasmo. Me dijo que yo era un personaje de mala reputación que andaba por ahí con los botones de los calzones desabrochados, y yo le dije que de todos modos él no tenía nada que desabrochar, así que me echó del trabajo, y me voy el sábado, en una semana, y no me verán más en este lugar.

Iré a Londres, a mi antigua casera, Mrs. Inger, del 17 de Coburg Square, ella me dará una habitación o me encontrará alguna.

Ten por seguro que tus pecados te descubrirán, sobre todo si estás casado y se llama Bertha...

No hubo ni una palabra sobre ella misma, ni para ella. Connie resintió esto. Podría haber dicho algunas palabras de consuelo o tranquilizadoras. Pero sabía que la estaba dejando libre, libre para volver a Wragby y a Clifford. Eso también le molestaba. Él no tenía por qué ser tan falsamente caballeroso. Ella deseó que él le hubiera dicho a Clifford: «Sí, es mi amante y mi señora y estoy orgulloso de ello». Pero su valor no le llevaría tan lejos.

¡Así que el nombre de ella iba unido al de él en Tevershall! Era un lío. Pero pronto se calmaría.

Estaba enfadada, con ese enfado complicado y confuso que la volvía inerte. No sabía qué hacer ni qué decir, así que no dijo ni hizo nada. Siguió en Venecia, igual, navegando en la góndola con Duncan Forbes, bañándose, dejando pasar los días. Duncan, que había estado bastante deprimentemente enamorado de ella diez años atrás, volvía a estarlo. Pero ella le dijo: «Sólo quiero una cosa de los hombres, y es que me dejen en paz».

Así que Duncan la dejó en paz; realmente encantado de poder hacerlo. Sin embargo, le ofreció una suave corriente de un tipo de amor extraño e invertido. Él quería estar con ella.

«¿Has pensado alguna vez», le dijo un día, «lo poco que se relaciona la gente entre sí? ¡Mira a Daniele! Es bello como un hijo del sol. Pero mira lo solo que parece en su belleza. Sin embargo, apuesto a que tiene esposa y familia, y no podría alejarse de ellos».

«Pregúntale», dijo Connie.

Duncan así lo hizo. Daniele dijo que estaba casado y que tenía dos hijos, ambos varones, de siete y nueve años. Pero no mostró ninguna emoción por el hecho.

«Quizá sólo las personas que son capaces de una verdadera unión tienen esa mirada de estar solas en el universo», dijo Connie. «Los demás tienen cierta pegajosidad, se adhieren a la masa, como Giovanni». «Y», pensó para sí misma, «como tú, Duncan».

Capítulo 18

Ella tenía que decidir qué hacer. Saldría de Venecia el mismo sábado que él salía de Wragby: dentro de seis días. Esto la llevaría a Londres el lunes siguiente, y entonces lo vería. Le escribió a la dirección de Londres, pidiéndole que le enviara una carta al hotel de Hartland y que la visitara el lunes a las siete de la tarde.

En su interior, ella estaba curiosa y complicadamente enfadada y todas sus respuestas eran insensibles. Se negaba a confiar ni siquiera en Hilda, e Hilda, ofendida por su constante silencio, había intimado bastante con una mujer holandesa. Connie odiaba estas intimidades algo sofocantes entre mujeres, intimidades a las que Hilda siempre se prestaba, pesadamente.

Sir Malcolm decidió viajar con Connie y Duncan podía viajar con Hilda. El viejo artista siempre se las arreglaba bien; reservó literas en el Orient Express, a pesar de la aversión de Connie por los trenes de lujo, por la atmósfera de vulgar depravación que hay a bordo de ellos hoy en día. Sin embargo, así el viaje a París sería más corto.

Sir Malcolm siempre se sentía incómodo al volver a su esposa. Era una costumbre arrastrada de la primera esposa. Pero habría una fiesta en casa para festejar el fin de la veda de la caza de la perdiz y él quería llegar con tiempo. Connie, quemada por el sol y muy bella, se sentó en silencio, olvidándose por completo del paisaje.

«Debe ser un poco aburrido para ti, volver a Wragby», dijo su padre, notando su abatimiento.

«No estoy segura de volver a Wragby», dijo ella, con sorprendente brusquedad, mirándole a los ojos con sus grandes ojos azules. Sus grandes ojos azules adquirieron la mirada asustada de un hombre cuya conciencia social no está del todo clara.

«¿Quieres decir que te quedarás un tiempo en París?».

«¡No! Me refiero a no volver nunca a Wragby».

A él le molestaban sus propios pequeños problemas y esperaba sinceramente no tener que cargar con ninguno de los de ella.

«¿Cómo es eso, todo a la vez?», preguntó.

«Voy a tener un hijo».

Era la primera vez que pronunciaba esas palabras a un alma viviente, y parecía marcar una escisión en su vida.

«¿Cómo lo sabes?», dijo su padre.

Ella sonrió.

«¿Cómo voy a saberlo?».

«¿Pero no el hijo de Clifford, por supuesto?».

«¡No! De otro hombre».

Ella más bien disfrutaba atormentándole.

«¿Conozco al hombre?», preguntó Sir Malcolm.

«¡No! Nunca lo has visto».

Hubo una larga pausa.

«¿Y cuáles son tus planes?».

«No lo sé. Esa es la cuestión».

«¿Nada de arreglarlo con Clifford?».

«Supongo que Clifford lo aceptaría», dijo Connie. «Me dijo, después de la última vez que hablaste con él, que no le importaría que tuviera un hijo, siempre que lo hiciera discretamente».

«Lo único sensato que podía decir, dadas las circunstancias. Entonces supongo que todo irá bien».

«¿En qué sentido?», dijo Connie, mirando a los ojos de su padre. Eran unos grandes ojos azules bastante parecidos a los suyos, pero con cierta inquietud en ellos, una mirada a veces de niño inquieto, a veces una mirada de hosco egoísmo, por lo general de buen humor y recelosa.

«Puedes presentar a Clifford un heredero para todos los Chatterley y establecer otro baronet en Wragby».

El rostro de Sir Malcolm esbozó una sonrisa medio sensual.

«Pero creo que no quiero hacerlo», dijo ella.

«¿Por qué no? ¿Te sientes enredada con el otro hombre? ¡Pues bien! Si quieres que te diga la verdad, hija mía, es ésta. El mundo sigue adelante. Wragby sigue y seguirá en pie. El mundo es más o menos una cosa fija y, externamente, tenemos que adaptarnos a él. En lo privado, en mi opinión privada, podemos complacernos a nosotros mismos. Las emociones cambian. Puede gustarte un hombre este año y otro el siguiente. Pero Wragby sigue en pie. Quédate con Wragby mientras Wragby se queda contigo. Aparte de eso complácete a ti misma. Pero conseguirás muy poco provocando una ruptura. Puedes hacer una pausa si lo deseas. Tienes un ingreso independiente, lo único que nunca te defrauda. Pero no sacarás mucho de ello. Establece un pequeño baronet en Wragby. Es algo divertido».

Y Sir Malcolm se sentó y volvió a sonreír. Connie no contestó.

«Espero que por fin hayas tenido un hombre de verdad», le dijo al cabo de un rato, sensualmente alerta.

«Lo hice. Ése es el problema. No hay muchos por aquí», dijo ella.

«¡No, por Dios!», musitó él. «¡No los hay! Bueno, querida, mirándote a ti, fue un hombre afortunado. ¿Seguro que no te causará problemas?».

«¡Oh, no! Me deja ser señora de mí misma por completo».

«¡Bien! ¡Bien! Un hombre auténtico lo haría».

Sir Malcolm se sintió complacido. Connie era su hija favorita, siempre le había gustado lo femenino que había en ella. No había tanto de su madre en ella como en Hilda. Y siempre le había disgustado Clifford. Así que se sintió complacido, y muy tierno con su hija, como si el nonato fuera su hijo.

Condujo con ella hasta el hotel Hartland y la vio instalarse; luego se dirigió a su club. Ella había rechazado su compañía por esa noche.

Ella encontró una carta de Mellors.

No iré a tu hotel, pero te esperaré fuera del Golden Cock en Adam Street a las siete.

Allí estaba él, alto y esbelto, y tan diferente, con un traje formal de fina tela oscura. Tenía una distinción natural, pero no tenía el aspecto del corte a medida propio a la clase de ella. Sin embargo, ella vio enseguida que él podía ir a cualquier parte. Tenía una crianza nativa que en realidad era mucho más agradable que la de la clase cortada a medida.

«¡Ah, ahí estás! ¡Qué buen aspecto tienes!».

«¡Sí! Pero tú no».

Ella le miró la cara con ansiedad. Él estaba delgado y se le notaban los pómulos. Pero sus ojos le sonreían y ella se sintió a gusto con él. Ahí estaba... de repente, la tensión de mantener las apariencias se desprendió de ella. Algo fluía de él físicamente, que la hacía sentirse interiormente a gusto y feliz, como en casa. Con el ahora alerta instinto de felicidad propio a una mujer, ella lo registró de inmediato. «¡Soy feliz cuando él está allí!». Ni siquiera todo el sol de Venecia le habría proporcionado esta expansión y calidez interior.

«¿Fue horrible para ti?», le preguntó ella mientras se sentaba a la mesa, frente a él. Estaba demasiado delgado; ella lo veía ahora. Su mano yacía como ella la conocía, con el curioso olvido suelto de un animal dormido. Ella deseaba tanto tomarla y besarla. Pero no se atrevió.

«La gente siempre es horrible», dijo él.

«¿Y te importó mucho?».

«Me importó, como siempre me importará. Y sabía que era un tonto por importarme».

«¿Te sentías como un perro con una lata atada a la cola? Clifford dijo que te sentías así».

Él la miró. Fue cruel por su parte en aquel momento... su orgullo había sufrido amargamente.

«Supongo que sí», dijo él.

Ella nunca supo la feroz amargura con la que él resentía los insultos.

Hubo una larga pausa.

«¿Y me extrañaste?», preguntó ella.

«Me alegré de que estuvieras fuera de esto».

De nuevo se produjo una pausa.

«¿Pero la gente creía que estábamos juntos?», preguntó ella.

«¡No! No lo creo; ni por un momento».

«¿Lo hizo Clifford?».

«Yo diría que no. Lo dejó de lado sin pensarlo. Pero naturalmente que no quiera verme nunca más».

«Voy a tener un hijo».

La expresión desapareció por completo del rostro de él, de todo su cuerpo. Él la miró con ojos oscurecidos, cuya mirada ella no podía comprender en absoluto; como si la mirara algún espíritu de llamas oscuras.

«¡Di que te alegras!», suplicó ella, buscando a tientas su mano. Y ella vio brotar en él cierto regocijo. Pero estaba enredado por cosas que ella no podía comprender.

«Es el futuro», dijo él.

«¿Pero no te alegras?», insistió ella.

«Tengo una terrible desconfianza del futuro».

«Pero no necesitas preocuparte por ninguna responsabilidad. Clifford lo tendría como suyo, estaría encantado».

Ella le vio palidecer y retroceder ante aquello. Él no respondió.

«¿Debo volver a Clifford y poner un pequeño baronet en Wragby?», preguntó ella.

Él la miró, pálido y muy distante. Una pequeña y fea sonrisa parpadeó en su rostro.

«¿No tendrías que decirle quién es el padre?».

«¡Oh!», dijo ella; «lo tomaría incluso si no lo hiciera, si yo quisiera».

Él pensó durante un rato.

«¡Ay!», dijo al fin, para sí mismo. «Supongo que lo haría».

Se hizo el silencio. Había un gran abismo entre ellos.

«Pero no quieres que vuelva con Clifford, ¿verdad?», le preguntó ella.

«¿Qué quieres tú?», respondió él.

«Quiero vivir contigo», dijo ella simplemente.

A su pesar, pequeñas llamas recorrieron el vientre de él al oírla decirlo, y él bajó la cabeza. Luego volvió a mirarla, con aquellos ojos embrujados.

«Si vale la pena para ti», dijo. «Yo no tengo nada».

«Tienes más que la mayoría de los hombres. Vamos, lo sabes», dijo ella.

«En cierto modo, lo sé». Él se quedó un rato en silencio, pensando. Luego reanudó: «Solían decir que yo tenía demasiado de mujer en mí. Pero no es eso. No soy una mujer no porque no quiera cazar aves, ni porque no quiera ganar dinero, ni salir adelante. Podría haber hecho carrera en el ejército, fácilmente, pero no me gustaba el ejército. Aunque podía manejar bien a los hombres; les caía bien y me tenían un poco de miedo sagrado cuando me enfadaba. No, era la estúpida y torpe autoridad superior la que hacía que el ejército fuera como la muerte; absolutamente como la muerte. Me caen bien los hombres y yo les caigo bien a los hombres. Pero no soporto la insolencia mandona de la gente que dirige este mundo. Por eso no lo soporto. Odio la insolencia del dinero, y odio la insolencia de la clase. Así que, tal y como está el mundo, ¿qué tengo yo para ofrecer a una mujer?».

«¿Pero por qué ofrecer algo? No es una ganga. Es sólo que nos queremos», dijo ella.

«¡No, no! Es más que eso. Vivir es moverse y seguir adelante. Mi vida no irá por las alcantarillas correctas, simplemente no lo hará. Así que yo soy un poco como un billete gastado. Y no tengo por qué aceptar a una mujer en mi vida, a menos que mi vida haga algo y llegue a alguna parte, interiormente al menos, para mantenernos frescos a los dos. Un hombre debe ofrecer a una mujer algún sentido en su vida, si va a ser una vida aislada, y si ella es una mujer auténtica. No puedo ser sólo su concubino masculino».

«¿Por qué no?», dijo ella.

«Por qué, porque no puedo. Y pronto lo odiarías».

«Como si no pudieras confiar en mí», dijo ella.

La sonrisa parpadeó en su rostro.

«El dinero es tuyo, la posición es tuya, las decisiones recaerán en ti. No soy sólo el que se tira a milady, después de todo».

«¿Qué más eres?».

«Bien puedes preguntar. Sin duda es invisible. Sin embargo, al menos soy algo para mí mismo. Puedo ver el sentido de mi propia existencia, aunque puedo entender que nadie más lo vea».

«¿Y tu existencia tendrá menos sentido si vives conmigo?».

Él hizo una larga pausa antes de responder:

«Puede ser».

Ella también se quedó pensativa.

«¿Y cuál es el sentido de tu existencia?».

«Te digo que es invisible. No creo en el mundo, ni en el dinero, ni en el progreso, ni en el futuro de nuestra civilización. Si tiene que haber un futuro para la humanidad, tendrá que haber un cambio muy grande respecto a lo que hay ahora».

«¿Y cómo tendrá que ser el futuro real?».

«¡Dios lo sabe! Puedo sentir algo dentro de mí, mezclado con mucha rabia. Pero en qué consiste realmente, no lo sé».

«¿Te lo digo?», dijo ella, mirándole a la cara. «¿Te digo lo que tienes que otros hombres no tienen, y que marcará el futuro? ¿Te lo digo?».

«Dímelo entonces», respondió él.

«Es el coraje de tu propia ternura, eso es lo que es... como cuando pones tu mano en mi cola y dices que tengo una cola bonita».

La sonrisa se dibujó en su rostro.

«¡Eso!», dijo él.

Luego se sentó a pensar.

«¡Ay!», dijo. «Tienes razón. Es eso realmente. Es eso hasta el final. Lo sabía con los hombres. Tenía que estar en contacto con ellos, físicamente, y no volverme atrás. Tenía que ser consciente corporalmente de ellos y un poco tierno con ellos, aunque les hiciera pasar un infierno. Es una cuestión de ser consciente, como decía Buda. Pero incluso él luchó tímidamente contra la conciencia corporal, y esa ternura física natural, que es lo mejor, incluso entre hombres; de una forma propiamente varonil. Los hace realmente varoniles, no tan monos. ¡Ay! es ternura, de verdad; es conciencia del coño. El sexo es realmente sólo tacto, el más cercano de todos los tactos. Y es el tacto lo que nos da miedo. Somos sólo conscientes a medias, y estamos vivos a medias. Tenemos que estar vivos y conscientes. Especialmente los ingleses tenemos que entrar en contacto, ser un poco delicados y un poco tiernos. Es nuestra necesidad más acuciante».

Ella le miró.

«Entonces, ¿por qué me tienes miedo?», dijo ella.

Él la miró por un largo tiempo antes de contestar.

«Es el dinero, en realidad, y la posición. Es el mundo en ti».

«¿Pero no hay ternura en mí?», dijo ella con nostalgia.

Él la miró, con ojos oscurecidos y abstractos.

«¡Ay! Va y viene, como en mí».

«¿Pero no puedes confiar en ella entre tú y yo?», preguntó ella, mirándole ansiosamente.

Ella vio que su rostro se ablandaba, que él perdía su coraza. «¡Quizás!», dijo. Ambos guardaron silencio.

«Quiero que me tomes en tus brazos», dijo. «Quiero que me digas que te alegras de que vayamos a tener un hijo».

Ella parecía tan encantadora, cálida y melancólica, que las entrañas de él se agitaron.

«Supongo que podemos ir a mi habitación», dijo él. «Aunque vuelve a ser escandaloso».

Pero ella vio que el olvido del mundo volvía a apoderarse de él, que su rostro adoptaba el aspecto suave y puro de la tierna pasión.

Caminaron por las calles más alejadas hasta Coburg Square, donde él tenía una habitación en lo alto de la casa, una buhardilla donde cocinaba para sí mismo en un hornillo de gas. Era pequeña, pero decente y ordenada.

Ella se quitó sus cosas y le hizo hacer lo mismo. Estaba encantadora en el suave primer arrebato de su embarazo.

«Debería dejarte en paz», dijo él.

«¡No!», dijo ella. «¡Ámame! Ámame y di que te quedarás conmigo. ¡Di que te quedarás conmigo! Di que nunca me dejarás ir, ni hacia el mundo ni hacia nadie».

Ella se arrastró cerca de él, aferrándose con fuerza a su cuerpo desnudo, delgado y fuerte, el único hogar que había conocido.

«Entonces me quedaré contigo», dijo él. «Si eso es lo que quieres, entonces me quedaré contigo».

Él la abrazó con fuerza.

«Y di que te alegras por el niño», repitió ella.

«¡Bésalo! Besa mi vientre y di que te alegras de que esté ahí».

Pero eso era más difícil para él.

«Tengo terror de traer niños en el mundo», dijo él. «Tengo tanto miedo del futuro para ellos».

«Pero tú lo has puesto en mí. Sé tierno con él y ése será ya su futuro. Bésalo».

Él se estremeció, porque era verdad. «Sé tierno con él, y ése será su futuro...». En ese momento él sintió puro amor por la mujer. Besó su vientre y su monte de Venus, para besar cerca del vientre y del feto dentro del vientre.

«¡Oh, tú me amas! ¡Tú me amas!», dijo ella, en un gritito como uno de sus ciegos e inarticulados gritos de amor. Y él se acercó a ella suavemente, sintiendo el torrente de ternura que fluía en liberación desde sus entrañas a las de ella, las entrañas de compasión encendidas entre ellos.

Y él se dio cuenta mientras penetraba en ella de que eso era lo que tenía que hacer, entrar en contacto tierno, sin perder su orgullo ni su dignidad ni su integridad como hombre. Al fin y al cabo, si ella tenía dinero y medios, y él no, debía ser demasiado orgulloso y honorable para retener su ternura ante ella por ese motivo. «Defiendo el contacto corporal entre seres humanos», se dijo, «y el contacto de la ternura. Y ella es mi compañera. Y es una batalla contra el dinero, y la máquina, y el mono ideal insensible del mundo. Y ella me apoyará allí. ¡Gracias a Dios que tengo una mujer! Gracias a Dios que tengo una mujer que está conmigo, y es tierna y consciente de mí. Gracias a Dios que no es una matona, ni una tonta. Gracias a Dios que es una mujer tierna y consciente». Y mientras su semen brotaba en ella, su alma brotaba también hacia ella, en el acto creativo que es mucho más que procreativo.

Ella ahora estaba totalmente decidida a que no hubiera separación entre él y ella. Pero aún quedaban por resolver las formas y los medios.

«¿Odiabas a Bertha Coutts?», le preguntó.

«No me hables de ella».

«¡Sí! Debes dejarme. Porque una vez te gustó. Y una vez fuiste tan íntimo con ella como lo eres conmigo. Así que tienes que decírmelo. ¿No es bastante terrible, cuando has intimado con ella, odiarla tanto? ¿Por qué?».

«No lo sé. En cierto modo ella mantenía su voluntad preparada contra mí, siempre, siempre... su espantosa voluntad femenina... ¡su libertad! ¡La espantosa libertad de una mujer que termina en el acoso más bestial! Oh, ella siempre mantuvo su libertad contra mí, como vitriolo en mi cara».

«Pero ella no está libre de ti ni siquiera ahora. ¿Todavía te ama?».

«¡No, no! Si no se libra de mí, es porque tiene esa rabia loca, debe intentar intimidarme».

«Pero ella debe haberte amado».

«¡No! Bueno, en cierta medida lo hizo. Se sentía atraída por mí. Y creo que, incluso eso, ella lo odiaba. Ella me amaba por momentos. Pero siempre se retractaba y empezaba a intimidarme. Su deseo más profundo era intimidarme, y no había forma de hacerle cambiar. Su voluntad estaba equivocada, desde el principio».

«Pero quizá sintió que no la amabas de verdad y quiso obligarte».

«Dios mío, la mierda que sí que me estaba obligando».

«Pero no la amabas de verdad, ¿verdad? Le hiciste mal».

«¿Cómo podía no hacerlo? Yo empecé. Empecé a amarla. Pero de alguna manera, ella siempre me destrozaba. No, no hablemos de eso. Era una condena. Y ella era una condenada. Esta última vez, le habría disparado como a un armiño, si me lo hubieran permitido... ¡una cosa delirante y condenada con forma de mujer! ¡Si hubiera podido dispararle y acabar con toda la miseria! Debería estar permitido. Cuando una mujer se vuelve absolutamente poseída por su propia voluntad, su propia voluntad puesta en contra de todo, entonces es temible, y debería disparársele de una vez».

«¿Y no se debería disparar a los hombres al final, si son poseídos por su propia voluntad?»

«¡Ay...! ¡Es lo mismo! Pero debo librarme de ella o volverá a atacarme. Quería decírtelo. Debo conseguir el divorcio si puedo. Así que debemos tener cuidado. No deben vernos juntos, a ti y a mí. Nunca, nunca podría soportar que ella nos atacase a ti y a mí».

Connie reflexionó sobre esto.

«¿Entonces no podemos estar juntos?», dijo ella.

«No por seis meses o algo así. Pero creo que mi divorcio llegará en septiembre; luego esperar hasta marzo».

«Pero el bebé nacerá probablemente a finales de febrero», dijo ella.

Él se quedó en silencio.

«Podría desear la muerte de todos los Cliffords y Berthas», dijo él.

«No estás siendo muy tierno con ellos», dijo ella.

«¿Tierno con ellos? Sí, incluso entonces lo más tierno que podría hacer por ellos, tal vez, sería darles la muerte. ¡No pueden vivir! Sólo frustran la vida. Sus almas son horribles en su interior. La muerte debería ser dulce para ellos. Y a mí debería permitírseme dispararles».

«Pero tú no lo harías», dijo ella.

«¡Sí que lo haría! y con menos reparos de los que le disparo a una comadreja. De todos modos ésta tiene su belleza y su soledad. Pero son legión. Oh, sí que les dispararía».

«Entonces quizás sea mejor que no te atrevas».

«Bien».

Connie tenía ahora mucho en qué pensar. Era evidente que deseaba absolutamente librarse de Bertha Coutts. Y sintió que él tenía razón. El último ataque había sido demasiado sombrío. Esto significaba que ella viviría sola, hasta la primavera. Tal vez podría divorciarse de Clifford. ¿Pero cómo? Si se nombraba a Mellors, se acababa el divorcio de él. ¡Qué repugnante! ¿No podía una irse enseguida, a los confines de la tierra, y librarse de todo aquello?

No se podía. Hoy en día, los confines del mundo no están a cinco minutos de Charing Cross. Con la radio en acción no existen los confines del mundo. Los Reyes de Dahomey y los lamas del Tíbet escuchan a Londres y Nueva York.

¡Paciencia! ¡Paciencia! El mundo es una vasta y espantosa complejidad de mecanismos y hay que ser muy cauteloso para no dejarse destrozar por ella.

Connie confió en su padre.

«Verás, padre, era el guardabosques de Clifford: pero fue oficial del ejército en la India. Sólo que es como el Coronel C. E. Florence, que prefirió volver a ser soldado raso».

Sir Malcolm, sin embargo, no simpatizaba con el misticismo insatisfactorio del famoso C. E. Florence. Veía demasiada presunción detrás de tanta humildad. Parecía el tipo de engreimiento que el caballero más detestaba, el engreimiento del autodesprecio.

«¿De dónde ha salido tu guardabosques?», preguntó irritado Sir Malcolm.

«Es hijo de un minero en Tevershall. Pero es absolutamente presentable».

El caballero artista se enfadó aún más.

«A mí me parece un cazador de fortunas», dijo. «Y tú tienes una fortuna bastante fácil, aparentemente».

«No, padre, no es así. Lo sabrías si lo vieras. Es un hombre. Clifford siempre lo detestó por no ser humilde».

«Aparentemente tuvo un buen instinto, por una vez».

Lo que Sir Malcolm no podía soportar era el escándalo de que su hija tuviera una intriga con un guardabosques. No le importaba la intriga... le importaba el escándalo.

«No me importa nada el tipo. Evidentemente ha sabido atraparte bien. Pero, por Dios, piensa en toda la habladuría. Piensa en tu madrastra, ¡cómo se lo tomará!».

«Lo sé», dijo Connie. «La habladuría es bestial... sobre todo si vives en sociedad. Y él desea tanto conseguir su propio divorcio. Pensé que tal vez podríamos decir que era hijo de otro hombre, y no mencionar para nada el nombre de Mellors».

«¡De otro hombre! ¿De qué otro hombre?».

«Tal vez Duncan Forbes. Ha sido nuestro amigo toda la vida».

«Y es un artista bastante conocido. Y me tiene cariño».

«¡Bueno, que me condenen! ¡Pobre Duncan! ¿Y qué va a sacar él de esto?».

«No lo sé. Pero puede que incluso le guste».

«Puede que lo haga, ¿verdad? Bueno, es un hombre gracioso si lo hace. ¿Por qué, nunca has tenido una aventura con él, verdad?».

«¡No! Pero en realidad él no quiere. Sólo me quiere para estar cerca de él, pero no para tocarme».

«¡Dios mío, qué generación!».

«Lo que más le gustaría de mí es que posara de modelo para pintar. Sólo que nunca quise hacerlo».

«¡Dios le ayude! Pero parece bastante abatido, como para aceptar lo que sea».

«Aun así, ¿no te importaría tanto que se hablara de él?».

«¡Dios mío, Connie, todas las malditas maquinaciones!».

«¡Lo sé! ¡Es repugnante! Pero, ¿qué puedo hacer?».

«¡Maquinación, conspiración; conspiración, maquinación! Hace pensar a un hombre que ha vivido demasiado».

«Vamos, padre, si no has hecho un buen montón de maquinaciones y conspiraciones en tu tiempo, puedes hablar».

«Pero era diferente, te lo aseguro».

«Siempre es diferente».

Llegó Hilda, también furiosa al enterarse de los nuevos acontecimientos. Además, simplemente no podía soportar la idea de un escándalo público sobre su hermana y un guardabosques. ¡Demasiado, demasiado humillante!

«¿Por qué no desaparecemos, por separado, a la Columbia Británica, y no montamos ningún escándalo?», dijo Connie.

Pero eso no servía de nada. El escándalo se produciría igual. Y si Connie se iba con ese hombre, más le valía casarse con él. Ésta era la opinión de Hilda. Sir Malcolm no estaba seguro. El asunto aún podía estallar.

«¿Pero lo recibirás, padre?».

Pobre Sir Malcolm, no le entusiasmaba en absoluto. Y al pobre Mellors, aún le apetecía menos. Sin embargo, el encuentro tuvo lugar: un almuerzo en una sala privada del club, los dos hombres solos, mirándose de arriba abajo.

Sir Malcolm bebía bastante whisky, Mellors también bebía. Y hablaron todo el rato de la India, sobre la que el joven estaba bien informado.

Esto duró toda la comida. Sólo cuando se sirvió el café y el camarero se hubo marchado, Sir Malcolm encendió un puro y dijo, efusivamente:

«Bien, joven, ¿y qué hay de mi hija?».

La sonrisa parpadeó en el rostro de Mellors.

«Bueno, Sir ¿y qué pasa con ella?».

«Usted le puso un bebé dentro».

«¡Tengo ese honor!», sonrió Mellors.

«¡Honor, por Dios!», Sir Malcolm soltó una pequeña carcajada, y se volvió escocés y lascivo. «¡Honor! ¿Qué bien le ha ido, eh? Bien, muchacho, ¿no?».

«¡Bien!».

«¡Apuesto a que sí! ¡Ja, ja! Mi hija, buena rama del tronco, ¿eh? Yo nunca me eché atrás en tirarme una. Aunque su madre, ¡oh, por todos los santos!». Él puso los ojos en blanco. «Pero la calentó, oh, la calentó, puedo verlo. ¡Ja, ja! ¡Mi sangre en ella! Sí que le prendió fuego a su pajar. ¡Ja, ja, ja! Me alegré mucho de ello, se lo aseguro. Ella lo necesitaba. Oh, es una buena chica, es una buena chica, y sabía que iría bien, ¡si tan sólo algún maldito le prendiera fuego a su pajar! ¡Ja, ja, ja! ¡Un guardabosques, un cazador furtivo, eh, muchacho! Maldito buen cazador furtivo, si me pregunta. ¡Ja, ja! Pero ahora, mire, hablando en serio, ¿qué vamos a hacer al respecto? Hablando en serio, ¡ya sabe!».

Hablando en serio, no llegaron muy lejos. Mellors, aunque un poco achispado, era por mucho el más sobrio de los dos. Mantuvo la conversación lo más inteligente posible... lo cual no es decir mucho.

«¡Así que usted es un guardabosques! Oh, ¡tiene toda la razón! Ese tipo de juego es digno de un hombre, ¿eh? La prueba de una mujer está cuando uno le pellizca el trasero. Puede saber sólo por el tacto de su trasero si va a salir bien. ¡Ja, ja! Le envidio, muchacho. ¿Cuántos años tiene?».

«Treinta y nueve».

El caballero levantó las cejas.

«¡Tanto como eso! Bueno, tiene otros buenos veinte años, por su aspecto. Oh, guardabosques o no, usted es un buen gallo. Puedo verlo con un ojo cerrado. ¡No como ese maldito Clifford! Un perrito faldero que nunca se tiró alguna, nunca la tuvo. Usted me cae bien, muchacho, apuesto a que tiene un buen nabo; oh, usted es un gallo de pelea, puedo verlo. Es un luchador. ¡Guardabosques, cazador furtivo! ¡Ja, ja, por Dios, no le confiaría mi caza a usted! Pero mire, en serio, ¿qué vamos a hacer al respecto? El mundo está lleno de viejas mujeres destrozadas».

En serio, no hicieron nada al respecto, salvo establecer entre ellos la vieja masonería de la sensualidad masculina.

«Y mire, muchacho, si alguna vez puedo hacer algo por usted, puede contar conmigo. ¡Guardabosques! Cristo, ¡me encanta! ¡Me gusta! ¡Oh, me gusta! Demuestra que la chica tiene agallas. ¿Eh? Después de todo, ya sabe, ella tiene sus propios ingresos, moderados, moderados, pero por encima de la inanición. Y yo le dejaré lo que tengo. Por Dios, lo haré. Se lo merece por mostrar agallas, en un mundo de viejas. Llevo setenta años luchando por alejarme de las faldas de las viejas, y aún no lo he conseguido. Pero usted es el hombre, ya lo veo».

«Me alegro de que piense así. Suelen decirme, de soslayo, que yo soy el mono».

«¡Oh, lo harán! Mi querido amigo, ¿qué podría ser sino un mono, para todas las viejas?».

Se separaron de la forma más amable, y Mellors no dejó de reírse interiormente durante el resto del día.

Al día siguiente almorzó con Connie e Hilda, en un lugar discreto.

«Es una pena muy grande que la situación sea tan fea en general», dijo Hilda.

«Me divertí mucho con ello», dijo él.

«Creo que podrían haber evitado traer niños al mundo hasta que ambos fueran libres para casarse y tener hijos».

«El Señor sopló demasiado pronto sobre la chispa», dijo él.

«Creo que el Señor no ha tenido nada que ver. Por supuesto, Connie tiene suficiente dinero para mantenerlos a ambos, pero la situación es insoportable».

«Pero si es así, usted no tiene que soportar más que un pequeño pedazo de todo esto, ¿verdad?», dijo él.

«Si usted hubieras estado en su misma clase».

«O si yo hubiera estado en una jaula en el Zoo».

Se hizo silencio.

«Creo», dijo Hilda, «que será mejor si ella nombra a otro hombre como co-responsable y usted se mantiene al margen por completo».

«Pero pensé en entrometerme».

«Quiero decir en el proceso de divorcio».

Él la miró con asombro. Connie no se había atrevido a mencionarle el plan Duncan.

«No la sigo», dijo él.

«Tenemos un amigo que probablemente aceptaría ser nombrado co-responsable, para que su nombre no tenga que aparecer», dijo Hilda.

«¿Quiere decir un hombre?».

«¡Por supuesto!».

«¿Pero ella no tiene otro?».

Él miró a Connie con asombro.

«¡No, no!», dijo ella apresuradamente. «Sólo esa vieja amistad, muy simple, nada de amor».

«Entonces, ¿por qué debería cargar nuestro colega con la culpa? ¿Si no ha obtenido nada?».

«Algunos hombres son caballerosos y no sólo consideran lo que obtienen de una mujer», dijo Hilda.

«Una para mí, ¿eh? ¿Pero quién es ese Fulano?».

«Un amigo al que conocemos desde que éramos niñas en Escocia, un artista».

«¡Duncan Forbes!», dijo él enseguida, pues Connie había hablado sobre él.

«¿Y cómo le echarían la culpa a él?».

«Ellos podrían quedarse juntos en algún hotel, o incluso ella podría quedarse en el apartamento de él».

«Me parece mucho alboroto para nada», dijo él.

«¿Qué más sugiere?», dijo Hilda. «Si su nombre aparece, usted no obtendrá el divorcio de su esposa, que aparentemente es una persona imposible con la que relacionarse».

«¡Todo eso!», dijo él sombríamente.

Hubo un largo silencio.

«Podríamos irnos inmediatamente», dijo él.

«No hay nada inmediato para Connie», dijo Hilda. «Clifford es demasiado conocido».

De nuevo el silencio de la pura frustración.

El mundo es como es. Si quieren vivir juntos sin ser perseguidos, tendrán que casarse. Para casarse, ambos tendrán que estar divorciados. Entonces, ¿cómo van a hacerlo?».

Él permaneció en silencio durante mucho tiempo.

«¿Cómo lo haría usted en nuestro lugar?», dijo él.

«Veremos si Duncan consiente en figurar como co-responsable... luego debemos conseguir que Clifford se divorcie de Connie... y usted debe seguir adelante con su divorcio, y ambos deben mantenerse separados hasta que estén libres».

«Suena como un manicomio».

«¡Posiblemente! Y el mundo los miraría como si fueran lunáticos... o peor».

«¿Qué es peor?».

«Criminales, supongo».

«Espero poder clavar la daga unas cuantas veces más todavía», dijo él, sonriendo. Luego guardó silencio, y se enfadó.

«¡Bien!», dijo al fin. «Estoy de acuerdo con lo que sea. El mundo es un idiota delirante, y ningún hombre puede matarlo... aunque haré lo que pueda. Pero usted tiene razón. Debemos rescatarnos a nostros mismos lo mejor que podamos».

Él miró con humillación, rabia, cansancio y miseria a Connie.

«¡Mi muchacha!», dijo él. «El mundo va a poner sal en tu cola».

«No si no lo permitimos», dijo ella.

A ella le importaba menos que a él esta confabulación contra el mundo.

Duncan, cuando le abordaron, también insistió en ver al guardabosques delincuente, así que hubo una cena, esta vez en su departamento... los cuatro. Duncan era un tipo más bien bajo, ancho, de piel oscura, taciturno a lo Hamlet, con el pelo lacio y negro y una extraña presunción celta de sí mismo. Su arte era todo tubos y válvulas y espirales y colores extraños, ultramoderno, pero con cierto poder, incluso cierta pureza de forma y tono... sólo que a Mellors le parecía cruel y repelente. No se aventuró a decirlo, porque Duncan estaba casi loco con el tema de su arte... era un culto personal, una religión personal para él.

Estaban mirando los cuadros en el estudio y Duncan mantenía sus pequeños ojos marrones fijos en el otro hombre. Quería oír lo que diría el guardabosques. Ya conocía las opiniones de Connie y de Hilda.

«Es como un puro asesinato», dijo por fin Mellors; un discurso que Duncan no esperaba en absoluto de un guardabosques.

«¿Y quién ha sido asesinado?», preguntó Hilda, con bastante frialdad y sorna.

«¡A mí me asesinaron! Mata todas las entrañas de compasión de un hombre».

Una oleada de odio puro brotó del artista. Oyó la nota de antipatía en la voz del otro hombre, y la nota de desprecio. Y él mismo aborrecía la mención de entrañas de compasión. ¡Sentimiento enfermizo!

Mellors estaba de pie, más bien alto y delgado, de aspecto ajado, mirando, con un parpadeo de desapego que era algo así como el baile de una polilla al vuelo, los cuadros.

«Quizá se asesine a la estupidez; a la estupidez sentimental», se mofó el artista.

«¿Usted cree? Creo que todos estos tubos y vibraciones onduladas son bastante estúpidos para lo que sea, y bastante sentimentales. Muestran mucha autocompasión y un montón de nerviosa autoopinión, me parece a mí».

En otra oleada de odio, el rostro del artista se puso amarillo. Pero con una especie de silenciosa altivez volvió los cuadros hacia la pared.

«Creo que podemos ir al comedor», dijo. Y se retiraron, consternados.

Después del café, Duncan dijo:

«No me importa en absoluto hacerme pasar por el padre del hijo de Connie. Pero sólo con la condición de que ella venga y pose como modelo para mí. Hace años que deseo eso y siempre se ha negado». Lo pronunció con la oscura finalidad de un inquisidor anunciando un *auto da fe*.

«¡Ah!», dijo Mellors. «¿Sólo lo hace bajo condiciones, entonces?».

«¡Así es! Sólo lo hago bajo esa condición». El artista intentó poner en su discurso el máximo desprecio hacia la otra persona. Puso demasiado.

«Mejor tenerme como modelo a mí al mismo tiempo», dijo Mellors. «Mejor hacernos en grupo, Vulcano y Venus bajo la red del arte. Yo solía ser herrero, antes de ser guardabosques».

«Gracias», dijo el artista. «No creo que Vulcano tenga una figura que me interese».

«¿Ni siquiera si estuviera entubado y emperifollado?».

No hubo respuesta. El artista era demasiado altivo para más palabras.

Fue una fiesta lúgubre, en la que el artista, en adelante, ignoró constantemente la presencia del otro hombre, y sólo habló brevemente, como si las palabras fueran arrancadas de las profundidades de su lúgubre portentosidad, a las mujeres.

«No te gustó, pero él es mejor que eso, de verdad. Es muy amable», explicó Connie mientras se marchaban.

«Es un cachorrito negro con una debilidad por lo ondulado», dijo Mellors.

«No, hoy no ha estado bien».

«¿Y tú irás y serás modelo para él?».

«Oh, en realidad ya no me importa. No me tocará. Y no me importa nada, si allana el camino a una vida juntos para ti y para mí».

«Pero te cagará en el lienzo».

«No me importa. Sólo pintará sus propios sentimientos hacia mí, y no me importa que lo haga. No dejaría que me tocara, por nada del mundo. Pero si cree que puede hacer algo con su mirada de búho artístico, que mire. Puede hacer de mí tantos tubos vacíos y ondulaciones como quiera. Es su funeral. Te odió por lo que dijiste: que su arte tubificado es sentimental y engreído. Pero claro que es verdad».

Capítulo 19

Querido Clifford, me temo que ha ocurrido lo que preveías. Estoy realmente enamorada de otro hombre y espero que te divorcies de mí. En estos momentos me estoy quedando con Duncan en su departamento. Te dije que él estaba en Venecia con nosotros. Soy terriblemente infeliz por el efecto que te causará: pero intenta tomártelo con calma. Ya no me necesitas y no soporto volver a Wragby. Lo siento muchísimo. Pero intenta perdonarme y divorciarte de mí y encontrar a alguien mejor. Realmente no soy la persona adecuada para ti, soy demasiado impaciente y egoísta, supongo. Pero no puedo volver a vivir contigo nunca más. Y me siento terriblemente mal por todo esto, por tu bien. Pero, si no te dejas llevar, verás que no te importará tanto. En realidad yo no te importaba personalmente. Así que perdóname y deshazte de mí.

Clifford no se sorprendió interiormente al recibir esta carta. Interiormente, sabía desde hacía mucho tiempo que ella le iba a dejar. Pero se había negado completamente a admitirlo exteriormente. Por lo tanto, exteriormente, le llegó como el golpe y la conmoción más terribles. Había mantenido bastante serena la superficie de su confianza en ella.

Y así es como somos. Por fuerza de voluntad aislamos nuestro conocimiento intuitivo interior de la conciencia admitida. Esto provoca un estado de temor, o aprensión, que hace que el golpe sea diez veces peor cuando cae.

Clifford parecía un niño histérico. Le dio un susto terrible a Mrs. Bolton, cuando se sentó en la cama espantado y sin expresión.

«¿Qué sucede, Sir Clifford, qué pasa?».

Él no respondió. Estaba aterrorizada por si le había dado un ataque. Se apresuró y le palpó la cara, le tomó el pulso.

«¿Le duele algo? Intente decirme dónde le duele. Dígamelo».

¡No hubo respuesta!

«¡Por Dios, por Dios! Entonces telefonearé a Sheffield a por el Dr. Carrington y el Dr. Lecky; que vengan enseguida».

Ella se dirigía hacia la puerta, cuando él dijo en tono hueco:

«¡No!».

Ella se detuvo y le miró. Tenía la cara amarilla, inexpresiva, como la de un idiota.

«¿Quiere decir que prefiere que no vaya a buscar al médico?».

«¡Así es! No quiero», llegó la voz sepulcral.

«Oh, pero Sir Clifford, usted está enfermo, y no me atrevo a asumir la responsabilidad. Debo mandar a por el médico o me culparán».

Una pausa... entonces la voz hueca dijo:

«No estoy enfermo. Mi mujer no va a volver». Era como si una imagen hablara.

«¿No va a volver? ¿Se refiere a su señoría?». Mrs. Bolton se acercó un poco más a la cama. «Oh, no lo crea. Puede confiar en que su señoría volverá».

La imagen en la cama no cambió, pero empujó una carta sobre el cubrecama.

«¡Léala!», dijo la voz sepulcral.

«Vaya, si es una carta de su señoría, estoy segura de que su señoría no querría que le leyera su carta, Sir Clifford. Puede decirme lo que dice, si lo desea».

«¡Léala!», repitió la voz.

«Pues si debo hacerlo, lo hago para obedecerle, Sir Clifford», dijo ella. Y leyó la carta.

«Bueno, yo sí que estoy sorprendida de su señoría», dijo ella. «¡Prometió tan fielmente que volvería!».

El rostro en la cama pareció ahondar su expresión de salvaje pero inmóvil distracción. Mrs. Bolton la vio y se preocupó. Sabía a qué se enfrentaba: histeria masculina. No había atendido a soldados sin aprender algo sobre esa enfermedad tan desagradable.

Ella estaba un poco impaciente con Sir Clifford. Cualquier hombre en su sano juicio debía saber que su esposa estaba enamorada de otro y que iba a abandonarle. Incluso, estaba segura, Sir Clifford era interiormente absolutamente consciente de ello, sólo que no quería admitírselo a sí mismo. Si lo hubiera admitido, y se hubiera preparado para ello... o si lo hubiera admitido, y hubiera luchado activamente con su esposa contra ello... eso habría sido actuar como un hombre. Pero ¡no! él lo sabía, y todo el tiempo trataba de engañarse a sí mismo diciéndose que no era así. Sentía que el diablo le retorcía el rabo, y fingía que eran los ángeles que le sonreían. Este estado de falsedad le había provocado ahora esa crisis de falsedad y dislocación, la histeria, que es una forma de locura. «Viene», pensó ella para sí, odiándolo un poco, «porque siempre piensa en sí mismo. Está tan envuelto en su propio yo inmortal, que cuando recibe un shock es como una momia enredada en sus propias vendas. Míralo».

Pero la histeria es peligrosa... y ella era enfermera, era su deber sacarle de allí. Cualquier intento de despertar su hombría y su orgullo sólo lo empeoraría... porque su hombría estaba muerta, temporalmente si no definitivamente. Sólo se retorcería cada vez más suave, como un gusano, y se dislocaría aún más.

Lo único que podía hacer era librarlo de su autocompasión. Como la dama de Tennyson, debía llorar o morir.

Así que Mrs. Bolton empezó a llorar primero. Se cubrió la cara con la mano y prorrumpió en pequeños sollozos salvajes. «Nunca lo hubiera creído de su señoría, ¡no lo hubiera creído!», lloró, invocando de pronto toda su antigua pena y sentido de la desdicha, y llorando las lágrimas de su propia amarga desazón. Una vez que arrancó, su llanto fue bastante genuino, pues había tenido algo por lo que llorar.

Clifford pensó en la forma en que había sido traicionado por la mujer Connie y, en un contagio de dolor, las lágrimas llenaron sus ojos y comenzaron a correr por sus mejillas. Lloraba por sí mismo. Mrs. Bolton, en cuanto vio las lágrimas correr por su rostro inexpresivo, se limpió apresuradamente sus propias mejillas húmedas con su pequeño pañuelo y se inclinó hacia él.

«¡Ahora, no se inquiete, Sir Clifford!», dijo ella, en un lujo de emoción. «¡Ahora, no se inquiete, no lo haga, sólo se hará daño!».

El cuerpo de él se estremeció de repente en una respiración entrecortada de sollozos silenciosos, y las lágrimas corrieron más deprisa por su rostro. Ella le puso la mano en el brazo y sus propias lágrimas volvieron a caer. De nuevo el escalofrío le recorrió, como una convulsión, y ella le rodeó el hombro con el brazo. «¡Ahí, ahí! ¡Tranquilo, tranquilo! No se inquiete, entonces, ¡no lo haga! ¡No se inquiete!», le gimió, mientras caían sus propias lágrimas. Y lo atrajo hacia ella, y rodeó con los brazos sus grandes hombros, mientras él recostaba la cara en su pecho y sollozaba, sacudiendo y encorvando sus enormes hombros, mientras ella le acariciaba suavemente el pelo rubio oscuro y decía: «¡Ya está! ¡Ya está! ¡Ya está! ¡Ya está! ¡Ya está! ¡No se preocupe! Ahora, ¡no se preocupe!».

Y él la rodeó con sus brazos y se aferró a ella como un niño, mojando con sus lágrimas el peto de su almidonado delantal blanco y el pecho de su vestido de algodón azul pálido. Por fin se había dejado llevar totalmente.

Así que al final ella lo besó y lo meció en su pecho, y en su corazón se dijo: «¡Oh, Sir Clifford! ¡Oh, los Chatterley, en lo alto y poderosos! ¡Es esto a lo que han llegado!». Y finalmente hasta se durmió, como un niño. Y ella se sintió agotada, y se fue a su propia habitación, donde rió y lloró a la vez, con una histeria propia. ¡Era tan ridículo! ¡Era tan horrible! ¡Tan venido a menos! ¡Tan vergonzoso! Y también era tan perturbador.

Después de esto, Clifford se volvió como un niño con Mrs. Bolton. La cogía de la mano y apoyaba la cabeza en su pecho, y cuando una vez ella lo besaba ligeramente, él decía: «¡Sí! ¡Béseme! Béseme!». Y cuando ella esponjaba su gran cuerpo rubio, él decía lo mismo: «¡Béseme!», y ella besaba ligeramente su cuerpo, en cualquier parte, medio en burla.

Y él yacía con un rostro extraño, inexpresivo como el de un niño, con un poco del asombro de un niño. Y la miraba con ojos muy abiertos, infantiles, en una relajación de adoración a la madonna. Era pura relajación por su parte, soltando toda su hombría, y hundiéndose de nuevo en una posición infantil que era realmente perversa. Y entonces metía la mano en su pecho y le palpaba los senos, y los besaba con regocijo, el regocijo de la perversidad, de ser un niño cuando era un hombre.

Mrs. Bolton estaba a la vez emocionada y avergonzada, lo amaba y lo odiaba. Sin embargo, nunca lo rechazó ni lo reprendió. Y entraron en una intimidad física más estrecha, una intimidad de perversidad, donde él era un niño golpeado por un aparente candor y un aparente asombro, que parecía casi una exaltación religiosa... la interpretación perversa y literal de: «si no volvéis a ser como un niño». Mientras ella era la Magna Mater, llena de poder y potencia, teniendo al gran hombre-niño rubio bajo su voluntad y sus cuidados por completo.

Lo curioso era que cuando este niño-hombre, que Clifford era ahora y en el que se había estado convirtiendo durante años, salía al mundo, era mucho más agudo y afilado que el verdadero hombre que solía ser. Este niño-hombre pervertido era ahora un auténtico hombre de negocios; cuando se trataba de asuntos, era un absoluto super-macho, aguzado como una aguja e impermeable como un trozo de acero. Cuando estaba entre los hombres, buscando sus propios fines, y «arreglando» sus trabajos en la mina, tenía una astucia, una dureza y una agudeza casi asombrosas. Era como si su misma pasividad y prostitución a la Magna Mater le dieran una visión de los asuntos materiales de los negocios, y le otorgaran cierta notable fuerza inhumana. El regodeo en la emoción privada, el abatimiento total de su yo varonil, parecían prestarle una segunda naturaleza, fría, casi visionaria, hábil en los negocios. En los negocios era totalmente inhumano.

Y en esto Mrs. Bolton triunfó. «¡Qué bien le está yendo!», se decía orgullosa. «¡Y eso es obra mía! Dios mío, nunca le habría ido así con Lady Chatterley. Ella no era quien para impulsar a un hombre. Quería demasiado para sí misma».

Al mismo tiempo, en algún rincón de su extraña alma femenina, ¡cómo le despreciaba y le odiaba! Él era para ella la bestia caída, el monstruo retorcido. Y mientras ella le ayudaba e instigaba todo lo que podía, en el rincón más remoto de su antigua y sana feminidad le despreciaba con un desprecio salvaje que no conocía límites. El más simple vagabundo era mejor que él.

Su comportamiento con respecto a Connie fue curioso. Insistió en volver a verla. Insistió, además, en que ella viniera a Wragby. En este punto estaba final y absolutamente decidido. Connie había prometido volver a Wragby, fielmente.

«¿Pero sirve de algo?», dijo Mrs. Bolton. «¿No puede dejarla marchar y librarse de ella?».

«¡No! Ella dijo que iba a volver, y tiene que volver».

Mrs. Bolton no se opuso más. Sabía a lo que se enfrentaba.

No necesito decirte el efecto que tu carta ha tenido sobre mí [escribió él, a Connie en Londres]. *Quizás puedas imaginártelo si lo intentas, aunque sin duda no te molestarás en usar tu imaginación en mi favor.*

Sólo puedo responderte una cosa: debo verte personalmente, aquí en Wragby, antes de poder hacer nada. Tú prometiste fielmente volver a Wragby, y yo te hago cumplir la promesa. No creo nada ni comprendo nada hasta que te vea personalmente, aquí, en circunstancias normales. No hace falta que te diga que aquí nadie sospecha nada, así que tu regreso sería de lo más normal. Entonces, si consideras, después de que hayamos hablado las cosas, que sigues teniendo la misma opinión, sin duda podremos llegar a un acuerdo.

Connie mostró esta carta a Mellors.

«Quiere comenzar su venganza contra ti», dijo él, devolviéndole la carta.

Connie guardó silencio. Se sorprendió un poco al descubrir que tenía miedo de Clifford. Tenía miedo de acercarse a él. Le temía como si fuera malvado y peligroso.

«¿Qué debo hacer?», dijo ella.

«Nada, si no quieres hacer nada».

Ella contestó, tratando de desanimar a Clifford. Él contestó:

Si no vuelves a Wragby ahora, consideraré que volverás algún día, y actuaré en consecuencia. Seguiré igual, y te esperaré aquí, aunque espere cincuenta años.

Ella estaba asustada. Esto era intimidación de un tipo insidioso. No le cabía duda de que él hablaba en serio. No se divorciaría de ella y el niño sería suyo, a menos que ella encontrara algún medio de establecer su ilegitimidad.

Tras un tiempo de preocupación y acoso, ella decidió ir a Wragby. Hilda iría con ella. Ella escribió esto a Clifford. Él le contestó:

No le daré la bienvenida a tu hermana, pero no le negaré la puerta. No me cabe duda de que ella ha sido cómplice en la conspiración en cuanto al abando-

no de tus deberes y responsabilidades, así que no esperes que muestre placer al verla.

Fueron a Wragby. Clifford estaba fuera cuando llegaron. Mrs. Bolton los recibió.

«¡Oh, su Señoría, no es la feliz llegada a casa que esperábamos, verdad!», dijo ella.

«¿No es así?», dijo Connie.

¡Así que esta mujer lo sabía! ¿Cuánto sabían o sospechaban el resto de los sirvientes?

Ella entró en la casa, que ahora odiaba con cada fibra de su cuerpo. Aquella gran mole le parecía maligna, una amenaza sobre ella. Ya no era su dueña, era su víctima.

«No puedo quedarme mucho tiempo aquí», le susurró a Hilda, aterrorizada.

Y sufría entrando en su propio dormitorio, volviendo a entrar en posesión como si nada hubiera pasado. Odiaba cada minuto dentro de los muros de Wragby.

No vieron a Clifford hasta que bajaron a cenar. Él estaba vestido de etiqueta, y con corbata negra... bastante reservado, y muy a lo caballero superior. Se comportó de forma perfectamente educada durante la comida y mantuvo una conversación cortés... pero parecía completamente tocado de locura.

«¿Cuánto saben los criados?», preguntó Connie, cuando la mujer hubo salido de la habitación.

«¿De tus intenciones? Nada en absoluto».

«Mrs. Bolton lo sabe».

Él cambió de color.

«Mrs. Bolton no es exactamente una de las criadas», dijo.

«Oh, no me molesta».

Hubo tensión hasta después del café, cuando Hilda dijo que subiría a su habitación.

Clifford y Connie se sentaron en silencio cuando ella se hubo ido. Ninguno de los dos quería hablar. Connie estaba tan contenta de que él no adoptara la línea patética, que mantuviera toda la altanería posible. Ella se limitó a sentarse en silencio y a mirarse las manos.

«Supongo que no te importa en absoluto haber faltado a su palabra», dijo él al fin.

«No puedo evitarlo», murmuró ella.

«Pero si tú no puedes, ¿quién puede?».

«Supongo que nadie».

Él la miró con curiosa frialdad. Estaba acostumbrado a ella. Ella estaba como incrustada en su voluntad. ¿Cómo se atrevía ella ahora a volverse contra él, y destruir el tejido de su existencia cotidiana? ¿Cómo se atrevía a intentar provocar este trastorno de su personalidad?

«¿Y para qué quieres echarte atrás en todo?», insistió él.

«¡Por amor!», dijo ella. Era mejor ir por lo trillado.

«¿El amor de Duncan Forbes? Pero tú no creías que valiera la pena obtenerlo cuando me conociste. ¿Quieres decir que ahora lo amas más que a nada en la vida?».

«Una cambia», dijo ella.

«¡Posiblemente! Posiblemente uno tenga caprichos. Pero aún tienes que convencerme de la importancia del cambio. Simplemente no creo en tu amor por Duncan Forbes».

«¿Pero por qué deberías creer en ello? Sólo tienes que divorciarte de mí, no creer en mis sentimientos».

«¿Y por qué debería divorciarme de ti?».

«Porque ya no quiero vivir aquí. Y tú realmente no me quieres».

«¿Perdón? Yo no cambio. Por mi parte, ya que eres mi esposa, preferiría que permanecieras bajo mi techo con dignidad y tranquilidad. Dejando a un lado los sentimientos personales, y te aseguro que por mi parte es dejar a un lado mucho, es amargo como la muerte para mí tener este orden de vida roto, aquí en Wragby, y la ronda decente de la vida cotidiana destrozada, sólo por algún capricho tuyo».

Tras un rato de silencio ella dijo:

«No puedo evitarlo. Tengo que irme de aquí. Voy a tener un hijo».

También él guardó silencio durante un tiempo.

«¿Y es por el bien del niño por lo que debes irte?», preguntó al final. Ella asintió.

«¿Y por qué? ¿Está Duncan Forbes tan interesado en su engendro?».

«Seguramente más interesado de lo que tú lo estarías», dijo ella.

«¿Pero, de verdad? Quiero a mi esposa, y no veo ninguna razón para dejarla marchar. Si le gusta tener un hijo bajo mi techo, será bienvenida, y el hijo también... siempre que se conserven la decencia y el orden de la vida. ¿Quieres decirme que Duncan Forbes tiene un mayor poder sobre ti? No lo creo».

Hubo una pausa.

«Pero no lo ves», dijo Connie. «Debo alejarme de ti y vivir con el hombre que amo».

«¡No, no lo veo! No doy ni un penique por tu amor, ni por el hombre que amas. No creo en ese tipo de cantinelas».

«Pero ya ves, yo sí».

«¿En serio? Mi querida señora, eres demasiado inteligente, te lo aseguro, para creer en tu propio amor por Duncan Forbes. Créeme, incluso ahora realmente te preocupas más por mí que por él. Así que, ¡por qué debería yo ceder a tales tonterías!».

Ella sintió que él estaba en lo correcto en eso. Y sintió que no podía callar por más tiempo.

«Porque no es a Duncan a quien amo», dijo ella, mirándole.

«Sólo dijimos que era Duncan, para no herir tus sentimientos».

«¿Para no herir mis sentimientos?».

«¡Sí! Porque a quien quiero de verdad, y eso hará que me odies, es a Mr. Mellors, que era nuestro guardabosques aquí».

Si hubiera podido saltar de su silla, lo habría hecho. Su rostro se puso amarillo y sus ojos se desorbitaron en frente al desastre mientras la miraba fijamente.

Luego se dejó caer en la silla, jadeando y mirando al techo.

Por fin se incorporó.

«¿Quieres decir que me estás diciendo la verdad?», preguntó, con un aspecto horripilante.

«¡Sí! Sabes que lo estoy».

«¿Y cuándo empezaste a estar con él?».

«En la primavera».

Él permaneció en silencio como una bestia en una trampa.

«¿Y eras tú, entonces, la que estuvo en el dormitorio de la casita de campo?»

Así que realmente lo había sabido interiormente todo el tiempo.

«¡Sí!».

Él seguía inclinado hacia delante en su silla, mirándola como una bestia acorralada.

«¡Dios mío, deberías ser borrada de la faz de la tierra!».

«¿Por qué?», exclamó ella débilmente.

Pero él parecía no oír.

«¡Esa escoria! ¡Ese patán sinvergüenza! ¡Ese miserable canalla! ¡Y andando con él todo el tiempo, mientras tú estabas aquí y él era uno de mis sirvientes! Dios mío, Dios mío, ¡no hay fin para la bestial bajeza de las mujeres!».

Él estaba fuera de sí de rabia, como ella sabía que estaría.

«¿Y quieres decir que quieres tener un hijo de un canalla como ése?».

«¡Sí! Voy a hacerlo».

«¡Vas a hacerlo! ¡Quieres decir que estás segura! ¿Desde cuándo estás segura?».

«Desde junio».

Él se quedó mudo y la extraña mirada inexpresiva de un niño volvió a invadirle.

«Uno se preguntaría», dijo él al fin, «si a seres así debería permitírsele que nacieran».

«¿Qué seres?», preguntó ella.

Él la miró extrañado, sin respuesta. Era obvio, ni siquiera podía aceptar el hecho de la existencia de Mellors, en ninguna conexión con su propia vida. Era odio puro, indecible, impotente.

«¿Y quieres decir que te casarías con él... y llevarías su asqueroso apellido?», preguntó él al final.

«Sí, eso es lo que quiero».

Él se quedó quieto de nuevo, como estupefacto.

«¡Sí!», dijo él al fin. «Eso prueba que lo que siempre he pensado de ti es correcto: no eres normal, no estás en tus cabales. Eres una de esas mujeres medio locas y pervertidas que deben correr tras la depravación, la *nostalgie de la boue*».

De repente él se había vuelto casi melancólicamente moral, viéndose a sí mismo como la encarnación del bien, y a gente como Mellors y Connie como la encarnación del fango, del mal. Parecía estar volviéndose vago, dentro de un nimbo.

«Entonces, ¿no crees que es mejor que te divorcies de mí y acabemos esto de una vez?», dijo ella.

«¡No! Puedes irte donde quieras, pero no me divorciaré de ti», dijo él, idiotizado.

«¿Por qué no?».

Él se quedó callado, en el silencio de la obstinación imbécil.

«¿Dejarías incluso que el niño fuera legalmente tuyo, y tu heredero?», dijo ella.

«No me importa el niño».

«Pero si es varón será legalmente tu hijo, y heredará tu título, y tendrá Wragby».

«Eso no me importa», dijo él.

«¡Pero debe importarte! Evitaré que el niño sea legalmente tuyo, si puedo. Preferiría que fuera ilegítimo, y mío... si no puede ser de Mellors».

«Haz lo que quieras al respecto».

Él era inamovible.

«¿Y no te divorciarás de mí?», dijo ella. «¡Puedes usar a Duncan como pretexto! No habría necesidad de poner el nombre real. A Duncan no le importa».

«Nunca me divorciaré de ti», dijo él, como si le hubieran clavado un clavo.

«¿Pero por qué? ¿Porque yo quiero?».

«Porque sigo mi propia inclinación, y no me inclino a hacerlo».

Era inútil. Ella subió y le contó a Hilda el resultado.

«Es mejor que te vayas mañana», dijo Hilda, «y dejes que entre en razón».

Así que Connie pasó media noche empaquetando sus efectos realmente privados y personales. Por la mañana hizo que enviaran sus baúles a la estación, sin decírselo a Clifford. Decidió verle sólo para despedirse, antes del almuerzo.

Pero habló con Mrs. Bolton.

«Debo despedirme de usted, Mrs. Bolton, ya sabe por qué. Pero puedo confiar en que no hablará».

«Oh, puede confiar en mí, su Señoría, aunque es un triste golpe para nosotros aquí, en verdad. Pero espero que sea feliz con el otro caballero».

«¡El otro caballero! Es Mr. Mellors, y me preocupo por él. Sir Clifford lo sabe. Pero no le diga nada a nadie. Y si algún día cree que Sir Clifford puede estar dispuesto a divorciarse de mí, hágamelo saber, ¿puede ser? Me gustaría estar casada con propiedad con el hombre que me importa».

«Estoy segura de que es así, milady. Oh, puede confiar en mí. Le seré fiel a Sir Clifford, y le seré fiel a usted, porque puedo ver que ambos tienen razón en sus propios caminos.»

«¡Gracias! ¡Y mire! Quiero darle esto... ¿puedo?». Así que Connie abandonó Wragby una vez más y se fue con Hilda a Escocia. Mellors se fue al campo y consiguió trabajo en una granja. La idea era que él iba a conseguir su divorcio, si era posible, tanto si Connie conseguía el suyo como si no. Y durante seis meses debería trabajar en la agricultura, para que con el tiempo Connie y él pudieran tener alguna pequeña granja propia, en la que él pudiera poner su energía. Porque tendría que tener algún trabajo, incluso duro, que hacer, y tendría que ganarse la vida por sí mismo, aunque el capital de ella pusiera el negocio en marcha.

Así que tendrían que esperar a que llegara la primavera, a que naciera el bebé, a que volviera el comienzo del verano.

Finca The Grange
Old Heanor
29 de septiembre

Llegué aquí con un poco de maña, porque conocía a Richards, el ingeniero de la compañía, en el ejército. Es una granja que pertenece a la Butler and Smitham Colliery Company, la utilizan para criar heno y avena para los ponies del foso; no es una empresa privada. Pero tienen vacas y cerdos y todo lo demás, y yo cobro treinta chelines a la semana como jornalero. Rowley, el granjero, me pone en todos los trabajos que puede, para que aprenda lo más posible de aquí a la próxima Semana Santa. No sé nada de Bertha. Ni siquiera sé por qué no se presentó al divorcio, ni dónde está ni qué trama. Pero si me callo hasta marzo supongo que seré libre. Y no te molestes por Sir Clifford. Querrá deshacerse de ti uno de estos días. Si te deja en paz, es mucho.

Me alojo en una casita de campo vieja en Engine Row, muy decente. El hombre es maquinista en High Park, alto, con barba y muy de capilla. La mujer es una pajarita a la que le encanta todo lo superior. Habla el inglés como el Rey todo el tiempo. Pero perdieron a su único hijo en la guerra y eso les ha hecho un hueco. Tienen una hija grande y torpe que está estudiando para maestra de escuela, y a veces la ayudo con sus clases, así que somos toda una familia. Pero son gente muy decente, y muy amables conmigo. Supongo que me miman más que a ti.

Me gusta la agricultura. No es inspiradora, pero yo no pido que me inspiren. Estoy acostumbrado a los caballos y las vacas, aunque son muy hembras, tienen un efecto tranquilizador sobre mí. Cuando me siento con la cabeza en su costado, ordeñando, me siento muy tranquilo. Tienen seis Herefords bastante finas. Acaba de terminar la cosecha de avena y la he disfrutado, a pesar de tener las manos doloridas y que llovió mucho. No hago mucho caso de la gente pero me llevo bien con ella. La mayoría de las cosas uno las ignora.

Los fosos funcionan mal; es un distrito minero como Tevershall, sólo que más bonito. A veces me siento en el Wellington y hablo con los hombres. Refunfuñan mucho, pero no van a cambiar nada. Como todo el mundo dice, los mineros de Notts-Derby tienen el corazón en su sitio. Pero el resto de su anatomía debe de estar en el lugar equivocado, en un mundo que no tiene uso para ellos. Me caen bien, pero no me animan mucho... no hay suficiente del viejo gallo de pelea en ellos. Hablan mucho de nacionalización, nacionalización de las regalías, nacionalización de toda la industria. Pero no se puede nacionalizar el carbón y dejar las demás industrias como están. Hablan de dar nuevos usos al carbón, como intenta hacer Sir Clifford. Puede que funcione aquí y allá, pero no como algo general, lo dudo. Hagas lo que hagas tienes que venderlo. Los hombres son muy apáticos. Sienten que todo el maldito asunto está condenado, y yo creo que lo está. Y ellos están condenados junto con ello. Algunos de los jóvenes hablan de constituir un soviet, pero no hay mucha convicción en ellos. No hay ningún tipo de convicción sobre nada, excepto que todo es un embrollo y esto es un hueco. Incluso en un soviet todavía hay que vender carbón... y ésa es la dificultad.

Tenemos esta gran población industrial y hay que alimentarla, así que hay que mantener el maldito espectáculo de alguna manera. Las mujeres hablan mucho más que los hombres, hoy en día, y son mucho más engreídas. Los hombres están mustios, sienten una fatalidad en alguna parte, y andan como si no hubiera nada que hacer. De todos modos, nadie sabe lo que hay que hacer a pesar de toda la palabrería, los jóvenes se enfadan porque no tienen dinero para gastar. Toda su vida depende de gastar dinero, y ahora no tienen nada que gastar. Esa es nuestra civilización y nuestra educación: educar a las masas para que dependan totalmente de gastar dinero, y luego el dinero se acaba. En los fosos se trabaja dos días, dos días y medio a la semana, y no hay señales de mejora ni siquiera para el invierno. Un hombre saca adelante a su familia con veinticinco o treinta chelines. Las mujeres son las más locas de todas. Pero hoy en día son las más locas por gastar.

¡Si uno pudiera decirles que vivir y gastar no es lo mismo! Pero no sirve de nada. Si tan sólo se les educara para vivir en lugar de para ganar y gastar, podrían arreglárselas muy felizmente con veinticinco chelines. Si los hombres llevaran pantalones escarlata como he dicho, no pensarían tanto en el dinero; si supieran bailar y saltar y brincar, y cantar y pavonearse y ser guapos, podrían arreglárselas con muy poco dinero. Y divertir a las mujeres ellos mismos, y ser divertidos por las mujeres. Deberían aprender a estar desnudos y ser guapos, y a cantar en una misa y bailar los viejos bailes de grupo, y tallar los taburetes en los que se sientan, y bordar sus propios emblemas. Entonces no necesitarían dinero. Y ésa es la única forma de resolver el problema industrial: formar a la gente para que sea capaz de vivir y vivir a lo guapo, sin necesidad de gastar. Pero no pueden hacerlo. Hoy en día todos tienen una sola mente. Mientras que la masa de la gente ni siquiera debería intentar pensar, porque no puede. Deberían estar vivos y ser juguetones, y reconocer al gran dios Pan. Es el único dios para las masas, para siempre. Los pocos pueden dedicarse a cultos más elevados si quieren. Pero dejemos que la masa sea pagana para siempre.

Pero los mineros no son paganos, ni mucho menos. Son un lote triste, un lote de hombres muertos... muertos para sus mujeres, muertos para la vida. Los jóvenes se pasean en moto con chicas, y bailan el jazz cuando tienen ocasión, pero están muy muertos. Y necesitan dinero. El dinero te envenena cuando lo tienes, y te mata de hambre cuando no lo tienes.

Estoy seguro de que estás harta de todo esto. Pero no quiero insistir, y no hay nada que me pase a mí personalmente. No me gusta pensar demasiado en ti, en mi cabeza, eso sólo nos ensucia a los dos. Pero, por supuesto, para lo que vivo ahora es para que tú y yo vivamos juntos. Tengo miedo, de verdad. Siento al diablo en el aire, y tratará de atraparnos. O no el diablo, Mammon; que creo, después de todo, que es sólo la voluntad masiva de la gente, que quiere dinero y odia la vida.

De todos modos, siento grandes manos blancas en el aire, queriendo agarrar la garganta de cualquiera que intente vivir, vivir más allá del dinero, y exprimirle la vida. Se acercan malos tiempos. Se avecinan malos tiempos, muchachos, ¡se avecinan malos tiempos! Si las cosas siguen como van, no hay más futuro que la muerte y la destrucción para estas masas industriales. A veces siento que mi interior se vuelve agua, y ahí estás tú, que vas a tener un hijo mío. Pero no importa. Todos los malos tiempos que ha habido no han podido apagar el color del azafrán; ni tampoco el amor de las mujeres. Así que no podrán apagar mi deseo por ti, ni el pequeño resplandor que hay entre tú y yo. Estaremos juntos el año que viene. Y aunque tengo miedo, creo en el hecho que estarás conmigo. Un hombre tiene que ingeniárselas y prepararse para lo mejor, y luego confiar en algo más allá de sí mismo. No puedes asegurarte contra el futuro, excepto creyendo realmente en lo mejor de ti, y en el poder que hay más allá. Así que creo en la pequeña llama que hay entre nosotros. Para mí, ahora, es lo único que hay en el mundo. No tengo amigos, ni amigos internos. Sólo a ti. Y ahora la pequeña llama es lo único que me importa en mi vida. Está el bebé, pero eso es algo secundario. Es mi Pentecostés, la llama bifurcada entre tú y yo. El viejo Pentecostés no está del todo bien. Yo y Dios es algo un poco subido de tono, de alguna manera. Pero la pequeña llama bifurcada entre tú y yo: ¡ahí está! Eso es lo que yo acato y acataré, a pesar de los Cliffords y las Berthas, las compañías mineras y los gobiernos y las masas de gente ávidas de dinero.

Por eso no me gusta ponerme a pensar en ti en realidad. Sólo me tortura, y a ti no te hace ningún bien. No quiero que estés lejos de mí. Pero si empiezo a inquietarme desperdicio algo. Paciencia, siempre paciencia. Este es mi cuadragésimo invierno. Y no puedo evitar todos los inviernos que han pasado. Pero este invierno me aferraré a mi pequeña llama de Pentecostés y tendré algo de paz. Y no dejaré que el aliento de la gente la apague. Creo en un misterio superior, que no deja que se apague ni siquiera el color del azafrán. Y si tú estás en Escocia y yo en las Midlands, y no puedo rodearte con mis brazos, y envolverte con mis piernas, aún así tengo algo de ti. Mi alma aletea suavemente en la pequeña llama de Pentecostés contigo, como la paz que da tirar. Tiramos hasta que una llama llegó a ser. Incluso las flores se tiran unas a otras para llegar a ser entre el sol y la tierra. Pero es algo delicado, y requiere paciencia y una larga pausa.

Así que ahora amo la castidad, porque es la paz que viene de tirar. Ahora amo la castidad. La amo como las campanillas de invierno aman la nieve. Amo esta castidad, que es la pausa de paz de nuestro tirar, entre nosotros, ahora, como una campanilla de nieve de fuego blanco bifurcado. Y cuando llegue la verdadera primavera, cuando llegue el momento de estar juntos, entonces podremos tirar a la pequeña llama brillante y amarilla, brillante. Pero ahora no, ¡todavía no! Ahora es el momento de ser casto, es tan bueno ser casto, como un río de agua fresca en mi alma. Me encanta la castidad ahora que fluye entre nosotros. Es como el agua fresca y la lluvia. Cómo pueden los hombres desear fastidiosamente ser mujeriegos. Qué miseria ser como Don Juan, e impotente incluso como para tirarse a uno mismo y estar en paz, y la pequeña llama encendida, impotente e incapaz de ser casta en el fresco entre-las-horas, como junto a un río.

Bueno, tantas palabras, porque no puedo tocarte. Si pudiera dormir abrazado a ti, la tinta podría quedarse en la botella. Podríamos ser castos juntos igual que podemos tirar juntos. Pero tenemos que estar separados durante un tiempo, y supongo que en realidad es lo más sensato. Si tan sólo uno estuviera seguro.

No importa, no nos torturemos. Realmente confiamos en la pequeña llama, y en el dios sin nombre que la protege de ser apagada. Hay tanto de ti aquí conmigo, de verdad, que es una pena que no estés aquí.

No te preocupes por Sir Clifford. Si no sabes nada de él, no importa. En realidad no puede hacerte nada. Espera, al final querrá deshacerse de ti, echarte. Y si no lo hace, nos las arreglaremos para alejarnos de él. Pero lo hará. Al final querrá expulsarte como si fueras algo abominable.

Ahora ni siquiera puedo dejar de escribirte.

Pero gran parte de nosotros está junto, y no podemos sino atenernos a ello, y dirigir nuestros rumbos para encontrarnos pronto. John Thomas le da las buenas noches a Lady Jane, un poco decaído, pero con el corazón esperanzado.

ROSETTA EDU

CLÁSICOS EN ESPAÑOL

Esperamos que haya disfrutado esta lectura. ¿Quiere leer otra obra de nuestra colección de *Clásicos en español*?

En nuestro Club del Libro encontrarás artículos relacionados con los libros que publicamos y la literatura en general. ¡Suscríbete en nuestra página web y te ofrecemos un ebook gratis por mes!

Recibe tu copia totalmente gratuita de nuestro *Club del libro* en rosettaedu.com/pages/club-del-libro

CLÁSICOS EN ESPAÑOL

Una habitación propia se estableció desde su publicación como uno de los libros fundamentales del feminismo. Basado en dos conferencias pronunciadas por Virginia Woolf en colleges para mujeres y ampliado luego por la autora, el texto es un testamento visionario, donde tópicos característicos del feminismo por casi un siglo son expuestos con claridad tal vez por primera vez.

Oscar Wilde escribe una sola novela, *El retrato de Dorian Gray*; ésta fue el objeto de una crítica moralizante mordaz por parte de sus contemporáneos que no pudieron ver que dentro de una trama perfectamente compuesta se escondía toda la tragedia del romanticismo. Cien años después no ha perdido su impacto original y sigue siendo un texto fundamental para los debates sobre la estética y la moral.

Otra vuelta de tuerca es una de las novelas de terror más difundidas en la literatura universal y cuenta una historia absorbente, siguiendo a una institutriz a cargo de dos niños en una gran mansión en la campiña inglesa que parece estar embrujada. Los detalles de la descripción y la narración en primera persona van conformando un mundo que puede inspirar genuino terror.

rosettaedu.com

ROSETTA EDU

EDICIONES BILINGÜES

En una atmósfera constante de misterio y amenaza, *El corazón de las tinieblas* narra el peligroso viaje de Marlow por un río (sin duda el Congo aunque no es nombrado en el relato) africano. Lo que el marino puede observar en su viaje le horroriza, le deja perplejo, y pone en tela de juicio las bases mismas de la civilización y la naturaleza humana.

Durante décadas, y acercándose a su centenario, *El gran Gatsby* ha sido considerada una obra maestra de la literatura y candidata al título de «Gran novela americana» por su dominio al mostrar la pura identidad americana junto a un estilo distinto y maduro. La edición bilingüe permite apreciar los detalles del texto original y constituye un paso obligado para aprender el inglés en profundidad.

En *La señora Dalloway* Virginia Woolf relata un día en la vida de Clarissa Dalloway, una señora de la clase alta casada con un miembro del parlamento inglés, y de un ex-combatiente que lucha contra su enfermedad mental. La innovación de la novela es la corriente de consciencia: Woolf sigue el pensamiento de cada personaje, siendo excelente a la hora de narrar emociones, asociaciones y sentimientos.

rosettaedu.com